云儒文汇

独步岚楼

艺术评论选（二）

肖云儒 著

陕西师范大学出版总社

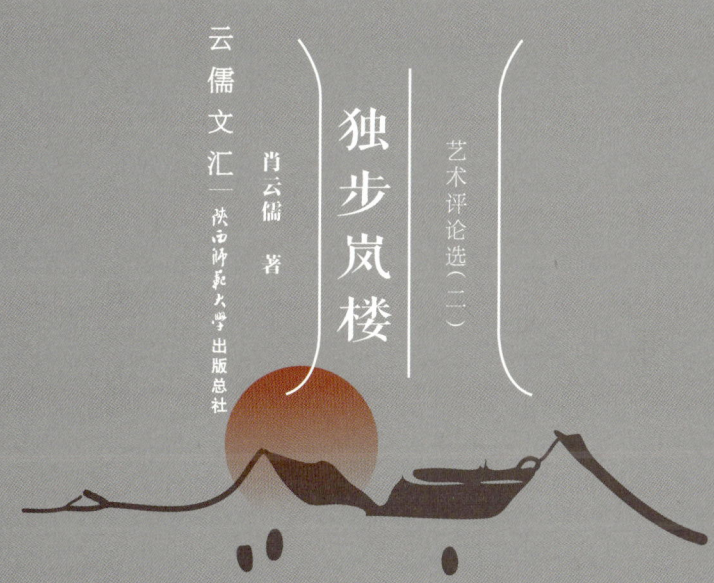

图书代号　SK20N1743

图书在版编目（CIP）数据

独步岚楼 / 肖云儒著. —西安：陕西师范大学出版总社有限公司，2020.8
（云儒文汇）
ISBN 978-7-5695-1779-8

Ⅰ.①独… Ⅱ.①肖… Ⅲ.①文艺评论—中国—文集 Ⅳ.①I206-53

中国版本图书馆CIP数据核字（2020）第123978号

独步岚楼

DUBU LANLOU

肖云儒　著

出 版 人	刘东风
责任编辑	王红凯
责任校对	雷亚妮
出版发行	陕西师范大学出版总社
	（西安市长安南路199号　邮编 710062）
网　　址	http://www.snupg.com
印　　刷	陕西龙山海天艺术印务有限公司
开　　本	680mm×1000mm　1/16
印　　张	22.25
插　　页	4
字　　数	295千
版　　次	2020年8月第1版
印　　次	2020年8月第1次印刷
书　　号	ISBN 978-7-5695-1779-8
定　　价	98.00元

读者购书、书店添货或发现印刷装订问题，请与本公司营销部联系、调换。
电话：（029）85307864　85303635　传真：（029）85303879

肖云儒

目录 CONTENTS

论长安画派的艺术精神

——《长安画派精品集》总序 / 1

纸上的墨菊花

——谈谈我的书法 / 12

一座城和一个建筑师

——张锦秋建筑艺术及其影像表达·序《光影大境》/ 15

银幕上的白鹿精魂

——论《白鹿原》和它的电影版 / 20

灵境艺术：尼玛泽仁的天路 / 31

长夜写恭达 / 39

攥起拳头，撒开巴掌

——陕西当代书画艺术走势 / 44

密体山水的新风姿

——《马继忠画集》序 / 49

王炎林的文化意义 / 51

刘保申的画韵

——序《刘保申画集》/ 54

创新，一波艺术的核心价值 / 57

万彩铸鼎

——序《万鼎山水画集》/ 59

陆楣笔下的禅趣 / 63

善泳者石丹 / 66

《陕西齐鲁书画院作品集》前言 / 68

吕少华画作的内动力 / 70

生气虎虎的石川 / 74

"老镢头"的精神和有质感的艺术
　　　　——高廷智"地上的兵马俑"绘画系列 / 77

围炉夜谈陈银仓 / 80

书法是文心无声的音符
　　　　——序范樵父的诗文书法集 / 82

传情于虎　补钙于人
　　　　——漫说夏山河画虎 / 85

奇人徐奇 / 88

书家贵有审美自觉
　　　　——吴福春书艺印象 / 90

鹏翼再举看瑞芳 / 93

秋日果正红 / 95

王习哲八题 / 97

驼魂
　　　　——陈默的画 / 101

胡卫民的人物画 / 103

田军：水彩世界的探索者 / 106

永华四喜 / 109

约而博　学而立　艺而文
　　　　——王广香的画 / 110

如钟如镐 / 113

"艺我一元"的惠京鹏 / 115

品读张魁 / 119

罗门之风

　　——罗良碧的山水花卉 / 121

用大爱驾驭笔墨

　　——贾小熊的肖像画 / 124

周伯强的书法 / 126

老汤大补，老酒至醇

　　——何挺警书法篆刻集序 / 129

王宏武楷书贾平凹小说《秦腔》跋 / 132

我所看重的李玉和 / 133

曹立：在生存桎梏与生命自由中双赢 / 134

写在名人书画院丙申春节书画展前面 / 135

《西安世界园艺博览会艺术丛书·美术卷》序 / 136

只见墨迹未识人

　　——刘斌选墨迹 / 141

她的世界很宁静

　　——晏子的油画创作 / 143

藏痴于砖石

　　——序《汉画像石拓片名家题跋集》 / 146

德绥民　狮为象 / 148

音乐剧的中国化和乡土化

　　——《米脂婆姨绥德汉》的创新 / 149

《大树西迁》的观后感 / 156

《陕北启示录》导言 / 160

"三个男人一台戏"

　　——话剧《明天》专集序 / 167

创新是艺术家的灵魂

　　——李小锋印象 / 171

向表演艺术家冲击的李小锋 / 174

大智　大勇　大道

　　——电视剧《保卫延安》民本史观的艺术再现 / 178

上下千年气　纵横万里心 / 181

《大汉苏武》即席谈 / 183

一出好温暖的戏 / 185

审读电视片剧本《黄帝》的意见 / 187

由革命进入生命

　　——大型红色历史歌舞剧《延安保育院》 / 188

我心目中的紫阳民歌 / 191

柏雨果极地光影的人文内涵 / 195

《丝路影志》序 / 199

别样的非洲，别样的滋味 / 202

安康山水，安康情怀

　　——邱仕君镜头中的安康之美 / 205

情到深处尽光影

　　——邱仕君作品印象 / 209

佛心定格于瞬间

　　——摄影作品《放生》点评 / 211

用实践浇灌理性

　　——序《马鸿斌文化产业发展论集》 / 213

荒原上的足迹是创造者的足迹 / 216

镜头下的现实有了新的可能性

　　——《影绣长安》的主体观及其对长安精神的诠释 / 218

温热的丝路记忆

　　——胡斌摄影作品集《壮美丝路》观后 / 221

科技精微，写真精微，艺术精微

　　——写给超人艺术馆 / 224

孙维：古城的声象和形象 / 225

序《秦石》 / 227

百字评 / 228

为民族着想五百年 / 233

就《文化读本》致友人 / 235

李锦航的探索 / 236

东府明珠余巧云 / 240

小论曾长安 / 242

《王烈王纾剧作选》序 / 247

成功在地平线上等待他

　　——序《王军武剧作集》／250

《郭秀明颂》剧中的虚与实／253

《开坛》的开创意义／255

地平线上的阳光

　　——电视剧《郭秀明》观后／258

宏大的历史记忆和诗性的个人叙事

　　——评电视剧《号角》／261

壮烈的美丽

　　——感言《渭华起义》／264

《金牌背后》的文化意义和纪实风格／266

一部有思辨质地的专题片

　　——谈《共和国第三代》／268

正是回红转绿时

　　——电视政论片《从"红色革命"到"绿色革命"》观后／270

在渐变中出新

　　——看2000年陕西电视台春节晚会／272

大手笔再现大战略／275

回眸使人生更加美好

　　——序《红尘故事》／278

精彩一二三

　　——谈央视系列节目《精彩中国》／280

多么"春天"

　　——观新世纪第一春陕西电视台春节晚会有感 / 283

用都市意识整合资源打造品牌 / 287

西安橱窗

　　——寄语西安电视台 / 289

《中国艺术报》：中国文联的名片 / 291

全景把握祖国的美丽

　　——序《中华旅游景观大全》 / 293

对历史负责

　　——评《陕西人物志》 / 295

谈庞进的龙凤文化研究 / 300

老村老屋里的文化密码

　　——序《民居瑰宝党家村》 / 303

真善美的火车头

　　——序《全国铁路系统戏剧小品曲艺大赛得奖作品集》 / 306

伴奏贠恩凤 / 309

陈宝生艺术的原创特色 / 312

回望母土

　　——田钊摄影艺术的乡土情怀 / 317

永恒了那瞬间的美丽

　　——李炳武《诗影情怀》序 / 320

两个张少生

　　——序《张少生摄影集》 / 323

曲坛小不点

　　——王茵印象 / 325

雏敏的歌 / 328

感光国脉

　　——序摄影集《祖国在我心中》 / 330

人类对大自然的微笑

　　——巩德顺镜头中的金丝猴形象 / 333

漫天云锦话秋尧

　　——张秋尧的寿学研究和寿学书系 / 335

喜听寿鹤鸣新纪

　　——序《"鹤寿杯"得奖作品集》 / 338

金子般的花朵在你心中开放 / 340

三支妙笔写春秋 / 343

四十年光阴绚丽恒在

　　——《西安四十年》摄影集序 / 345

大地脊梁

　　——序《"三个代表"在三秦》 / 346

论长安画派的艺术精神

——《长安画派精品集》总序

一

长安画派作为一个全国认可、倍受赞誉的美术流派，从1961年诞生至今，就要迎来它的五十大寿了。半个世纪以来，它的艺术主张和实践方式，它的文化意蕴和历史地位，它的代表性人物、代表性作品，它的艺术价值一再提升，社会影响不断扩大，长久地聚焦着大家的目光，成为艺术文化舆论常议常新的热点。我们面前的这套画集，是这一群体献给社会的一份最新、最隆重的礼物。

中外艺术史上，大浪淘尽多少千古风流，而长安画派为什么能穿越漫长岁月严酷的检验，以常青而鲜活的生命，展尽风采？

20世纪中叶，以石鲁为代表的从延安南下的国画家和以赵望云为代表的在国统区探索前进的国画家在西安会师。为了集众家之长进行创新探索，由石鲁提名赵望云为主任，组成了中国美协西安分会国画研究室。经过辛勤的艺术劳动，1961年组织、举办了赵望云、石鲁、何海霞、方济众、康师尧、李梓盛六位专业画家的"北京习作展"，引发了炸弹般的反响。以这次中国美协西安分会中国画研究室赴京习作展及其后的研讨、宣传为标志，长安画派正式亮剑，自此鼎立于中国画坛几十年而不衰。

二

一般论者现都将长安画派的发展史划为四个阶段。

一，20世纪40年代到50年代后期的酝酿探索期。以赵望云在西北写生的创作实践所形成的，包括方济众、徐庶之在内的西部艺术群体，和以石鲁，包括李梓盛、刘旷等在内的延安艺术群体在西安的汇合为标志，形成了长安画派的基础力量和基本追求。

二，20世纪50年代到60年代的聚合形成期。在上述两支主力军的基础上，又调入了何海霞、康师尧、郑乃珖、叶访樵等各个方面、各种风格的画家，组成了一个由多种文化、多种风格为背景的开放的美术群体，其中既有赵望云、方济众的平民的乡土文化坐标，又有石鲁、李梓盛的激情的革命文化坐标，还有承袭了张大千流派的何海霞和工笔传统深厚的康师尧。他们又各自带着河北、四川、北京、河南和陕西等地域文化印记，在中国美协西安分会国画研究室中熔冶一炉，最终以习作展为成果，在全国亮相。

三，20世纪60年代末到70年代末"文革"十年的裂变涅槃期。长安画派在这一时期虽然遭到极左路线的残酷迫害和极左文艺思潮的干扰，整个群体被打得七零八落，但愤怒燃烧诗情，苦难激发生命，困境反倒轰毁了原有外加给他们的一些坐标，促使他们在人生和艺术的裂变中重新探索，新的创造如地火在心中燃烧。

四，20世纪70年代末到80年代末进入新时期后的多向发展期。

一些细心的论者发现，不无巧合的是，上述每个阶段都是五年左右的时间。而从1949年新中国成立到1982年石鲁去世，长安画派元典画家群体经历的三十二年中，前十六年环境较为顺畅，后十六年则无一例外掉入逆境之中。前十六年中，赵望云和石鲁又各担任了八年的中国美协西安分会主席——故而可以说，赵望云和石鲁这两位长安画派的旗手，前者是酝酿奠基阶段（20世纪40至50年代）的领军人物，"在当代中国画的革新中起着一种'酵母'

的作用"①（李松涛，著名美术史家）；后者是形成发展阶段（20世纪60至70年代）的领军人物，"是探索中国画新途的最具创造性的代表之一"②（刘曦林，著名美术评论家）。正如方济众理解的："从40年代到50年代来说，它的代表人物是赵望云，但从60到70年代来说，它的代表人物是石鲁。这可能是不会有什么争议的。"③

三

长安画派震撼国画坛最主要的原因是什么？它的艺术精神的核心又是什么？最简明的回答我想应该是融汇－探索－创新精神。这是指融汇、探索、创新这三个关键词经过科学组构后，所形成的一种艺术创造路径；也是指画家以不同的个体方式构建了一种具有群体色彩的融汇－探索－创新的艺术心理结构。

我们只要读读这几段话，对长安画派执着的创新精神便会多少有所感受——

赵望云：五四运动之后的新思潮，使我"知道了艺术不是单纯的模仿，而应该是一种创造"④。

石鲁临终前将长安画派的宗旨概括为"探索，不断探索！"他说："艺术创作上不断追求新与美，不仅是艺术必须具有的独创性，而且是艺术反映

---

① 参见程征主编：《长安中国画坛论集》（上），陕西人民美术出版社1998年版，第43页。

② 刘曦林：《石鲁的旅程与艺术风神》，见《中国近现代名家画集·石鲁》，人民美术出版社1996年版，序。

③ 方济众：《我所理解的"长安画派"》，见程征主编：《长安中国画坛论集》（上），陕西人民美术出版社1998年版，第42页。

④ 《赵望云自述》，根据20世纪50年代初期、末期以及1969年三份自述整理，见程征主编：《长安中国画坛论集》（上），陕西人民美术出版社1998年版，第141页。

生活的根本任务","对待艺术，宁可喜新厌旧，不要守旧忘新"。①

何海霞："有人问我究竟属于哪一派，我的回答是：不迷信古人、洋人，但绝不摒弃他们，择其之长为我所用——我即是这一派。"②

方济众："有人问我今后在艺术上有何想法：一，必须和'长安画派'拉开距离。二，必须和生活原型拉开距离。三，必须和当代流行画派拉开距离。四，重新返回生活，认识生活；重新返回传统，认识传统（特别是民间传统）。五，摆脱田园诗画风的老调子，创造新时代的新意境；六，不断地抛弃自己，也要在抛弃自己中重新塑造自己。"③

这种对探求、创新的追求，何等明决而不可移易！

探求、创新的基本方法和手段是什么呢？那就是"一手伸向生活，一手伸向传统"。"一手伸向生活"，不是匍匐在生活脚下，而是"生活为我出新意，我为生活传精神"（石鲁），而是"这个世界充满着很好的材料，每个地方都能给予我们一种特殊的感觉和充分的意味，引诱着我的精神"（赵望云）。"一手伸向传统"，也不是匍匐在传统脚下，而是将传统中的他者经验和类象经验转化为个体的独特经验，在传统绘画的形式和程式要求中灌注个我的生命体验和艺术手法，使传统获得新的生命，获得现代的艺术表现力。

如果要对长安画派的融汇－探索－创新精神做一点具体的解读，我想，能将其归纳为四个"出入"：出入于百年来中国画的各种创新探索，走出自己的路子；出入于大生活和大生命，以生命体悟催化艺术创新；出入于黄河文化、西部文化，以新异文化因子改变画坛格局；出入于绘画的中法和西法，

---

① 石鲁：《新与美——谈美术创作问题》，载《思想战线》1959年第12期。
② 陈传席：《中国山水画史》，天津人民美术出版社2001年版，第620页。
③ 方济众：《谈艺录》（第四十五），见程征主编：《长安中国画坛论集》（上），陕西人民美术出版社1998年版，第341页。

执守"国魂西用",拓出新意。

一,出入于百年来中国画的各种创新探索,走出自己的路子。

20世纪上半叶,中国美术在现代新思潮的催动下,在各个方位和向度上开始了创新探索,有论者将其概括为以齐白石、黄宾虹为代表的传统精进式,以徐悲鸿、蒋兆和为代表的中西古典融合式,以林风眠为代表的中西现代融合式等三种探索路径。

如果将视野放到更大的社会、文化坐标上,其实还存在另一条探索求变的路子,这便是受五四新文化运动和普罗文艺的影响,于20世纪20年代兴起的"到民众中去"的平民艺术活动,美术界的代表人物之一便是赵望云。他的与众不同之处在于,一定程度上涤除了当时狂飙般的革命思潮对文艺创作的简单席卷,真正从艺术家的平民情怀和创作实践中去进入。他不但融汇了中国和西方文化中的民生精神,也融汇了中国和西方绘画中表现底层生活的相关形式和技法(如报纸连载形式),这使他的农村写生和西北写生具有了超越意识形态的久远的、普适的生命力,被郭沫若誉为"对此颇如读杜少陵之沉痛绝作","中外人士咸惊为'苍头特起'之艺术前锋"。郭氏曾赋诗极尽赞誉之意:"画法无中西,法由心所造。……独我望云子,别开生面貌。我手写我心,时代惟妙肖。从兹画史中,长留束鹿赵。"[①] 可以说,赵望云早期的实践为"五四"以后中国画的创新探索做了独辟蹊径的贡献,也为后来长安画派提出"一手伸向生活,一手伸向传统"的口号,奠定了基础。

20世纪中叶,经历了延安革命文艺运动和新中国成立初期的社会主义文艺实践,中国画进入了又一次探索创新期。当时的国画创作,面临着如何

[①] 参见重庆《新华日报》1943年1月23日关于赵望云画展的报道及当时媒体评论,转引自梁鑫喆编:《长安画派研究》,陕西人民出版社2002年版,第183页。郭沫若赠赵望云诗,作于民国三十二年(1943)元月,参观"赵望云西北河西写生画展"后。

从为中心服务和实写社会生活的文化犬儒主义和民族虚无主义中超越出来；如何在20世纪四五十年代取得一定成绩"新中国画"的基础上，更关注回归生命本体和艺术本体，提升、发展为"新文人画"等问题。在这个关键时刻，长安画派的另一创始人石鲁，以《转战陕北》等重头作品，引起全国轰动。业界巨擘认为，石鲁强调将画家的个性主体融入客体对象、强调以人性人情，印象感觉对生活画面的深度浸润，开启了一条新路子。石鲁将紧贴当下鲜活的生活与承袭悠远的古典传统，将冷静的理性解悟与火山喷发般的生命激情、艺术激情，在两极对立中激生出强烈的震荡，形成了那个时期国画创作中罕有的个性特色和艺术张力。

如果说，赵望云的探索侧重于以生活去激活传统，石鲁的探索则侧重于以国画传统和中国艺术文化的内在特质去提升、再造现实生活。赵望云早年即指出，绘画创造，其一应临摹传统画家之不同法则，其二更需要认真观察一切现实中的事物，以期达到独创之目的。石鲁则进一步提炼出了"一手伸向生活，一手伸向传统"这一卓然独树的口号。

此后，随着延安文艺和社会主义文艺几十年的持久影响，长安画派群体虽然也无法避免各种政治意识形态概念化、简单化的影响，但总体上，他们一直在为摆脱此类影响而努力。除了坚持、发展赵望云的平民绘画传统，在文艺为人民服务的大方向下服务中心时，侧重去表现广大民众的生活和感情；认真研究、领会中国美学精神，从中国画的整体规律即国画之道中，寻求从政治意识形态和俄苏绘画的覆盖中走出来，在历史题材、平民生存、田园情趣和山川气度的再现中，融入艺术家的心性、情怀和灵悟，用极具个性的绘画语言，尽可能将客体的再现转化为主体的表现，转化为艺术家生命的倾诉。在那个特定的时代这是何等不容易，它需要的不只是艺术勇气。长安画派在"文革"十年中的命运已经残酷地证明了这一点。

二，出入于大生活和大生命，以生命体悟催化艺术创新。

长安画派宗师赵望云，早期以平民写生和西北写生的巨大影响，被誉为20世纪中国画坛"为人生"思潮的先驱。他和弟子黄胄、方济众、徐庶之的作品中，体现出强烈的"艰民生之艰，喜民生之乐"的民众意识。另一位宗师石鲁，早年的《变工队》《兰新路上》《古长城外》等代表作，也流贯着反映现实新变的炽热情愫。可以说，现实生活、民众生活（尤其是新中国成立后的新生活）一直是这个群体关注的重心。除了直接表现时代新貌，即便是山川风物在他们笔下也无不有新时代元素的点染和点睛之笔，譬如现代村落、公路、农村和林业劳动者的身影等。他们关注的人生不是小人生，关注的生活不是小生活，不是个人的一己的生存相，而是大时代中广大民众的生活状态和生存需求，是大时代的走向和蕴于其中的精神和情绪。当然这也是当时全国美术界的一种创作现象，有论者称之为"新中国画"，不无道理。

到了20世纪60年代，长安画派的艺术目光由大生活开始向大生命转型，这种转型在全国画界开风气之先，具有超前性意义，也是1961年北京那次标志性"习作展"引起轰动的内在原因。但不久便跌入了"文革"的炼狱，在社会和人生的大痛苦中，他们的灵魂经受了旷古罕有的撕裂，甚至几度面临死亡，但生命却因此而淬火。在炼狱中，他们思考民族、社会、命运和艺术的一些最根本的问题，反倒有了与极左思潮和庸俗艺术决绝的勇气。他们开始不约而同地由直面生活、直面时代转向直面人生、直面生命；"新中国画"也便逐渐为"新文人画"所替代。

1970年以后，获准重操画笔的石鲁一改过去面貌，由社会性题材全面转入大自然山石花木的表现，用随心所欲而又意、理、法、趣均佳的大写意笔墨，融诗、书、画、印为一体。狂放而大气地宣泄艺术家大生命中的激愤，嬉笑怒骂皆成笔墨，野怪乱黑时出笔下。画家从他的文化反思、生命自省出发，大幅度地超越形象，极致地追求意象和寓象。他在十年逆境中反复画华山，他将华山人格化，以华山"大风吹宇宙"的气派，塑造傲视权势的精神人格。这一时期的石鲁的确是一位灵魂爆发型的大师，让我们时时想起屈原和梵高，想起石涛之恣肆和鲁迅之犀锐。他早年因为崇拜石涛、鲁迅二人而将自己的名字冯亚珩改为"石鲁"，真是丝毫不改初衷。

赵望云晚年尤其是人生最后一年的作品，也同样由早年的实写底层社会，转向自由而随意地在山川自然中寄寓内心情怀。我们能隐隐感觉到这一时期画家的情怀中那种劫后余生的紧张、压抑，还有那种"长太息以掩涕"的感叹，但这些又总是被恬淡幽深的峦岈、竹林、山居等深深地掩映着、化解着。一位终生没有安宁的人在用画作告诉我们，他是那样向往冲和、凝寂的大生命境界。那才是他心灵真正的憧憬。

由"新中国画"到"新文人画"，由大生活到大生命，既是中国儒家文人以天下为己任的精神传统，又有近代进步艺术家铁肩担道义的大丈夫气概，还包含中国西部这块土地给艺术家哺育的那种硬汉子人格，当然更是艺术家内心世界的极度充盈而养成的一种雄气和豪气。除此而外，我们也能感受到一种道家之气、释家之风。那便是以山川自然寄寓心灵追求，平衡时代生活，在大自然中实现大生命的追求；也便是从一个理想的境界来俯瞰当下的人生和时代，在宇宙的大美中奔向大生命的彼岸。

他们出入于大生活和大生命，同时在道、儒、释的融汇中不断更新。

三，出入于黄河文化、西部文化，以新文化因子改变画坛格局。

长安画派几位元典画家，在人生背景、文化源流、个人性格和艺术追求上并非完全一致，他们每个人都是独立的创作主体，均有自己的特色，却又分明具有某种群体的同一性——作品的地缘风貌和艺术主张的地缘文化特色。从远处说，他们直承汉唐的雄强大气，沿袭了古代边塞诗铁马冰河、大漠烽烟的质地；从近处说，他们集群性地重新发掘了中国西部之美，这种壮阔的、苍莽的、朴厚的美，本是中华文化人格和审美的重要支柱，但宋明之后，政治经济文化中心东移，西部之美被边缘化了，遭受了太久的冷漠。赵望云群体对西北之美的发掘，石鲁群体对陕北之美的发掘，重新将西部推向了艺术表现的中心舞台，并引发、带动了20世纪六七十年代以来国画界乃至整个美术界对中国西部的艺术开发热潮，产生了像刘文西的"陕北人物组画"、陈丹青的《西藏组画》、罗中立的《父亲》、邢庆仁的《玫瑰色回忆》及《蒙古吉祥》这样有影响力的作品（更不用说西部电影、西部文学和"西北风"音乐了）。将中国西部之美推到画坛中心，长安画派具有开创性贡献。

也正是从地缘艺术文化的基点出发，我们看到了"长安画派"超越地缘的全国性意义。这一意义我认为主要表现在三个方面。

第一，长安画派直承汉唐，以西部美的壮阔、苍莽、朴厚和野性气质，给几百年中一定程度上被江南文化的秀丽、空灵、柔美弱化了的中华文化补了钙，输进了鲜活的异质的生命基因，有助于整个中华文化的复壮。

第二，长安画派对黄土高原密集性的审美发掘，致力于将地域风貌和时代感情、生命感悟相统一，使中国西部美术得以独立于全国艺术之林，突破了宋以降几百年来中国山水画南派传统的一统天下的局面，改变了中国画格局。

第三，在中国画的近代百年创新史上，长安画派没有完全走齐白石、黄宾虹、徐悲鸿、蒋兆和以及林风眠的探索路径，而是独辟蹊径，一方面融汇上述三条路径的精华，一方面大量发掘西部文化、草根文化和革命文化的因子营养自身，闯出了从西部生活、平民生活后来是革命生活中提炼、升华、创新的新路子。譬如他们根据表现对象的特点，超越墨皴染色的传统画法，创造了直接用色彩皴山、皴原的新画法——黄土高原皴。

四，出入于绘画的中法和西法，在坚守"国魂西用"中拓新意。

近百年来，在探索创新中取得卓然成果的一些国画流派，承袭的侧重点各不相同，却都具有一定的开放兼容性。长安画派也如此。他们既反对艺术的民族保守主义，又反对艺术的民族虚无主义，总是在出入于中法和西法、坚守"国魂西用"之中走出创造性的路子来。

长安画派在每个历史阶段都强调并坚持深入生活，坚持速写、素描客体对象，像西画家那样，在对象的描摹中切实地积累造型素材，提高造型本领。这个传统从赵望云早年的平民写生、西北写生和石鲁的陕北写生，到后来赵、石的埃及写生，再到方济众的汉江写生，一直贯穿下来。他们在创新中又能吸收各种西方的艺术营养，像运用西画间色、复色甚至环境色的表观方法，将其融入国画的色彩表现体系。他们对民族保守主义是有着清醒的认识的。

但长安画派在更根本的立场上，始终信奉并坚守中国绘画美学的精华，其中最为突出的，便是十分强调绘画的主体性原则。"外师造化，中得心源"，"物为画之本，我为画之神"（石鲁），将"心"与"我"即主体，放在绘画的核心位置上。这个群体的主将们，创作上几乎都经历了由外向内的转化，由更重客体到更重主体，由更重物象到更重心象，由更重形象到更重意境、意象和寓象。而形式语言，也经历了一段由写实到写意、由实写到意写、由摹象表事到抒情写意的变化。他们和艺术上的民族虚无主义也是水火不容的。

出入中西，国魂西用，是长安画派融汇－探索－创新精神的重要动力源。石鲁认为中国画的特征是程式化，即中国画将自己的艺术语言凝结为点线、皴擦、晕染等许多程式单元，根据表现内容和画家情绪的需要，随机构思组合，以产生预期的或意外的效果。中国画就是这样，以形上之形（程式），写形下之形（物象），传形上之神（心象）。程式化使国画家有了更大的心灵再造和笔墨意趣驰骋的空间。其实中国艺术，譬如戏曲，其中的行当（人物程式）、脸谱（绘画程式）、动作（表演程式）和唱腔、曲牌（音乐程式）莫不具有程式化特征。石鲁是将国画纳入中国艺术的总体特征来思考的。

石鲁在形式上的创新，前一阶段主要是探索具体笔墨的表现力，以适应大时代生活内容的需要。这时候的笔墨，还是为大生活内容服务的；后一阶段的石鲁进入了大生命的喷薄期，更执着于追求心灵的表达。随着这种表达愈来愈强烈、愈纯粹，对笔墨的形式意趣和形而上特征要求也便愈高。异于常态的构图，酣畅奔放的水墨，尖锐峭拔到极具金石味的线条，以至通过画、印、诗、书同步传输心灵信息，都是石鲁突破性的创造。它表明，当艺术家在内转向过程中深入到印象主义、表现主义的堂奥时，国画、西画，八大山人、毕加索竟然本是一体。

赵望云这种由外而内、由象而意的转化，时间绵延得更长。平民写生和西北写生时期的他，主要是写实的、实写的，构图立足于西方的焦点透视。到20世纪50年代和60年代初，他的山川风物虽更重笔墨情趣，也更具中国笔墨意味，但总体上还没有走出以表现生活客体为主的路子，与古代传统山水的章法意味明显不同。是"文革"的迫害给了他艺术创造决绝性的勇气。晚年，他以炉火纯青的国画笔墨，在宣纸上随兴漫步，以平朴天成而又无比清新的水墨线条组成旋律，任心中块垒流淌奔放，达到了无为而为、无法而法的境界。

长安画派留给我们的，不只有收在这本集子里的艺术精品，更重要的是，这个群体永不移易、永不枯竭的艺术创造精神。他们的实践证明，只要有了这种创造精神，有了融汇-探索-创造的艺术心理结构和创作实践经验，那便无论在什么历史时段、什么生命空间、什么人生境遇、什么艺术风潮之中，都会寻找到一片属于自己的创造天地，都会用生命和艺术浇灌出风姿绰约的创造之果来。

2010年10月6日，汤池山居

纸上的墨菊花

——谈谈我的书法

舞文弄墨了一辈子,先是只写文章,文章写得越多文债背得越多;为了逃避文债,后来开始研习书法,不想又背了一身字债。想想也是命苦。这一天站在案前,展纸写一幅四尺对联:青菜萝卜糙米饭,瓦壶天水菊花茶。想给自己做一点精神超度。谁料写到菊花茶的"花"字,笔管开裂,笔头乍然断落,竟在宣纸上溅出一朵墨菊花来。当下失了色,怕是暗示着什么不祥。旋又从纸上提起那笔头,在联后写下一段话,想冲冲晦气。话曰——

回首生平,聊以自慰的是,为国为家为己虽无大作为,辛劳半生亦别无所他求,唯糙米饭、菊花茶足矣。正道是"平生未成千里马,却慰曾为孺子牛"。今不意笔头断落纸上,墨花四开,无奈中遂苦笑以自嘲:此花乃肖姓也,终生浸于墨中,读墨字,写墨书,开墨花,写尽自家毫无绚丽的生命。笔亦肖姓也,本以江南板桥竹根为竿,西北荒原狼毛为毫,伴我后半生,得于心,应于手,默契于灵境,可谓鞠躬尽瘁,为书艺、文字捐躯……

书法于我,便这样是人生的象征,是命运的悟觉,是生命的震颤,很有一点悲怆的意味。尽管我在书法创作和书友交往中有过很多的快乐和欢悦,但总会时不时想起这个发生在自己身上的悲情场面。当然只是自省,与旁人无干。

中国书法是线条的艺术。是中国笔、中国墨在水的浸润下,舞动墨线,运动于一种叫宣纸的中国纸上所产生的艺术效果。但仔细想想,生活中的器物本是没有线条的,都是面,大大小小的平面或曲面、球面的交界和接缝。纸上的线条是中国书画对这种界面所做的抽象化线性处理。

恰是这种抽象化的线条，构成了中国书画的特质。它的写意性、表现性、独特的笔墨趣味，都与线条有关。中国人找到了、创造了再现与表现并进的经典东方样式。中国人自古以来就善于将形下之形做形上之象的转化，自古以来就能在具象与抽象两个层面自由出入，同步传达。

也许由于书法具象与抽象相结合的特征，使我这个半生专事对艺术形象做理性思考的人，与它一见钟情，一见如故，结缘忽忽已近卅载，至今仍热恋于柔情蜜意之中。

我的习书，从认真按中国书法的基本规范、端正字形字貌开始；进而探索字际、行际的结构和节奏，体会谋篇布局；进而寻找自己最感惬意的路数和风格，却又要随时防避将习气误为风格；进而思考书写时为什么最难、也最重要的是第二字、第二行，是上下左右的照应，也就是寻找关系，寻找一字之中和字与字、行与行之间千变万化的关系，将各种有意味的内容和形式要素，瞬间组合为一个和谐的整体；再进而尝试将直线适度曲线化，又将曲线适度折线化的美学处理，从而增添一点趣味、意味、情调、情致……

较之临帖临碑，我更喜欢自己琢磨，或者说在自己的琢磨中临别人，在临别人中自己琢磨。哪怕这会事倍功半，却可以在反反复复的寻找中，享受创造的乐趣，而入无人之境，久久乐而忘返。以指、以眼、以心代笔，则纸、墨、笔无时不在手边。入睡前在床上画。刚醒来用目光在天花板上画，常常被家人嘲为赖床。开会时，佯做记录，用钢笔在本子上画，常常骗得发言者目光的赞许。热闹、喧嚣中在自己心里画，便即刻可以入定，而当众孤独。

线条在纸上运行，在大地、天空、心灵中运行，在生活与生命的各种场合永远以进行时运行。书法便这样转化为生命形态，生命也便这样转化为书法形态。所以，我才会一次又一次在书法作品袋和书法作品袋封面上印上这几句话：

一个迷醉书法却不执意当书法家的人；

一个不为艺术而活却想活得艺术的人；

一个以书养生以书养心以书养灵的人。

2012年11月18日，塔影苑

一座城和一个建筑师

——张锦秋建筑艺术及其影像表达·序《光影大境》

一座城市或一个乡镇，一块温馨的热土——每个人都永远记着自己的家乡，家乡也会永远惦记我们。家乡是我们记忆中的重头文章，我们也会有意无意成为家乡历史的一部分，哪怕只是短短一个句子、一个标点。但很少有人能将自己的劳绩、自己的人生，转化成一座城市所有人的挂念，变成这座城市恒久的标记，像西班牙的安东尼奥·高迪之于巴塞罗那城，德国的瓦尔特·格罗皮乌斯之于魏玛城那样。

我们面前的张锦秋，就是这样的人。

翻开陕西西安这本大书，无处不可以读到她。锦秋留在这块土地上的许多建筑精品，大部分都成为地标性建筑，像大唐芙蓉园、大明宫丹凤门、钟鼓楼广场、陕西历史博物馆、陕西省图书馆及艺术馆等等。她的历史和文化见识，她对当下生活的理解，她的人生坐标和美学追求，乃至她个人的质地、风貌、情感，都通过这些作品镌刻在这座城的东西南北。锦秋的建筑构成了西安容貌和陕西风格的重要元素，构成了秦人的生存环境，也影响着人们的气质和性格。温家宝总理参观了她设计的项目后，感慨地说，"这就是西安，这才是西安！"

这块土地也塑造了锦秋。中国工程院院士程泰宁曾极有深意地提出过"张锦秋现象"，他说："她的建筑作品成熟到位，整体完成度相当高，很能体现盛唐时期恢宏博大的文化气魄。一个女建筑师能有这么大气魄，我一直觉得是蛮有意思的现象。"是的，这位女建筑师的作品回响着钟鼎之声，蒸腾着博大之气，常常将我们带进一种大境界。这固然与她设计了众多庙堂题材，如帝陵圣庙、宫殿遗址、皇家园林有关，却不能不说更是她内在气质的艺术呈现。一位蜀地的女性，作品中却少有川中女子的秀魅和伶俐，有的是历史岁月的苍莽，庙堂文化的庄重，北方平原的浩渺静穆，无疑是十三朝古都和八百里秦川的文化基因起了作用。在古城生活工作了大半生，这座城市早已是她的精神故乡。古城与她，便这样"相濡以沫"，相互营养着、营造着、成就着，互融一体。

2009年，西安入选全国最具幸福感的城市，古城选择了张锦秋，要她代表市民登台领奖。她得过的奖励和荣誉难以胜数，这个荣誉最为意味深长——它让一个人的劳作和一座城的幸福牵上了手。

中国建筑曾经与欧洲、伊斯兰和印度一道，并列为世界四大建筑体系，在近百年的现代化进程中，探索传统与现代相结合，构建中国建筑的自主创新体系，已经有了两三代人的努力。哈佛大学设计研究生院院长、著名建筑与城市设计专家彼得·罗先生认为，近年来，在致力于探讨传统设计语言的当代表达的中国建筑师里，张锦秋是代表人物，她是"第三代中国建筑师的领头人"。锦秋的代表性、引领性在哪里呢？在于她创立了"新唐风"建筑体系。两院院士、著名建筑和规划大师吴良镛说得好，"张锦秋脱颖而出，主持了一系列重大工程，这些被命名为'新唐风'的创作，得到了中外人士的赞赏"。

而"新唐风"的核心又是什么呢？答案是：致力于追求建筑艺术的和谐之美，创建中国建筑美学的当代表达体系。"新唐风"之"唐"，唐风，是传统和基石的代称；"新唐风"之"新"，新变、新路、新局，是用新时代的生存需求、建筑理念、审美意识和科技成果，承"唐"出新，变"唐"出新，在创造中发展。

锦秋在她的各类建筑作品及相关阐述中，总是强调结合，各种层面和意义上的结合。譬如在陕西历史博物馆的设计中，她就将传统与现代结合这个主旨细分为传统的布局与现代功能相结合，传统的造型规律与现代设计方法相结合，传统的审美意识与现代观念相结合。在大雁塔景区的"三唐"工程中，她又将传统庭院和现代功能的结合具体化为以功能区分为基础，实现化整为零与庭院布局相结合。说到底，这都是继承与创新的结合，亦即"新"与"唐"的结合。传统方面，更侧重于环境、意境和尺度；现代方面，更侧重于功能、材料和技术。

　　结合是什么？是建筑师对建筑作品中各种矛盾关系的娴熟把握。锦秋对此有高度的自觉性，她十分注意把握"和合"与"不同"的关系，将天人合一的环境观与和而不同的创作观在交融中付诸实践；十分注意把握水墨与象征的关系，将"水墨为上"的中国美学与现代象征主义组构到自己的建筑群中；十分注意把握"象天法地"的庙堂传统与"点化自然"的山林意识之间的无缝衔接与自如转换；十分注意把握审美追求与实用功能的关系，以文化立意，以美学为品，以功能为用；等等。黄帝陵祭祀大殿，既在宏观上处理好与环境的蓝天、白云、绿树的山水形胜的关系，选用花岗岩材质造成庄重肃穆的感觉，又在方形大殿顶盖镂空圆穹，让天光直射殿中，造成天圆地方、天人合一的效果，集"水墨为上"与本体象征、"象天法地"与"点化自然"为一体。其实，世上任何单一的色彩、材质、结构都构不成美丑。美丑均是关系。美是各种色彩、材质、结构在特定文化坐标、美学坐标、个性坐标关系中一种有意味的组合，并结晶为有意味的形式；丑则是对有意味关系的恣意破坏。

　　锦秋运筹各类矛盾、操弄各种关系的智慧与技巧出自何方？所依凭的基本美学理念和美学手段又是什么？我以为是具有浓烈东方色彩的和谐文化观、和谐美学观和和谐建筑观。多年的设计实践使她体会到，当代城市艺术不可避免地具有多元性和多层次性，因此应当格外强调综合美、和谐美，只有这种美才具有多元性和层次性的特质。

　　她提出的"和谐建筑"理念，包含着"和而不同"和"唱和相应"两个层次。"不同"是和谐的前提，承认相异，承认矛盾才需要协调。"和而不同"就是提倡不同因素的协调，反对相同因素的一律；"唱和相应"则是达到和谐境界的途径，主次唱和，各方因应，将不同元素像音符那样有节奏、有旋律地弹奏成和谐的乐曲。当然，在她的设计中，和谐不是简单的调和折中，而是对相异甚至相悖关系的创造性处理。其中既有中国文化的执两用中，中国美学的对称均衡，又有中国美学相因中的相犯，法度中的破笔，充盈中的飞白，对称中的倾斜。

为了筹划这部艺术摄影集，柏雨果、许还山、邹人倜、李亚民等摄影界和影视界几位老哥们儿，像发烧友那样投入，倾囊奉献旧作，热心地补拍新片，在成千上万幅征集的作品中披沙拣金，寻找有新意的角度，有意境和意趣的构思，以及玩光弄影的技法。要考虑建筑和摄影双重创作的艺术标准，还要考虑所选作品能大致勾勒出我们这座城市，勾勒出城市中这位杰出的女性。

其间，大家与锦秋、韩骥夫妇有过一次认真的商讨，将她的作品大致梳理成三种境界：圣境、梦境、画境，并按此分类。圣境是神圣者的殿堂，虽然已是历史，依然烛照着今天和今后，已成彼岸世界，却点亮着此岸的生活；画境是民众的家园，以传统风貌和现代功能，满足着、提纯着老百姓现实的物质需求和精神期冀；梦境并不是梦，而是梦的实现，它让梦境般的美丽落地生根，成为当下的文化符号和生活环境。三种境界，艺术风格与实用功能各不相同，显示了建筑师全维度的能力和水平，又无不流贯着宏大的气度，实在可以以"大境"谓之——"三境"合一，可谓宏阔；"三境"对中西建筑精神皆有传承出新，可谓宏深；"三境"让许多景物由过去时转换成现代进行时，可谓宏博。这部摄影集，用光影之"大镜"，再现建筑之"大境"，诸君力主用《光影大境》为书名，锦秋谦让再三，同意了。

一座城市会因一些房子而温馨，因一些人而温馨。当我在锦秋的作品中徜徉时，常常想起我在巴黎巴尔扎克曾写作的小咖啡馆里、在彼得堡普希金曾散步和幽会的小径上的时光。那轻轻拂面的一抹秋风，窗帘后的一绺灯光，都会打开尘封已久的一段故事和情思。在西安，锦秋也在用她的建筑，那一个个装满古城故事的月光宝盒，给我们讲述着远去的历史，同时让我们看到正在展开的生活。

      2011年3月7日，西安不散居，时逢二月二龙抬头

银幕上的白鹿精魂

——论《白鹿原》和它的电影版

王全安,负重的三秦汉子

陈忠实先生的长篇小说《白鹿原》,是中国当代文坛公认的标志性作品。自出版以来,将其搬上银幕的呼声和相应的运作便络绎不绝。其间根据这部长篇小说改编的话剧、秦腔、舞剧纷纷推出,电视剧和电影也有过多个版本,几度排上拍摄日程,却总是"只听楼梯响,不见人下来"。为什么?一个字——难。难度太大,期望值太高。

近二十年过去,一个年轻的影人,我们敢于负重的三秦汉子王全安,终于挑起了这副担子,担当起亿万人的期盼。

十三年前,我在评论长篇小说《白鹿原》的文章中,曾以禁抑不住的激情写道:

"《白鹿原》以空前的规模和深度,打开了夕阳西下的中国宗法社会,展示了中国古典村社文明的终结,提供了许多民族精神的信息和文化心理素材、人物感情素材,极大地拓深了我们民族对自身的认知。

"小说在历史、文化、人性和生命四个维度上塑造了最后一位好族长白嘉轩,最后一位好长工鹿三,最后一位好儒生朱先生——只是这夕阳的璀璨已是最后的余光。倒是田小娥以她畸态的命运和扭曲的灵魂,迸发出一道人性的亮色——却也随之被黑暗吞噬。

"长篇成功地描绘了在传统乡村生活中,有时维护和更迭民族精神和文化传统,较之社会运动和政治军事斗争来,也许是推动历史进化、社会进步更恒久、更强大的力量。描绘了村社生活中精神领袖、政治领袖和世俗领袖的适度分离,中国近代政治斗争和村社政治生活的若即若离。以至于世俗儒道领袖、村社道德楷模,往往擢升成为历史舞台上重要的主角。

"作品写人物时,由一般的展示'两态两象'(形态、心态和形象、心象),拓展深化为展示'五态五象'(形态、心态、性态、灵态、喻态和形象、心象、性象、灵象、喻象)。人物因五态五象合一,而内部外部世界丰满。"

所以引了这么长一段对小说原作的评价和定位,是想让大家知道,将《白鹿原》搬上银幕有多么大的难度,有多么高的标准,集编剧、导演两副担子一肩挑的王全安,给自己肩上置放的担子有多么重,而观众的期待又是多么殷切。

我们眼看着这个电影团队向着一座险峻的高峰攀登,登顶固然辉煌,山道上却充满了变数。在辛勤而沉默的几年劳作之中,朋友们屏住呼吸等待,漫长的担心伴随着漫长的期冀,2012年这个金色的秋天,大家终于露出了开心的笑容——全安不负重望,向翘首以待的观众奉献了一部有力度、有质感的好电影!正如原作者陈忠实看过电影后说的:"电影要比根据《白鹿原》改编的话剧、秦腔好,它不雷同于其他改编的任何一部作品,能到这个程度真是很好了。"

王全安,好样儿的!

必然的担当　独特的进入

在电影评论界,王全安往往被归入"泛第六代",即宽泛意义下的第六代导演。这个"宽泛意义"的定语意味深长,因为它含蓄地指出了全安与第六代导演核心群体的区别,也预示着全安在电影《白鹿原》中将会有的深刻变化。

可以说从一开始,全安就显示着与第六代其他导演的某些不同,他不完全只是从自身的感受出发，在个人经历和身边人物中寻找题材，表达宣泄个我的内心感情。正像第六代导演中的章明后来回顾这一段时所说的："第六代导演早期作品描写的都是发生在他们自己身上的一些事情。而生活实际上要广阔得多。"某种意义上，这类个人化电影是 80 年代个性解放思潮迟开的花朵。青年导演们的自我固然有着鲜活的生命信息和创新冲动，但应该说主体内涵并不深厚，有些还是西方思潮影响下的时尚追求，因而很容易使自己的艺术宣言成为空洞的口号。

全安是陕北人，自小在西安生活，又成长于西安电影制片厂这样有特定电影文化氛围的艺术环境之中。也许是红都陕北和古都西安长期的生活印记和文化氛围有意无意的投影使然，也许是他对家乡土地和父老乡亲的善意使然，全安与第六代导演初期这种个人化的电影追求似乎有着一点天然的距离。《月蚀》中已经初露端倪，到了《图雅的婚事》，这距离已经有若鸿沟。他走出了个人的小天地，以一种冷静中的热切，在我们面前展开了草原人家古朴、艰难而又温馨的生存，在塞上凛冽的寒风中，我们的心领略到的是生命的自信与自豪。他在影片中传达了一个民族古朴的道德与风俗信息，其中所包含的原初人性与悲悯情怀，恰恰是当下精神世界因稀缺而急切呼唤的东西。

再后来，全安的思路和镜头，如《纺织女工》，更趋社会化，甚至打算拍"西京三部曲"。当然，他并没有完全回到传统的现实主义，艺术上依然保持着他那独特的影像解读方式。

饶有意味的是，也是在此前后，第六代导演的核心人物王小帅、贾樟柯、张元各位，也开始以不同的方式、不同的程度调整着自己的艺术向度。他们开始关注草根社会，关注边缘人群如农民工和蜗居的蚁族，关注这些人的生存状态，以及由这些人所构成的社会状态。用一种粗粝到具有"毛边"风格的"街头现实主义"，从各自独特的角度汇入了现实主义精神宽泛的河床。他们提出并实践"在方式上、内容上、形态上都能够介入这个社会"。也许在一段探索与探求后，他们终于懂得，只有介入社会，才可能通过电影确认自身的价值，也才能真正建立和维护一位电影艺术家对社会的发言权。

正是这样的第六代和这样的王全安，使他最后选择将《白鹿原》搬上银幕有了相当的必然性和可能性，也使全安有了信心，我们大家有了信任。

陈忠实、王全安，这两位生长于黄土地的汉子，以同样深邃的艺术思考和结实的艺术劳动，投入了揭示关中大地心灵秘史的浩大工程。

以完全电影的方式弘扬原作精魂

王全安作为多次获得世界大奖的、崭露头角的优秀青年导演，亲自担任《白鹿原》文学剧本的改编，是我始料不及的。一位已经有了大成就的导演，勇于承担一项自己专长之外的艰巨任务，其中的风险自不待言，外界的疑虑自不待言。而这次剧本改编的成功，也是我始料未及的。我不仅惊异地从中感受到了全安的文学素养、文化思考功底和切实、执着的艺术劳动态度，更感受到了他对这块土地、这块土地上父老乡亲的热爱和理解之深。

从影片的文学内容上看，电影在一些基本方面、在一个深刻的层次上，抓住了原著之魂，并且通过电影的可视性和独特的艺术手法，提炼和强化了原著之魂。

影片像小说一样，全景地打开了沉寂而丰腴的关中大地，打开了它的深层世界，呈现在我们面前的是近现代中国农村的一个整体性世界。这里有风云变幻的历史事件，有润物无声的文化交织，有丰富复杂的性格冲突，有微妙或变态的感情激荡，有幽深甚至畸态的心灵展示，还有流淌在这一切深处的那种氛围、感觉和味道。所有这些，编导没有以理性的条分缕析来结构、组合，而是力图寻找一种有张力的电影叙述方式，融事件、动作、心理、情绪为一体，动态地、全维地朝前推进。那背后的力量看似羚羊挂角无迹可寻，却又分明在冥冥中主宰着社会的风云变幻。全安力图以混沌的表象传达出某种规律性的脉理。在社会运动大脉理的渐次展开中,各式各样的人物和命运以自己独特的方式在潮起潮落中呼号、挣扎、奔突、碰撞,同时被时代长河裹挟着,缓缓朝前涌动。我们不知不觉就在其中感受到了一个正在变化的时代,感受到了中国村社文化那种即将逝去的悲怆和新时代正在降临的阵痛。

影片力图遵循原著写作的聚焦点,集中笔力表现中华文化精神和塑造中华文化精神涵养的人格。以可视性和行动性为优长的电影,当然不会忽略以大量的实景来再现具体的乡村生活和社会运动,但在这些艺术图景背后,编导更为痴迷的是塑造丰富的有文化价值的人物,是以人物的性格、命运,从各个角度来打开中华文化的内里——它的村社文化结构,它的伦理精神、价值观念、思维和行为方式,最后呈现出一个斑斓而浩瀚、翻腾而沉郁、曲折而又流向清晰的历史河流。作为这条河流的历史承载者,白嘉轩、鹿三、黑娃、田小娥、鹿子霖、白孝文,无一不是历史深层信息的富集者。

根据电影的长度和特性,影片适当简化和隐化了原作的家族矛盾和党派斗争,但紧紧地抓住了宗法礼教与人性吁求这条冲突主线,全力铺陈展现。陈忠实也感到:"影片把人物性格化的东西和精神负载的东西都展现出来了。"小说在扉页上引用了巴尔扎克的话:"小说被认为是一个民族的秘史",这个秘史之"秘",就"秘"在文化上、精神上、心灵上,就"秘"在将社会史、政治史秘化到心灵、人性、生命层面中去。传统中国人心灵中强烈的、呼之欲出的人性诉求和人情冲动,一直被严实地锁在宗法礼教暗无天日的黑箱子里。锁住这个箱子的,除了礼教,还有多年宗法礼教积淀在每个人心中的、白嘉轩式的文化心理。

人性秘藏于晦暗之中,是田小娥以飞蛾扑火的殉难方式,用自己的青春和生命,用自己的美丽和下贱,勇毅和变态,神圣和亵渎,撬开了中国人秘藏着的人性的一角。于是窒息其中的各种善与恶,在小说和电影的特定环境中喷薄而出。它是那么绚烂而又那么丑陋,压抑而又放荡,合理而又不可理喻！我们为影片在小说基础上再现的礼教与人性在中国几千年的生死博弈中那种旷世未有的复杂、丰富、深刻和血淋淋的残酷而惊心动魄。这也许是田小娥形象在影片中的地位较之小说有所上升、戏份比较多的一个内容和结构上的原因。

电影的主要人物谱系被结构为以白嘉轩和田小娥两人各为中心的一个网络，而鹿三、鹿子霖、白孝文等则在网络的两极之间冲突、辐射、衔接、粘连，又交织又对峙。这时候，小说《白鹿原》的主旨和意蕴便强化地得到了表达。

以精到的表演塑造白鹿原人物群雕

几位主要演员的表演基本上到位而有一定的质感，在揭示人物的文化人格上，每每有精彩之处。

张丰毅扮演的白嘉轩有着刀镌斧削的力度。他用控制而含蓄的表情，音调不高而铿然回响的吐字，尤其是不怒自威的眼神，将一个农村精神领袖那种沉着、内敛、坚执、豪狠和自信自强自尊，表现得十分到位。

他将传承千年的道德力量和精神威严储存于自己心中，可谓"内圣"。而这种个人精神上的"内圣"，在开始，因为恰好处在一个相应的传统的社会环境和道德环境中，便顺理成章地转化为"外王"。"内圣外王"使白鹿原上的白嘉轩有一股精神和道德强大的气场，使他自信到自负，自尊到自傲。不幸的是，白嘉轩又恰好处在中国古典农本社会的终结时代，虽系好族长，却是"最后一位"。他面对着一个正在来临的新时代，人心不古，人行无操，异质性的道德、文化、社会势力和现实行为如潮奔涌，常常使他陷入"无可奈何花落去"的尴尬。这是村社文化、宗法礼教在一个风雨如晦的时代必然会遇到的历史尴尬。白嘉轩自身的节操如故，要求别人如故，威严如故，但是不怒自威的眼光中已经有了一些游移，自信和自负也有了一丝惶惑。张丰毅将白嘉轩这种浓缩着历史过程的命运转折和心灵轨迹，演出来了。这样的好演员不可多得。

田小娥形象的表演难度很大。她身上有着一个扭曲的社会中一个扭曲的灵魂全部的复杂性。她灵魂中的纯真洁净，常常不得不以污秽的形态表现出来；她精神上的美善，又常常不得不用丑陋来显示。她是"恶之花"，也是"善之果"。她常有狂野的生命冲动，这种狂野，既是一位美丽女性生命固有的状况，又是一个被侮辱与被损害的灵魂恶毒的报复。

在田小娥身上，人性的建设性和道德的破坏性几乎一样大。她放火去焚烧旧的宗法礼教，却同时焚烧了传统道德中的优秀因子。她置白嘉轩于历史的尴尬，以性欲拯救白孝文的生命、羞辱鹿子霖，却也将黑娃推到一条不可知的悲剧性的人生路上，终生游荡。在表演中，要自如地把握人物这种复杂性，是大考验。我曾担心，比之小说中的田小娥，演员在气质上是不是有点"雅"，有点"文"？能表现出角色的"辣"和"狂"来吗？随着人物的发展和情绪的进入，张雨绮版的田小娥开始圆形起来，鲜活起来。演员走了另一条路子，她舍弃了"演谁像谁"的表演理念，以自己的气质渗进角色。角色的魅力与演员的魅力融冶一体，以"这一个"田小娥给了观众双重的审美愉悦。

著名导演、北京电影学院教授林洪桐先生曾阐释过这样一种演员与角色的新的关系。他先介绍了陈道明的观点："对人们说的'演什么像什么'，过去我对它是一个感叹号，而今是一个问号。"而后他认为，演员不论演什么角色都应该强调自我魅力，都应该将角色渗进自己的生命。"'我'（演员）先赋予角色以灵魂，然后再在'我'的灵魂中找到'他'（角色）的成分，交融重生，角色才能真正从心里长出来。"这时的表演，两个自我才会不隔，演员才能放松地处在一种知觉的感性状态。雨绮版的田小娥应该说就是这种表演路子的尝试了。其实这种表演理论一直存在着，只是在当下的明星时代，重新得到了推崇。

刘威扮演的鹿三，记得小说作者陈忠实在看过样片后，有一个脱口而出的评价:"刘威的鹿三演得很好,演成了中国最好的长工。"和张雨绮不同的是,演员刘威的自我和角色鹿三的自我,有不少相通之处。陕西汉子刘威和关中佃农鹿三,生长在同一块土地上,便有着文化上、气脉上更多的相通,演员的魅力和角色的魅力也便有可能在叠加中升值,给人以尤深的感受。刘威以质朴的表演基调,在鹿三身上传达出一股浓郁的"土香"和"老味"。

在社会角色上,鹿三和白嘉轩处在尖锐对立的地位,而人生处境上却有着类乎兄弟的情分。这种奇特的关系,一方面是因为旧的宗法礼教敷上了温情脉脉的面纱,这面纱早已不是外加的,在世世代代的积淀中,已经转化为所有"鹿三""白嘉轩"们的内心认同和文化无意识。另一方面,与鹿三、白嘉轩具体的个性有关。当恤人以仁、知恩图报这样一些传统道德中的光环转化为两人的性格后,便化干戈为玉帛,化对立为友朋,有了一种道德上的相知。

鹿三与白嘉轩身上,同有历史的晦暗,又同有道德的光华。他们的复杂性,也许说明了历史坐标和道德坐标的不平衡,道德精神的覆盖和惯性常常比历史实践要宽阔、要恒久。新道德常常在特定的历史实践中起革新的引领的作用,而当道德为不同阶层、不同历史阶级的人所认同时,又可能对社会矛盾起缓解和润滑作用。刘威对鹿三的成功塑造,留给我们许多思考。

黑娃的形象既不同于传统的草莽英雄,也不同于由农民反抗成长为共产主义战士的朱老忠。他毁族规、砸招牌、上山落草,在国、共、匪、儒、释中游荡,最后却又回到宗法礼教的"金钟罩"下,跪在宗祠的列祖列宗前忏悔。这个精神上的浪子始终没有跳出宗法文化的樊篱。他并非没有意识到自己被压迫的地位,这正是他仇视、反抗权贵的自发动力;但他始终没有真正觉悟到自己身上更深重的悲剧:他是白家的长工,其实更是宗法文化万劫不复的奴隶。在精神游荡中,他尝试过各种途径去寻找自己生命的归宿,却总是被不可预测的社会力量播弄,直到最后在精神上无所依傍。

黑娃身上，中国宗法文化以极大的吸引、改造能力，表现出自己的顽劣性。这是黑娃的命运悲剧，更是中国宗法文化的悲剧——这个文化以自己的封闭、顽劣葬送了千千万万的人，最后葬送了自己。段奕宏将这样一个人演得很传神。黑娃鲜明的性格表征和复杂的文化内涵、刚毅的个性和永远在受愚弄的命运，在他的表演中融会贯通，传达出深沉的悲剧感。

如果说白嘉轩是卫道者形象，田小娥是叛逆者形象，那么，成泰燊扮演的白孝文则和从小在麦地里一道玩耍的黑娃一样，也属于浪子形象。他是另一类浪子。他背叛父训，以田小娥的性为诱因，从旧文化中冲决出来，在几个营垒中游荡，经历了自毁、自救，终于归入了历史的进步潮流。他的结局比黑娃幸运，但这种幸运带着极大的偶然性。这个人物的意义也许不在于他如何有了进步的归属，而在于性如何释放了被礼教压抑的生命，从而使一个将要死去的灵魂得以在社会大潮中有了再生的可能。这些信息通过成泰燊的表演传输给了我们。

电影是靠视觉形象说话的，当一个个可见可感可思的人物在银幕上站起来，在他们的命运、搏斗、性格、思绪、感情、言行所组构的可视画面中，陈忠实在小说《白鹿原》中精心营造的天地，便一点一点弥散在、印烙在观众心里！

史笔、心象、宏韵的艺术追求

全安集编剧、导演二任于一身，为他将自己对《白鹿原》的解读、对关中大地、对那一段历史、对那一大群人物的总体感受和深度理解贯注到影片的艺术创造中去，提供了绿色通道。

我想以"史笔、心象、宏韵"来概括对影片艺术特色的感受。

史笔，注重从历史大格局中着墨；心象，聚焦于人物内在的文化冲突和心理活动；宏韵，执着于整体风格的恢宏把握，而不追逐小技巧的炫耀。用电影对特定中国历史阶段做文化解读，传递原作精魂，才是全安之所求。

艳阳之下的八百里秦川，旋转的大地和翻滚的麦浪。风的抚摸和云的流动——全安以这样动态的大全景和鸟瞰图，反复穿插于社会事件和人物故事，这是历史风云之景，土地文化之景，父老乡亲之景，劳作与收获之景，生命蓬勃之景，在不断叠加的过程中融汇为一个象征性图像。这个图像中几乎深藏着影片最重要的几个关键词。我很少看见有影片将大地与麦浪拍得如此辽阔、如此美丽。历史无论如何风云，命运无论如何纠葛，感情无论如何起落，心绪无论如何变幻，山川、土地、粮食和劳动者，永远在默默地托举着这个世界，托举着历史、社会的进步和人类的繁衍、精神的提升。这是一种大美，大音希声、大彩无色之美。它们以明确无误的镜头语言表达了编导的价值观。

逆光的运用，不但增强了人物和景物的立体效果，渲染出一种凝重的油画感觉，更让你嗅到扑鼻而来的老酒般的陈香——老去的土地，老去的人物，老去的建筑，老去的文化，种种历史的陈旧和陈旧中的美，浸漫到你心里。逆光在目的物上的泛漫，有时还会引发一种幻觉般的联想，世事的变迁，人生的莫测，多少感慨尽在其中。

赵季平先生很早就一口答应为影片作曲，但直至看第一遍、第二遍样片，仍没有动手，他说他要等到片子最后完成，有了确定而完整的艺术印象才进入创作。后来，果然一气拿出了十二段有浓郁秦地色彩的音乐，由中国爱乐乐团演奏。全片以著名的民间艺人白毛演唱的秦东老腔打头，一股苍凉慷慨之气，若长虹阵雨贯注进观众心里。影片没有设置主题歌，而是以一段板胡旋律贯穿。这段旋律由著名秦腔板胡艺术家李书演奏，几分悲怆几分激扬，几分沉吟几分慨叹，飞高遏低之中，道尽了古原的炎凉春秋，也道尽了历史和人世的兴亡悲欢。音乐不多，留出了听觉上的空间，以便于观众欣赏时，审美再创造的展开。

导演、表演、摄影、音乐、美术，到位而各有特色，各种电影艺术元素之间也显得协调。更可贵的是，艺术上的一切手段都注意了与磅礴的史诗气魄相呼应，因而能够将原作的史诗气魄具象化、可视化。影片与中国电影的现实主义精神相呼应，又对现实主义电影实践有新的探索和丰富。当然，编导也不是不可以更多地从世界电影审美接受的角度，从当下电影市场的一些新趋势中，再做些许校勘和调整。总的来看，现在全片的节奏还显得拖沓沉滞，电影观念也略显传统。

据统计资料，近两年，国产电影从类型上看主要有爱情伦理片、喜剧娱乐片、惊悚悬疑片、动作片等十几类，而真正具有史诗和文化追求的影片却是凤毛麟角。论者分析，从电影文化角度看，娱乐至死的媚俗倾向，智慧乏力的雷同现象，仍然有增无减，社会和市场对追求艺术之美、人性之暖和意蕴之深的影片，呼声日渐高涨。

在这样的电影审美和电影市场背景下，影片《白鹿原》的诞生，可谓正逢其时。曾经给关中平原带来惊喜和灵气的白鹿，当她美丽的身影从小说而闪现于银幕的时候，会给电影界带来怎样的惊喜呢？曾经以他的作品多次给我们带来惊喜的王全安，这次又将用他的《白鹿原》给中外影坛带来怎样的惊喜呢？

2011年11月2日，秋去也，冬至矣，不散居—望湖阁

灵境艺术：尼玛泽仁的天路

被尼玛泽仁先生震撼，是在万米高空的飞机上。我们相邻而坐，一道去南非和阿联酋访问，他打开苹果电脑让我看他的画，看得我半晌无语，心里则翻江倒海，电光火石般闪过一个词：雪域灵境！

灵境艺术，便这样成为我对尼玛泽仁艺术追求的感悟和定位。

一

尼玛泽仁是十世班禅大师于 1986 年法赐的"班禅画师"，是一位扎根于藏民族文化和藏传佛教血脉之中的艺术家。这使他与中国当代画家明显地区别开来。他又是一位有幸在十四岁便被选进四川美院民族班，系统接受过中等和高等现代美术教育的藏族艺术家。在现代美术教育中，他有了扎实的童子功，有了现代文化坐标和国际艺术视野。这又使他与当代同民族的许多画家区别开来。

尼玛泽仁以丰厚的藏文化底蕴、独异的高原风情感受和中西交汇的笔墨技法，营构了自己的艺术天地。他画藏地山水、藏地佛像、藏地人物风情和宗教习俗，也画汉族风情和人物、现代生活和人物（如孙中山、秋瑾和郁达夫），乃至域外的阿尔卑斯山下、莱蒙湖畔、佛罗伦萨古城、威尼斯水巷，也无不进入他的画幅。他勤写生、重造型、精用线、善晕染，在广阔的社会时空和艺术时空中显示出一位画家的成熟，也显示出一位民族艺术家的责任。这个责任不仅是民族的、信仰的，也是国家的、社会的（为汶川大地震写真，讴歌抗震军民就是明证）。他说，关注他国他族的生活和文化，"是为了将其纳入中华民族的藏文化为我所用，也是为了使藏文化融入世界"——以此种种,尼玛泽仁独立于中国当代艺术之林已是不争的事实。对此艺界早有定评,无须赘述。

艺术上的多尝试、多转移、多积累,为他奠定了金字塔底座,为他向珠穆朗玛的极顶冲刺储备了精气神。

二

我认为尼玛泽仁最具开创性的探索,最值得重视的成就,在于他的灵境艺术。在完成艺术奠基之后,画家以几十年的艰苦探索,以大量的佳作精品来构建这一艺术殿堂。

一千三百余年来,藏民族的绘画是在宗教发展过程中形成和发展的,主要表现佛光普照的世界,作为寺庙供奉品存在着,因而往往与社会的发展脱节。这种情况一直延续到 20 世纪 80 年代。欧洲从文艺复兴开始,几乎花了五百年才完成了由神本宗教绘画向人本现代绘画的蜕变。尼玛泽仁希望能借助时代的推力,沿着灵境艺术的路子,在自己这一代手里完成这个转化。功夫不负有心人,现在看来,他的灵境画已经远远走出了藏族和其他民族的寺院画,走出了以唐卡为代表的旧藏画,从价值坐标、审美观念到艺术手法各个层面,将传统宗教画与现代艺术做了圆融无碍的交融,开启了一代新风。

这才是尼玛泽仁给中外艺术宝库提供的真正瑰宝,是他的艺术真正的价值所在。艺术上的独诣和孤行是创意和创造的别称,永远应该是我们目不旁骛的关注焦点。

我想在这里列出他一长串作品:《最后的净土》《天驹》《遥远的回忆》《生命》《远古的音符》《有故事的土地》《朝圣路上》《鹿的女儿》《寂静的轮回》《无尘的世界》《黑白世界》《吉祥高原》《春风满空来》《辉煌的遗迹》……让我们远离尘世的喧嚣,安静下自己的心,安顿好自己的魂,慢慢进入每幅画所展示的世界,继而打通所有的画,沉浸到这些画共同营造的那片幽宏宁寂的宇宙中去。

雪域高原的山川、风习、宗教和人物,永远是尼玛泽仁创作和生命的根基。但在他的灵境艺术中,高原风物已经由客体对象置换为主体情思;物象和形象已经升格为寓象和灵象;艺术素材已经转换为文化元素和生命符号。艺术家在彼岸的宇空中,营构了一个深层对应着此岸而又远远超越了现实的灵境。这种灵境,超越了艺术坐标上的习惯表述——境界,也超越了社会坐标上的习惯表述——世界,进入了宇宙坐标的表述——灵界。艺术家以灵界将生命境象和宇宙境界融为一体,并赋予其鲜活的生命形态。

这是一个以灵为真、以灵为善、以灵为美的大境界,这是一个将生命之灵融入宇宙之境后,所产生的万物有灵的瑰丽而诡奇的图像。英国心理学家戴安娜对此一语中的:"西方绘画给人三度空间,而尼玛泽仁的艺术不仅开拓了新的视觉空间,而且拓展出新的心灵空间,接通了宇宙、自然和人在精神上的感情。"

尼玛泽仁的探索在中国当代画坛罕有其匹,他是艺术上开宗立派之人,是艺术史应该写上一笔的人。

三

尼玛泽仁灵境艺术的特点可以简明地概括为"灵境合一、道艺并重"八个字。

灵境合一——在灵境画中,画家很少画具体的器物之像,也不再一般地画人物之像,而是调动一切艺术手段,全力去塑造灵象。

在他笔下,人之像常常幻化为超现实的灵幻人物(如佛界人物),境之像又常常幻化为超现实的灵幻环境。通常的人物画尤其是肖像画,以对人物形象的细腻描绘来传达审美意蕴,而画灵幻人物,则是运用人物形象极大的张力和变数,也运用人物对环境极大的辐射力(譬如,通过云霓雾岚有意味的叠加、晕染，构成幻象），将灵象与境象融为一体。《遥远的回忆》，在黑洞似的时光隧道中，用构图和色彩上经过变幻处理的古月、古山、古树，营造出宁寂的遥远的意境。人和马在灵光的照耀下与环境融为一体，又从环境中凸显出来，在遥远的意境中诉说着遥远的回忆。在这种宇宙的空间感和宗教的肃穆感中，具体的形象——具象，提升为灵象和寓象。

《生命》一幅，以图案感很强的大山褶皱为背景，对前景上的人、牛、水罐这些生命符号，通过结构和着色做了突出处理，然后用满月（或弯弯的牛角）将这些生命符号圈构成一个具有本体象征意味的图腾。画家以暖色调强化山的温暖和人的吉祥，在人与山的对话中传达生命战胜一切的暗喻。《鹿的女儿》更是以各种超现实的色彩叠加和光影运动，营造了天、地、人在一个洪荒年代的灵幻境界。《黑白世界》是一幅更趋近现实生活、以人为主体的作品，艺术家依然运用色彩寓意，凸显暴风雪之中天地之白和牛群之黑的反差，以迷漫的风雪制造迷幻的氛围，并将身着彩色藏袍的牧女处理为整个画幅的焦点，暗寓人的伟大。

尼玛泽仁的灵境艺术将环境（尤其是自然环境）的审美作用开掘、拓展到了新的层面。灵象之象，在他笔下，不仅在人，更在境，在人境显在与潜在的合一中。说极端一些，他的灵境画真正的主角只有两个，人（灵）与天（境），主题只有一个，人（灵）与天（境）的对话。人或佛只是在与幻境融为一体并成为幻境的核心元素之后，才能对审美主体发生特殊的感染作用。在造境的过程中，艺术家大幅度超越了对人类具体生活的再现与表现，也跳出了以此岸生活视角去表现彼岸生活的老路子（中国许多传统的宗教寺院画，都是以地界的人生图景去复制天界神灵样态的）。他用灵境艺术理念，打通天国宗教精神、雪域高原气象和民族独异风习，打通形、神、虚、实，创造出一种全新的心灵境象和艺术境象，也冶炼和锻造出相应的艺术手法，创意水平和创造功力都堪称一流。

在《远古的音符》和《最后的净土》中，人的直接形象被隐去，人的形象以人的文明成果——岩画、寺庙作为间接形象出现在画面的山体中。天人之间这种间接的对话，含蓄而有意味，反倒强化了审美感受。而《朝圣路上》，从标题看人是主语，画面却压根儿没有人，只有境。画家一味去画朝圣者在途中感觉到甚至是幻觉到的天界和神界的灵境：山若宝石般瑰丽、晶莹而富有光泽，雪若少女的裙裾洁白纯净，树在不同光影的衬托下摇曳变幻。我们看不到朝圣者，却看到了朝圣者内心，他们心中的天国神境何等美好，对天国的向往又何等神圣。艺术家描绘的朝圣路上的这个灵境，不能不诱发我们心中的虔诚。《寂静的轮回》也是以无人之境去表现人、表现人生的轮回。画家以那些很像是存在于太空中的光昌流丽、色彩斑斓的山峦，创造了天国灵境的幻觉，向我们这些红尘中人暗示此岸和彼岸、此生与来生、物与神、肉与灵之间的辩证轮回关系。

在尼玛泽仁这些灵境合一的作品中，人与物都已艺术化为"亦人亦境亦幻，非人非境非幻"的图像，生命与世界处于灵界天地之中，无论和谐还是冲突，都充满了浪漫情怀和哲诗意味。

四

道艺并重——道是指生命含量，艺是指审美含量。艺术品质的提升过程，是由术（技）而艺（美）而道（哲）的过程。尼玛泽仁实实在在经历了这个过程，并将这种提升落实为不同阶段的艺术实践。他总是从民族精神的深处去寻找画作之魂，然后以造型的语言赋予其生命形体，此乃道艺并重之谓。

如果画家满足于早年科班学到的童子功，满足于后来对现实生活纯熟的写实再现，就不会有灵境艺术的成功探索。我们能从他创作的变化中清晰感觉到，尼玛泽仁是一位有哲理思考、有文化自觉、有终极关怀的艺术家。他将自己对生命和信仰的思考扩散到一切表现对象上。在画家的生命感悟和艺术感觉中，宇宙皆有生命，万物皆有灵性。这种灵性存在于宇宙的变化运动中，存在于人对宇宙的生命感应和审美灌注中。而人作为万物之灵长，更应该是有信仰的，唯有信仰方可使人获得形而上的意义性生存。他在画作中显示出来的这种宇宙和生命的大道，抓住了藏民族和藏文化的内在精神质地，也与我主张的"四文文化"理论暗合。我认为社会发展到今天，人文文化应扩散到天文文化、地文文化、生文文化中去，亦即人类在对自身实现人文关怀的同时，应该对天地、生物担当起关怀的最终责任。这种最终责任是一种文化自觉和科学自觉。当天地、生物、人类各层面的关怀组成螺旋性链接，并实现了良性的互动和循环时，人文关怀才得以终极实现。这不正是尼玛泽仁在他的灵境艺术中，能够从天地万物中看到生命、看到人生的种种象征和暗喻的根本原因吗？

同时，尼玛泽仁能够将自己对大道的追求，出色地融汇到创作实践中去，转化为作品的构思、构图、色彩和笔墨。每位画家都不免有即兴率性之作，尼玛泽仁也一样。只要他进入灵境画的创作，艺术态度会倏尔变得分外庄重、肃穆、精心。这时，艺术质量总是他的第一追求，每幅都能看到探索，每幅都堪称上品。在这些画作中，既重构、重彩、重线、重幻觉叠加式的表现，又重民族与宗教传统和现代视觉、构图的融合。不妨欣赏一下《有故事的土地》和《岁月》。前者具有民族史诗的品格和规模，却将主角——人压缩得很小，倒以拟人化的大山作为主角来表现。布满画面的这些山，调子统一却又色彩丰富，充满了现代光影效果。无一不在画山，又无一不在寓人。后者更是将牦牛、玛尼石、彩色经幡等民族符号，日、月、树、云、天等宇宙符号，组构到装饰情趣、哲理意味很浓的超现实的构图和色彩组合中去。你不能不慨叹画家的匠心。

五

尼玛泽仁曾表白："发展藏族文化、传播藏族文化、引进外来文化与藏族文化的交融是我终生所追求的。"灵境艺术可以说是他实现上述追求的绿色通道。这也道出了灵境艺术创新的核心意义，即镌刻藏民族精神的生命形体，召唤、引领藏族文化与世界文明、现代文明的交融，以无垠而又无言的大宇宙展现来提升人类精神境界。

他的灵境艺术从根本上改变了原有的藏地宗教绘画理念。尼玛泽仁对人性光彩做了神性化的提升，使生命的美善神圣化；又对诸神世界做了人性化的"降临"，让诸神进入人类日常生活；同时相应地创造、融合了许多新的艺术手段和技法。他的作品所表现的，是在极地的风雪中生命迸发出来的极致张力，像远古的音符记录着文明旋律的无声的岩画，人类神殿布达拉宫和宇宙神殿珠峰遥相凝视、万世辉映……他的作品都成功地给不可见的精神世界赋予了可见的生命形体。这为藏传佛教画和藏族风习画走出地域、走出庙堂，为藏民族文化、藏传佛教精神和现代生活、现代艺术接轨，提供了开创性经验。

他的灵境艺术，由生活和心灵的形象和寓象入手，提炼出藏民族文化精神的根本气质，并且做了极致性的艺术表达。这种根本气质就是整个民族对于形而上的理想境界不可移易的坚守。人类直到科学发达的20世纪才进军南极、北极，而藏民族却千百年来一直顽强地生活在地球的第三极——珠穆朗玛的怀抱中。他们在世界屋脊上创造物质文明，积淀雪域文化，构建自己独有的精神体系。他们漠视生存艰难，从容对待死亡，向往轮回，崇拜宇宙，将对终极真理的执信转化为世代不变的信仰。这使藏民族在自己的心灵里保存了人类最为圣洁的沉淀。通过灵境艺术，尼玛泽仁用现代文化视角、现代审美坐标、现代艺术手法深层发掘了存在于这块土地上的人类原初的精神和灵魂本体的颤动，并将藏民族的力与美推向极致：他们的刚毅、伟岸和所承受的忧患、苦难均为世所罕见，是一个能够征服险恶的自然世界同时能保持自己崇高精神世界的民族，是一个空间站位和精神站位都处于地球之巅的民族。

他的灵境艺术还给当代社会提供了精神平衡仪和情绪减压阀。尼玛泽仁用灵境画集中展示的宇宙的无垠，精神的宁静，理想的虔诚，信仰的纯净等坐标，对于欲望喧嚣、灵魂无声的当代社会，对于精神失衡、情绪焦虑的当代人，无疑是一种难得的清醒和救赎。他所营造的灵境，像悬浮在人类精神上空的云霓，以自己崇高的视点，对于匡正当下社会价值坐标的某种偏颇，有着特殊的意义。

从艺术创作的角度看，他的灵境画也远远走出了当前美术创作中流行的争论和苦闷。像《极地的梦》《最后的净土》《生命》《鹿的女儿》这些作品，无不以世之外、界之上的宇宙景观、心灵景观和天国追求，从当下美术创作的圈外，"空降"了许多醍醐灌顶的诗情、画意、哲思。同时，从中心性构图、以线造型、色彩极致反差和意向写意中，从铁线描、高古游丝描手法中，从激情四溢的造型中，又能看到唐卡和国画传统，乃至巴洛克艺术丰厚的营养。一位能够多年潜心于融会贯通而后登上高原，以强大的静穆向艺术世界发出自己声音的人，难道不是大音希声的至高境界吗？

2012 年 8 月 11 日，西安望湖阁

长夜写恭达

我与恭达可以说是老朋友,但往往一两年才能见上一回。见面时无寒暄,交谈中有心仪,离开了又时在念中。这是不是就是古人说的那种君子之交呢?

去年10月在昆明开会,谈到想对他的书法创作写一点心得,说时随意,进入却难。难在一读他的作品便容易沉入那种神驰八荒的无我境界,浸淫其中难以自拔,在这种状态中何谈结晶理性思考?有时有了一点触动,却发现要展开和深掘是那么不容易,准确表述出来就更是难乎其难了。几个月里,便这样拿起来,放下,放下了又拿起,延宕至今。今夜的西安,天被雨水洗得湛蓝,幽远的星空正可静心正好敛意,终于正襟危坐,疾笔而书,在这个夏日之长夜写出我心中的恭达。

在鉴赏艺术家及其作品时,我最想捕捉并告诉他人的,首先是这位艺术家对艺术、对社会、对生命,到底意味着什么。这也是我感知恭达创作首先琢磨的问题——他对中国当代书法、当代书坛意味着什么?意义又在哪里?

古往今来真正进入创新层面的书法家,其实都面临着三个悖论、三对矛盾。第一个悖论是,已经相对固化的书法表达系统,和每一位书家变动不居的社会、生命、情绪内容的矛盾。当代书家决然不能脱离传统,不能脱离已经固化为程式单元并早已规律化的书法传统,像真草隶篆,像籀典碑帖。书法与绘画不一样,不是以客体对象本来的面目,或经过创作主体艺术变形的面目来反映对象的,而是以抽象的符号来表达具象的书写内容和书家情绪。它总是在形式不出现大幅变动的前提下,实现内容、情绪的千变万化。

甚至某种程度上,对书法固有符号精到而传神的重复,以及重复中的微调重组,都可以构成书法作品的情绪性内容。这些内容带有心灵密码的性质,只可意会神察，只可感染启悟，只可心灵传导，而难做通常意义下的普泛传达。书法的诗文内容，是作品可做社会传播的内容，却又因其普泛而带着表层性。由此看，传承传统，对于书法家而言，其实已经是在寻求一种表达深层情绪的渠道，它有多么重要是毋庸多言了。

第二个悖论是，书法艺术的极端个性化、内心化、生命化与书法书写符号的社会化、通用化的矛盾。社会交流的共用符号和个人私密的心电图，便常常构成书法艺术第二组内在矛盾。书家的作品一定要充溢着强烈的个人的生命感、情绪感，而这种个人情绪又必须通过非常不个人化、非常程式化的社会通用符号来表达。如果只是关注能否娴熟地运用传统程式和公共符号来书写，那只是复制技巧的高低，有了个性情绪、意绪的植入，公共符号才会有灵魂，潜藏于符号中的美和生命才能被点亮。这时，公共美的信息才提升为个性美、生命美，才具有书法艺术深层的审美价值。

第三个悖论是，书法本体上的传统性和个性，与书法从来就存在的现代性、社会性的矛盾。书法创作的个别性决定了书法创作的具体性，这种具体性又决定了它的现代性、社会性。从书作具体的社会人生内容直到书家创作时具体的境遇情绪，在创作的现场，无不是现代的、社会的。王羲之的《兰亭序》，放在创作的晋代，其实是非常当下的。其中所记叙的兰亭雅集，本身就是一次带有时尚性的文化活动，文中由雅集引发的种种感慨、种种哲思，也无不具有当时的社会性——它起码反映了魏晋时期社会开放、文士风流的景象，它从文人心态折射出社会风气，又和春日景象汇为一体，而具有了生命感、宇宙感。《兰亭序》因此而超越了当下，引发了永恒的生命共鸣。颜真卿的《祭侄帖》更是书家在中唐社会动乱中的人生折射和情绪写照。书作就这样超越了个人，超越了时代而具有了永恒的生命感。书家是社会的人，他的个体人生、个体情绪从来是社会生活、社会情绪直接或间接的审美反映。有时越个人化，隐藏的社会信息量越有深度。信札这一品类所以在书法创作中别具价值，除了随意性、即时性和艺术性三者交融所产生的审美情趣，恐怕也和信札较之诗词更真切地表达了社会人生和生命意趣有关吧。

一切大书家——二王，颜柳，苏东坡，赵孟頫，郑板桥，都深深卷进了社会和时代的旋涡，那些处在社会边缘的书家，也总是在情绪深处呼应着社会和时代。只关注一己生命的艺术家，没有社会与生命辐射力的艺术家，免不了显出小格局和小家子气来。

创造性地处理好个体生命、社会风云和艺术传统三者的关系，是摆在一切艺术家面前的难题，也是摆在恭达面前的难题。这是一切艺术家创新的突破口，也是言恭达书法创新的突破口。艺术家在自己作品中对这个问题的回答，常常是艺术创造力、创新力的核心呈现。

恭达的艺术探索和创新正是从这里开始的。

他早年以沙曼翁、宋文治两位大家为师，奠定了自己的创造性基因。记得五十年前我在《光明日报》评论过文治老的国画，最主要的观点就是认为宋先生有超强的融汇百家为自家的艺术创造力。有了这种创造基因，恭达全面进入中国古典字符世界。从篆籀入手溯源探流，往返研习于碑帖的长河，又以自己的学养才情陶铸百家，独成风格。他认为，篆籀是中国象形文字的质地和最早的渊薮。他从篆籀中得其笔法笔意，传其金石之风，既得其技，亦得其味，即"清、拙、厚、真"四字。这是笔墨之趣，也是人生岁月之趣，历史沧桑之味。

不止于此，恭达更重视的是领会传统之神，这神便是写意精神。他由早期象形文入手，逐渐由源头迈向中下游，在符号化的路径上一路走来，由篆而隶而草，由形而神而意。写意精神是中国艺术的本质特质和基本精神。西方思维以实证为主，故表达体系偏重精确；东方思维以感悟为主，表达体系则偏重浑一和模糊。中国人的实践理性偏入世而近儒，中国人的艺术理性偏出世而近道。其实大而化之、得意忘形、简约传神、意到笔不到等中国审美理念，最早的源头无不和中国文字的象形特征所衍生的多义性、写意性有关。正是这种由中国书法艺术中蒸腾出来的写意精神，渐次弥漫而及绘画，而及诗文，而及人生行为，成为中国艺术和东方生存的重要特点。也正是在这个意义上，即由象形走向写意的意义上，我们说中国书法足可称为中国艺术的极致。

这就特别要谈到恭达出神入化的草书。草书使他在传统深厚、传承严格的中国书法中找到了寄寓自我生命奔涌的渠道和样式。在其草书中，我们看到了另一个恭达，这是内在生命冲决了生命外壳的恭达。激越冲决了法度，鲜活冲决了古拙，灵动冲决了沉雄，却又以江南之秀骨和筋力，将雄浑与清逸融冶一炉，呈现出一种难得的和谐之美。

最令我惊喜的是，这种冲决又无不中规中矩，相犯于法内而相因于法外。恭达以坚实的篆隶奠基，主打中锋硬毫，又以羊毫长毫裹锋行笔，平添了高古和秀逸之气；偶舞侧锋则显些许飘逸。功力融入活力，书家的生命跳跃于高古飞动的墨线之中。这些创造，是法外之法，是无规矩的规矩，更是超规矩的个性生命在新规矩中的奔放。如此高难度的熔铸，恭达写来是如此浑然天成，好似书家的真性原本就是书作的法度，而法度又原本即为书家的真性。难道法度真是为书家的真性而量身打造的吗？

有时我会纳闷，最生命化和最格式化怎么会在书法这么一种艺术中得到融汇和统一？书法强烈而不可遏止的生命追求，可能正是它从篆、隶、楷各种法度森产的书体中脱颖而出，最终走向行草的原因吧？也正是恭达从最严谨的篆籀入手而最后腾跃入大草化境的原因吧？这原因与其说是艺术的，不如说是生命的。

恭达不但得传统之神，而且直取传统之道。这道就是：从艺术精神中冲决而出，进入人生社会之道；从以艺术实现个体生命，到以艺术济世救心承载起社会担当这样一个大道。这里需要特别说说他的主题性大型创作和书法社会活动。他的精品佳作不仅先后参展国内外书画篆刻展五百多次，获得多项大奖，而且花费大量精力参与组织了许多书法展览、论坛和各类活动。近年来，他在联合国总部"首届中文日"举办过特展，为北京奥运会创作了《体育颂》长卷，为上海世博会创作了《城市让生活更美好》的长卷，在美国夏威夷大学展出了洋洋几千言的《世纪脊梁——言恭达推动百年中国历史进程人物诗抄》，还创作了自作诗十首《时代抒情》，最近又创作了关于"中国梦"的长卷。他先后捐赠数百万元巨款给社会公益慈善活动，受到多次表彰奖励。有的艺术家常常有意无意地将个性释放和社会担当对立起来，但恭达却能做到鱼与熊掌得兼。一系列大型主题性书法巨作和书法公益活动，正是他个性释放和社会担当完美融汇的结晶。这些巨型作品不但产生了极大的社会影响，显示了书家艺术上的炉火纯青，更表现出一位艺术家的人格力量和社会责任，对我国文艺界关注民瘼、担当社会的新风尚起到了引领作用。

其实，个体生命激情本来就是社会情绪或隐或现的、个体化和个性化的表露。社会情绪、感情、风气、德行，又从来只能通过个体生命才能得到体现和聚集。艺术家作为掌握一定审美和社会话语权的人群，个体生命尤其是社会情绪的集聚点。即使有人排拒传达社会共有的情绪、感情，这种排拒本身不也构成社会情绪的一种吗？

2013 年 5 月 30 日草，6 月 20 日改，西安不散居

攥起拳头，撒开巴掌

——陕西当代书画艺术走势

改革开放以来，陕西近二三十年的书画艺术走势，我想用"攥起拳头，撒开巴掌"八个字来概括。

先说国画。长安画派作为一个倍受赞誉的国画流派，从1961年诞生至今，价值和影响都一再提升。为什么这个流派能够长青？窃以为是在"撒开巴掌"的基础上"攥紧了拳头"。

"撒开巴掌"，是指长安画派原本是在广纳博取的开放文化结构中形成并发展成熟的。这种开放，表现在四个"出入"上。

出入于百年来中国画的各种创新探索，走自己的新路。百年来中国画谋求新变，主要循着两条路子进行。一是在对古典国画传统的"再开发"中求变，代表性人物如吴昌硕、齐白石、黄宾虹；一是融汇西画观念方法，在"调和中西"中求变，代表性人物如任伯年、林风眠、徐悲鸿。但还有第三种探索求变的路子，这便是受五四新文化运动和普罗文艺的影响，20世纪20年代兴起的"到民众中去"的艺术活动，长安画派宗师赵望云便是这方面的一个代表。"到民众中去"的精神后来被石鲁、黄胄、方济众、徐庶之、李梓盛等光大发扬。那以后，这个群体虽然受到各种政治意识形态的影响，但总体上一直在坚持、发展这一平民绘画传统，一直关注表现广大民众的生活和感情；同时认真领会中国美学精神，力图在历史题材、平民生存、田园情趣和山川气度的再现中，融进艺术家的心性和灵悟，尽可能将客体的再现转化为艺术家生命的倾诉。

出入于大生活和大生命,以生命体悟催化艺术创新。赵望云早期被誉为当时中国画坛"为人生"思潮的先驱。他和弟子黄胄、方济众、徐庶之的作品,体现出强烈的民生意识。另一位宗师石鲁,在早年的《变工队》《兰新路上》《古长城外》等代表作中,也流贯着反映现实新变的炽热情愫。他们关注的人生不是小人生、小生活,而是大时代中广大民众的生活状态和生存需求,以及蕴于其中的精神、情绪,是大人生、大生活。

到了60年代后期,长安画派的目光由大生活开始向大生命转型。但不久便跌入了"文革"的炼狱,在社会和人生的大痛苦中,灵魂被一次次撕裂,生命却因此一次次淬火。他们开始不约而同地以不同方式,由直面生活、直面时代转向直面人生、直面生命。"新中国画"也便逐渐被"新文人画"替代了。

出入于黄河文化、西部文化,以新异文化因子改变画坛格局。长安画派几位元老画家,在人生背景、文化源流和艺术追求上各有特色,每个人既是独立的创作主体,又具有群体的同一性,这便是相似的地缘风貌和地缘文化色彩。从远处说,他们直承汉唐的大气,沿袭了古代边塞诗铁马冰河、大漠烽烟的雄强;从近处说,他们重新发掘了中国西部之美。赵望云群体对西北之美的发掘,石鲁群体对陕北之美的发掘,何海霞群体对秦地山川之美的发掘,重新将西部推向了艺术表现的中心舞台,并引领了美术界对西部的热切关注,产生了像刘文西"陕北人物组画"、邢庆仁《玫瑰色回忆》这样一批精品力作。

出入于绘画的中法和西法,执守国魂西用。在艺术上,长安画派既反对民族保守主义,又反对民族虚无主义,总是在出入于中法和西法,在坚守"国魂西用"中,踏出新路来。一方面他们像西画家那样,在对对象的描摹中积累造型素材，提高造型本领。这个传统从赵望云早年的平民写生、西北写生和石鲁的陕北写生，到两人后来的埃及写生，再到方济众的汉江写生，一路贯穿下来。另一方面，吸收西方的艺术营养，譬如运用西画的间色、复色甚至环境色的表观方法，融入国画的色彩表现体系。再一方面，始终坚守中国绘画美学的根本立场。其中最为突出的，便是强调绘画的主体性原则，强调"外师造化，中得心源"，"物为画之本，我为画之神"，将"心"与"我"，即创作者的精神主体，放在核心位置上。他们的创作几乎都经历了一段由外而内的转化，由更重客体到更重主体，由更重物象到更重心象，由更重形象到更重意境、意象和寓象。在绘画的形式语言上，也经历了由写实到写意，由实写到意写，由摹象表事到抒性写灵的变化。

如果说长安画派是这样在"撒开巴掌"中诞生并走向成熟的，那么石鲁在60年代初代表长安画派提出的艺术精神则是一次在艺术精神上"攥紧拳头"的行动。从此它有了自己核心的艺术精神，这便是"融汇－探索－创新"。探索、创新的基本方法是什么？是"一手伸向生活，一手伸向传统"。"一手伸向生活"，不是匍匐在生活脚下，而是"生活为我出新意，我为生活传精神"（石鲁）。"一手伸向传统"，也不是匍匐在传统脚下，而是将传统中的他者经验和类象经验转化为个体的独特经验，在传统绘画的要求中融进画家的生命和艺术体验，使传统获得新的活力。

改革开放之后，陕西许多画家在承续长安画派艺术精神的基础上又有新的探索，如刘文西在多年实践基础上提出了黄土画派的理念，吸聚、引领了一批画家。长安画派与黄土画派均列入省上文化发展的重点工程。作为现任省美协主席，王西京以"长安精神"为大纛，将全省多彩的绘画现象呈示于世。其中包含着崔振宽、苗重安的苍莽山水，江文湛、王金岭的意趣花鸟，张立柱、邢庆仁的土风乡情，郭全忠、王有政人物的悲怆和温馨，以及他自己在人物画中表现出来的线条趣味。再加上更为年轻而有实力的一代，"长安精神"传递了一个信息：陕西国画创作重又撒开了巴掌，开始了多向探索。

在撒开—攥紧—再撒开的过程中不断提升，这就是陕西当代国画创作的轨迹。

再说书法，陕西的书法当下也正孕育着新的动向，正处于由撒开巴掌到开始攥紧拳头的阶段。陕西书法渊源恒远，功力深厚。石鼓文、金文、石门隶，是中国书法提升为艺术之后最早的一批开创性成果。历朝历代的名碑石刻遍及三秦大地，西安碑林更是将古代书法瑰宝集于一堂，聚合为中国书艺的最大气场。近现代更产生了于右任这样开一代书风的创造性的大师。陕西作为享誉中外的"书法之乡"，既为书家提供了丰厚的营养，也容易滋生"大树底下好乘凉"的心理。因此，尽管陕西书家个人功力较强，整体水平也高，风格流派纷呈，对书家个人的评论也很多，但是对整个书坛现状和未来的宏观思考，则稍嫌欠缺，在理性指导下策划的集群性创意活动也不够。

在文化强省的呼唤中，老书法家杜中信提出了秦地书家探索"三秦书风"的命题，得到了广泛响应。一时议论纷纷，佳论迭出。这是陕西书法界少有的一次从理论高度对自身做宏观定位的讨论。虽然讨论才开始，还有待丰富和深入，却意味着书法界群体自觉的苏醒和提升，意味着将撒开的巴掌攥成拳头。

文艺创作的活跃和繁荣常常以流派纷呈来体现，流派是文艺创作多元化和深刻化的显示，是特定时期书法集群艺术信息的聚合。"三秦书风"是相对于其他地域的书风而言，例如江南山清水秀，南人性格文隽细腻，书法艺术追求书卷之气，书风秀润，俊秀飘逸。关中则天高地阔，民风淳朴，秦人性格粗犷豪迈，以其淳厚、大气、浑朴、刚烈的文化风气而独立于众多地域文化的格局之中，书法艺术则以古朴厚拙、气势磅礴为魂，和其他地域书风迥异。

陕西书法的刚强遒劲、朴实敦厚，自古至今一脉相承，从颜真卿、柳公权经于右任，直抵刘自椟、卫俊秀、吴三大、雷珍民、杜中信、李成海等，虽然书体各异，但用笔朴实，用墨浑厚，笔性苍劲，却是共有的特色。这种"个性样式"使"三秦书风"得以确立并聚合各方才俊，握紧拳头，脱颖而出。

当然，在强调流派、握紧拳头出击之后，陕西书法说不定在哪一天又会再度撒开巴掌，进入一个多向探索、烽火四起的新阶段。

2012年6月23日，西安映塔影斋，时值壬辰端午

密体山水的新风姿

——《马继忠画集》序

  自古以来，秦岭就是中国和中华民族意象群中的一个重要符号，在那令人向往的幽深和神秘中，有着生命解读与艺术感味无限的可能性。萌芽于晋，历经隋、唐二朝的历史流变，中国山水画到了五代、北宋时期，形成了山水画史上的第一个高峰。身处秦地的长安关仝、华原范宽，以其气势雄强的作品描绘秦岭一脉，与营丘李成被并称为"三家鼎峙，百代标程"，成为北方山水画派的代表人物。自此，作为中华生态与文化屏障的大秦岭，成为北派山水一个重要的描绘对象和艺术意象。进入大秦岭，解读大中华，创造大作品，一直是历代中国文人和画家梦寐以求的事。

  命运是那样的青睐马继忠。他虽出生于齐鲁，却成长于陕西，毕业于西安美术学院，毕业后又有幸在秦岭主峰太白山腹地工作、生活了整整十三年。在这段漫长的岁月中，继忠拜岳问道、临水寻艺、穿林落笔，接续秦岭的气脉，收纳秦岭的气象。在对秦岭夜以继日的阅读和体味中，他的人生也变成了秦岭这部长诗中的一行诗句。他献出自己生命感悟和艺术感悟处于最佳状态的青春年华，与层峦叠嶂的大秦岭融为了一个生命体。

  秦岭岁月给画家血脉中输进了依恋山水的基因，这一基因此后一一诉诸笔端，倾注于宣纸之上。在多年的探索中，他追寻以密体山水表现秦岭繁复茂密、生机蓬勃的路子，逐步构建起自己的密体山水体系，并呈现为自己画作的整体风格，日渐臻于成熟。"元四家"之一的王蒙，是密体山水流派的创始者，讲究以实代虚，精心营构繁复的丘壑景观，更讲究以书法入画，在用笔上透出深厚的功力，但王蒙之后致力于这一路子的画家并不多见。继忠承接并发扬了中国古代绘画的稀缺性流派，其功自不可没。

他的崇山大岭、茂林飞瀑，有幽远的意境、恢宏的气势，充溢着大自然的郁勃生机与活力，颇具北宋山水的真谛。他用笔苍莽蓊郁、笔笔入纸，畅情达意，展示出画家以书法入画"写"出对象的功力和修养，为长久以来日渐消颓的北派山水画带来了一丝新意。这一切，皆源于其十几年来依秦岭为伴、率真质朴的独钟山川之情怀。

继忠的作品，上承古代密体山水传统，而又在自我的生命体验中自成一格。他擅长将千山万水、厚林深壑转化为高密度的线条，并且作了极具美学意味的组合。于是，密线除了是表现山水的独特手段，作为艺术的形式语言，本身也成为审美对象，具有了独立的审美价值。每次读他的画，我总是在那密线交缠起伏的旋律中，久久流连，乐而忘返。这使画家在秦地乃至全国纷纭多姿的山水画家中，既有着深厚的传统功力，又有了自己新颖而独到的风姿。

正是在这一点上，他与长安画派"一手伸向传统，一手伸向生活"的精神一脉相承。

当今的中国画坛，浮躁之气盛行，但总有一些画家不为浮躁所动，不为虚名所累，在艺术的道路上寂寞而执着地前行。马继忠先生便是其中令人尊敬的一位。进入古稀之年，画家将几十幅呕心沥血的精品佳作，慷慨捐献给西安文理学院。如此胸怀和气度，体现了一位老艺术家的社会责任感，这不正是大秦岭才有的大襟怀吗？我是心存敬意的。

2013 年 3 月 18 日，西安不散居

王炎林的文化意义

王炎林的表现性水墨，最内在的特质，是坚持主体本位、心性本位，坚持将自己的艺术与当下中国画创作中汪洋大海般的客体本位、对象本位现象，严格地、决绝地甚至极端地区别开来。

他承接了中国画传统中以八大山人、徐渭等为代表的主体本位、心性本位的流脉，又融汇了西方现代表现主义的主体精神和个性追求。前者使他与犬儒般匍匐着的、庸常而灰色的现实人生拉开距离；后者又使他反身投入现实人生，去激奋地批判。他创造了极为狂狷的、异态的、只属于自己的现代彩墨语言，让我们强烈感受到了以主体为本位的表现性绘画，其精神的和生命的内涵便有了独到的深度和力度。比照之下，也便感受到了那些惯常的客体再现性绘画，在这里和那里总是不免流露出来的某种苍白和浅表。

他也让我们想起了晚年而不是早年的石鲁，那种以狂狷生命点燃狂狷艺术的奇诡创作状态。这使他既暗通着长安画坛，却又成为长安画坛的另类和叛逆者。石鲁和他，都是在对流行文化、庸常艺术的决绝性叛逆中，实现了生命的大幅度解放和艺术的大幅度创新。他们在这块无比古老的土地上涅槃，翱翔起无比新异的绚烂艺术。

王炎林以他的表现性水墨在一种精神深度上打开了现代都市和现代都市人的内在世界。

中国画表现现代生活和现代人、都市生活和都市人，虽有多年的探索，却可以说迄今无大的突破。原因之一便是纷纷挤进了再现和形似的小胡同而拥堵不前。弄点现代楼房、公路车辆、时尚男女元素作为点景，置放于传统的山水花鸟画中，几乎成为流行的方式。不致力于探索传统中国画在表现当代生活时应该构建怎样的新质地和新语言，仅仅停留在对现代生活这种视觉层面的再现，是那么容易，却又那么肤浅。

炎林大胆抛弃了现代社会和现代都会的表象世界，用变形的人物和变异的色彩，以表现主义手法径直画出他心中、梦中的甚至是潜意识、潜感觉中的现代人和都市生活图像。人人可见的都市面貌被执意隐退了，人人可感的现代意绪被凸显出来。"们"的视像转化为"我"的视像，"我"的视像又转化为"心"的、"灵"的视像。不需要高楼、车辆、环道和熙熙攘攘的人群，有的是光怪陆离中的孤独，五味杂陈中的苦涩，无可选择而又不可不选择中的无奈。有的是现代生活遗落在人内心深处的尴尬、冲突和撕裂性痛苦。有的是在变形世界中，在色彩的缝隙中被挤压着生存的心灵。唯有依稀的童年记忆、淳朴的民风民俗，虽然如梦般日渐远去，却依然在记忆中浓郁地沉淀着。还有人的裸体象征着的生命本身，虽然总是被遮蔽着，倒还在变形中流露出纯真与淳朴，于斑斑驳驳的色彩缝隙中透出一丝温馨，一点温润，一抹亮色。

炎林用这种拨开表象直达心灵的方式，画出了现代生活、现代都市人的内心世界。所有的画幅中都有一个未出场的主角，便是画家自己，画家自己的心灵。所有的画幅都是画家自己的心象图，他的心象图又全息着我们每一个人的脉象。他从个别出发达到了普适，从心出发表现了象，从异态的笔墨出发融通了常人共有的现代感受，这都为中国画表现现代生活现代人、都市生活都市人独辟了蹊径。

艺术家王炎林特立独行，以一生的创作行为和生活行为，对古都长安根深蒂固的正统的庙堂文化做了一次另类的冲击，同时对西安乃至全国在现代化进程中各种违拗科学规律与人性需求的现象,那些过度的、过分的、过激的现象,做了一次另类的冲击。这些冲击有浓烈的遗世独立的狂狷之气。不只狂,狂放不羁,狂傲迸发;而且狷,狷介不群,狷者守节。他对时下的奢靡之风、浮华之气疾言厉色,绝地反击;对弱势者和弱小的生命如动物,珍爱在心,呵护倍至。当感觉到一己之身无力改变这一切,便退而守住自身的操守、自身的心灵。这就是古人所说的洁身自好,"狂者进取,狷者守节无为"啊。炎林就这样以现代的艺术行为和激进的行为艺术,沟通着东方的、中华的古朴之风、典雅之风。

过了耳顺之年,直至从心所欲不逾矩的老境,炎林依然卷发虬髯、狂狷激愤一如愤青,也许会让我们这些老朋友略微感到一点遗憾和惋惜。其实这种不妥协,也许正是已经渐趋平和了的我们应该有所愧疚的地方。也许正是岁月在平和我们的同时,也平庸了我们。不是吗?

2011 年 8 月 31 日夜,西安不散居

刘保申的画韵

——序《刘保申画集》

我和刘保申先生都生活在这座千年古城中,各在各的行道里埋头忙碌,心仪已久,来往却不多。屈指算来,这一埋头便错过了五十年!直到最近才系统读到了他近百幅画作精品,久久流连其中,竟然生出了深深的悔意:我怎么就和这位早应成为知音的仁兄错过了呢?五十年,对长安城而言虽是瞬间,却是我们再也找不回来的大半辈子啊,坐失了多少探讨人生、切磋艺术的机会。

品赏保申的花鸟,会生出许多韵味。眼睛看到的是宣纸上种种具体的物象,情绪却陶醉在物象组构的种种氛围和韵律之中。本来韵味之类的审美感觉是只能意会难以言传的,若要表达,那只好试着分类细说。

白彩之韵。他喜画清一色的白孔雀、白鸡,成簇成团的白羽,占据着大片的画面。画面中心"无色",实在是一步险棋。但"无色"而有味,呈现出一种"白彩之韵",却给我们以十分新异的审美满足。他笔下的白色鸡群,在白色的微量变化之中,让你看到了体态的多姿,生命的鲜活,也看到了无色中的多彩,显示出一种对高雅审美的追求。创作花卉时,画家也常惜彩如金,尤其慎用那种流俗的红色或大反差的色块。有时,他的花鸟会追求一种蓝调和紫调,彩而不艳,华而不俗。有的画,着彩不谓不重,但由于有统一的调子,便显出了独有的谐和;又着意用构图的上重下轻,来打破这种均衡,使谐和有了独特性。中国画讲究"墨分五色",其实何止墨分五色,白也分五色,褐、黄、红、绿、蓝无不可分五色。这常是高人用色的追求。在相同或相似的色调中,以微量的差异显示对象的丰富,显示远近明暗、仰侧驻飞的动态感,那难度是远比异色相间的画法要大得多的。正是这种白彩之韵的追求，将孔雀的高洁、雅净和美丽推到极致，也把画家的色彩感觉和趣味推向极致。

光影之韵。玩光弄影本是西画所长，保申先生将其融汇吸收到他的创作中来，拓展了以线条见长的国画表现手法，也有利于再现对象在色彩上的复杂感。这可能与他常画白禽白鸟有关。白色的禽鸟如若没有光影之韵的映衬和丰富，几乎难以表现。但在创作过程中，光影之韵渐渐从白彩之韵中独立出来，成为他经常采用的一种独立的技法。他常在逆光、顶光、侧光中，凸显对象的立体感和充盈感，刻画对象的动态和细节。有时，刻意皴擦出阳光下的鸡群落在地上的影子；有时，又可以看见一对白鹅在水中游动的涟漪。而《撒哈拉草狐》一幅中的树丛，画家先以光影束晕染铺陈树与草的氛围和感觉，然后用简洁的线条提炼其神态。地面约略可见树影，造成了草狐出没树丛的神秘感。光与影既然是现实生活的色彩构成，理应成为美术创作重要的色彩要素，保申的探索十分可贵。

情境之韵。画家的笔下，所有的花鸟其实都是人，所有的花姿鸟语其实都是人情世故。或是一对孔雀恋人般的凝睇相依；或是雌雄两只鸡扑翅逗趣，牵出你少年时代初恋的回忆；或是母鸡呵护着觅食的小鸡，引发我们舐犊情深的共鸣；或是一对雏鹅无邪地跟着父母游戏于水面，去领略未知世界的生命之乐；而每幅画上的孔雀，容貌和肢体都稍有变形，成为美若天仙的少女或贵妇——画家这种将花鸟拟人化的审美意识和艺术构思，使动植物乃至整个世界都有了令人会心一笑的人间情调。情又要以境来烘托。这就特别要提到《北疆月华》这幅画，画家用纯粹的水墨晕染出月色的流泻，以及月光下身披银妆的群鹭仙女出浴般的意境，真让我们对中国水墨的表现力有了新的认识。

构图之韵。保申先生喜画鸡群、鸟群，有时一幅画竟有十几二十只之多。相类似的个体共处于方寸之地，是对画家构图能力的严峻考验。禽鸟群体的繁复,给构图布局造成了困难,也提供了空间。《柴篱消梦时》一幅,九只乌冠白鸡错落有致、浓淡相间,在一个平面上显示出立体的纵深。有一幅画了十五只公鸡,竟也布设得从容裕如,浑然天成。有幅画,为了强调孔雀王子对自己情侣温柔的呵护,特意将它的羽翼放大到画面之外,用无边无际暗示爱之屏的硕大。《饱含生机》一幅的构图,则动感极强。两只丹顶鹤在旋转中嬉戏,画面形成了太极图式的动态均衡,是画家对动态构图的极成功探索。

白彩之韵,光影之韵,情境之韵,构图之韵——这种交响乐般的复合的韵律,是刘保申创作的主要特色,也构成了他艺术的内在韵律。一位画家在创作中能够形成这样的艺术韵律,难道不是走向成熟的一个标志吗?

2013 年 5 月 26 日,西安不散居

创新，一波艺术的核心价值

早听说周一波先生琴棋书画多艺并举，也亲见过他热心绘事、勤于书艺的情景，确是好生了得。直到这次较集中地看他的绘画作品，才惊叹于此公的艺术创新能力。他远不是人们心中固有的那类兴趣广泛、多才多艺的人，他是一位执着于创新而且实现了创新的画家。

他"实其周而虚其心"。用线条实画环境、器物，实画人的次要部位，却偏偏虚出人物造型最关键的面部尤其是眼睛，不着一笔尽得风流。好像是战争中的"围点打援"，空出焦点专画四周，以画面构成、造型动势和人物的动态组合，调动欣赏者的审美想象力，在艺术的再创造中完成画面焦点由虚到实的转化。这是对欣赏者的信任，也是现代体验艺术的一种追求。

他"轻其静而重其动"。一反国画常见的静气氤氲的传统，让笔下的人物个个生龙活虎、风趣幽默，处于大幅度的动作之中。他喜欢在人物的行动中、造型的动势中表现画作的意蕴，以不规则、不均衡、不惯常，来构成自己画作的独异性。

他"采俗事而构雅图"。笔墨总是关乎民心民风、俗人俗事，底层百姓的生活在他的作品中总以那样乐观而欢悦的调子出现。那既是对平民生命自信的一种认同和共鸣，也是艺术平民化的自觉追求。

他"融西艺而入中画"。西画手法被他大幅度引入国画。国画素来重线条，讲究线条趣味，他则在继承国画没骨画法的基础上，大面积发挥西画的色彩晕染、光重影叠的造型功能，水彩墨色在有意而无意中渗化着，含蓄而准确的造型效果和独特的艺术趣味便生了出来。

如此种种，你就知道此位画家在创新的幅度和深度上，是何等不可小觑了。所以我要说，创新，是一波艺术最为核心的质地和价值。

2012 年 12 月 23 日夜，西安不散居

万彩铸鼎

——序《万鼎山水画集》

作为画家,万鼎是一个追求重量的人,一个胸中有大意蕴、画中有大境界的人。建立艺术自觉并执着地一步步地去躬行,是他给我最深的印象。

我把他的艺术自觉概括为"山人合一,千霞万彩"八个字。

"山人合一",是万鼎重要的艺术自觉。

他以秦岭为自己艺术的对象物和生命的对应物,秦岭是他画中和心中的物象和形象,也是他画中心中的意象、灵象和理象。秦岭是他的朋友,他的父亲,他的生命,他的宗教和美神。他说,"没有宗教信仰和美的依托,心灵将何等灰暗"。他用自己对创作和人生的战略性安排告诉我们,成就艺术要投入劳动,更要投入生命,画山水要稔熟山水,更要把山水当作一个生命体系而将自己融于其中。唯其如此,才能做到"外师造化,中得心源"。可以说,他是用艺术行为更是用生命行为来实践"天人合一"的文化精神的。

记得好几年前,与万鼎相逢而并不相识,他送我一幅小画,是画在那种不用托裱的日本画纸上的,顺便邀我去看他的扇面画展,自谦说是"小作品,小展览"。偏我是个疏于交往的主儿,那天有事没有去成且不说,连谢也没有谢一声。直到去年,才读到了《万鼎扇面画集》,顿时心生愧悔——像这样能对每幅小扇面都精心创作的严谨画家,我结识得太晚了。愧悔中生出几分敬重。

后来,从央视播出的专题片《大秦岭》中得知,他早已一头扎进秦岭深处的老县城安了家,终日与山相伴,读山,写山,进入山的腠理与堂奥,感知山的脉搏与气息。秦岭声色光影的变幻和生命的搏动,时时点燃他表达与倾吐的激情,也带给他艺术探索中的沉思。那以后,便陆续读到了他的大作品"秦岭山水"系列，清一色六尺、八尺以上的巨幅。在这批作品中，画家变换着角度去解读秦岭，去表现秦岭那种或博大恢宏，或澄明辉煌，或鲜活俏丽，或梦幻虚静的身影和容貌，千方百计传达出秦岭的千姿百态。他更致力于从山的形态、色彩和明晦变幻中，去展示秦岭的内在生命。同时，在自然之道中得其理法，不断地将山川之形凝结为笔墨之趣。

从万鼎那些如叙老友、如数家珍的题画上，也可以读出这个人和这座山那种体己的私密性的爱恋："昨夜秦岭有雨"，"老县城今日看晴"，"江山无尽，余独爱大秦之山"，"大秦之深，树石烟云，奇丽无比，山色变幻，因四时而不同，因风雨阴晴而不同，此秦岭之老县城是也"，"连日烟雨，云雾时而如梭，时而如织，将老县城写出诗一样的梦境，淡淡的，幽幽的，也不时连带出几丝甘苦的思念，畅怀中忽然一抹斜阳，轻轻将如纱一样的云烟染成了幽雅的橙幻，芳林也悄悄显露出沐浴后的新姿，明天看晴也"。这些带着日记色彩和家常口气的文字，无不出自肺腑，怎能不让人怦然心动？

尤其是那幅二十二米长的《大秦日月同辉图》，更全维度地画出了大秦岭的神韵、脉象、呼吸。总体气势浑然一体，结构走势错落穿插，积墨与留白相映成趣，山、水、云、树随机组合，色彩、笔墨自如出入，你在慢慢的品赏中，由视角震撼到心灵震撼，继而徜徉于画家营造的天地之中，入神、入定。画家和秦岭、创作主体和创作客体，在生命的深处如此地交融、会通着，该是艺术创作多么难得的佳境。

中国人用"天人合一"来表达与自然的关系，其真谛乃是将人与自然都看成自成系统的又紧密关联的生命体，强调人要尊重自然生命。最具代表性的言论是庄子的一段话："天地有大美而不言，四时有明法而不议，万物有成理而不说"。"天人合一"分为两个历史过程：魏晋之前是自然的人格化，通过比兴和拟人化，使自然进入人的世界，如孔子说的"仁者乐山，智者乐水"。这时人是主体。魏晋之后，进了一步，是人格的自然化。陶渊明、王维回归田园、躬耕陇亩，不仅是诗人画家的艺术功利、艺术方式，而且已经是人生的行为方式和生命存在方式了。人主动寻求在自然中安息，生命和自然融而为一个主体。我感到万鼎孜孜以求的，是后一种境界。在愈来愈城市化和物质化的现代社会，执守这种追求的人是愈来愈少了，故而尤显珍贵。

"千霞万彩"，是万鼎的又一种艺术自觉。

"从哪里来？到哪里去？"是每个人面临的问题，更是每个艺术家要自觉解决的问题。寻找最适合自己的文化定位和艺术追求，是许多艺术家终生在思考的。万鼎十八岁有幸叩首入室，师从何海霞先生，几十年中沿着先生青绿山水和金碧山水的路子步步为营。2008年，他编辑出版了精美的大型画册，以近六十幅青碧山水汇报了自己在这条路子上研习的心得和成果。这部画册饶有深意地定名为《千霞万彩》，扉页标明"纪念恩师何海霞先生诞辰100周年"，开篇又有师祖张大千、师傅何海霞和他自己的照片，有两位先师的简介和代表作品，同时附上了聆听海霞先生教诲的真切回忆。

在长安的画家们纷纷将自己归入长安画派、黄土画派的当下，《千霞万彩》却描画出来"张大千—何海霞—万鼎"这别一种传承关系。定位艺术家的风格常有两种坐标。一是空间坐标。拿何海霞来说，新中国成立后有较长一段时间生活在西安，参与了长安画派最早的创作活动。事实上，这就存在着一个长安画派格局中的何海霞，一个处在与赵望云、石鲁艺术关系中的何海霞。一是时间坐标，即何海霞在艺术历程中与张大千的师承关系，以及这种师承在万鼎身上的延续。"千霞万彩"的"霞"（何海霞）和"万"（万鼎），即暗示着张大千—何海霞—万鼎这一脉络。这种定位，将自己的创作拓展到近现代中国画创作更长的历史段落和更大的文化格局中来度量和要求，是一种高标准。

泼墨泼彩是万鼎绘画语言的重要特色，其中有明显的前辈影响，而在对山水生命贴切体味和微妙传达上，在铺陈的动感和造境的张力上，又有着自己独特的创造。青绿山水的鲜活俏丽，金碧山水的辉煌梦幻，扇面小品的素淡虚静，鸿篇巨制的磅礴大气，以及墨线皴点的简约，没骨画法的娴熟，凡此种种，都让欣赏者目不暇接。万鼎对自己是严格的，要求"一定要在自然的真态中，感到自然之情态，结构肌理的理态，方可画了"，要求自己修炼气质，从情思出发，重视对作品的总体性把握，而"不要掉进对艺术个别单位的迷恋，对一笔一画组结的津津乐道"。他告诉我们的是，成就事业不但要有目标感，而且要能将目标放到传统和现实的大格局中定位，并转化为切实的策划，转化为艺术探索阶段性的实践。

巧合的是，近两年我陆续写了关于长安画派艺术精神的长文和赵振川、石丹的评论。作为长安画派的艺术传人，他们既继承了长安画派继承－融汇－创新的基本精神和"一手伸向传统，一手伸向生活"的基本方法，又各有新变。如果说赵振川更着重于内向性的继承与融汇，在继承其父赵望云质朴写实的基础上，融汇各家，变化自家；石丹则更着重于外向性的融汇与创新，融汇其父石鲁的笔墨性情和其师吴冠中的现代意趣，探索自己的路子。而万鼎的"山人合一，千霞万彩"其实也在一个很深刻的层面传承了长安画派的艺术精神——"山人合一"是什么？就是"一手伸向生活"，伸向表现对象和客体，伸向横向的空间拓展。"千霞万彩"是什么？就是"一手伸向传统"，伸向师承以及师承所根植的更深厚的艺术文化土壤，伸向纵向的时间积淀。是的，万鼎也正是在长安画派的这"两手"中，去努力实现继承－融汇－创新而逐步接近自己的艺术目标。这样，我们便读到了两个关系系列中的万鼎——张大千传人的万鼎和长安画派的万鼎，也读到了万鼎的两重意义。

"山人合一、千霞万彩"是万鼎给长安画坛打上的两个惊叹号。万鼎在对这两个惊叹号的不息追求中，将会逐步成为一位万彩绘山、山重如鼎的艺术家。

2011年2月28日，西安不散居

陆楣笔下的禅趣

读陆楣的画不容易，先得净手净心，默思入定，否则你进不了他画中的世界。进去了，要读懂也不容易。——其实你存一个想读懂的念头也许便错了，他的画本不是让你懂的，是让你悟的。要悟出画中玄机，那你得好好品察，慢慢体味。待略略有所了悟，有了一点拨云见日的透彻，却又会生出更多觉今是而昨非的悔思来。在他的那些禅境墨趣之中，你会感到自惭形秽，甚至会对沉浸在那些禅境墨趣中的画家，生出羡慕嫉妒"恨"——当然不是"恨"画家，而是恨自己觉悟太迟，自醒太晚。

在艺术欣赏中，竟然这么深地摆进自己，触及自己，是很久很久没有过了。我与陆楣摊上了如此可遇而不可求的事，是大幸，也是不幸——在人生境界矮下一节的心境中，怎么能评论好他的画呢？这很苦恼了我。强写，与画中自在自适的禅意相悖谬；不写吧，心里确实有些想说的话。只好为赋新诗强说愁了。

陆楣的画，通篇流贯着一种生命深处的趣味，意之趣，形之趣，线之趣，墨之趣，构之趣，诸多的趣味，又庇荫在禅意禅趣的气场之中。我猜想我俩有着同一种气质，这便是十分重视生命的自然流淌和自由奔放，不愿被既定目标绑架、外在规则羁束，喜好"行到水穷处，坐看云起时"，所谓无可无不可，无为无不为，无求无不求也。陆楣家学渊源很深，知识、才能又驳杂，这就使他有了在多门类艺术文化交汇中触类旁通、融聚贯通的本事，也有了提升技艺为意趣的力道。他于是由画画上升到了文化的层面。关于文化，《说文解字》云，文乃文饰、纹理交错，化则是从交错的文识中变易、造化、培育出新的东西。陆楣恰是以自己的艺术实践证实了这个见解。

意之趣。他的画在立意上极有趣味，是那种禅趣禅味。他画铁拐李，那药葫芦可治天下病，自己的一根拐杖却丢不掉，题款曰：百病可医惟倦与，足疾难治也奈何。在调侃中调和，在风趣中赞颂。画一老僧醉卧于酒坛边，却偏题一句：今宵成独醉，却笑众人醒。谁醉耶？谁醒耶？答案尽在禅中。《网上看乾坤》画打坐老僧，趋身观蛛结网，周边树影亦无不作网状，几笔写尽出世而观世的深刻。"对牛弹琴"的意思早为世人认可，他却反其意而为，画牧童对驻足而立的牛和牛背上听得入迷的鸟，忘情地吹箫，偏偏题了一款"此处唯有我知音"。画家察世之深可见一斑。画中只有画，味同嚼蜡；画中含哲思，意趣顿生。不是吗？

形之趣。以形写形者，俗品；以形写神者，雅品；以形写趣者，妙品。要以形写神、写趣，就要"变形"，变化造型以凸显神、趣之要求。陆楣笔下的僧俗人物或瘦若老树沧桑，或怪若顽石嶙峋，无不体现出心性孤傲、遗世独立的禅意人生追求。《禅偈》一幅，老僧入定，若怪石弃地；《得大自在》，因莲生心禅而圆融无碍，敞怀展袖，一路春风；《心无挂碍》，倚酒斜卧处，有莲如心灯，便得意而忘形。他喜以变化之形或型，将意趣强调到极致。

线之趣。陆楣的书法极有功力，以这种功力入画，中国画的线条趣味成为他许多画作的魅点。你看《独钓》，钓者只在画面右角，钓竿则一线甩出大半个画面，微微朝上挑起又弯下，在几不可察的粗细变化中显出明暗，你对这根线不由不反复玩味。《一笠沧浪自放歌》，渔翁撑排驶向江中，趣味全在那一笔线画成的篙杆上。只见那线从渔翁手中斜过去，接近水面时陡然小小弯了一下，将篙杆受力的状态表达得十分传神。一根线能画出如此的力度与质感，好功力也。

墨之趣。水墨是中国画的精粹，优秀的国画家无不是玩墨戏水、泼彩弄线的高手。陆楣在这方面也有自己的特色。《显万禅诗》中的山、水、云，以娴熟的没骨晕染，让墨在水中洇开，水在墨中渗化，若云若山若雨雾，无声而有韵地翻卷滚动着，神妙地再现了题画诗的意境："万松岭上一间屋，老僧半间云半间。三更云去作行雨，回头方羡老僧闲。"《过眼烟云》是画家把玩墨趣的精品，画里的烟云已不是纯自然的烟云，而是过了老僧之眼、画家之心的烟云。眼乃心之窗，故亦是过了老僧之心的烟云，是社会人生之魂和烟云之形的交汇表现。画家以淡墨有意无意的皴染，将烟云表现得有虚有实，有远有近，有形有神，有趣有味。画家将心中的云泼在纸上，诱发欣赏者心中对自然和人生云霓的丰富联想。

　　构之趣。画面构成之趣。空白的运用是陆楣画作的一大特色。在构图上力戒满和实，空白成为他构图和色彩的不可或缺的艺术语言。这也正是表现禅机禅意这一艺术目的对艺术手段的内在要求。他常以人山一体、人花酬对、人鸟呼应的构图，将人与自然融为一体，尘世与禅境融为一体。也常常将题款、印章作为一种有意味的符号融入整体构图。在《若问西来意》中，他大胆采用佛的侧影和僧扭身对应的背影，表现佛与人的酬对问答，又分明融入了现代写实的构图因子。

　　文章写到最后才悟到，其实读陆楣的画，最能表达我心中感受的，还是陶渊明的那两句诗："此中有真意，欲辩已忘言。"此外不敢再多说一句了。

2013年9月8日，西安不散居

善泳者石丹

石丹善泳，在水中有鱼的自如。上了岸，也一直有着泳者的活力，精干，敏捷，永远在忙碌，人不知忙些什么。经常消失着，有如潜入水底，每当浮出水面，便捧回如莲的美丽：一捧工笔花卉，或一捧残荷、胡杨、门神，这次捧回的是水墨。每组几十幅，均成系列，是潜泳深水采撷的收获。这是一个负责任的艺术苦行者，在目不旁骛的跋涉中，为了探索某个关节点的问题，给自己安排的一段段功课。她消失于人群、孤独于内心，却畅泳于艺海。

石丹的航标始终明确，是奔向当代水墨的创造。所谓当代水墨，可能是指一种形式、一种技法、一种风格的尝试，我更愿意理解为是一种艺术理念的实践，一种艺术境界的追求。这境界中包含着心之所骛，情之所骛，当然也包含着技法、形式、风格等艺之所骛。

她有长安画派的基因，其父是石鲁；毕业于中央工艺美院，其师是吴冠中。当需要由工艺美术向国画创作转型时，她集中画了一大批工笔花卉，力求从工艺美术的形式感、装饰性、变形和抽象趣味等所包含的表现主义元素中提取营养，渗透到国画创作中，以发挥自己的优势，形成个人独有的面貌。

尔后，她又于残荷、胡杨和门神系列中消失。她抛却了对象的整体形似，而对荷叶的淡晕染块与荷花的色彩点线之间那种虚与实、墨与彩的反差产生兴趣。在染块与点线具有韵律感的穿插对比中，呈现出一种现代艺术构成的趣味。她让树的纹路和宣纸纸筋的纹路融为一体，用大特写抓取胡杨的局部元素，放大、聚焦，并做精神化、符号化处理，把胡杨不死的生命推向了极致。

同样，她用水墨的渍迹覆盖甚至切碎了门神的整体形象，让门神形象和木版年画条线的残片，转化为具有文化意味的断碑残简，再按现代主义的规律做符号化、幻觉化的重新组构。当门神作为一种文化元素，若隐若现地出现在水迹墨痕造成的斑驳幽深的光阴深处，本来象征吉祥安宁的民俗美，便深化为历史内里的沧桑。所有这些，都在反复的实践中成为石丹探索当代水墨不可或缺的积淀。

这次石丹捧出的是稍显回归传统的风格。在现代艺术视野和语言中游弋久了，她似乎感到，当代水墨如何汲取传统国画营养，需要再探索。这次的重点是笔墨。传统笔墨和现代构成可能在什么程度上结合，又可能在什么程度上有益于当代水墨的创造？她以这次的作品告白了最近的思考。

在每一次的消失和再现中，她都会捧出具有新貌的阶段性成果。在各类艺术语言的积累中，当代水墨的身影便逼近了她，以至可以勾勒她的轮廓了。这便是，在传统笔墨和现代构成的交融中，总是将具象素材适度抽象化、形式化、虚幻化，按新的美学思维重新组构有意味的形式；不完全舍弃客体形象，却更重视主体的内心视象，重视通感、意会、暗喻；常常以超现实的交叠错落的构图去克服传统写实空间上的平面感和时间上的瞬息感，在新的空间观念中延伸时间。这些，都让欣赏者获得了深度的审美喜悦。

艺术家主体精神的强大者易重抽象、灵象，艺术家客体储备的充盈者则易重具象、形象，石丹不偏废二者，更重前者。她尊崇了父亲石鲁的教导，一手伸向生活，一手伸向传统；又深得老师吴冠中的真传，一手伸向西方，一手伸向现代。也许这便有了当代水墨。

写到这里，我敬重了石丹。随时都让人知道他在干什么的人并不可畏，可畏而可敬者是无论大家是否清楚他在干什么，他永远目不转睛地盯着自己目标的人。敬重使我对石丹有了信心。我看到中流击水的她，正在以强劲的速度冲击目标。

2011年2月15日，辛卯元宵，西安不散居

《陕西齐鲁书画院作品集》前言

孔老夫子是山东人，辛辛苦苦周游列国推行"克己复礼"的主张，他要恢复的"礼"恰是创建于秦地的周礼，遗憾的是他从来没到过陕西，"孔子西行不到秦"。但老人家对秦地是敬畏的，对秦人也有极高的评价，说秦人"地虽偏而行中正"。可能是感受到秦人的风骨与齐鲁之风有相通处吧，言辞间很有点惺惺惜惺惺的意思。

孔夫子没来秦地不打紧，他的这段评价秦人的话，却为齐鲁和三秦子孙世世代代的交往铺就了一条坦途。远的不说，百多年来，尤其是近三十年来，山东、陕西两地的农业移民和经贸活动便日盛一日。百年前，山东几十万人移民到关中渭北一带，受这块土地的滋养化育，也耕耘养育着这块土地。他们聚群而居，在秦地组建起星星点点的"山东庄子"，庄子里一概说山东话，遵齐鲁俗，流行煎饼和大葱，和当地人相邻共处，亲若一家。近年来，从陕西"山东庄子"走出来的文艺精英人物，如著名电影导演吴天明、著名电视主持人陈爱美、著名编剧王真、著名演员李娟和焦瑞霞等，几乎可以成为陕西文艺界的一个微缩景观。

改革开放以来，经济上先行一步的山东，积极来陕投资办企业，齐鲁企业家成为促进陕西发展十分活跃的力量。应运而生的陕西山东商会，在会长孙忠宝先生的领导下，也成为最具实力、最为活跃的在陕外地商会之一，为陕西的经济建设做了许多切实的贡献。最近，他们又开始为陕西的文化建设奉献力量，举措之一就是将享誉秦地的七十多位山东籍书画家凝聚起来，组建陕西齐鲁书画院，这在陕西经贸界和书画界都是独具创新意义的好事情。

陕西齐鲁书画院旗下的画家们，在陕西书画界极有影响，都是陕西书坛画苑的中坚力量，如江文湛、杜中信、张昃、马继忠、蔡嘉励、姜怡翔、张小琴、王志平、郑培熙、范崇岷等，其中更有几位已跻身大家行列，以各自的艺术追求和成熟风格而享有盛誉。在"长安精神进京展"大型活动中，经过反复遴选向全国推荐的十六位陕西名家中，山东籍的就有江文湛、张昃两位。杜中信曾任西安书协主席，不但书作驰名，更是"三秦书风"这一理念的提炼者。马继忠的密体山水让京、陕两地耳目一新。

这里特别说几句江文湛。由他出任陕西齐鲁书画院院长，实在是众望所归。文湛的创作，外师造化，中得心源，以充盈的性灵生命注入扎实的表现功底，娴熟的墨彩线条总是窑变出独异的审美情趣和生命情趣。在他的作品中，造化与心源融于一体，几臻于化境。文湛几十年来品茗操琴于高山流水之间，乐此不疲地浸淫其中，以陶冶性情、修养灵智。能够终其一生执着追求艺术实践和生活实践的合一，创作境界和生命境界的合一，笔墨情趣和人生情趣的合一，在当今中国画艺术家中，是极为难能可贵的。

文湛出任书画院院长，我有过担心，画院组织工作会不会影响他的创作？于他素常的散淡气质是否相宜？不料在一次筹备聚会上，他很是热心地对我谈到书画院的各项任务：要抓好创作，以创作凝聚人；要抓好服务，以服务温暖人；要抓好交流，以艺术交流促进齐鲁与三秦两地的文化互通互惠。想法多多。好在一旁的山东商会孙忠宝会长和李建春秘书长即刻表态，这些具体的组织、联络、服务工作他们会承担，只要举院长这面旗就行，我颔首释怀，顷刻满堂笑声飞扬。

2014 年 1 月 11 日，西安不散居，午后轻霾

吕少华画作的内动力

说起来，我也算得上是个"除却诗书何有癖，独于山水不能廉"的人，对专攻山水的少华先生就免不了情有独钟。所以读他的画时，我总是提醒自己要从偏爱中跳出来，尽量以论者的理性对待这位不曾谋面的画家。

艺术家的创造性，在于他的作品提供了多少前人所没有的生命信息、社会信息和艺术信息，在于他的作品对前人成果的传承、融汇程度和正向、逆向的推进程度，在于他的作品对不同地域和时代的观赏者是否有着永远的艺术魅力。评论一位画家有多种坐标，你可以就画论画，评析作品的具体得失，也可以将其视为特定时空的一种艺术现象，置放在整个美术创作星汉灿烂的宇空中来阐释、来定位。对已经成就了的画家，已经表现出强劲创造活力的画家，我们应该取用后一种坐标。唯如此才能读懂他们。

评论吕少华的画作，用的就是这个标高。

读少华的画，第一个直观感觉是两个字：势大。他喜欢画大空间，大江山——大山、大水、大云、大树。但一幅画有势没有势，势大不大，其实并不取决于画幅之大，题材之大，而取决于画家心中时空格局和文化境界是不是宏大辽阔，是否与笔下的大江山匹配。气势，是艺术家思想与艺术的综合体现。画家心灵中的大精神大感情，艺术上的大追求大探索，自如地融进笔墨，所谓得之于心，应之于手。心既大，手亦高，内与外双重大境界，在创作和欣赏过程中形成了艺术感染力的叠加。在这种叠加中，艺术魅力被放大、聚焦、强化，势就大了。很明显，在这里，如果说手更多关乎技和艺，那么心则更多关乎道，关乎画家的眼界、修养、情怀甚至文化人格。由于气势是对一位艺术家素质的全面检测，也就可以说，势大是少华山水画创作的一个总体特征。

但这种叠加不只表现在同一向度上的加强，常常也表现为相异向度甚至相反向度的加强，艺术上不同的向度和维度造成丰富、丰满、丰腴，而艺术上的反衬和冲突，常常更能揭示艺术家深层的美学追求和生命感悟，更能激发艺术家的创造激情，从而构成创作的深层内动力。具体到少华身上，这种内动力主要表现为他在创作中对三种冲突的成功处理和熔冶。

首先，少华善于创造性地处理虚、实、动、静的关系，并从中获得艺术创造的内动力。他从中国美学精神和民族丹青文化出发，在虚和实、动和静的反衬、对比和冲突中，表现大宇宙、大生命生机蓬勃的运动。画家为抽象的虚、实、动、静找到了具象的附丽物，这便是云、山、水、树。云、山、水、树构成了他画作中的四大形象元素，也构成了他创作中的三大探索：探索云、山、水、树百态百姿的体貌；探索这些体貌拟人化、拟情化的路径，即如何寄情于物，如何将人生百姿和生命百态埋伏在山川自然中，暗传给欣赏者；探索云、山、水、树之间的构成关系，以及如何以不同的构成关系暗喻人生情怀。这四大元素和三大探索，是摆在古往今来中国画家面前的课题，画家做了他独特的、有创造性的回答。

少华的山水明显有两类，一类偏于实写，如《秦巴秀姿》《漓江春韵》，还有中岳与泰山的几幅，以山和树为主体，主实，主静。在清明澄澈的阳光和空气下，以精细的笔触展示静静的山川大地，让我们这些渴望绿色、渴望安详宁静的现代人好似输了一次氧。而泰山、嵩山、阳朔群峰那蓬勃的隆起和力度极强的皴法与线条，又让包裹在文化膜中而委顿不堪的现代人补了一次钙。因而，这些画虽实却虚，虚击中了当代社会心理的形而上追求。另一类偏于虚写，如《黄山云壑》《黄山云雾潮》，以云和水为主体，主虚，主动，表现云水变幻的动感，极写生命的澎湃和情愫的活跃。当然此类作品中总是有实体的山岳和树木以一种刚毅和凝重反衬着那飞扬激荡的云水，有如骨骼和梁柱在支撑。其实在他的每幅画中，通过云山水树的描摹，虚、实、动、静也都是这样既相犯相激又共存共融。

其次，他善于在中西文化艺术的差异和碰撞中，获取艺术创造的内动力。少华先生有旅法学艺访艺的阅历，对西方艺术领会较深，颇有心得，受到过法兰西外光派、点彩印象派和后印象派的影响，这使他在中西文化艺术的差异和碰撞中创造自己新的艺术语言方面有了与众不同的优势。从《黄河瀑布》《黄山松云》《天之水》等大幅作品中，我们清晰地感受到，画家能够灵活地将中画和西画中的散点透视与多维求景融为一体，以满足大视野、大景观构图的需要；能够在国画重主体感悟、按心象布设的心象美学中，融入西方写实派和外光派手法，极具个性地落实了"外师造化，中得心源"的美学主张；能够大胆将国画的笔墨线条趣味和西画的光影色块组合融为一体，以国画的焦墨为框架，又引入油画方法玩光弄影、着彩上色，既以色破墨，又以墨破色，中西之美兼具（我感到这方面需要警惕的是，用色还需含蓄，重彩上宣纸不可太过，过则易流俗）。当我们将一些论者指出的这些探索亮点梳理后集中到一起时，中西文化艺术的差异和碰撞如何成就了一位画家，不是再清楚不过了吗？

还有一点，就是画家能够从形与神的对应和冲突中，获取艺术创造的内动力。客体的山川自然（形）和主体的生命情怀、艺术情怀（神），在中国山水画中从来是互为表里的。主体投入少的山水，技巧再好也无可品赏、难以引发丰富的联想和隽永的回味；客体表现差的山水，主体想法再新也会失之于玄幻，落不到形上，神又何以传递？画家在对个体的云、水、山、树进行拟人、寓情转化方面有独到的本领，恕不赘言。我更看重的是他擅长在大的构思、构图和语汇表达中，整体地呈现出一种意蕴调式、情绪调式和氛围调式。《天之水》，油画般精细地画出了壶口，要告诉你的却不只是瀑布，而是生命的不朽与壮美；《漓江春韵》，画家的主要关注点不在水而在山，他着意细写了漓江两岸层叠的群山，那千峰拔地、万笏朝天的山峰营造的不光是风光之奇、结构之美，也是春笋有声音地竞长，千帆无后顾地竞发，是一种向上的、兴盛的、蓬勃的生命状态。《黄山松云》，万山万树朝着东方，躬身迎候以千里流云为仪仗队的太阳，这里告诉你的是生命诞生的庄严和隆重，宇宙对生命之源太阳宗教般的感恩，有一种神圣的仪式感。《松山观瀑图》，瀑布与云气浸润泛漫为一体，有如无处不在、无时不有的生命在流动，如老者一般的松树和如松树一般的老者凝视着眼前的奇观，天与人在距离中、更在和谐中合而为一！可见者皆山水也，可感者皆情愫思绪也。

我想，将少华先生定位为"一位能够在多维美学关系中汲取艺术创造力的画家"，恐怕既说明了他已经有大成就的今天，更预示了他会有更大成就的明天。

2009 年 6 月 25 日，鱼化湖畔

生气虎虎的石川

有位朋友请了两个人创作几幅字画,请的恰是我与石川,他画画我写字。我俩便这样于不意中相识。

那天,两个人的空间给了我俩聊天的环境。我于是知道了他是东北人,其名取水滴"石穿"之音,以明锲而不舍之志。知道了他曾在西安美院专攻油画,又到中央美院兼习国画。还现场品赏到了他在国画创作中的娴熟与多面——又画山水又画鹰虎又画人物,几个钟头中几乎不停笔。由不得暗自赞叹,这是个干活的主儿,也是个出活的主儿呀。最有缘的是,聊出了我俩竟是隔街相望的邻居,在他家的西窗与我家的东窗是可以互相打招呼的。这便更平添了一份亲近。

石川文质彬彬,一表人才而修饰有度,乍一看便知不是吃羊肉泡长大的老陕,倒像是江南才子。及至你见他驰骋笔墨于宣纸色盘之上,鹰、隼、虎、豹陆续呼啸而出,立即会判断出:这一定是个东北人!他借虎、隼、山、川,传达出了东北人骨子里的那份豪气,那份强韧和洒脱。

他将我们的人情、人性、人生熔铸于虎的生活、生涯和生命之中。借虎喻人,画虎也画人。你读他的画,由不得从陌生的虎身上诱发出种种关乎人、关乎我们自己人生的熟悉的联想。你看那些虎:或不言而自威——在《雄视环宇》中,那只卧虎在翻眼、蹙鼻、吐舌的瞬间,表现出一种旁若无人的气度;或潜沉而阴鸷——在《狙击》中,发动偷袭前那种压抑着的狞厉神态和正在集聚的拼搏情绪;或洒脱自如却雄风八面——在《步云图》中,双虎在随意行走中那么随意地一吼，山河便为之一震。

更令人心动的是，当你将《一家五口》《三英图》《秋水长天》这三幅不连贯的画作为一组作品来欣赏的时候，画家竟然有意无意地将人生的几个重要段落：舐犊情深的家庭之乐、英气充盈的青春之盛、秋水长天的暮年之叹，贯通地传达了出来。其中，《一家五口》甚至画的是狗而不是虎，这无关紧要，因为狗与虎都是人的寓体。在中国画中，大自然从来是人化的自然，山水、花鸟、虫草从来都是人情的宣泄和写照。或是以物寓人，将动植物人格化，如以怪石、古树、老鸟兽喻沧桑老人和山林隐者；或是以物寄情，在所描摹的自然情景中，营造一种心理氛围，寄托画家特指的情绪，如孤傲、静穆、矜持、激愤等，以引发欣赏者的共鸣。但像石川这样，以兽的生涯同步寄寓人的生涯，并做出系列表现的，恐怕还不多见。

从艺术表现上看，有论者指出，石川因为中画、西画兼习，所以在国画创作中常常体现出中西兼容的特色。我同意这个看法。中、西画兼容，将表现性的造型、趣味性的线条与再现性造型和光暗处理结合起来，艺术上便有了更开阔的天地，也更容易雅俗共赏。但我更想说的是，石川画虎给人的突出感觉，是他能够用动态的姿体语言和画面的构成关系，画出动物在无表情中的表情，他能够越过动物的"冷"面，画出它们活跃的心灵。这恐怕才是石川最重要的创造性。

《狙击》就画出了老虎表情。夕阳西下，群虎出动，夜间觅食的狙击战即将开始。阴沉的白眼，在朦胧的夜色中像鬼火闪烁；探向四处的头、微微匐下的身子和轻轻的步态，暗示着四处潜伏着恐怖。狙击就要开始，搏杀的激情正在集聚，却又在即将点燃的前一刻被压抑着、控制着。在艺术家营造的这种气氛中，你不用看到，却已经感到了、想到了老虎们应有的表情。

《胜利会师》可视为《狙击》的姊妹篇。簇拥着前行的虎群，那步态是得意而洒脱的；有的回过头来，像是关照后面的同伴跟上来，又像是在议论刚刚结束的这场战斗；有的微微偏着头，似乎还沉浸在刚才的厮杀中；有的依然严峻地看着前方，那是在搜索新的猎物……一个虎群在经历了殊死奋战之后胜利会师的气氛跃然纸上。在画面构成和姿体语言营造的气场中，我们分明看见了、听见了它们内心的欢笑。一幅画，画出形易，画出神难，而要画出流贯于画面的气场，并且这一气场贯注到每一个表现对象之中，就难上加难了。这很好地证明了石川的创造性。

艺术家要懂得聚焦、突出、强调，也要懂得避让、节制、散淡，在疏密、浓淡、进退之间自如出入。这方面，比如在背景与焦点、简与繁、淡与浓等关系上，我感到石川不是没有可探索的空间。

期待着石川的进一步突破。石川还大有可为。

2013 年 1 月 16 日，西安塔影苑

"老镢头"的精神和有质感的艺术

——高廷智"地上的兵马俑"绘画系列

高廷智是个性情中人,精瘦的身子里,储存着许多富有传染性的快乐和幽默,走到哪儿,亲和而轻松的氛围便跟着到了哪儿。

不扎势不摆谱多好,但在一个浮躁的时代,却很容易让人误解为架子不大似乎"体重"不够。艺术家的"体重",也就是艺术家的分量,以什么来衡量呢?最重要的是艺术家本人和他作品中含纳的生命质感,然后依次是社会、人生质感,情绪、思考质感,还有艺术质感。在艺术质感中,最重要的是对表现对象的审美把握能力和综合表现能力。技巧必不可少,但技巧并不是最重要的。艺术家的"体重"与他的势与谱,其实风马牛不相及。

以这本画册所收的两个大系列,即三十六米长的《拴马桩》和二十八米长的《炕头石狮》(我们可以统称为"地面上的兵马俑")为例吧,廷智绘画艺术的质感整个是建立在生命体悟基础上的。生长于陕北高原的画家,自小在炕头石狮一类家乡民俗的氛围中长大,炕头石狮是他孩提时一起耍尿泥的玩伴,是他青梅竹马的童友。在对艺术家而言最为重要的童年记忆中,这些狮子完全不是石头,而是可亲可爱的生命,承载着中国农耕文化的生命期冀、图腾禁忌、祈福辟邪,以及亲情友谊、乡村幽默感等种种无意识记忆和超意识感悟。

成年之后,他去美院学习绘画并长期从事群众美术工作,又以十几年的光阴深入黄土地深处,对拴马桩做了长期的田野调查和实地研究,这才进入了全景式的艺术创造。拴马桩在炕头石狮生命记忆的基础上,更多地凝聚了古典中国的社会内容和人生内容。当它由实用（用于拴马）转化为艺术（用于建筑装饰）之后，财富、名位、人生成就等社会因素融汇到劳作、生存的日常生活状态中，建功立业的传统价值观与原生民俗文化内容相融汇了。

待到廷智在宣纸上执笔为画时，他早已将自己从拴马桩和炕头石狮中获取的大半生生命感悟，以及凝聚在其中的社会、人生信息和生命、文化启示，纳入了自己的艺术资源和创作准备。这不是我们素常理解的笔墨技巧上的厚积薄发，而是艺术家以自己的生命为成本的艺术投资，这也就是朋友们对他广为赞誉的那种土里刨食的"老镢头"精神。它可能有血本无归的风险，但在画家执着的努力中，却成就了这两幅长卷，并奠定了他的艺术质感。

一位画家的生命质感和社会质感，若能在同样具有质感的艺术平台上得到展示，那是创作的大幸。从廷智这两幅长卷中，你就能感觉到生命质感与艺术质感的叠加效应。

你看这两幅长卷，以几百个单体石雕组成绵延的整体造像，不刻意添加背景，不搞过度的结构。画面在空灵旷远的背景色中似断若续，在随心而有意的错落中变化，有如点缀在黄土地上散漫而惬意的村落和人群。规模造就了气势，美在有意味的关系构成中呈示，在群体绵延造成的流脉中显现。从人与兽斑驳的石质形象中，你能读到岁月沉积出来的无比厚重的沧桑感。

个体造像又是那样的千姿百态，不同的个性显示出不同的文化内涵，有民间风俗中的吉祥寓意，有威武刚烈的生命力感，也有狞厉对邪恶的震慑，更多的则是对石狮和各种动物的拟人转化。廷智笔下的石狮和动物都是人，且大都充溢着快乐纯真的稚气和童趣。他以适度的夸张，将这种稚童之趣强调到了极致。我想，这既是画家童年记忆、生命憧憬的再现，又恐怕不止于此，还传达出了中国老百姓在艰难生存中闪耀出来的生活谐趣和生命乐观主义。

两幅长卷用色吝惜，唯黑和青、黄三种，画面却能显出丰富生动，原因恐怕在于这种乐观的生命精神吧。这三色也恰好是黄土地背景（黄）、材质

（青）和中国画特质水墨（黑）的基本色调。简明而偏冷的色调，不但足以刻画各类石雕材质真切的形象，在文化和美学上，更有着寓象的色彩暗示。

就这样，精瘦精瘦的廷智，用大半生的负重远行，完成了美术创作中的一件大事——成功地将常常被经院美术史和雕塑史忽视甚至遗漏的关中拴马桩和陕北炕头石狮，搬进了中国美术和中国画神圣的殿堂。他累得值，瘦得也值呀。

2012年2月8日，西安不散居

围炉夜谈陈银仓

银仓是我的老朋友，经常在一起谈艺论道。他是西安美术学院一个非常兢兢业业、忠于职守的好老师。多年以来坚持带学生毕业创作，口碑极好。在带好学生、当好主课老师的同时，又探索着自己的绘画创作，是一个非常有追求的艺术家。

银仓的画能抓住大感觉。用非常简洁的线条、简明的构图画出这个世界给予他的感受。不论山水、人物，画面都不陷入琐碎、零散。像《志士惜日短》这一幅作品，背景很疏淡简明，人物则是红脸赤汉的重彩，突出了志士内心的志气、志向，背景和人物形成强烈的对比，给人深刻的印象。在《独钓寒江雪》中，银仓大胆用墨，以浓黑之墨强调山的寒冷和孤独。这都有赖于他在创作中对大感觉的捕捉。这是他的审美观，也是他的能力。

这种大感觉常常是画家大心胸、大气派、大手笔的表现。很多画家经常会陷入一种琐细零碎的表现状态而跳不出来。但银仓能紧紧抓住大感觉，用一种素淡、简明的线条来表达。他理解欣赏者的审美心理，一般更重视大印象，重视最初印象，很少一开始就掉进某个局部或细节，总是先对一幅画有了总体感觉，心中的气度在一瞬间传达给观众之后，才由此入手去细细品赏。这正是银仓追求的。

银仓为人素来低调，作品也常常带有道与儒的风范。他的画，特别是人物画，表现出画家内心的一种人生追求，这种追求是那种素淡处世的情趣。像《七贤八怪》《不染尘嚣终冷淡》《待月》等人物画，你能感受到那种诗酒人生、那种庄子所推崇的"守中、坐忘、心斋"的追求。当然，我们不能将画家作品的意境等同于画家自身的境界，但是它绝对会反映画家心灵的某种状态。银仓不一定会像他画中的古贤士那样去做，但是他羡慕诗酒人生的情怀，批判反思的狂狷，且略带一点浪漫气息，所以能从客观事件中提炼出这种意趣，将其注入自己的作品。

银仓作品的构图与色彩，融合了传统与现代绘画的诸多因素，用具有形式感的构图和简淡的色彩构成背景，仅从色彩、构图中就可以感觉到他的审美趣味。像《细品妙笔因坐久》，人物和背景融合在一种色彩关系中，令人感觉到一种构成之美。他在许多作品中利用园林小景或陕北高原构成一种象征性的符号背景，有时并没有实际的内容指向，其形式本身就构成一种画面意趣。这是一种审美意趣。像《红色老人》《秋实》都是在构图、色彩构成上突出他所要表现的主体，意造出一种非常优美的情境。

银仓的线条，像我喜欢的《羌笛声声》这一类作品很多，非常简单的几笔，题款和人物走向在不远处相交。这种简明的线条实际上比繁复的线条要难表现得多。中国画极讲究用线。你看，这些线条拖下来，有轻有重，有急有缓，有明有暗，淡淡的几笔就有了神，看似简单，却比写实地刻画细部要难得多，这需要高度的提炼。只有具备了非常娴熟的笔墨技巧才能达到这种状态。繁复的线条也可以出趣味，有时却也容易遮丑，小的失误可以掩盖在大量皴法和线条中。简明的线条则更加强调其本身的趣味和技巧，它是对画家技巧是否圆熟的一种检验。

总的来说，银仓在审美思想上有大感觉、写大胸怀；在画面意味上有出世之趣；在构图色彩上讲究糅进现代构成因素，并把构成形式转变为画面的内容和意境；最成功的，则是画家线条的表现力，用简约的线条直抒胸臆，反使他的线条有了书法之趣。

2013 年 11 月 7 日，根据谈话录音改定

书法是文心无声的音符

——序范樵父的诗文书法集

范樵父放在我案头的，不是我们通常看到的书法作品集，而是他创作的诗文作品和书法作品的合集。其中所选书法作品，又多是他自己的手札、信牍，虽为即兴，却是自作，无不有内容有个性，真正属于创作范畴。这让我有了意外的喜悦。

我从来主张书法是书家文心无声的符码、文韵无声的旋律，书法水准的高下，最终取决于书家综合的文化质地。如果说中国文字是作家内在文化的书面表达，那么，中国书法便更是书家内在文化的艺术表达。书法家首先是文人。书法家的艺术水平和气质，不只体现在书法艺术的表达层面，更应该体现在书写内容的创造层面。中国书法的本质非为技巧也，实为文化也。文化素质、审美素质是对书法艺术起决定作用的东西。一部书法长史，无数书法大家，都证明了书法本在文化之中，书法本是文事之余。我们实在应该提倡书家创作诗文词联，提倡书家出版书写自作诗文的集子，以全面品评、检验和提升其文化质地和审美水平。

从樵父书写的自作诗文和论文看，他不但有着金字塔般的文化底座，诗词、散记、论文水平都较为整齐，更可贵的是，字里行间透露出一种充分中国化、东方化的生存方式和文化姿态。"余生喜清寂，不辞远行役。才罢汉水游，隔日访辋溪。……山石河磊磊，溪水且清碧。梵音不可见，辋川焉可集。辛夷花开罢，松风重解衣。看好穷通理，时歌入林夕。"（《辋川感怀》）"身是般若菩提树，心若明镜抚尘喧。无物无我无诸间，有树有草有虚禅。"（《公袒》）"我师乃是黄山老，汇上草堂一书豪。笔下斩蛟吐虹霓，纸上破圣看惊潮。天海莲花秋色高，松谷之谷墨逍遥。"（《黄山寄怀》）读着这些带着释家和道家色彩的诗句，你会不期然而然地被引入那种为樵父所心仪、所追求的人生境界。

书家自作诗文，而且书写自作诗文，由于诗作与书作同为一个主体，诗文的内容和相应的感情波澜会在即意、即兴之中选择最和谐的书写方式，从而达到书法创作在表里、形质上的高度融汇。这个时候，书法的生命、文化内容与艺术的表达方式，会出现天然的、深刻的一致而进入创作的佳境。

樵父的书法根基于魏晋，骨格萧散高古，形质灵虚疏淡。其小札纯乎天然，而巨制又显出苍雄。即便信笔闲来的小品，文字的机理之中，也似乎寄寓着某种情趣、某种追求。读他的字，你会感受到一种气场，那是让你想起"大风"这个词的气场。

对樵父的书法审美理想而言，也许颠张醉素的浪漫主义，孙过庭的古质妍丽，只是相遇的宾朋。真正深刻影响其审美取向的，恐怕是王羲之含文包质的真体正作，是王维的空境之美，是董其昌以淡为宗的美学思想。这其中，王维的释家精神和空境美学对其影响怕是最为深刻。空境是释迦对自然、人类、社会思考和顿悟后达到的一种空寂澄明之境。空境并非空物。山、林、松、竹、泉、溪、涧、瀑、雨、雪、风、月，种种大千世界的物态景致，都转化为樵父心中的神态、情态境界，进而又转化为他的诗文境界和书法境界。这是无言的大美，是寂然凝思、感知造化之灵和心间气韵之后暗传的虚静。天地万物的欣喜悲凉，时而纳于笔墨之中，时而绝迹于笔墨之象，全然是那种宇宙与心灵圆融无碍的律动，其中不乏天之原籁，亦不乏心之脉动。

在现代书家中，樵父最推崇的是林散之，可以说已经心仪到了心心相印、同气相求的地步。翻开这本集子中的书作，行内人一眼可以看出林散之对他深入骨髓的影响。进而再看他的诗和相关的书法理论文章，就更能感到他对林散之的推崇早已由审美情致和艺术感情的共鸣提升到理性的自觉。樵父曾行万里路，遍访林散之的人生足迹，睹物、观象、察人，感受大师的书路历程与心路历程。又从三千三百多年中华民族书法史的长河中去发现、阐释大师的创造与价值。潜心于宗教、文化本原的樵父，与林散之的人生和艺术在精神层面上产生了共振和鸣。

在樵父诗文给予我们的信息中，你能感觉到他在精神上是茕茕孑立的，也是喜悦相浸和的，但最终是孤独的。这种孤独，是真正的文人的觉悟，是冷静沉淀和高蹈思辨后的曲高和寡；也是体察人类和宇宙演变之后的悲怆之心，有如陈子昂《登幽州台歌》中"前不见古人，后不见来者。念天地之悠悠，独怆然而涕下"的孤独和悲怆。其中含纳着中国古典文化中的利益众生、度化众生、大慈悲、菩提心的济世情怀，也包含有中华文明中的宽容、和谐等精神内涵。文化是中国书画艺术的根基。诗文、书法同步表达，最可以倾诉作者胸襟中广袤的精神空间。

以中华文化传统为渊薮，以古典文人风骨为标高，以中国书法文化为涵养，也以历史暗角中的种种阴霾为警戒，这就是樵父的追求。樵父于诗于文于书，均执着地追求厚积而薄发，简淡而中和，这或许是他的书作中禅意、清气、儒风能够并存的原因吧。

2010 年 7 月 10 日，西安不散居北窗

传情于虎　补钙于人

——漫说夏山河画虎

看夏山河画虎，读他的虎谱系列作品，不由会想起佛家"一花一世界"的偈语，却原来一虎亦是一世界！在他所营造的虎世界中，你能读出许多人生，许多性格，许多感情，许多文化，许多暗喻。当然，首先是能读出一个斑斓多彩的虎的生命世界。

虎在中国文化中可以说是一种图腾。作为兽中之王，它驱邪避鬼、护善罚恶，是照妖镜，是避邪符，是勇猛、雄强、刚正不阿的象征。佛祖饲虎的故事，猛虎和美丽的山鬼亲善同行的绘画，民间工艺中虎被人化、被稚童化、憨态化，成为生命吉祥的象征，其中都暗含着人类在文化境界中对老虎鲜明的价值判断。山河笔下的虎，凶猛而不可怖，威怒而正气凛然，让恶者心生惊悚，善者心开莲花。

虎的世界就是人的世界。山河笔下的虎，有的怒目咆哮，呼啸而出，那震慑凶顽的内力，胜过钟馗、包文正——《啸月》和《风尘三尺剑》中，虎威在特异的动态中被渲染到极致，却又以月色暗寓其威风之高洁。有的腾跃登攀，有的俯冲扑食，有的于山巅、谷底、林下或闲庭信步，或蓄势待发，有的若少男少女在展示青春的矫健身段——《虎跑泉》《五福图》。有的因义聚首，不离不弃——《三义图》暗寓刘、关、张桃园三结义，终生信守友谊承诺。有的或相依相伴，或舐犊情深，在游戏中溢出爱意，这又若初恋的情人、初乳的少妇——《侠胆柔情》《初春》《阳春天》《天伦之乐》。有的天真无邪、稚气盈人——《将门虎种》《稚趣》两幅将稚虎的天真可爱刻画得何等细致入微。所有这些，无不让你从虎的世界进入人的世界，从虎的形象感受到自己的人生，体味到人生的种种感情经历和心理经验。

　　虎类正在人类的挤压下远遁。愈来愈先进发达的现代社会已经容不下老虎最后的家园，容不得老虎的生存，将它们逼到视线之外。在现今时代背景下，夏山河执着于画虎，千方百计观察虎、亲近虎、感味虎，收集虎的资料，教授虎的画法，创作虎的画集，便具有了某种警示意义。他是要把虎的形象、虎的品格、虎的野性精神留下来，留在今天和今后已经很难见到老虎的人类记忆之中吗？他是要用虎性、虎威、虎的真情，给封闭在文化网膜中而日益苍白委顿的人类输氧补钙吗？是想让我们像老虎那样虎起来，豪爽、潇洒而无所顾忌地好好活一回吗？他在动物园与虎相伴，极力要捕捉的不是供人类观赏的笼中虎，而是笼中虎在某个瞬间爆发出来的野性火花，是老虎身上那野性和人性相结合的威严、美善，而后精心加以美的转化。在虎运和人生之间，夏山河用他的画搭起一座桥，以虎威复壮人类，让人类更理解虎类，从而尊重它们的生存，汲取它们的生命营养。

　　由于长期锲而不舍的观察、体味、写生，山河笔下的虎，形态、体态、姿态、角度均极为丰富。在《风尘三尺剑》《百虎图》《虎守杏林》《月夜》《夜饮》《疾风》《浴》等画作中，我们看到了其他画虎作品中许多未曾见过的老虎的形象和姿体，充分显示了画家入微的、动态的观察和把握对象的能力，以及在形体的运动中表现老虎内在气质的能力。山河画虎，线条宁方勿圆，善于以有力度的折线来表达虎的力感和质感。画家的笔墨流畅，流畅到随意，随意到惬意，恰如虎在山林中生活之自如。流畅之中又有庖丁解牛般的熟练和精确，能抓住大动势，分层分步而又浑然一体地去完成。

我与夏山河接触有年，在我的印象中他一直文质彬彬，说话不多，行止轻慢。很难想到他的一生会和老虎连在一起，会和虎威、虎势联系在一起，以画虎为业，以伴虎为乐。这也许是一种生命的相互补偿。虎为他补钙、补精气神，他为虎添上几分人世的情趣。不止于此，更深层的可能性也许是，画家的生命原欲之中本有的野性力量和创造欲望，早就有冲决奔突的强烈要求，画虎只是他寻找终生而获得的一个生命力的喷射口而已。

　　山河也许不是那种被酒神主宰的性灵之人、狂放之人。从他切实的观察、写生、习技、传艺的成长过程看，他属于苦吟派一类的艺术家，但他内心深处未必没有性灵派的横溢才气，只是被文质彬彬的表象、切实刻苦的言行掩饰着。其实，功夫不但不会辜负有心人，而且会点燃每个人心中的灵性、灵气。他对虎类体态和精神的捕捉和描绘，他对虎性中柔软温爱一面的提炼和表现，都是何等的才气横溢。

2012 年 8 月 28 日，西安塔影苑—不散居

奇 人 徐 奇

我和徐奇只见过一次面，二十分钟里没说上几句话。此人腼腆少言，谦和文雅，关中人却少有关中汉子做派。不能算活络，不会说应酬话。问他画画之外有什么最爱，答曰我只会画画。问他的经历，答曰都在报上写着呢。

然而他的画作却绚丽斑斓，带着深深的乡土民间记忆，让人啧啧称奇。他走的是工笔加小写意的路子，用吉祥、绚烂、细腻、恬静、匀和的调子，在画作中宣叙自己的民间审美理想。从他的线条可以看到刘继卣先生的影响，也有民间木版年画的韵味，却又能在中国画无骨画法上有所探索，且极有心得。长年的农家生活使他对花卉翎毛有着真切入微的观察，在童年记忆的基础上，练就了较强的素描、写生、造型能力，这使得他的《百鸡图》《百鸟图》和其他画作，有了千姿百态的生命形态和繁复变化的构图组合。

徐奇的画，融通着中国民间吉祥文化精神。如果说，他喜欢沿袭民间习俗，以动物称谓和吉祥成语的谐音，来暗传一种祈祷幸福的生存理想，譬如"万事吉（鸡）祥""天路（鹭）荣华""三阳（羊）开泰""一路封侯（猴）""路路（鹿）平安"等，还属于比较浅表的层次，那么，通过对花卉翎毛拟人化的转化，赋百鸟以百性，融百花以百情，在上下错落、疏密相生的构图中，将物（动植物）的生存图相升华为人的生命鸣奏，在我们面前呈现的其实是人杰地灵，是一幅幅人世生活的谐和、吉祥景象，对一位画家来说，这就比较有深层艺术意味和审美追求了。

在画作的内蕴上追求谐和吉祥，在创作上却又常常走偏锋而出奇制胜。徐奇竟敢画清一色的白色鹤群，成簇成团的白羽，占据着大片的画面。画面的中心"无色"，实在是一步险棋。但无色而有味，能够呈现出一种白之韵，却又给我们以何等新异的审美满足。

徐奇正在自己的追求中前行，我们也就要在他追求的轨迹中动态地去跟踪他、期望他。在现有的基础上，进一步探索民间审美与国画写意精神和笔墨情趣的高层次融汇，探索创作的哲意和诗情，徐奇应该还有较大空间。写意精神和笔墨情趣可以说是中国画的骨髓，是一位艺术家需要毕生追求的。对徐奇的创作来说，这涉及造型的适度变形，通过变形将花鸟的拟人人格做更大幅度的强化；涉及更重视笔墨线条的韵味，由画出来向写出来适当过度；涉及用色上的节制，将白之韵的精神，即在色彩的微量差异中显示丰富性的精神，扩大到整个创作中去；等等。

徐奇正在这样做着。

2010年11月22日，西安望湖阁南窗

书家贵有审美自觉

——吴福春书艺印象

看福春的书法作品,我想到六个字:精心、精美、精准。的确,他是一位对每幅作品都很精心的艺术家。精心是艺术创作的主观态,功力是艺术创作的客观态,两态相汇,便有了精美的作品。他以精美的作品向世人告白自己内心的专注与和静。这里我又特意加了一个"精准",那是专指他行、楷的精准到位。他对传统楷书有着丰富的承接和厚实的承传,师承古贤,广融各家,从唐楷入手,遍及欧、颜、汉隶诸体。有此垫底,故楷、行、草,无不笔笔到位。行笔方圆兼容,藏露结合,干净利索,充满自信,少有含糊和迟疑,氤氲着一种谐和正大的气度。他以规范严谨的楷书,提倡在人生与艺术中要中规中矩,要有所遵循,又以行云流水的行草,宣叙自己对待生命、对待艺术的心性和情愫。他的作品让我们接收到了书家丰富的生命信息。

与福春这个人交往,我想到的也是六个字:本色、谦和、宽厚。他本是冀地沧州人氏,操一口河北梆子道白的口音,偏又爱京剧,酒酣时分常常字正腔圆地唱几句,理所当然少了点秦地汉子的生冷和蹭倔,显得敦厚温稳、内敛谦和。其人品、书品皆如其貌,亦如其行。福春十分热心公益,乐意为社会服务。在我参与的一些场合,他那支笔几乎是有求必应。最近,他操持起"福春写福"书法活动的消息,在古城街头巷尾不胫而走,引起了很大的效应。每天为相识和不相识的朋友辛劳地祈福,少说也写了千八百个"福"字吧。提起这事他乐呵呵的,我便知道了在他心里一位书法家价值之真正所在。

最让我看重的是，福春写了好些书法理论文章，这些文章大都发表在专业书法报刊上。就我读到的几篇，既有对《九成宫醴泉铭》中欧阳询笔势的研究，对当代书家感言文体的分析，更有对书法文化和书法审美内在质地的深入探讨，每篇都鲜有应酬和浮滑之语。这是我始料未及的，很是惊喜。在探讨中国书法艺术中"创造"这个词的特殊含义时，他认为中国书艺不是否定性的创新，而是在一个传统链条下渐次延伸、在接力中不断开拓的那种创造模式；在探讨中国书学的经典创作经验如何化解"自然"时，他认为这些他者经验经过人化或文化，已经成为客体，是特殊的"自然"，在后人的创作中会与新的创作主体的个性相结合，而闪现出创新的火花；他还写有探讨书法艺术为什么是中国哲学和美学泛化为艺术的一个典型等文字。对于长期重创作、轻思考、轻研究的书法界来说，福春对书法审美理性的自觉和有深度的追求，实在是太珍贵了。这不但提升了他的创作，揭示了他的创作持续稳中出新的奥秘，而且倡导了一种从理论高度总结深化创作成果的好风气，整个书法界都应提倡。

我以为一位老到而又充满创新活力的书法家，需要具备几个要素，这便是：生命资质、书法功力、穿透性创造力和理性审视力。

生命资质：是否是艺术型的，具有审美素质和形象（对线条、结体）体悟能力的？这属于天资范围，它构成书法家创造的底色。

书法功力：笔墨的内里是否储存、积淀了几个或多个传统体式或流脉的精粹？而且不但知其这样，也知其何以这样，不但凝练于手也内化于心。

穿透性创造力：能否从客观景象中穿透出来，将客观世界人与物的形貌和动态，转化为线条、结体与布局？此乃外师造化。能否从自身烦冗的生活经验和生命体验中穿透出来，凝聚锻造有个性特色的艺术语言？此乃中得心源。能否从传统中穿透出来，将传统的经验内化为自己的创造资源和艺术经验？此乃承古开新。

理性审视力：文字是民族文化表述的载体，书法艺术是抽象的而不是具象的艺术，是符号表现而不是形象再现的艺术，因而它是各个艺术门类中对文化审美和理性审视功底要求最高的。以此，福春对创作深度的理性审视不可小觑。

正是从这里，我们感到了福春书法艺术上的实力，也听到了福春一步步迈向更高平台的脚步声。

2017 年 1 月 20 日，西安不散居

鹏翼再举看瑞芳

像我们这样年纪的老人，谈到石瑞芳，总由不得先说她的父亲石宪章，介绍她时也常常脱口便说："这位著名书法家，是石宪章先生的女儿。"我也脱不了这个窠臼，实在是因为我们这一代对宪章先生太熟悉了。作为几十年的挚友，我们常在一起参加各种文艺采风和书画活动，宪章先生总是领衔人物之一。对求字的民众，他有求必应；对朋友的事，他关心备至。加之高大伟岸，有一次大家便用谐音给他起了个外号，叫"十县长"，云其有领袖群伦之风也。

瑞芳自小受父亲教导熏陶，常常"牵衣伫立碑林前""书到天晓竟出神"（见她的泣血之作《父殇》），影响可谓深入骨血。她从父亲的风骨中起飞几乎是必然的。而一开始便能在女性气质中植入几许雄浑，几许力度和质感，保持住遗传带给她的燕赵慷慨之气，实也是再好不过的事。

当然，如齐白石所云"学我者生，似我者死"，在瑞芳由初创进入成熟的时期，"走出父亲"便成为她艺术上非常关键的一步。这也正如长安画派元老方济众先生，在晚年对自己的艺术提出了几个"走出"，第一个便是"走出长安画派"一样。走出便是突围，便是提升，便是创造，便是构建艺术家的独有的主体和新的自我。瑞芳以惊人的勇气和毅力，从父亲的书风中破茧而出。她没有走表层的与父亲区隔的路子，而是直追中国书法的源头，深掘中国书法赖以生存的文化、精神土地，以数年之功，出色地完成了自己的艺术涅槃。当一个新的艺术主体在我们面前亮相，许多熟悉她的朋友都不由得心生惊叹。

且看现在的石瑞芳——

草书本是许多女书家绕着走的一种书体，而瑞芳追本溯源，从章草入手，打下基础后，又融晋唐以降诸家之长，融现当代行草有价值的探索，为我所用，便有了现在这般中规中矩却又极富章味的行草力作。像自作长诗《父殇》（八尺十二条屏）和李白《草书歌行》（六尺四条屏）、韩愈《师说》（六尺整张中堂）这样几百字、几十行的鸿篇巨制，她能一气呵成。于即兴随意之中，显示出较强的控制能力，在点画的筋骨中，又隐伏着一种内在的力度。而且不离根本，通篇散发出无处不在的章草气息。

而她的楷书与行草则稍有不同，如雷珍民先生所说，大约得益于唐代《张岩墓志》，流露出来的是那种晚唐的意趣，我有时还能够感觉到二爨的影响。

我也喜欢瑞芳在隶篆中以某种天性中的随意，突破森严的矩度而显示出来的生命感，还有那在枯笔焦墨中透露出来的高古苍莽。能够在隶篆之中融进书家的生命个体和艺术个性，是隶篆走出呆滞的类象格式而获得鲜活个性生命十分关键的一步。瑞芳可以说是在隶篆"们"和"类"的共性中写出了"我"和"别"的一位书家。

从一个深刻的层次上说，书之道其实远不只是艺之道，而是文之道。书道之根首先当然是扎在艺道的土壤之中，那是指艺术规律、艺术传统和东方美学的土壤；更深一层，便扎进了文道的土壤，那便是指中华人格、中华文化和中华精神的土壤。瑞芳也正在这样努力。这几年，她除了广涉中国书法史论，对中国艺术、中国文化典籍和古典诗词歌赋也有所涉猎。她的长诗《父殇》，不但以父女之情的深挚、浓郁让你震撼、慨叹，更让你感觉到了她这几年在古典诗词和传统文化方面下的功夫。一个追求大成就的书画家，远不会止于书道和艺道的学习和探索，他们或早或迟会朝中国文化层面精进、深耕，以浇铸自己书法艺术的文化精神基座。这方面，启功、沈鹏、范曾已经做出了楷模。看来，瑞芳是有大志向的。

2010 年 11 月 7 日，望湖阁南窗

秋日果正红

在陕西书法界，李艳秋出道很早，记得我 20 世纪 80 年代前期刚到省文联工作，她就是陕西书法家协会的副秘书长。那时候艳秋还不到三十岁，也不在文艺界工作，而是业余习书。这说明她的成功不容易，更证明了她有着过人的执着和相当的功力。否则，以一个又年轻又业余又女性的书者身份，怎么能从层峰叠翠的书法界脱颖而出呢？

那以后艳秋一直没有大红大紫。她平和素朴、不事张扬，多年来默默地耕耘砚田。这倒反而成就了她，成就她最终选择了一条切切实实的登山之路。进入不惑之年，她还要拜到名师门下去读书法研究生，并且最终调入高等学校当了书法教授，那根本的原因恐怕在这里：她要为自己铸造一个高层次的书法文化基座，然后切切实实地走下去。

其实艳秋的隶书在社会上极有影响。听人说她是西安书界四大才女之一。对此我且不去说，但我的确多次亲眼见到，她的作品悬于贵人名士的居屋或大楼新厦的厅堂。那些收藏者以她的作品炫示于我，我也是流连不去，良久寻味，从中读出了正气，读出了秀气，也读出了心灵的和谐与生命的感动。

艳秋以隶书知名于社会，的确不负盛名。读她的隶作，既能读出古朴的金石味，也能在这种金石味中感受到历史和岁月的某种苍凉，感受到中国文化的清正匀和、稳健平实……这是书界前贤通过碑帖传达给她的；既能读出一种可以称作端庄和柔美的东西，也能从中感受到她内心世界中有和时风的某种抗争……这是书家个人的精神质地和抒发方式通过笔端表现出来的了。这样，今古融通、刚柔相济、物我交融，便构成了艳秋书作的一大特点。这表明艳秋在内心抒发和形式表现之间，找到了、建立了一种既能对位又有张力的和谐，只是感到笔墨有时候过于流畅。行笔慢、吃墨深、稍加飞白，以欣赏的滞涩造成金石味，作品便耐得咀嚼，耐得寻味。

  尤其可喜的是从近期的书作看，她在深度进入传统的同时在更大程度上进入了自己的内心，在坚持稳健的同时着意追求线条的飘逸和动感，在强调法度的同时还尝试将法度适当装饰化，我们看到了艳秋新的创造空间。

2010 年 6 月 25 日，西安不散居

王习哲八题

　　王习哲是我在书画界的一位忘年交，多年来一起参加过多次笔会活动。读过他很多画，也看过他的作画过程。他在宣纸上将巴山汉水的山情、水韵、乡风淋漓尽致地展现出来。他在以北派山水画为主流的陕西画家中似乎是一个异数，他承袭的是黄宾虹、方济众、赵振川，又融入自己对山水画笔情墨韵的理解，形成了与众不同的画风。读他的画，边读边冒出一个一个的字，加到一起共八字，即实、静、淡、湿、线、点、思、趣，我就顺着这八个字来谈谈习哲的画吧。

　　实——习哲少言、沉实，将刻苦的努力浸淫在静穆之中。画画的时候，基本上无言，完全沉浸在艺术创作那种忘我的状态中。平素也很吝惜语言，说出来的话，不虚晃，不张扬，都是实在话。他的画也如此，都是下了功夫的创作，很少有敷衍应酬之作。做人诚恳实在，作画认真踏实，对艺术有一颗虔诚之心，这在当今社会很难得。他之所以能在艺术之路上不知疲倦地、坚持不懈地攀登，根源和动力恐怕在这里。

　　静——习哲的画有静穆之气。静穆是中国画很重要的美学内涵，是许多画家终身追求的境界。大自然的山林、河川，对比人类社会，会呈现出一种静穆之气，静穆中产生一种庄严、肃穆之感。习哲作品中的静气，一种是静中显静，静寂的山林，水是止的，树是静的，石头沉寂着，连风也悄无声息。另一种更不容易，是在动中显静，在动中提炼出静来。如《凝聚》，密密匝匝的构图，看起来很不宁静，但在内里、在感觉上又是很静寂的。好几幅画表观深山老林深处生命蓬勃生长的景象，生命遇到了土壤和水，便汹涌澎湃地疯长，石头、树干、枝丫、山体、河川缠绕纠结在一起，蓬勃的生命悄无声息地在宣泄、在喧哗、在张扬，总体有一种无边的宁寂。在深山里，生命就这样旺盛着勃发着，寓静于动，亦静亦动。画面上的静穆，体现了习哲内心的宁静和淡泊。能够把大自然动态中的宁静抓取出来、表现出来，体现了他不凡的才情、素养和功夫。

淡——习哲是一个非常吝惜色彩的人。水落石出，不用色彩去洇湿、去遮掩画面，这会对他的线条功力构成极大的考验。画家需要把水墨、点线直接推到观赏者面前，实际是对水墨趣味和点线趣味的考验。习哲通过了这种考验。他的画不奢华，追求素淡，往往用差异微乎其微的水墨色块和点线去表现微妙的水墨气韵，细腻而婉约，灵动而温雅。如《清心之境》，水活石润，云淡风轻，幽人雅境。素净清淡的水墨，是习哲内心高洁雅致的反映。《秋山含香》，主要用黄色——橘黄、淡黄、焦黄、橙黄，稍稍用一点红色。黄色表现秋天的成熟，趣味高远。很少见到他画春天的绚烂和夏天的辉煌，他的兴趣大都在秋天的静穆、清淡。淡是对笔墨、水墨功夫的自我检验。没有这种功夫，不敢也没有勇气这么淡。

湿——湿润，这和题材有关，更主要的是反映了他的艺术追求和艺术处理方式。很多雾蒙蒙的水气、水韵、云雾、山岚湿润着他笔下的这个世界。《秦巴水韵》《巴山气韵》《山雨欲来》《如情似梦汉江雨》等作品感觉极好：江水清澄，树木幽深，湿漉漉、湿润润的巴山汉水跃然眼前，水墨气韵酣畅淋漓而又委婉萦回，画面富有文学性、音乐性，令人怦然心动。习哲的内心不焦不躁，诗情画意缓缓地、静静地在纸面流淌，湿润的画湿润着观赏者的心。现代社会是一个很焦躁的社会，我们都觉得自己很干涩，人跟人之间、社会各种力量之间各种矛盾摩擦得非常厉害，他用一种非常湿润的笔法和山乡景色来湿润这个世界，润泽我们的心灵。这一点很好，很可贵，让人感动。

线——习哲有的画突出了线的趣味，山体、屋顶、树木，都用焦墨的线条勾勒。线条精准到位而有表现力，能感觉到他的书法功力。除了专用焦墨线条的作品，在晕染、湿润的作品中，他也常常在一些关键部位用有力感的线条画龙点睛，如雾蒙蒙中一两所房子、一两棵树用很干涩的线条点凸显出来，形成湿与干、线与面的对比，饶有情趣。

点——画山用点，画树用点，画石亦用点，大米点、小米点取用自如、浑然一体，趣味盎然。《寒江欲雪》的点，趣味非常鲜明。用同一种画法来表现不同的对象的质地，这是他的一种艺术追求，也是一种对水墨功力的考验。以点为主的处理，与以线为主的不同，线枯瘦而有力，点丰满而圆润，表现在不同的作品之中，形成作品风格的丰富性和多样性。

思——习哲是一位善思、多思的画家，不满足于原地踏步，总是探索着、思考着另辟蹊径，另出新意。他生于北方，而主要画秦巴山水。北地的人画南方的景色，用南派的笔墨趣味，形成南北两极的震荡。他用南方的景物和美学追求来改造和丰富北方的心境，同时把北方的心境和骨气输到南派笔墨之中去，形成既有南派润湿细腻的笔墨趣味又不失北方雄浑大气地域特色鲜明的绘画风格。

趣——这最后一个字，对习哲来说既是现实，也是未来。他有一部画集冠名《山水心絮》，从"心絮"二字，可以看出他的趣味性追求。画汉江山水，其实是画心中的山水，不过是用汉江来诉说自己的心絮。这是对重主观表现的中国传统美学的向往和追求。把个人的艺术追求和性格糅到画面中去，融到笔墨中去，产生属于他的很个性的画面，产生情趣性的追求。《愿将满山桃花雨，化作心中五彩云》，在淡淡的山水之间，画了一片醒目的、明媚的桃花，桃花的构图、色彩经过了提炼，强化了色彩，改造了构图，淡化了山体背景。强化桃花，表达了桃花雨就是心中的五彩云。习哲不是不能用色，而是吝惜用色，控制用色，一旦用色，也是很大胆的，在水墨与色彩之间构成一种趣味追求。

这方面，习哲还可以更加讲究。除了坚持现在的画风，还可以探索简化对象，提炼对象，注入更多主观色彩，用线条的趣味，晕染的趣味，淡淡的色彩的趣味，来表达心中的山水。一旦主体的投入增加了，客观对象的表现可能会不那么繁复，就可以腾出更多的精力用笔用墨。四尺斗方《江清月冷》《晚风》在这一点上就非常好，画面简淡灵动，主观色彩浓郁，是纯乎感觉纯乎气息的物象。古往今来的大家，都能把自己的内心世界转化成一种国画特有的笔情墨趣，这样才能够赢人。

这八个字，是读习哲画作的印象，其实也是对他今后创作的希望。不知习哲以为然否？

2013 年 7 月 24 日，西安不散居

驼　　魂
——陈默的画

陈默是个多面手，翎毛花卉提笔就来，有时也弄几笔山水。但他主攻的是骆驼，他创作的特色和标志也是骆驼。所以这里只谈他的骆驼。

陈默以几十年的艺术劳作，为我们创造了一个骆驼形象队列，骆驼形象群。这使他在三秦画界成为独特的一个。这个形象系列和形象群，姿态、色彩、性格、气质和布局无不多彩多姿，却又都从不同角度表现了骆驼的内在精神。

读他的画多了，在脑海叠印着的记忆中跳出两个字：驼魂。是啊，陈默的画不但诉诸视觉，可观可赏，而且常常诉诸听觉，驼铃叮咚，更诉诸心觉与灵觉，驼韵驼魂！

骆驼永远昂首朝着前方，不回首眷恋来路，如西行的张骞、玄奘，不达目的不回头。

骆驼少言到几近无声，唯脚下从不停步，就那么世世代代一步一步丈量大地，是百分之百的行动主义者。它的一切高贵都在无声的脚步中。

骆驼吃的是草，主要是干草，却生出超人的耐力；喝一点水，回报你的是奶汁。

骆驼性冲和，冲和中表现出难得的恬淡。它们对这个世界，对人类，可谓功高盖世、功高盖史，而自己总是表现出浑然不觉的淡然和平和。似乎一切本该如此，今后也应该如此。

——这是陈默用画笔给我们解读的驼魂，也是他用画笔给我们解读的艺术家的画魂和艺魂。画家一如他笔下的驼群，质朴、低调而执着，数十年中在艺术天际线上默默跋涉。画家的创作也一如他笔下的驼群，功力扎实，构图沉稳，用线、用色、用水、用墨都从容到位，绝不张扬卖弄。

在艺术表现对象、艺术作品和艺术画家主体三者之中，充盈地流贯着驼之性、驼之德、驼之魂。把主体和物象、心源和造化在如此深刻的层面上融为一体，圆融无碍地升华为独特的审美表达——陈默走的是一条艺术的正道和坦途。

关注造型在某种程度上的寓象化和笔墨在某种程度上的符号化，是我寄希望于陈默的。这方面的探索也许可能将他的驼魂系列创作推向新的平台。驼群相对固定的生存环境——戈壁荒原、高山草甸、西部风雪，相对固定的内在气质——踏实低调、执着中和、前进不息，都使得人类（也就是扩大了的观赏群体）对驼群、驼魂有较为固定的认知，这种认知构成了一种审美接受的基础，给画家提供了将其寓象化、符号化的可能性。造型的寓象和笔墨的符号追求，不但可以造成强烈而异态的审美效果，也是艺术家逐步确立自身创作在构思和表现语言上风格化的重要一步。这方面，陈默还需要更自觉、更有胆识的探索。

2014年1月4日，西安不散居，一个阳光明丽的冬日

胡卫民的人物画

异质文化因子的进入是文化艺术创新的原动力，会激发本体和传统的裂变重组，释放出巨大的创新能量。我在这里说的异质文化，既包括异层级的文化，如院体画、文人画和坊间画的互渗互动，异类别的文化，如诗文书画曲舞的互渗互动，也包括异地域、异民族的文化，如欧亚文化、汉族和其他民族文化的互渗互动。整个一部中国画创新的历史，就是不断融汇异质文化、激活本体新变、融汇各种创新元素为己所用的历史。尤其是近代以来、"五四"以来的中国画创新更是如此。吴昌硕、齐白石、徐悲鸿、林风眠的艺术之路都证明了这一点。

就中国画而言，所有的本体和异质的艺术和美学的融汇，最后几乎都归结为如何处理好中国写意精神和西方写实风格的关系。比较起来，山水花鸟画还稍好处理，人物画难度最大；人物画中，虚构人物又稍好处理，只用追求神之真、性之真，而真人肖像、历史上的真名实姓的人物肖像难度最大。它除了要表现性之真、神之真，还要追求容之真。对象之形要肖似，否则欣赏者通不过。肖似则要求精细写实，这又与中国写意传统相错。

胡卫民人物画探索的这一历史和艺术背景，使他的艺术实践充满了内在的矛盾和冲突。这增加了探索的难度，也激发了创造的激情，启动了创新的智慧。他必须在人物的客体形象、人物的社会形象、人物在艺术家感受中的心象，以及人物在笔墨能表达出来的艺象，这四者之间找到最佳的可能性和契合点。现在看来，卫民基本找到了自己的路子，这便是以人物和画家的双重情怀和画作的意蕴为根本，立本运笔，以意带形，力图做到意形融冶一炉。他为真实的历史人物画像，为了肖似原型，面部采用工笔细描，写形传意，而在衣饰及背景上，则往往施以大笔墨,体现出一种中国书法的"线趣",那种超像之美的写意追求。写实的西画风度和写意的中国味道两极组合,相映成趣。

卫民原先山水、人物兼修,近些年则较集中地画人物,画人们熟悉的历史人物和文化名人,这两年则更为集中地画古丝路上的人物。他选择了一个最难攻克的堡垒往上冲。下笨功夫学习、尝试,力图将中画的写意与意写,西画的写实与实写,在审美和技法的多重的意义上融汇起来。他摸索自己的路子,为破解中国近现代人物画发展的"哥德巴赫猜想"殚精竭虑。敢于和乐于迎难而上,是一位艺术家对自己目标感、奋斗力和创造力自信的表现,也是对自己已有的基本功和未来的发展空间自信的表现。

胡卫民近年的人物画侧重于丝路,其社会背景当然与"一带一路"倡议在全球的有效的落实有关,但我想说,画家为自己确定这一题材领域,也许有更深的想法。他是想为中西艺术的融汇奠定内容的基础。丝绸之路本身就是一条中西汇通之路,也是一条中外人物协力展示自己生命力的道路。卫民的画笔下,既有张骞、法显、玄奘、鉴真、郑和,也有马可·波罗、李希霍芬、利玛窦、斯文·赫定。这样,中外交流的先驱(精神内容)与中西交融的艺术手段(形式技巧)便构成了一种内在的呼应与天然的谐和。当然,画家若真有专攻丝路人物的想法,题材上还应有更宏大的拓展和更全面的规划。现在看来,丝路宗教人物明显多于世俗人物,古代人物也明显多于现代人物。

卫民在开拓人物画新领域时,注意利用自己原有的创作积累和艺术优势。画家是在多年人物画创作的延长线上朝前推进的,可以清晰地看出他在人物画领域"三步走"的足迹:最早的古代仕女系列—中期的文化名人肖像系列—近期的历史名人肖像系列,而后顺理成章地延伸到丝路人物肖像系列。从技法追求上看,他也经历了"三步走",即以形写神(由外而内),到以神写形(由内而外),再到以形写意。这三个阶段虽然不很明晰,却能看出他夜有所思、日有所进的学习精神。肖像画必须找到主人公真实形象、社会对他们认可的印象和画家心中的主人公心象，三者要统一，既不能拘于形似，亦不能抛却形而一味去驰神写意，它必然要走形、神、意三者结合的路子，走似与不似之间的路子。卫民在题材不断延展的同时，艺术上在不断创新，新内容与新技法互为创新助力，形成了一种良性循环。

艺术家的创作，能够在社会历史的纵深、题材内容的限定、艺术感受和技法的积累多个基座上推进，又焉有不成功之理呢？

2017 年 11 月 25 日，西安不散居

田军：水彩世界的探索者

在整个画界，水彩画大约算是个冷门。美术院校很少为水彩设系、设专业，美术市场对其有如温吞水，多年不凉不热。在国人的审美关注中，国画一直是主角，近年油画亦受青睐，目前还没有向水彩转移的明显迹象。美院科班毕业、从教美术讲坛多年、深知画界情况的田军，却偏偏在拥挤喧闹的高速路边，选择了一条罕有人迹的林间小径，一步一步走了下去。被幽静隐没而安于默然，定然是在林间小径上发现了可以驰骋自己审美创造力的天地，"深林人不知，明月来相照"呀。跋涉二十年的田军，捧回了眼前这些月光曲般的作品。

在我的印象中，水彩画是小散文，是轻音乐，是抒情诗，它以典雅轻盈的旋律回响于贵族的庄园或小资的居室，以那种薄如蝉翼的明丽，抒写出景物和画者内心的静谧宁和。它带着很强的个人性、情趣性。这当然是指传统水彩创作，这方面，田军的作品早已显示出自己扎实的功底。在《夏花带雨来》这幅瓶花的静物写生中，他在淡绿色的调子中，利用水与色的相互洇染浸润，将花的光影层次、风姿神韵，简洁而又丰腴地表达出来。画家娴熟和从容地传达出花的珠圆玉润和高雅气质，也传达出自己内敛于心的功力和自信。

在我的印象中，水彩画似乎与大题材，与表现历史沧桑、时代风云相去甚远，不料田军正是从这里开始了他的探索。作为生活于八百里秦川这块历史厚土上的画家，他一反水彩轻音乐和抒情诗的特性，竟然专门选择了沧桑的历史人文和苍茫的山川风貌作为自己的主攻题材。这种敢为人先之举是相当冒险的。表现对象的变化，会引发角度、构图、用光直到笔、情、色、趣整个创作元素一系列新的变化，这无异于对画家文化底蕴、审美水平和技巧素质的全面考试。真想不到低调的田军，竟高调地通过了考试。

我是那么偏爱、那么看重他的顽石系列和关中系列。《狮为小凳》《大王本玩具》乍看那么陌生，完全跳出了传统水彩画的窠臼，是一番崭新的风貌。那种对表现对象色彩、光影独到的分解和组合；那种在统一的调子中以微量反差的色彩而达到层次丰富的能力——在这种组合中，圆润的对象转化为方钝的色块，再转化为可以书写的笔触；那种以无生命的顽石储藏活历史、活生命，由顽石而形象、而情象、最后进入寓象境界的深湛追求，等等，都让我刮目相看。而他在《吼秦腔》中创造的关中老农的形象，也一反大众心目中水彩的明丽轻灵，每一笔都融进了历史的沉郁厚重。画家以一幅肖像写出了一个古老的剧种、一块古老的土地、一种在苍凉中激扬的生命状态。水彩原来可以这样画！我意识到，站在这些画幅背后的那个熟悉的田军，的确是一位艺术创新中难得的勇者。

水彩是西画，以晕染光影、色块为艺术表现的主要特色，与以笔墨线条为主要特色的国画，本是两套路数。两套路数能否在借鉴、互惠中出新？田军又在这里开始了他的探索。油画与国画分野于色块与墨线，也分野于油与水、布与纸。而水彩画却在色块与墨线的分野中，以水和纸与国画相趋近。正是这一点，提供了借鉴与创新的空间。

很欣赏田军一些作品中的水感和线感。《风之谷》那幅画，充分发挥了水的艺术功能，将天空、云山、草原溶解在湿漉漉的水感之中，云山在水中自然地洇出阴阳太极的图像，在草原与云山的衔接处，又以水为液汁，渗出似有若无的疏林和山径。你会感觉到其中有许多中国画的观念和技法在发挥着潜能。《云破月来花弄影》《老屋》两幅，色块与色线被娴熟地组合为协奏曲，近景的枝叶、老屋，用线描细细勾勒、着意交代，远景的月夜和天穹则以水、色交融的大写意带过。线的创造功能，线的旋律感，得到了充分发挥。画面在水与线的交互作用中出新，在对照中生成了意想不到的效果。

水彩本属于西画的再现体系的画法，在我有限的目光中，水彩画对现代艺术思潮及技巧体系性的探索还较少，田军又在这里开始了他的尝试。在《逆光》和《云山深处》这一类作品中，你明显感觉到了现代结构主义、色彩构成主义等理念的影响。具体的个体物象的似与不似在组构进画面之后已经不那么重要，墙面、门楣、形态、光影，只是作为表现整体画面势和韵的语言元素存在着，它们不再按照再现的逻辑存在和组合，而按照构图和色彩自身美的需要这样一种新的逻辑，即表观的逻辑组合为美。田军传统着，原来也现代着呀。

在多方探索的基础上，为自己定下一个时期的艺术坐标，组团性地拿出一批创新型作品，这是我希望于田军的。田军正值盛年，已经到了在艺术上发出自己声音的时候了。

2015年9月26日，西安乙未中秋，不散居

永 华 四 喜

  王永华喜画秋天，因为大自然在秋天最丰富、最充盈、最多彩、最简约、最素朴、最苍莽。他在简约中画出了丰富，素朴中表现了充盈，苍莽中又有了多彩。

  王永华喜用褐色与假金，在清淡中显示绚丽。多层次的褐色使秋不再萧瑟，显得温暖、亲和；假金使秋色显得绚丽、辉煌。其他色彩则尚淡，正是运淡显出了秋的绚丽、澄明。

  王永华以流水为形，将山与云与水糅进统一的动态调子，形成了自己独有的符号性语言。

  王永华喜用水，善用水——他的画集中表现了水境。以水表现出云和山之流动，浸濡成淡淡的秋色，化水成淡。淡是需要功夫的，淡的功夫在色与水的微妙之中，在分寸的恰到好处，在对复杂时序的复杂处理。

  在一个成熟的季节，我们看到了永华的成熟！

2011 年 9 月 1 日，省美术博物馆，即兴

约而博　学而立　艺而文

——王广香的画

几年前，我评论广香的创作，是围绕一个"幽"字展开的。我说，"广香的花卉虫草，有的孤寂幽静，也有的很热闹，即便一片黄菊、一丛牡丹扑喇喇开在宣纸上，热闹中也会洇出一种幽静来。我想，大约这都是在画她自己吧，便生出了从画面探究画家内心世界的兴趣"。那次探究的结论是："广香的作品，画面无论繁茂还是孤寂，斑斓还是素淡，动态还是静境，潜藏其中的，总是一种十分宁静、谐和，幽远的心绪。"

壬辰初春，挺好的阳光，挺好的微风，广香邀我去看她的新作。我知道她这几年佳作迭出，影响力渐增。也耳闻去年广香画馆在浐灞之滨落成时，友朋名家聚楼上楼下，报纸电视传长安佳话。但不知怎的，路上竟暗自生出一缕忧虑，怕她从此热闹起来，反倒丢失了内心的幽静。

我们在画馆里看画，聊天，品茶，待了好几个小时，很庆幸，终于找回了那个熟悉的广香。我又一次相信了，她的确是个艺术行为与创作追求都很执着的人，画在变着，心境依然在深处潜沉。

这种变与不变，在她身上大约表现为一个由约到博、由学到立、由艺到文的过程，一个鲜活生动的动态过程。

她以数年的岁月，多方面的学习、探索，由约而博。她从萧焕、胡西铭、赵文发等前辈画家那里汲取营养，由花卉扩展到各类虫草、动物；花鸟之外，又习山水。山水也做了多方面的探索。她让花鸟陶冶自己的女性情怀，又以山水拓宽自己的人文天地。几年中，她徜徉于各类型画作的尝试和探索中，创作量之大让人惊讶。

转益多师，由约而博，是创作道路上特定阶段的需求。在多中比较、博中寻找，于整体格局中确认自身，最后择定艺术家的最佳方位和路径，是一种科学的定位方法。创作是要以整整一辈子为单元的事业，并且需要几代或几十代的积累。创作如同金字塔，底座体量越大，创作经验越多，越有可能高耸入云。从她近年的佳作中，你能感受到画家整体艺术水平在稳步而坚实地提高。

广香的画，由开始的学习名家，渐次变化出自己的色彩。尔后，她在沿自己的路子走时，又悄无声息地明朗了自己的风格，从而完成了由学而变、由变而立的艺术过程。

她的笔墨，法度中有传统长长的投影，又时时超越陈法去尝试新变。小鸡和花卉用笔简练，如庖丁解牛分解为几个色块，稳、准、狠的几笔，在决绝和随意中形神尽出；藤条是在那样的绞缠纠结中显出自然的疏密和走向；花儿是在那样的明媚中显出沉厚，绚丽中透出成熟；有时在背景上以西画的晕染烘托，来衬托传统的勾勒皴点；她的四条屏渐趋素淡，表露出内心的高洁；兰草有时用小写意渲染，浓淡几笔就有了层次，有了葱郁的深度感。

她的色彩原来大体是绚丽的反差组合，在这个基础上，又正寻求在那种统一调式中用微量的差异来传达对象在色彩上的微妙。《郁香月明时》一幅，画家用深浅不同的黄色，像钢琴家弹奏《月光奏鸣曲》，营造出月色和菊影中的秋夜之美。在《秋》一幅里，黄叶摇曳着大片的灿烂，一旁却用饱含水分的笔洇出一只嫩绿的小鸡，春韵和秋色于是开始了饶有情趣的二重唱。色彩的潜能被开拓提升了——由生活再现进入了生命再现。

她的构图，总是寻求为多种多样的艺术构思提供平台，这使她从繁复多变的花海到独秀一枝的幽兰，都能处理得恰到好处。特别要提到那幅达二十米的长卷和好几幅两米长的花卉（《报春》《幽境》《芳馨图》），在跌宕起伏、疏密有致中绵延着内在的气脉和纹路，有如多声部的大合唱，在相同的节奏中，行进着不同的而又谐和的旋律。

广香这两年开始读儒、学易、悟道。她不是赶时髦，是悄悄地、很认真地在学习中华文化，她感到了将创作和国之文脉接续起来的必要。中国画是中国文化土壤中长出来的奇葩。中国画的水墨、毛笔、宣纸等要素，重线条、重写意、重情趣、重神韵等追求，要求画家的生存状态与创作有同步感等，都是出自中国文化和中国文人骨子里的东西。故而由画而文、以文铸画，是画家的一种人文悟觉，是艺术的更高追求。无须说，画家当然首先应该功夫在画内，但当画家意识到囿于画内已经远远不够，而产生了由功夫在画内到功夫在画外的强烈追求时，也许意味着她艺术的金秋时节就要到来了。

2012 年 3 月 11 日，西安不散居

如 钟 如 镝

　　我喜欢拙美，书画皆然，但自己总写不出来。写字时一心想着写拙一点，结果越写越是走了秀美一路。这才知道拙比之秀，要有更高的人生历练和禅心悟性，要大幅度超越书法技巧，真正沉浸到自己的气质和骨髓中去，让心灵在宣纸上自在地散步。拙是一种以我手写我心的、无法之法的境界。身处滚滚红尘中的我辈，自愧难于进入这个层面，也就只好照"通俗歌曲"的路子写了下去。

　　读了钟镝的书作，我敬佩得不得了，又惊叹得了不得，不由得想探究一番，且沉入了自省。他是 70 后，比我年轻很多很多，正值心气旺盛之年，却能写得如此有功夫，写得处处有根本又处处是自己。更难得的是，还写出了一位年轻人内心的沉稳和宁寂，有如老翁扶杖于秋林！满纸苍墨枯线而显出饱满丰腴，老气横秋却又溢出真性童心。拙得那样憨厚，拙得如剑镝飞鸣一般，将世俗一股脑弃之荒野，只是抬头望月，去感觉那远去的幽幽钟鸣。没有几十年程门立雪、面壁参禅的苦功，很难有如此面貌。

　　品他的印，便更懂得了他的字，懂得了他的字原是有大来头的。那苍莽味儿、古拙味儿，那用软软的毛笔竟能写出切、冲、顿、挫，写出用淬过火的刀去耕石犁砚的金石味儿，全来自他的印篆。若说好的中国画是写出来的，那么好的中国字便是刻出来的。金石气息从来是书道之高端，这让我想起石鲁。他先是融书于画，后又融金石于字。他的字正如他晚年笔下的华山，每根线每笔皴都有如刀镌斧劈，不如此何以传达华山那雄踞天下、傲视权贵的人格精神？

　　一个人的字写到篆刻的份儿上，大家可真得注意，此人绝对不只有罕见的笔力，也一定有罕见的心力。什么叫力透纸背？不只是笔力透纸，更是心力透纸。一读钟镝，噢，这可不就是了吗？

我于是拨通钟镝的电话，老着脸索要这位小兄弟一幅字、一方印。

2010 年 10 月 8 日晚，急就于不散居

"艺我一元"的惠京鹏

认识京鹏很早很早了,知道他当报纸摄影记者时镜头有如智者的目光,好生了得。知道他怎样为一个极左的时代背负十字架而变得沉默和成熟。知道他怎样依然理想不泯,只身去陕北绿化大漠,在沙海中塞上柳,在脸上种络腮胡子,二者长得都同样茂盛。也知道他爱上了(或重新拣起了?)绘事、书事、印事,难以自拔而又怡然自得于其中。这几十年,尽管京鹏沉潜处世、默然行事,却将自己人生的每个段落,搞得风生水起。

不过说实在的,几十年的相识,我了解的其实只是大家都能看到的京鹏。直到这次在病榻上反复品读他的两部绘画集和两部书法篆刻集,那个内在的京鹏才在我眼前有声有色地展开来。于多年的无声之处,让人乍然听到了响雷。——原来这是一个对于社会、人生有着自己独特思考的京鹏,是一个在内心营造起了自己独特风景的京鹏,是一个在书、画、题、印、文多面出击,且都能创造出自己独特艺术风格和符号体系的京鹏!

从他作品喷薄而出的创造性和独特性,我看到了一个人的强大——不只是艺术的强大,更有生命的强大。

生活的艰难并没有磨钝他洞明世情、反思人生的锋芒和力度,对艺术的痴迷也没有让他的情怀变得过分的纤巧细腻起来,在精神上,他仍是那种有胸毛和络腮胡子的西部硬汉子。艺术对于他,首先是出自人格本体的、指向生活和生命的匕首、投枪,是意旨、意韵、意味,是启示、启发、启蒙,然后才是艺术表现上诸如手法、趣味的追求。

像《筑巢安劳燕,危楼作高林》以鸟找不到树木而不得不在高楼筑巢,对急速的、过度的城市化弊病,做了生态反思和绿色呼唤。《革命战士》以一只好斗的公鸡,将浑身羽毛斗得一根不剩的"英雄肖像",通过反讽,唤醒了我们对极左时代惨痛而深刻的记忆,令你哑然失笑而又心中滴血。《闻香趋若鹜,无暇扬高头》以鹅喻人,说的是过度迷醉于眼前欲望的满足,会怎样冷淡了胸中的志向和远方的风景。《左右逢"园"玩偶立场,和气一团宰相肚皮》以不倒翁的形象为官场的某些人画像,温和却不失犀利。而《行乞长街遭白眼,横竿拒犬得赞声》《常执朱笔圈画史,焉附黄门梁丹青》,则以日常生活景象宣扬了贫而有志、艺而有志的人格追求。《聪明吹哨子,傻子踢足球》《春光有限(瓶中花)》,随手拈来人人常见画面,便举重若轻地点出了常人不大去想的人生哲理和人生智慧。

以上这些,举凡对生态文化、社会文化、官场文化、人格修养、人生智慧的开掘反思,其眼界之宽阔,立意之高远,切入之深湛,手法之驾轻就熟、出奇制胜,在当今过分看重艺术技法的中国画家中并不多见。中国画自古以来并不是没有讽喻世事的传统,但大多或以隐居避世遁逸,或以山水花鸟寄情,或以艺术造型和艺术手法上的怪诞来明志,来宣示自己不肯同流合污的傲骨和情怀,像京鹏这样直接向时弊掷出匕首、投枪的中国画,应该是独创一格的。从这里可以看出京鹏艺术的价值。

京鹏的国画在艺术上同样全力追求创造、追求独特。这种追求,用他自己的话来概括,就是四个字:"艺我一元"。在他心目中,艺术是要侧重表现"我",也就是表现自我的。也许觉得用"表现自我""宣泄自我"分量还不够,所以他极致地提出"艺我一元",力主自己的艺术与自己的生命浑然一体。"艺"是"我"独有的语言,"我"是"艺"深处的脉动。故而京鹏的画、字、印主体性均极为强烈,主观色彩都十分浓郁,旁人几乎无可重复。其中我印象最深的有两点——

第一,十分看重笔墨趣味的个性化,并在这个基础上形成了自己的视觉表达符号体系。京鹏不重写实性再现,他喜欢画别人眼中也许看不到却存在于自己心中的风景、人物。这是艺术家感觉中的对象，是经过艺术家审美提炼后带有强烈主观色彩的对象。不被写实困住手脚，才能大幅度地将复杂的对象简化为情趣性的笔墨，并且进一步提炼为程式化的符号体系，才能将自己想要表现的东西推向极致。

我十分推崇《寒开》《女人与狗》《卧雪梦花》几幅作品，简约、准确的几笔，使对象的形态、动态更有神态，毕肖于纸。这时候，摹真之形已然不很重要，最重要的是弃真取神的神似，是"离形得似"，没有一点勾魂摄魄的功夫是做不到的。他画了大量的莲荷，将莲荷提炼为简洁明快的"惠家符号"，却又能表现莲荷自身变化万千的风姿。《花好月圆》《秋荷》几幅，以简洁的线与色，道尽内里的清明纯净。《月在荷塘》和《我家清塘一品荷》，在繁复的线与色中表现月色与清塘的澄静清澈。可见简洁、简明并不是简单，也是可以表达事物的多种风姿和内在丰富性的。这都时常让我想起周敦颐《爱莲说》的境界。

第二，不拘泥于造型，在线条意趣之外，他也重视色彩关系的构成与意境的营造。像《梦中芙蕖》《红苹果》这类作品，或用斑驳、绚丽而又模糊的色彩关系，营造花之梦的境界；或用黑、白、红反差鲜明的色彩关系，表现黑夜中女性身体的魅力。《驿动的心》用浓重而眼花缭乱的色彩烘托人物心灵的骚动，《海滨所见》则干脆摒弃线条，以人体与海水的块状的模糊组接，表现在海水蒸气的氤氲中，人体的迷蒙感。这既是客体的再现又是主体的感受。《醉叶迎风》则以画家感觉中的主观色彩画荷，绚丽多彩的荷叶已不具备原有的色彩，那可能是阳光、春风与荷叶相映照的效果，也可能是荷花醉于阳光、画家醉于春风的感觉。色彩的主观化，将画家所要表现的"醉"的意境强调到了极致。

这类画，在画法上中西合璧，中画的没骨法与西画光影明暗晕染相互渗化，传统与现代相映生辉，可视为用水墨、毛笔在宣纸上所做的一种东方现代感觉派和印象派的艺术实践。

  不息地追求创造，追求独异，是艺术家的天职，也是艺术常青的保证。我因此对京鹏充满了信心。

2013 年 1 月 2 日，省人民医院病榻

品 读 张 魁

张魁一直苦心经营着《各界导报》，且卓有成效。办报谈何容易？眼见一张对开十几个版的大报在他手里日渐兴盛，个中甘苦自能想见。我原想这份陕西省政协的报纸无疑应该属于衣食无虞的"碗族"，是铁饭碗，后来才知道竟然也要自负盈亏，那么，张魁的担子张魁的辛苦，以及所遭遇的各种风险风波，就更是可以体味的了。不过在接触中，你丝毫感觉不到张魁是个荷着重压的人，总那样谦和、从容，似乎还很有几分闲适。你便会感觉到男子汉脊梁的力量。

在书法研习和创作上，他的这种从容、闲适曾使我产生了错觉，以为他和我一样，搞书法为的是在繁忙中偷一点闲乐逸趣，用随意的书写取得生命的平衡。后来不断读到他的字，那种简洁、老成、生涩、高远与拙趣，给我的印象整个是陌生和新颖，我把这种印象称为"别一种印象"。"别一种"，就是别开生面、别显品韵、别有洞天，就是辟另路、求异风、不趋同，也就是艺术上至为可贵的探索精神和创造精神。看似闲庭信步，实则青灯黄卷，你会由不得产生探究他的欲望。于是张魁从当下汪洋大海般的书展和书作品中跳了出来。

从《古风·登华山》简洁的笔墨中可以感受到，对待汉字的象形特征，他已经由华丽铺陈转而追求简约化、符号化效果。这背后是书家以单纯的心态去简化复杂人生的那种淡定，其中渗透着中国易学的变易、简易精神。从《七绝·深秋感悟》的随兴所致、断续而又自然的笔墨处理，你又会感受到一种无为中的有为，随意中的精心，从容高远的人生自信。《七古·岭峒山漫步》以沉着的运笔，使通篇作品浓淡得体、润涩有致，又使你感受到他在无羁的洒脱和有度的控制中自由出入的本事，这也不纯然是技巧，在其深处，怕是与书家的处世修养和人生智慧有关。

张魁是由写作起步而臻于书道的，一直在诗文写作上下着功夫。诗文和书法创作合于一个主体，本来是中国古代文人固有的传统，也符合书法艺术的本体要求。一些著名的传世之作，如王羲之的《兰亭序》、颜真卿的《祭侄文稿》、苏东坡的《寒食帖》，莫不是书家自己直抒胸臆之作。撰文与书丹的合一，能通过同一创作主体，将诗文的内容和情绪直接贯注到书写的谋篇布局和笔墨线条中去。书写别人的诗文当然也能出好作品，但要重新体验另一个人的诗文内容和情绪的转换过程，到底隔了一层。张魁的诗多寄情于山水，像《武陵源青山联想》："青翠草木生奇峰，精心移栽几多成？造化一物宜一境，不欺上苍自葱茏。"像《白鹿原金秋》："原静隐蝉鸣，云高接海天。踯躅梦幻里，物我两赋闲。"都多少流动着一点道释情趣，正是有人从中感受到的那种"闲人、闲心、闲景、闲境"。看似有出世之绪，其实却阅世较深，只是能够超越，一入一出之间便有了老成与厚朴。

张魁书作就这样让你从随意中看出了精心，生涩中看出了娴熟，童真中看出了老到。他的诗文也就这样让你感受到了一种低调、执着和在内质和博约之间的平衡。

2010 年 5 月 28 日，望湖阁南窗

罗 门 之 风

——罗良碧的山水花卉

青年画家罗良碧是著名国画家罗国士的公子。我所以开宗明义点出这个身份，不是想"子以父贵"，而是想指出一种现象：国画界的家族传承现象；探讨一个问题：两代画家在传承中的创新问题。

在中国书画界，父母与子女相因相袭，联袂而出的现象古已有之。他们或在承传中互惠，在两代或多代人的叠加中延展艺术影响，或者以父辈的艺术为起跑线，突破父辈路数另辟蹊径，其中青出于蓝而胜于蓝者，亦不在少数。这两类家族画家都有价值，艺术史更重视的当然是后人对前人在承袭中的创造。最近几年，长安画坛家族画家也以强劲的趋势浮出水面，传媒曾将此作为一种文化现象，多次给予了报道。

这是我说罗良碧山水花卉的一个基本的视角，也是罗良碧艺术上的一个重要使命。

吴三大先生称罗国士书画馆为"罗门画馆"，极有见地。罗门父子有许多相因的东西，譬如他们的人生经历都是由部队到舞台美术，再进入绘画创作，这种相似的经历不约而同的在父子俩的作品中留下了深深的印记。又譬如，他们的画风都大体属于写实主义范畴，在扎实写生的基础上，以真切的再现和繁复的构图（后者主要指他们的山水）取胜。良碧的《黄山新雨后》《雨过终南山》《深山鸣禅音》等山水作品，和《春花烂漫》《聚彩飘香》等花卉作品，都鲜明地体现出这种特色，从中处处可以看到其父的风范。再譬如，共同的舞台美术经历，也陶冶着父子俩那种共同的绚烂的色彩风格，阳光和春光，时时若舞台灯光一样聚焦于他们的山水花卉，耀熠出罗门独有的鲜丽。

父子俩在总体风格上的这种相类，也许我们可以将其称为"罗门之风"。但"罗门之风"最主要的并不是指创作面貌上的相似，乃是指一种贯穿于父子两代的共同的艺术精神。这种精神，我在十多年前评论罗国士先生时说到过，便是善于在冲突中有所创造。将秦与楚两种文化在冲突中熔冶一炉，将国画创作与舞台美术两种不同的路数在冲突中熔冶一炉，将山水之秀与花卉之媚两种美在冲突中溶冶一炉，等等。也许这才是"罗门之风"的真谛。

应该说良碧抓住了这一真谛，并以这种在冲突中熔冶，在熔冶中创造的精神，去承袭父辈，去创造新途，而逐渐有了自己的艺术面貌。良碧上西安美院进修了两年，两年系统的学习使他对色彩的组合和调性、对笔墨的再现和表现、对构图的客观性与主观性等基本的绘画美学，有了更高层次的感觉和理解。他利用几次出国展览的机会扩展艺术视野，对异域的艺术思维和创新实践广纳博取。当然他还有青春的生命优势，当他能够任意而恣肆地将生命投入作品，同样的风格追求中便显出了异样的灵动。多方面的充电，使他对自己的创作要求更高、更严谨，艺术追求也更自觉、更理性了。

有时，他会将美术的光鲜亮丽强调到极致，来突出画幅的意蕴。《终南寒月夜》，纯白的雪屋、雪原，从蓊郁深沉的大山背景中跳脱而出，像被舞台的光柱照射着，那么简洁而又强烈地表现了隐藏在冬夜背后的两个元素：寒雪和夜月。《密林鹿鸣》也是以幽暗如夜的背景极写森林之密，又用月色下的高光，将鹿鸣、泉鸣、树鸣渲染成浪漫而虚缈的仙境，极致地表现了画家心中理想的生命境界。他的许多月季，也将精确写实和如幻如影结合起来，花在光影中被拟人化，婀娜多姿中也就平添了一种闭月羞花的迷幻感，如《水墨凝香》那样。

他的构图开始在相因中尝试相犯，以实现对习惯思维、构图定式的破，达到高层次的立。《世外古松》在背景倾斜的绝壁巉岩之下，一座小山和山上的古松有如世外老者扶杖兀然独立，佝偻着腰却有刚硬的脊梁，满脸沧桑却有青春的活力。又像一只独立于高山极顶的苍鹰，锐敏而又恬淡地俯视着红尘。奇特的构图将画家心中所思所想，极致地表达于纸上。《张良庙》冲决了写实性透视和写实性色彩的桎梏，将象征张良的松树处理为朱砂色，以超越透视比例的大体量置于前景的突出地位，极致地强调了画家以松寓人的创作意图。《腰泉》《秦岭林深》几幅山水古木都以或倾斜或侧视的新颖构图，大胆突破了山水画在构图上长期难以出新的窠臼。

他由关注形象塑造和笔墨情趣，转而更关注立意，更关注生命和情感的投入和熔铸。父亲曾教给他画好月季的要诀，这便是"花瓣要弹指可破，花枝要绰约多姿，花叶要迎风而舞，花朵要含笑而绽"；而在将青春生命融入大自然的过程中，良碧更逐步体味到"山能知世，水能清心，云能励志，风能爽情"，从而执意去追求一种意形并重、情景交融的境界。尔后，对中国文化尤其是唐诗境界的自觉修养，更使得年轻人鲜活勃动的生命在投入自然境界时，有了一种难得的文化感觉。《相思若是曾有情》一幅，两丛玉洁冰清的白色月季好似初恋的情人，含情脉脉，凝睇相望。背景上，联结两丛花的则是一抹轻若梦幻的粉红花束——粉红的幻影，给两个清纯的生命以爱、以梦。《君是春华我是轻风》《情怀初开时》《万物惜春》《异彩泼梦》，这些题画的文字，也会让你深切领会到良碧以花寓人、以花寓情、以花暗传自己对生命和青春的爱恋的良苦用心。

承传发扬十分关键，创造开新更为重要！——这就是罗良碧告诉我们的。

2011 年 9 月 28 日，草于南昌旅次

用大爱驾驭笔墨

——贾小熊的肖像画

  青年画家贾小熊的名字，我是在书坛巨擘吴三大先生八十寿辰的酒会上第一次听说。我往吴先生寿宴会场走去，门口赫然有一幅大于吴三大真人两倍的肖像，有若本人在门口迎宾客。透过三大先生那极有魅力的笑容，你能体味到老人的健康爽朗与豪放旷达，神韵传于形态之中。我驻足良久，打听作者贾小熊为何方俊才。小熊便走过来，自报家门。嗬，好年轻的一个汉子，三十来岁，寸头，谦恭有理而又不失自信。

  这以后，我陆续看到了他一组写意人物肖像：邓小平、温家宝、陈忠实、雷珍民、茹桂……因为入画者都是熟悉的人，便格外能够感觉到画家抓取对象形神的罕有能力，尤其是在动态中捕捉对象性格特征和内在感情的能力。小平同志背手而立，胜似闲庭信步，那种举重若轻的定力，和蔼中的威严，我们是多么熟悉；家宝总理迎风趋前站立时，眉宇中的忧患，活画出"万家忧在心头"的内心境界；侧身抽着烟的陈忠实向前凝视中的自信与睿智；雷珍民雅淡中的谦和，无不十分到位。还有那眯缝着眼看着远方的老农，心中又有多少牵挂和期冀！

  小熊书、画双工，最早是由书法入画的，因而他的画多少有一种书法之美。书法的涵养使他的人物画具有了线的趣味和力度，流动与转折，勾勒与晕染，都能出入自如。也许还是对书法美的追求，使他远离了用色的浮华和奢侈，他在淡雅中表现人物，也在淡雅中突出线条的功用。

  虽不能说小熊的造型与笔墨已经如鱼得水、炉火纯青，却已是一派锲而不舍、渐入佳境的上好气象。

　　小熊说，他所以爱于画、勤于画，"是因为胸中有歌不尽画不完的真和美"。他对这些真和美充盈着激情和大爱，"故而每幅画、每一笔都要用爱去画，都要心怀着爱去画。只要有爱，一切都那么有意义"。他最早曾以一位九十岁的老妇人为蓝本，画了一幅广受称道的母亲像，题名《春晖》。许多名人和艺术家都在上面题了词，就是对他心怀大爱、追求真善美的印证。这段让人感动的话，告白了小熊艺术创作生生不息的内动力；这幅让人感动的画，也透露了小熊取得今天成绩的根本原因。

2013 年 9 月 3 日晚，西安不散居

周伯强的书法

关中风水好，自古是埋皇上、出才子的地方，舞文弄墨者海多，专习书法者队伍尤其庞大，流派各异，风华正茂。周伯强便是其中的一道风景。

周伯强在我的印象中，似乎有点遗世而独立，不喜张扬。他苦心孤诣在书法行道里耕耘，逐渐建构起自己的笔墨世界。艺术创作是一场与人生的长度等距离的马拉松赛，在这个几乎没有终点的长跑中，有着残酷无情的淘汰，他却几十年如一日坚持下来，且多少有了成绩——对这样的人你是不能不萌生敬意的。

周伯强少小就在祖父的教导下学习书艺，至今已有半个多世纪。不但在书法上有了很大的建树，在国画、篆刻上也成绩骄人。最值得一提的是酣畅淋漓的《朱雀门》这幅作品，当年在众多书家中脱颖而出，至今仍然题刻高悬。还有不少的作品被乾陵、昭陵、黄陵以及文天祥、王安石、郑和等博物馆以及日本裕仁天皇、日本前首相田中角荣收藏。他还热心书法教育，编有书法教材，培养了数万名学生，其中不少学生获得全国少儿书画大赛奖项。

周伯强在自己的艺术道路上，执着，艰难，又充满着喜悦。

从事文学艺术的人大都是具有异禀的人，这异禀在于他们的审美思维比常人敏锐，比常人更善于在庸常的生活中捕捉到事物绝美的瞬间，然后艺术地再现出来。书法家也一样，把自己对人生对生活的深刻体验，通过线条表现在平面的构成上，宣叙着自己的灵魂，表达着自己对生命对世界的体验和认识，同时袒露着自己的审美趣味和美学追求。

书法艺术说到底是点与线的艺术。要出神入化地运用点、线表达一个虚与实、灵与象的世界，作者不但需要非凡的造型能力，更要有过人的审美能力和精湛的书写技艺。多年来，周伯强积淀了深厚的学养，下苦功临摹了历代著名书家的代表作，这可能是他的作品具有强烈的视觉冲击力的重要原因。

著名现代派抽象主义绘画大师康定斯基对点与线在艺术表现中的作用做了比较深入和系统的研究，前几年，国内的一家出版社翻译出版了《康定斯基论点线面》。康定斯基关于点与线的艺术观点，对我们认识绘画作品乃至书法作品，都具有重要的价值。其实，不仅传统的书画艺术，甚至整个的中华文化均可以归入点与线的艺术体系（程式化就是一个表现）。可以认为，汉字作为象形文字，它的绘画性最早就起源于点与线的组合。是不是可以这样推论：上古时期传说的河图洛书（点与线结构而成的图像），就是汉字的萌芽。如果我们剥离掉那些迷信的成分，还原河图洛书的本真，也许就能得出比较符合汉字发展实际的结论来。临摹历代著名书法家的代表作，就是加强对点与线的认识和掌握能力。进一步说，就是通过点与线的构建来生成自己的书法艺术表达体系——周伯强终其大半生孜孜不倦地在墨海里腾转打磨，就是很好的印证。

书法艺术必须以一种视觉冲击力来打动人的心弦，让人通过视象进入审美境域，获得精神的享受或者升华。周伯强的书法艺术张力大。他善于利用艺术的布局、字体的变异和墨色的浓淡来营造一种磅礴的气势，产生先声夺人并让人身临其境的审美效果；他讲究书法作品形式与内容的辩证统一，例如选择较为空灵的唐诗为书写对象，注意用古拙的笔意以及构图的深幽来营造意境，使内容和形式相得益彰；他还注意把篆刻乃至国画的一些技法运用到书艺创作上来，整体来欣赏是一幅幅浓淡不一的山水画，却又是功力不俗的书法作品——在书法艺术上，这可以说是一种新路的探求吧。

消费主义刺激了人们过度的欲望，利益无可遏止地在各个领域包括书画领域长驱直入，一些人不再把书画艺术作为自己毕生追求的事业，而是瞅准了书画背后的名利。这时候，我们对那些耐得寂寞，青灯黄卷，不断在艺术的崎岖山道上执着攀登的人，不能不分外尊重。相信周伯强能够在心血和汗水中，成就自己的艺术宏愿！

2010年5月8日，望湖阁

老汤大补,老酒至醇

——何挺警书法篆刻集序

挺警先生今年九十六岁矣,已是一位过了米寿眺望茶寿的世纪老人,要我为先贤著文实在很是惶恐,延俄再三不敢动笔。百岁老人是一泓深潭,高山仰止犹感不及,怎能用尘世的惊扰去惊扰他,用晚辈的肤浅去肤浅他呢?百岁老人那已经是菩萨了,我辈岂敢于佛头着粪?庚寅伊始,借着元月的礼花爆竹壮胆,焚香沐手,这才在南窗早春的阳光中,重重提起笔来,轻轻落于纸上。

拜读了老人的书法篆刻作品,了解了老人平静而坎坷的一生,便想到了一棵树,这棵树是勉县武侯祠东院里的古旱莲。四百余年来,它悄悄藏在巴山脚下,乡里之外,知道它的人不算多。然而,但凡到了春天,不待树叶长出,便先开出一树繁花,玉兰似的花儿层层叠叠数不清,我曾刻意统计,竟不下千朵。见过的人无有不惊喜其美丽,钦慕其生命的。不错,老人就是这棵树了。

挺警老的确就是那样的根深叶茂。生长于汉山汉水之滨,石门十三品之侧,父执系早年同盟会中坚,堂兄何挺颖是井冈山时期的革命先驱,少时受诲于草书大师于右任、章草名家王世镗,于右任并为其父亲书墓志,后又受益于黎锦熙、许寿裳等大家。姻兄是长安画派代表人物方济众,多有文墨往来,会通心中灵犀。子婿一辈又出了像陕西师大校长、数学家王国俊和省卫生厅厅长、医学家耿庆义这样的才俊。这样一位家道源远、根深叶茂的老人,自己却终生隐身于秦巴腹地,尔尔一介教师还当得受尽了颠簸。然则几十年中,刻苦钻研书法篆刻却毫不移异,有卓尔不群的造诣也从不张扬。以平淡虚和处世,躬行精穆深邃之艺术,终于得到了人生与艺术之真谛。

大而化之地说,如果中国人的实践精神偏重于儒,那么,中国人的艺术精神,尤其是中国书画艺术的精神则偏重于道。实践精神和艺术精神的冲突与协调、儒与道的冲突与协调,构成中国人尤其是中国文人和士人内心世界的基本冲突。挺警老稍有不同,他是以道的精神处世,又以道的精神习艺的,他的生活状态和艺术状态是合一的。如此,精神世界便比别人多出了一份谐和,多出了一份静穆。这也许不能有助于他应对现实人生中的种种难题,却有助于他化解人生的苦恼,更有助于他在艺术世界中的领悟和会通。生命本体的恬静境界自如地转化为笔墨的恬静境界,生命本体的魅力和艺术本体的魅力在和谐中相融,这使老人比常人多出了一份幸福,也使老人比庸常的艺术家高出了一个层次。

挺警老人的书法和篆刻给予我最深的印象是三个词:纵深、广宏和力度。

他以独到的历史纵深和文化纵深形成自己书篆艺术的特色。中国书法在专业化以后有近两千年的传统,最后定型于清代和民国初年。挺警老正好承接上了书法艺术的这一古典传统,有幸得以进入清代以来书法篆刻的嫡传流脉,汲取到千年书道之精粹。这可能是他始终以章草和金文书法为主、以汉印为本的原因吧。可以说,他们这一代书家成为向现代书界展示源远流长书法传统的最直观最鲜活的艺术样态。这一代书家的文化纵深和艺术纵深,上可通达古代近代,下可辐射现代当代。现当代书家大都在五四新文化运动之后才成长起来,他们是在中国书法开始现代转型的新土和生地上成长起来的,而挺警老则是少有的几个直接从中国书艺的老土和熟地中成长出来的书家。这太难得了。他那不动声色中的老辣,不能不说皆源于此。

他广涉书篆艺术的各个方面,对章草、行楷、金文各种书体都下过功夫,都有独到的心得和建树。他的行草中糅进了章草之风而显示出独特性,其行书美(如给耿强孙雅玩的手札,老到圆熟已随心所欲,自如随意若日常絮语),

楷书范（如书方济众《石门摩崖放歌》），金文具直通远古的孤传之美（如书苏东坡《赤壁怀古》）。他的篆刻，老到、朴拙中迸发出智慧，书意和金趣石味水乳交融。而从他所写的评论篆书大家刘自椟的文章中，你更是感觉到了老人对书艺理性思考的功力，得知了他的艺术实践原来是有理性自觉的，只是已经将常人的有意为之升华到无意为之的大境界罢了。凡此种种，无不如老汤大补，老酒至醇。

渗透、流贯于老人各种书体和篆刻作品之中的，是一种令人惊异的、罕见的力度。开始不解耄耋老人何以能有如此的力量灌注于笔端，随之大悟，唯有近百年的老僧修炼，才能如此运力出拳啊。他的金文若錾凿刀镌，却又透出生命搏动和艺术趣味来。他的行书，如书于右任《谒武侯墓七绝》，书叶圣陶《老境诗》，起落转折、推拉提按笔笔到位，在每个细节中透出力感。

水波不兴的挺警先生，一位在乱世和盛世里都从容淡定的老人，一位在生活和艺术中都高古透彻的书家。

2010 年 3 月 5 日，西安不散居

王宏武楷书贾平凹小说《秦腔》跋

  平凹先生的长篇小说《秦腔》是中国当代文学的翘楚。书法家王宏武用小楷一笔一画书写出来,历时数年,洋洋五十万言,其中的甘苦和锲而不舍的精神,诸君尽可以在这一摞摞高可等身的宣纸中去体味。

  小说《秦腔》本意在描绘一种传统价值和传统思维在当代的失落,和一种新文化、新价值在不成熟中的崛起,半是赞歌半是悼曲,现在宏武偏用极为传统的中国书法对其做二度再现。在毛笔和宣纸的动态关系中,用小楷的精微和镌刻般的力度对小说所描绘的现代生活做了成功的再创造,这从别一种角度提示我们,传统书法表现力是何等宽泛而又丰富,传统文化又有何等的弹性和张力。这正是书法艺术永恒的生命力之所在。这部浩若海洋的巨书创作,也就有了远远超出书法本身的意义,而成为传统艺术再现当代文化的探路之作。

2011 年岁末,西安不散居南窗

我所看重的李玉和

他是个潜于底层,过百姓日子,吃五谷杂粮,喝山泉水,读百家书,而沉迷于把世界看透想透的人;是个在我行我素中坚守自己的价值坐标、执着追求形而上境界的人。

他切实地活着,因而充实;艺术地活着,因而灵动。你能感到他的忧患和痛苦,又能感到他总在禅境佛缘中,在卧山听泉中,自然而然得到的盈满和适意。

他又是一个认真却不追求精确,愿意在不求甚解中、有意的糊涂中前行的人。还是一个反向正悟、侧行大道的人。他用毛笔蘸着水墨,在宣纸上书写"物极必反""欲速则不达""有为有弗为",参透道的哲理而行之于书法。

他沉涵于书法情趣又能够自拔。力图在这个领域有所探索,多少搞出一点自己的名堂,如在内容、布局、色彩上创新的想法,却不悖于法理。由于他坚执于以书法来书写自己的心迹与追求,可能没有通常书家的市场效应,却在曲高和寡中保持了艺术的矜持。

这个人就是李玉和,一位我所看重的青年朋友。

2012年9月18日,西安不散居,时逢钓鱼岛事件中的"九一八"

曹立：在生存桎梏与生命自由中双赢

曹立在基层矿区，一干就是几十年。在那里，他是倍受尊崇的笔杆子，是草莽中的秀才，人人称他"曹老师"。他待人热情到有点殷勤，谦和到有点谦恭，勤快到过分辛劳。我就想，这一定是一位难得的好人。

但看到他的字和画，却暗自吃了一惊——我原以为如此无保留投身于繁杂日常工作的人，虽可建立功业，却十有八九会销蚀掉文化的情致和个人的灵悟之性。职场用以谋生而艺术则用以宣泄生命，多少人在生存桎梏与生命自由中不得两全，不料曹立竟是例了外，几十年的实际工作丝毫没有湮没他的艺术才情。在他身上，行与知，知与灵，灵与达——表达和传达，竟都能互通兼容。曹立以此告白了自己内心审美生命的雄劲，也告白了自己有着组合文化、杂交智能的韧强能力。他以这种能力，在生存桎梏与生命自由中取得了双赢。

曹立在字和画之间，在各种字体和各类画作之间，借力给力，交相添彩。从他的画中，可以读出"写"的功夫，那是将书法的线条之美融于了画。所以在他诸多画作中，我就更喜欢《霜天图》《恋秋图》《乱峰野流图》，这些画都有"写"出来的趣味。从他的字中，又可以看到经营水墨、操弄结体的优势，那是绘画思维和技法在书写创作中的运用，《砚边剩语》《水调歌头》几幅书作体现得至为突出。

和曹立一样，我，还有不少人，都希冀着在忙碌的生存中把持住个人的自由生命。也许正是这个缘故，让我尊敬了曹立，尊重了他在生存与生命的兼容中给予的启示。

2011年2月1日，西安不散居

写在名人书画院丙申春节书画展前面

这是省政府大院名人书画院第一次亮相，我们用作品给各方朋友拜年贺春。

大家可以看到，展览的作品并不限于书画院成员，还邀请了书画界、文化界的多位名士参与，这表明了书画院的一个宗旨：名人书画院也者，乃是一个聚合社会各界名士并为他们服务的组织，乃是一个尽力打造文艺界品牌人物的组织。它从来低眼看自己，高眼看别人，眼光朝着全社会。

展览筹备得有点仓促，是想赶在春节期间，好让古城多一道风景，添一点年气。这表明了书画院另一个更重要的宗旨：名人要永远服务人民，想着百姓。名人者何？不过是指那些服务社会做得好，被百姓认可的人而已。

名人书画院院址在省政府院内黄楼，书画院展览馆在荞麦园四楼。展览破例长达一月，为的是春节期间各方友朋好来这里转转，品品画，聊聊天，在茶香中感受一回艺术人生。

2016年1月31日，农历腊月二十三，瑞雪，西安不散居

《西安世界园艺博览会艺术丛书·美术卷》序

西安世园会既是一次世界园艺主题性的博览会，其实也是一个综合性的世界艺术博览会。这其中，从视觉空间上与各国各地的园林花卉艺术穿插相融于一体的雕塑和美术元素，更是这个艺术博览会上极为吸引人的一个主角。在总主编王军先生主持下，我们这个分册将西安世园会上的雕塑、绘画和其他优秀的艺术作品搜集、编纂、聚光，又经各位创作者和众多作家、评论家、记者下功夫访谈解读，留下了创作过程和创作成果珍贵的原生记录，并且将创作实践上升为一种理性观照。现在以这样立体的面貌展示扬播于世人，为后世存原迹，为历史凝典籍，其作用不可小觑。

《西安世界园艺博览会会徽》和《丝绸之路起点》雕塑，长安塔内的巨幅立体油画《菩提树》、腾跃于湖面的《世纪水龙》雕塑，巨型玻璃工艺雕塑《梦幻森林》，以及许许多多即景雕塑和工艺美术作品，与西安世园会美丽的园林花卉艺术一道，成为会展景观环境的有机部分，也成为广大游客热议的欣赏对象，成为大众审美口碑恒久的亮点。

我想试着由具象而抽象，由鉴赏而评析，由单体作品的品赏而进入总体的感受，这样地慢慢道来。

《西安世界园艺博览会会徽》

陈绍华先生创作的世园会会徽，由三个主要元素融汇而成：一是博览会的主题理念：天人长安、创意自然；一是《道德经》之精粹："道生一，一生二，二生三，三生万物"；一是描写长安的唐诗名句："春风得意马蹄疾，一日看尽长安花"。三者构成了一个稳态的三足鼎立的青铜器，将中国古典天人合一的原道精神和春风得意的长安风貌融冶一炉,进而在现代设计的抽象审美与具象创新的构思中,博采百花原态,简化凝练为一个颇具东方风韵的"百花吉印",以此作为母形图案,用几个简易的几何图形表达"三"生万物,花开吉祥;"四"合为土,天圆地方;"五"叶生木,林森荫育;"六"流成水,泽被子民。同时,象征人、城、社、境、心汇于一体,寓意花、土、草、木、水众态共生。

会徽这一类标志性设计,对内涵意义的开掘远远超过图形设计本身。其他类别的设计可以在长时间的视觉积累中来强化艺术感受,会徽却是一种阶段性活动的标志,需要在有限的时间段传播于社会并铭刻为记忆,因此理念的开掘就显得特别重要。艺术家在平面设计中为立体化视觉留下伏笔,为会徽在社会和市场的延展性应用留下了较大空间。世园会前后,这个标志图形果然引发了再创造的热潮,延伸、发展出了许多系列性的产品并投向社会,真是难能可贵。

《丝绸之路起点》雕塑

这个八米多高的户外圆雕,是陈绍华先生在20世纪90年代初他自己的一个平面设计作品基础上的再度创作。雕塑奇特而有趣,看上去是正在迈步的两条人腿,一条腿穿着西裤、皮鞋,代表着西方文化;另一条腿穿着印花布裤、花布鞋,代表着东方文化;两条腿的上部绞缠在一起,象征东西方文化交融,共同支撑和拥有这个日新月异的世界。动感的缠绕、巨大的色差、交错行进的步伐,产生了强大的视觉冲击。这件雕塑立在西安世园会,暗喻了长安是丝路起点;具体放置在中国园区与欧洲园区的交会处,又暗寓了丝绸之路的基本精神:亚洲和欧洲、中国和世界"手拉手谋发展"。

巨幅立体油画《长安塔菩提树》

张建群先生主创的巨幅立体油画《菩提树》,最大的难点也正是最大的创新。这幅画面积约一万五千平方米,是目前世界上最大的室内油画,需要"卷起来"布设进九十九米高、十三层的长安塔的第七层。这么大的画面本须远观,游客在塔内却只能超近距离欣赏。怎么让菩提树"长进"长安塔?又如何让观众在看到近视觉真实的同时,感受到远效果之美?这就要作者将菩提树的真切和神韵完美结合,既有中国画高远的意境,可远观;又要有西画的精准再现,要有油画光色的明暗层次和透视的空间感,可近察。

为此画家跑了半个中国搜罗菩提树原型,仅在云南便拍了三千多张上百棵菩提树照片。反复揣摩、了然于心之后,又在电脑上千百次试小样,实现树与境、树与树、树干与树叶的最佳组合。在色彩处理上,特别注意了表现绿色的不同层次,做到青苔、树纹、枝干、老嫩树叶每个细部都在协调变化中显示自己独特的质地。

每株菩提树在墙面上独立成画,又通过自然的衔接组成林荫。在移步换景之间你会渐次感受到林木在参差中的相顾感应,在感应中的呼吸吐纳。画家注意用光表现树林的空间感,并取得了成功,菩提圣树沐浴在一片祥光之中,氤氲出具有宗教感的宁静、祥和的气场。画幅上飞翔着二百多只鸽子,知了、蜻蜓、蝴蝶在枝叶间歌舞,蛙声穿过密林传出……众生万象给林子增添了生气;听觉的介入使作品在空间与时间两个维度中自由转换,一切便分外鲜活起来。

菩提林从塔底"生长"到塔顶,上塔就是爬树,欣赏成为一个攀缘菩提的朝圣之旅。在攀登中欣赏,在欣赏中感念神圣,就像是在读一部立体的书,品一幅上下展开的长卷,在缓缓向上的步履中,由局部而全局徐徐展开。我们在攀爬、登高中完成欣赏,也在佛光和大树的抚摸下得到心灵的洗礼。而西安不就是一棵散发着生命的古树吗?攀爬着,品赏着,也便在人与自然的和谐共生中,对西安的历史人文有了形象与寓象的体验。

据说这幅巨画在制作时,长安塔内的墙面上有几十个人同时在工作,最多时一面墙上同时有六人在画，这让你联想起古代佛教洞窟中那些为信仰和艺术献身的虔诚的画工们。总设计师张锦秋原本希望这幅画能像19世纪俄国画家希施金画的森林一样美。作品完成后，她说："比我心目中想象的还要好很多啊！"

《世纪水龙》

任军先生创作的这条腾飞于湖上的玻璃钢水龙，长一百零八米，重二百八十吨。入夜，在灯光映射之下，空中的水龙与水中倒影构成二龙相戏的奇观，成为世园会一大亮点。你会为其规模之大、张力之强所震撼。而最吸引你的，是任军先生那种奇异到诡异的艺术创造力，他在你想象不到的地方发现了艺术的意与形，又用你想象不到的方式表达出来。飞龙顺着飞溅之水的动态性状自然构成的造型和线条，给了你那么多的想象和启示。在一种动态结构中，你体味到了变易与不易的两相并存，体味到在乎水中超乎水上、在乎万物中而超乎万物外的亦水亦龙的精神气度。正像诗人商子秦在《水龙赋》中所云："龙乃瑞兽，水若上善"，二者寓于一体，则生命、道德、民族、家国尽在其中。

作者在艺术创作中很早就发现了水，钟情于水。水的哲思光辉攫住了他。他开始了与水相伴相知的艺术之路，体悟水的厚德载物，用艺术展现其各种形态，也回应着当下中国对自身的反思。他的《上善若水》系列雕塑，曾以深刻的哲学意味和传统价值体系的觉醒，以及视觉的原创性轰动世界。他对水在飞溅之中千变万化的新异性状与生命感，水在柔顺之貌中暗含的速度、定力和控制力；他对于水的可塑性，对于水被固化与放大以后的可表现性，都有独特的、发现性的感受，因而从绕指之柔中发掘出了具有强烈时代意志的英雄主义精神。《世纪水龙》雕塑就是力图以触目惊心的视像来传达"水乃生命之源，道学之源；龙乃民族象征，中华之脉"的深层哲理。视角具有东方文化的独特和古雅，又有人类文明的普泛与迫切。水作为一种人类共有的艺术语言，于是得到了跨国界、跨文化的认可。

巨型玻璃工艺雕塑《梦幻森林》

由美籍华裔雕塑家盛姗姗女士创作的巨型玻璃公共艺术雕塑《梦幻森林》，采用了意大利千年传统玻璃手工工艺，雕塑和组建也均在威尼斯完成。雕塑主体由六十八个"叶片"组成，叶片平均高度为三米到四米，所需威尼斯玻璃四五百块。雕塑立在世园会的椰风水岸，与那里的村落式建筑群融为一体。

整个作品线条流畅，色彩鲜艳，光线透过玻璃叶片，形成炫目的反射与倒影，昼夜展现出不同的光韵。你能看见玻璃叶片鲜明的色彩层次，体验玻璃雕塑光影的万千变化，同时能感受到植物的蓬勃生机。不如这样评说《梦幻森林》：以悠久的中华东方文明为体，以威尼斯西方的玻璃工艺为用，在抽象表现主义手法的娴熟运用中，反映了东西方文化的完美融合。

作者关于创作构思的自白印证了这个评说，精到地表述了作品的艺术特色。她说："西安是古城，古的东西已经很多，所以这幅作品应该加进现代元素；世园会倡导的是绿色低碳理念，所以这幅作品采用的威尼斯玻璃是无铅的、可回收的玻璃，是绿色无污染的；世园会以园林艺术为主题，所以这幅作品应该将人文与自然相结合。"

从上面对主要几件作品的赏评延续下来，我想用"三个追求"来表达西安世园会艺术作品给予我总的印象，表达初读这本《西安世界园艺博览会·美术卷》的感受——

生态建设与社会发展相结合的追求；

斯文的古雅风度与活跃的现代创意相结合的追求；

形态化的艺术精彩展示与开放性的大众参与相结合的追求。

2015年8月25日，西安望湖阁

只见墨迹未识人

——刘斌选墨迹

中国书法是书家的心电图,是书家人生、艺术素养在墨线的运行和震颤中有意无意的泄漏。这样,我虽然与刘斌选先生不相识,甚至似乎至今也没有晤过面,却因为看过他的一些书法作品,对他的生命和艺术有了一星半点的感觉,现在将这些感觉写下来,便也是可以的了。

高古之气。斌选在一首去年写的诗中有一句"韶华已逝三十六",那他今年该是三十七岁了。三十七岁的人书法却有高古之气,殊为不易。他的行草,在结体和线条中,影影绰绰可以看到魏,看到隶,看到金文,虽都是似有若无的身影,其实好便好在这种似有若无。有是形的研习,无多少是一种神的融汇啊。

典雅之风。斌选的书法在内容上,挑得有点苛。墨写佛语梵音,贤哲格言,苏东坡马致远,贾平凹席慕蓉,少有常见的大路货和吉利话。有个"玩物上志"的条幅很让我看重。素常说的"玩物丧志"关键点是放在"物"上——人不能在物面前把持自身,便会志随物丧。究其实,责任应在志,而不在物,"玩物丧志"是因了"志"的窝囊。"玩物上志"则反其意云之,说"志"才是关键点。人不是不可玩物,关键是"志",是内心追求坚定不坚定。志弱者为物所玩则"丧志",志坚者以志涵物、以物养志反而会"上志"。

求索之心。斌选的甲午自作诗,氤氲着一缕惆怅、一缕忧郁,却毫不消沉,有的是求索中的自省:"韶华已逝三十六,想生平真趣也无果,怎叫人,乐业安居?"在"乐业安居"和"真趣(事业爱好)也无果",即物质和精神这两大遗憾中，他首选什么？首选精神。若真趣无果，又何谈安居呢？是的，忧伤是略略有点忧伤，岂不知这种忧伤和不满，正是人生与事业中求索的动力呢。

2015 年 7 月 13 日，西安不散居，入伏首日

她的世界很宁静

——晏子的油画创作

晏子给你很多惊异。乍见面，分明是一位外国女士，高鼻梁深眼窝加自然卷，一开口，却是满嘴川音，地地道道的重庆话——自小在朝天门附近长大。我们是在川渝同乡会上相识的，她祖父是俄罗斯人，自小就爱好绘画，有个艺术小天地藏匿着她，让她在这块土地上终于找到了温暖和快乐。

晏子在国有大型企业工作得很出色，你难以想象她怎能画那么多的油画，也难以想象她是在怎样的条件下画的画。她先让我们看她的工作室，五十平方米左右的工作室，作品叠成一排排，挤得满满当当。我想你会说，晏子真是一位勤奋的业余油画爱好者。不，我得纠正你，如果这里的"业余"不是指职业和时间，而是指绘画的业余水平，我想这个定位太低了，她完全应该被定位为油画家，是一位大隐隐于市的油画家。她的几百幅作品可以支持这个定位。她虽没有美术院校的专业学历，但西安美院著名油画家郭北平教授却是她的老师，而她也常常跋行千里，虚心向陈逸飞、艾轩、陈延等艺术家求教。她用西画的光影手法、斑斓的色彩关系、动感很强的姿态、凡人那样鲜活的神情，给东方的佛像添上异彩。她的油画佛像系列去年在世界佛教徒联谊会展出，并被世界闻名的西安大雁塔慈恩寺珍藏。

在时间上她的确业余，却总是以超人的勤奋来弥补。晏子白天上班，一下班就钻进画室画画，每每画到半夜，每每忘记了吃饭或者顾不上吃饭。邻居姐妹心疼，常给她做了饭送来。为了写生，她跑遍秦巴山区，吃住于农舍，只要能画，乐于颠沛流离。一次华山写生，她摔破了两耳的耳膜而一度失聪，直至现在还严重地弱听。

她先生说："她的世界很宁静。"唉，也是，弱听给了晏子一个宁静的世界，一个专注于自己所爱好的油画的世界。

我将晏子的画按题材大约分了个类，竟有七八个系列：写生小品系列，山水系列，川渝秦巴地域城镇系列，花卉系列，佛像系列，人物肖像系列，还有名画临摹系列。面似乎摊得有点宽，从中却可以感受到她对油画艺术献身般的热爱，可以感受到她广采博取、探索精进的热情。从她的一些画中，你可以读出伦勃朗和梵高，可以读出列宾与苏里柯夫，可以读出湛北新、陈逸飞和郭北平，有时还能读出吴冠中与林风眠。很明显，她有取益各种流派、各种画法夯实自己艺术基础的远见。她不愿意急功近利。

我最为属意也是最能显示晏子水平的，是她的油画写生小品。在老城、乡风和古村镇的写生中，她常常察人之所未察，以异于常人的目光分解写生对象的结构、色彩和光影，将眼中的光和彩转化为心中的光和彩。然后，她会用纯然油画的方式，娴熟地玩弄着刀法、笔法和颜料，也娴熟地玩弄着色彩和光影，在画布上现实地或超现实地、非常自我地表达出来。这时候，你能感受到她在创作中的自如、自适和自信，自愉、自悦和自娱。画并快乐着，画并美丽着，画并神往着，画家就忘却了辛劳。从她刀法、笔法在不经意的经意中的挥洒，从她执着寻找、构造的新的色彩关系，从她大刀阔斧的艺术处理中，你甚至会猜测：这位女画家的精神中，是否深藏着一点须眉之气？个中密码，好不令人讶异。

但在静物写生中，晏子又完全回归了女儿态，抒起了女儿情，好一派娴静贤淑的气象。她用西画技法来表达东方元素、东方情调，画梅、兰、竹、菊油画四屏，将四君子与陶罐、瓷瓶组合，是那样的别致清新。有一幅插在青花瓷瓶中的水仙，花开饱满却旁枝斜出，摆在精致的红木条桌上，一旁配小碟放仨俩红枣。最是那背景，选用了老成古旧的淡褐色，整个画面的高古和淡雅便像古琴之音在檀香袅袅中逸出。那是画家内在的风致，也定格着她人生中一个难以忘怀的场面：父亲弥留之际，曾将几颗红枣放在了她的手里，来不及说什么便离去了，其中含义，至今还是谜。她将这个谜放进自己最精心的作品中，让上一代人的音容、情怀和无言的嘱托永远留了下来。

看晏子的油画，最让我感动的是她对风景写生的理解，她笔下的风景写生实际上已不是纯粹意义上的对景的描摹，而是从外在的自然再现转向意象空间的探索，在她貌似统一的色调和近乎写实的风景中，天空、山川、草木和流水等，不动声色地融入了这营造意境而改变了的自然光色，在油画表现的基础上自然地渗透了中国文人画中那种散淡悠远、静谧安详的情怀。这种情怀来自她梦中的圣彼得堡和生活过的故乡重庆的山山水水……

记得中央美院钟涵先生在谈风景写生时曾表达过一个观点，大意是他关注比较多的是形而上的气，笔触、色彩、造型，关注一笔一笔形成的东西。在中国文化的语境中，形而上谓之道，这种道是我们山水画所寄托的境界，同样是油画风景写生的自觉追求，包括把久远的历史表现出苍老或把现代的生活表现得鲜活。怎样表现就是一个永恒的命题。风景写生不仅仅是写生自然，更是画人和自然的关系——人和所生存的环境间那种互相酬对、寄寓、交融的关系。晏子的风景写生画已经开始传达出这种难能可贵的讯息，虽然她还在不断进行的旅途中。正是从这个意义上我愿意期待她。

晏子的路还漫长而艰辛，除继续从多方面加强训练外，要注意绘画领域的调整和收束，注意逐步建构自己的风格和追求，注意尽早地、更多地由写生进入创作，并精心打造自己的代表作。可能因为较少走向社会参与到艺术界的氛围中去，也可能是个人气质所致，晏子至今还很单纯，甚至有点孤独，可能这反倒成就了她的宁静和专注，未必不是好事。

希望晏子的世界永远宁静着。

2015 年 4 月 6 日，西安不散居，倒春寒的冷瑟中

藏痴于砖石

——序《汉画像石拓片名家题跋集》

我与志光相识多年，因艺术收藏结缘。我本无知也无暇于收藏，他却痴迷而全天候忙于此业。迷到你躲都躲不及的程度，两人乃以收藏相识，以收藏相知，以收藏相惜。

这些年来，志光隔三岔五地背着老土上的小狮子小罐罐、老墓里的小谷仓小人人，在长安的文士和艺者家中徜徉，请高人品评、鉴定，解读他心中的那些宝贝。也曾叫人避之唯恐不及，也曾让人心烦不已，也曾遭人白眼，他却不屈不挠，痴心如初。不是心里对艺术收藏有着热其心、烫其手的真爱，不是爱到执迷不悟、爱到多少有了病态，怎能做得到这一步？

不久，他成了县收藏协会的主席，便更是万丈热情地、高频率地忙碌着各种收藏文化的交流、展览活动，很是带动了一方藏友，很是有了一点气场。那一份成就感和幸福感，一搭眼便可从他眉眼之中看出来。他跑得更欢了，长年累月累并快乐着。之后，他逐渐成为长安城里文人艺士家中的常客，出入自如，气场也便成了一种气势。

又几年，他成了省民间收藏家协会的副会长。有朋友便劝他，好像我也和他谈过，这下成了会长，得提升专业水平，不能依旧零敲碎打、守株待兔地干了，要有重点、有系列、有专题、有研究，要深度收藏、科学收藏，方不负众望，不负手中这些艺术瑰宝呀。此后便陆续见到一些他转发的还有自己写的文字，那些都进入了业内人士的话语层面。他渐入佳境，我很看重他。

那以后不到一年吧，志光便拿出了这个汉画像石拓片收藏系列，并设想每幅拓片上请文人雅士题跋，形成了《汉画像石拓片名家题跋集》一本书、一个展览的雏形。说话间，志光又开始了在文艺界的频繁串门，一家少则跑上两趟，多则光顾三趟五趟，踏破铁鞋、出出进进之间，你便看到每幅拓片上都有了珍贵的名人题跋。这些题跋带着每位学者作家、书画名家的生命体温和文化个性，与远在两千年前凝固、沉积于汉画像石刻和砖刻中的古代艺术家及工匠的生命，融通到了一起，新鲜着又古朴着，灵动着又沉郁着。那是历史与现实隔着时空在无声地对话呀。

汉画像石是汉代人雕刻在墓室、祠堂四壁的砖刻和石刻，大体上属于祭祀性的丧葬艺术，内容包括神话传说、典章制度、风土人情各个方面，积淀着那个时代社会人生的许多信息。若细细品味，便能感知到这种信息无声的辐射。

汉代艺术已经从远古神的艺术中冲决而出，人的主体性渐次凸显，却又还没有完全进入魏晋风度那种心性的恣肆狂放，而是将人与社会行为、生活场景糅在一起，选择最有力度最为动态的瞬间再现出来。像此书中收集的荆轲刺秦王、孔子拜老子、车马出行、水陆攻战、二桃杀三士等题材的作品，艺术上虽然略显幼稚和粗粝，但从其简朴的构图和力感的线条中，能感知到生命的大气和人的力量。

汉画像石上承战国绘画神性之古朴，下启魏晋风度人性之活跃，许多方面奠定了中国画的一些基本规范。它同商周的青铜器、南北朝的石窟艺术、唐诗、宋词一道，成为我国古代文化艺术中的瑰宝。作为中国美学长河的一个重要节点，认真收集整理是很有意义的。

志光还会在这个领域执着地干下去，我便希望今后在收藏和展示收藏时，内容更为周全，有更多的背景和画面解读。我想执着如志光者，是不会做不到的。

2018年4月8日，西安不散居

德绥民　狮为象

　　走近"天下第一石狮",乃知天下奇景之美。狮王威镇绥德石魂广场,以近二十米高、上百平方米的特大体量,一千一百一十九块石雕妙不可言的精巧组合,雄踞有汉以降之上下两千年。小理河畔千狮桥、石牌楼、玉龙柱、石魂广场狮群,呼应四面,震慑八方。狮王,广场之魂也;广场,名州之魄也。魂魄聚合,石狮景观由是名冠中华,"狮全石美"之"狮情画意"亦由是生于塞上。

　　甲午春日,余偕众友十数人游于狮王腹中,徜徉于石狮艺术馆之自然、人文、建筑、民俗四室,旋又拾级而上,登楼凡三层,竟兀然立于巨狮口中!放眼所及,但见阳春烟景铺陈名州大地,大块文章写尽历史沧桑与现世辉煌。瑞兽赑屃,任重而吉祥,石狮文化,绥城天下强,果名不虚传也。

公元 2015 年（甲午）仲春

音乐剧的中国化和乡土化

——《米脂婆姨绥德汉》的创新

由白阿莹编剧、赵季平等作曲、陈薪伊导演的土风音乐剧《米脂婆姨绥德汉》（以下简称为《米》）上演两年多来，引发观众和评论界一波一波的热议。说她使"西北人的大爱横空出世"，是"中国文艺舞台的一朵奇葩"；称赞她是陕北民歌的根性呈现和灵性演绎，是一台全新样式、全新形态的新剧目；称赞她在一个传统的乡土故事中，融入了新的历史意识和生态伦理，极大地超越了题材，深化了主题。有的甚至称赞她可以进入经典。这都是知文论戏的精到之见，也说出了我的主要感受。

要进一步思考的则是，对《米》的创新应该如何定位？她为什么能够实现创新，创新的内在动力又在哪里？

我一直将这个戏定位为中国土风音乐剧。

这里要提一段往事。我曾经参加了这个戏最早的策划会，在发言中提出，希望这个写陕北故事和陕北民歌的戏能洋气一些，最好走出大家对陕北大地、陕北民歌原有的老印象，有现代色彩的舞台设计和灯光展示，用交响乐伴奏原生态的演唱，在乡土与现代的熔接和对立中搞出全新的效果。我那年是文化部舞台精品工程评审委员，很欣赏刚看过的浙江民间歌舞剧《五姑娘》，便举《五姑娘》为例，认为那实际上是中国的土风音乐剧。《米》剧也应该如此定位。这个看法当场被原来的编导否定，她认为音乐剧是西方的现代都市艺术，与这个农业文明背景下的陕北故事风马牛不相及。后来这个戏编导虽然换了，却再没有机会就风格定位交换意见。但是，第一次看演出我就感到：那正是我希望的面貌。想不到如此默契和暗合，当下对编导心仪不已。

音乐剧是20世纪出现于西方的新兴舞台艺术,兴起于欧洲,流传于美洲,风行于世界。它以音乐为主导,集歌、舞、剧为一体,广泛采用了高科技的舞美技术,不断追求视听效果的完美结合。在不长的时间里,创作了一批老少咸宜的优秀剧目,如《音乐之声》《西区故事》《悲惨世界》《猫》《歌剧魅影》等,也积累了商业表演的一整套市场运作手段,打造了像美国百老汇和英国伦敦西区这样的艺术基地和文化品牌。在我国,近年来受众人群正在迅速扩大。

音乐剧当然是西方都市艺术、现代市场文化,但有两点应该注意:

一是音乐剧原就来自民间,所谓"境外",只是对异国而言,而在那个国家,它就是本土民间艺术。在中国,音乐剧开始虽是舶来品,但任何艺术要在一块土地上扎根,恐怕在文学内容、音乐样式和其他艺术元素上,最后都必须也必然要走本土化的路子。美国第一部音乐剧《乞丐的歌剧》当时便被称为"民间歌剧",它采用了流传甚广的民间歌曲作为主线。音乐剧在后来的发展过程中,更是大量融进民歌。19世纪末发源于美国南部新奥尔良的爵士音乐,其中就可以找到风格多样、动感很强的美国民歌小调、黑人灵乐怨曲以及各种村音俗韵的身影。美国音乐剧从此与爵士乐结下不解之缘。爵士成为音乐剧的音乐俗语,有交响味的爵士风,也有百老汇音乐剧的爵士风,美国音乐剧由此掀开了它的新纪元——这个过程与《米》的诞生极为类似:故事、人物和歌词、音乐都来自民间,在民间长久流传之后被编导和作曲做了艺术的提升。

二是,随着音乐剧在我国的逐渐流行,以本土观众为主的受众市场必然要呼唤本土音乐剧的产生。这正像在音乐剧大量演出欧洲故事时,1890年的《唐人街之旅》首先证明了,音乐剧也可以有美国故事、美国歌曲和美国人的说话方式(都用美国俗语)一样,我们也需要这一时尚艺术尽早创造出中国故事。中国作为传统农业社会,无论是历史积淀和认同度,乡土故事都超过都市故事。这样，由乡土故事率先进入都市音乐剧的舞台，便有了某种必然性。而现代都市人乡土记忆的稀缺和饥渴，更催生着乡土故事在都市音乐剧舞台的亮相。在这个意义上，《米》可以说是《唐人街之旅》的中国版。

《米》剧的编导是从题材、情节、音乐和舞美各方面来探索音乐剧的中国化和乡土化的，这种探索相当自觉。编导按照现代观众的文化价值和审美趣味，按照以都市为主体的文化市场的需求，对一个发生于农业文明背景下的爱情故事，进行了本质性的改造和包装。原故事中二元对立的阶级斗争元素被人性的美善淡化，人性善和人情美被强调到极致，在不同人群中有了某种普泛性，这使不同的、甚至对立的人物找到了某种共同点。正是这种共同点，成为推动情节陡转、人物升华的主要动力。而采用交响乐队、混声合唱、现代配器和不同调式的交替，对老民歌做新的表现和再创造，既保留了音乐的民歌质地，又使传统民歌与创作民歌在剧中能够衔接和融汇为一体。这都给陕北民歌进入都市文化市场、吸引现代青春观众搭建了绿色通道。

土风音乐剧《米》，一开始在艺术创新层面便找到自己的核心价值。

关于这个戏创新的内在动力，我想通过三对矛盾在艺术运动中的碰撞、融合来谈谈自己的看法。我认为正是这三对矛盾的运动，构成了《米》创新的内在动力。

第一对是大俗与大雅。

这个戏采用了陕北两个大俗的符号：米脂婆姨和绥德汉。这是传达陕北女人的俊美痴情和陕北男人的彪悍刚毅最具标志性的称谓，在民间尽人皆知，取得了乡土风情和心理的认同。但多年来，表现这个传统题材的节目，大都局限在爱情的炽热和执守上，少有大的突破性创构，少有新的文化阐释与艺术表现。

在这部新作中，我们看到的依然是蓝天白云下的黄土高坡和黄土高坡上孤零零的树，树下的窑洞和石碾，依然是扎着羊肚手巾的英俊后生和甩着大辫子的毛眼眼女子，依然是生生死死的爱情故事，但是作者却在这大俗的生活画面和生活故事中植入了自觉的生命意识和生态观念。在现代文化背景中，这些都属于雅文化的理性坐标。贯穿全剧始终的主题曲《黄河神曲》——

天上有个神神，地上有个人人；

神神照着人人，人人想着亲亲。

歌吟了人类生命繁衍周而复始的基本状态，既朴素又神秘。这首主题曲有四个主题词：天、地、神、人，在一个远比具体爱情要博大得多的文化格局和生命格局上，表达了天、地、神、人的感应、循环关系。这里的神可以被理解为冥冥中的规律——道。作者着意将这首歌定位为童谣，让刚从大自然中脱胎出来的稚童吟唱，更表明了他们从混沌质朴中捕捉微象大义，从大俗资源中开掘大雅意蕴的艺术追求。而从另一首几乎是新创作的插曲中，我们更清晰地感觉到了编剧在大生态循环和大生命内涵中表现人生、爱情的追求——

大雨洗蓝了陕北的天，大风染黄了陕北的山

天上飘来个米脂妹，地上走来个绥德汉

妹是那黄土坡上的红山丹，哥是那黄河浪里的皮筏船

高坡上爱来黄河里喊，米脂的婆姨绥德的汉

在这首新创民歌中，作者运用陕北信天游中各种常见的比兴元素，营造了一个崭新的大生命境界。米脂婆姨、绥德汉从风雨蓝天、江河山原、花草树木中走来，最普通的生命，最常见的环境，渗入了天地衍生演化的大道，人与大自然共享阳光和爱情，是那么和谐又那么神圣。大雅便这样从大俗中升华出来。

第二对是传统与现代。

在这个戏的演出现场，我遇见过庞大的陕北观众粉丝团。演出前，他们呼朋唤友，三五成群扎堆，兴高采烈有如在家乡参加转九曲。开演后，他们

掀起一阵阵掌声风暴,尤其是对当地民歌手和熟悉的传统民歌,在炸雷似的掌声中还飞扬起高原人嘹亮的唿哨声。在他们眼里,这出戏分明就是嫡传的陕北秧歌剧。他们为家乡土得掉渣的民歌终于扬眉吐气登上了北京、西安的大雅之堂而自豪。但是另一方面,在不少专家眼里,这出戏又分明是一个大幅度走出了传统,大幅度创新的时尚音乐剧。这表明它又有一种现代文化和现代艺术的质地和风貌。

应该说这两种感觉都反映了戏的真实。《米》剧的确兼具传统与现代的品格,而且能将这处于两极的艺术品格圆融无碍地结合在同一作品中。我更倾向于从创新的、现代的角度给其定位,将其定位为音乐剧,或更直接地称其为秧歌音乐剧或土风音乐剧。音乐剧本来是和西方古典歌剧相对应的一个概念。和古典歌剧的精美、经典品质不同,它具有青春、流行、都市文化的品质,但追根溯源,它离不开乡土。

整个舞台已经不再是陕北原生秧歌那种纯然的厚朴,而呈现出一种现代舞台大制作的辉煌华丽,这使一个民间故事带上了浪漫的甚至神圣的光彩。尤其要指出的是,领衔作曲赵季平的音乐观,不仅决定了全剧的音乐风格,而且在相当程度上形成了这个剧传统与现代结合、继承与创新结合的基本品质。他明确主张:"中国民族民间音乐是作曲家的创作源泉,当代音乐文化也是在这样的传统之中延伸和创新的"。《米》剧的音乐由十一个原生态民歌和三十三个创新的长短结构而成,从中可以准确地捕捉到作曲家在陕北民歌及其音乐元素基础上创造性的音乐呈示。所以有专家在着重分析了几首创新民歌之后,用"陕北民歌的根性呈现和灵性演绎"来表达作曲家的这一创作理念。

主题歌《黄河神曲》和几位男女主角的音乐主题,在《陕北民歌大全》中虽无迹可求,但陕北民歌的根性元素却有迹可循。既要保持浓郁的原生风格,又要满足角色在规定情境中抒情咏叹的需要,更要飞腾出某种时尚和流行的时代色彩，谈何容易。在《叫声妹妹你泪莫流》和《哥爱青青能舍上小命》等主要唱段和大段咏叹中，作曲家大幅度突破了信天游的上下比兴句式和民歌小曲四句式乐段结构，对民歌元素做开放性的延展，或通过不同调式的交替、西洋乐调、和声的植入，以及现代交响配器的主题烘托，使传统陕北民歌略显平面、固化的曲式，涅槃为具有现代歌剧品格的新旋律。

第三对是本土视角与普适视角。

过去流行的陕北民歌、秧歌小戏和传统故事，常常写的是悲剧命运，带有浓重的悲剧感。这种悲剧命运深度的背景，是贯穿其中的社会斗争和道德交锋。《三十里铺》《王贵与李香香》《白毛女》《当红军的哥哥回来了》《走西口》等无不如此。这当然折射了历史的真实，也是一个时代在精神构建和社会发展过程中必然的轨迹。但是如果我们冲破本土视角和特定历史阶段的认识水平，以当代普适性视角来观察感受那个时代、那段历史，也并不是绝对没有或不能有另外的思路。《米》剧便可以说是选取了别一种思路。它没有局限于陕北题材作品惯用的红色文化坐标，反倒适度淡化闹红背景，浓墨重彩地展开了纯乡土的黄土风情文化图卷，聚焦于陕北人在这块土地上的生存状况和命运欲求，聚焦于大的社会走向对他们的命运、爱情的影响和道德考验。戏剧冲突在高潮部分的意外陡转，也不是《白毛女》《三十里铺》那样最后卷入革命洪流，而主要是民间道德观和爱情观的力量左右了人物的命运选择——不论是虎子、牛娃放弃自己钟情的人，还是青青放弃童年游戏中的许诺，都既出自道德的力量，也出自爱情的力量。

这就必然引发又一点创新——这个戏也没有沿用过去陕北题材惯常取用的压迫、仇恨、反抗、胜利的思路，尽管如前所叙，这种斗争哲学的思路符合历史真实。剧作一定程度上淡化了社会的对立和仇恨这条贯穿线，而强化了理解、退让与爱。作者全力表现虎子以一种大爱来约束小爱，以自己的痛苦来成全所爱的人的幸福，却并没有脱离社会斗争甚至阶级斗争——虎子上山落草为寇，就是恶霸地主的阶级压迫所致。但全剧聚焦的却是一种更恒远的力量，这就是民间道德和草根感情的真善美。于是传统的本土性的视角，便这样转化成一种现代的普适性视角，而健康、明丽的人性人情之美也便在一定程度上冲淡了狞厉的仇恨。这不但在艺术上有了新意，对从别一种角度认识那一段历史，也有了一点新颖度和深刻度。

2011年7月7日，西安不散居

《大树西迁》的观后感

《大树西迁》是个站得住的好戏，这里先谈几点初步想法。

第一，《大树西迁》作为新中国成立六十周年献礼剧目，我认为非常合适，非常有意义。剧中所反映的交大西迁这个事件，是中国教育界的一个大事，也一定会在中国现代教育史上留下重重的一笔。交大西迁的意义与抗战时期西南联大、西北联大在西迁中组建，意义是同等重要的。两次西迁处于两个不同的历史时期：一个是为了躲避战乱，迫不得已，带有某种被动性；一个是为了响应国家号召，支援西部，是一次战略西移的主动出击。交大西迁不仅是教育西迁，还是国家整个经济社会发展西移这样一个大战略在教育战线的体现。先有20世纪50年代第一个五年计划的支援大西北，后有西部大开发的十年，战略西移的方针自新中国成立以来一直没有改变。而文化教育的西移，则是整个经济社会发展西移的先行和基础。它的确是一棵大树的西迁，半个多世纪为西部的发展输送了一茬一茬的栋梁之材，才有了今天西部发展葱绿的青春。这部戏是给新中国成立六十周年多么有意义的献礼！

第二，《大树西迁》这一次改编重排，大幅度走出了真实事件的再现，大踏步地进入了艺术虚构。编、导、演全力聚焦人物性格和时代精神，使全剧有了成功的提升。马克思曾说过这样的意思：一个历史事件的意义，当然首先是这一事件本身对历史的意义，但这个意义会随着时间的流逝逐渐淡化；而这个历史事件在过程中表现出来的那种内在结构，处理这一事件表现出来的思维智慧，尤其是活跃在历史事件参与者身上的向上、向真、向善、向美、向爱的情绪和精神状态，那意义却不会随着光阴的逝去而淡化，对后世的启迪是历久弥新的。陈彦这次修改，把重点放在了凸显时代精神、表现性格特色、开掘内心感情上,也就是马克思说的历史事件的第二个、第三个层面,便使剧作的意义远远超越了题材、超越了行业,而进入了人的生命价值层面、人的精神追求层面,具有了普遍的人生和艺术意义。它不仅对教育界、知识界观众具有独到的艺术的感染力,对于社会各界观众都具有普遍的艺术的感染力,会引发人们的感情共鸣和人生思考。交大西迁这件事,过了五百年也许会被人淡忘,但是以事业为生命的人文精神、以工作为幸福的价值坐标,哪怕再过五千年,还会是激励着我们前进的精神动力。

第三,主要人物孟冰茜的形象塑造得很成功。她的性格和精神是通过三个西迁、三个扎根层层深入得到体现的。一是事业西迁。知识分子的人生意义和幸福感,都附丽在自己钟爱的事业上。祖国的需要,学校、学生、教研室、实验室的西迁,促成了老一代教授事业的西迁。而事业西迁,直接引起了第二个西迁,就是知识分子命运的西迁。对命运的西迁,也许开始有人心理上并不是很愿意,但由于从事业出发,他们服从了命运的安排,而在由被动到主动漫长的过程中,逐步萌生了对西部的感情,最终实现了第三个西迁——感情的西迁。

三个西迁也就是三个扎根。在事业西迁的过程中事业扎根,在命运西迁的过程中命运扎根。而在事业的扎根、开花、结果中,命运的根系逐步伸延、展开,丈夫、儿子、女儿、孙子陆续义无反顾地留在西部的土地上,最后引起了孟冰茜感情的扎根。三个西迁、三个扎根递进着发展,一层深过一层。

第四,主要人物的三个西迁、三个扎根,具体到《大树西迁》的剧情中,又是通过三次别离和三次归聚来体现的。

三次别离:首先是丈夫苏毅的去世,亲人的尸骨埋在西部的土地上,与丈夫别离;其次是儿子向着试验基地、更远的西部前行,又一次别离;最后是女儿,女儿是她将这个家挪回上海的唯一希望,女儿爱上了陕西娃秦川麦,孟冰茜要回上海,只能与女儿别离,这又是一次感情上的冲击。全剧通过强烈的感情离别，展现了人物心灵和感情的变化。三次离别，是孟冰茜内心世界的三次剥离，人物的情感世界在这一次次的剥离中一次次闪光。

三次归聚：首先是儿子、孙子从西部回来，全家归聚。儿子已经在艰难环境中成长为有为的科学家。儿子的艰难令她痛惜，儿子的有为令她骄傲，亦悲亦喜之中，孟冰茜更懂得了西部的责任意义、事业意义、精神意义。这对人物性格的升华是一个极大的推动。不久，孟冰茜自己退休回到黄浦江，与魂牵梦绕的故乡归聚。但回到上海却思念长安、思念西部，回归已经失去了原有的价值。相反，她感到的却是人生价值、事业价值和感情价值的失落。这次归聚是她对自我感情变化的一次深刻检验。第三个归聚，是周长安、杏花来上海看望她，这是感情上的一次团聚。周长安也好，杏花也好，让她发现了她对长安人、对西部在感情上已经有了深深的融入。

感情别离，文化的剥离，人物命运的重新聚合和融入，都是人物感情变化深度、命运扎根深度的重要验测点。《大树西迁》通过这些多方面的验测，形象地证明了：西迁的大树终于扎根、成长起来了。

《大树西迁》有许多场景都设计为葱郁的大树环境，我以为有好几重象征意义。首先是喻指交大校园中成荫的大树，这是事业西迁的象征；其次是喻指学子的成长，所谓十年树木，百年树人，一层一层树的成长象征着一代又一代人在西部如大树成长扎根；最后是喻指孟冰茜这一代老知识分子西部感情、西部情结的开花结果，这是心灵大树的成长，是责任感和爱的成长。

最后要强调的是，《大树西迁》在表现"性格决定命运"这一艺术命题的同时，更着重表现了"精神坐标决定人生轨迹"这一历史、社会命题。剧中每个人都无一例外地在历史无可选择的变迁中，确定了自己无可选择的命运，又以自己的人格力量和性格魅力在这种选择中焕发出各自的光彩。苏家三代人和周长安、杏花、美兰等人物都被演员塑造得形象、生动而有个性。值得赞扬的是，李梅扮演的孟冰茜在人物塑造上没有追求个性的表面效果，而是着力从历史社会和心理感情状态两个层面上去深化和内化人物，着力去体现精神坐标如何决定那一代人的人生轨迹这样一个更有分量的命题，这是很难能可贵的。

2009 年 5 月 10 日，西安不散居

《陕北启示录》导言

扉页总导言

在我们生存的每一块土地上,人类都以自己的劳动和智慧留下了可圈可点的精彩,都可以写一部地域家珍史或瑰宝录。但并不是所有的地方都可以写启示录。

陕北就是中国少有的有资格写启示录的地方。

陕北的二黄(黄河、黄陵)、二圣(民族圣地和革命圣地),陕北的能源工业和绿色工程等许多亮点,在几个重要历史关口给我们提供的不只是历史实践的华彩,更是精神启示的华彩。这些启示融于历史却又超越历史,是理性的规律层面的思考。这些启示处于一定时空却又超越时空,已经升华为全社会和全人类发展共有的精神财富。

陕北由此成为一块诗化和哲化的土地……

第一集《魂兮高原》导言

《魂兮高原》是整个启示录的一个开篇,直指全片核心意蕴,由黄帝陵的古典生态保护到吴起的现代生态保护,点出了陕北启示的四个重要关键词:黄、红、褐、绿。黄,既指古老的黄土地风情文化,又指昔日黄土高原水土流失脆弱的生态景象;红,指陕北闹红的革命传统,这种传统既有过去理解的政治革命含义,更扩展为这块土地不屈不挠争取公平、正义和美好生活的人生追求;褐,是指丰厚的地下资源煤、气、油,以及相关的高载能工业,也寓指陕北由农耕社会大步迈向工业化、现代化,迈向小康的现代化进程;

绿，是上述三种文化色彩的科学化、人文化提升，既指绿色生态环境的营构，又指绿色精神、绿色文化土壤的培育。

在昔日陕北世代干旱的背景下，最近二十年发生在吴起县的事情，叫人简直难以相信，又叫人不能不信。它象征着人、天关系的一个华丽转身。它指证了在人不断觉悟的历史过程中一个饶有深意的循环——因绿色的地下积淀而有了褐色资源，因过度消耗大地而黄裸一片；又因黄裸而导致社会衰败，因衰败而爆发红色革命；又因革命、建设而开发了地下的褐色资源，褐色又反哺生态而绿满山川。在这个循环中，既有着经济元素与文化元素的互换，又透析出社会与自然综合发展的理想。这个循环也许周期太长，从而使这块土地在漫长的岁月中付出了悲剧性的代价；但循环的完成，终于使人的努力出现了喜剧性的回报和春光般明媚的前景。

吴起的故事，陕北的故事，正在中国和整个地球，大面积地变成现实……

第二集《风流人物》导言

从这一集开始，每集以不同的逻辑切点对陕北启示展开了阐释。

轩辕黄帝，司马迁，范仲淹，韩世忠，李自成，以毛泽东为首的中共中央领导集团在延安的十三年，刘志丹，张学良，黄炎培，乃至米脂婆姨绥德汉……历史生活聚焦为一个个活生生的人物形象，从我们面前一一走过。

公元1644年，有两个对立的王朝，大明王朝和大顺王朝一前一后相继倾覆。李自成之所以能埋葬崇祯朝廷，主要原因在于明朝自身的腐败，骄奢淫逸加上政怠宦成，历三百年而进入了黄炎培先生在延安和毛泽东主席谈到的"历史兴亡周期律"，终于在大浪淘沙中湮灭。而李自成大顺王朝在几个月的时间内迅即覆灭，和明朝一样，也在于内部的快速腐败。一个没有自己政治理想而又快速胜利的农民起义政权，有如政治暴发户，无法承载胜利带来的历史荣誉和社会管理重担。对立的两个王朝得了相同的不治之症，就这样殊途同归，死亡于政治和社会的癌变。

中国古典政治的这种不治之症，无论表现形态如何，都来自同一个根源，这就是独裁的皇权主义。在中国古代，天皇一体，帝祖一体，加上某种程度上的政教一体，古典社会家国同构的结构机制和文化浸润、心理熏陶，使得皇权主义的独裁专制、人治传统，由宫廷辐射到社会的每个阶层、每个家庭、每个人的心里。统治阶级的思想于是转化为统治的思想，转化为每个人的思想。这是大明、大顺两个王朝车轮般覆灭最深刻的启示。

毛泽东在简朴到简陋的延安窑洞里，就"历史兴亡周期律"问题，明确回答黄炎培先生，中国古代社会这种政权和社会的病变，不是没有药方可治的，有的。这药方是什么？就是民主。（再加上后来他在进京前于西柏坡举行的七届二中全会上所说的两个"务必"——务必保持谦虚谨慎、不骄不躁的作风；务必保持艰苦奋斗的作风）这药方在哪里？就在陕北，在正由陕北向北京进发的这支革命队伍里。

这几味药方，在延安的窑洞和解放区的土地上，早有过初始而又成功的实验。譬如民主政治——陕甘宁边区实行了"三三制"；譬如谦虚谨慎、戒骄戒躁——严厉处理党军政人员中的一些违纪违法行为，尤其是侵害老百姓利益的行为；譬如艰苦奋斗、自力更生——创造了闻名于世的南泥湾大生产典型，使南泥湾生产自救的方式，蔚成风气于整个解放区。

所有这些，融聚成为瞩目世界的延安精神。延安精神通过中国共产党领导的革命实践，根植于中华民族的精神世界，成为中国人文化血脉中的有机部分。

第三集《风云激荡》导言

在过去的文化语境中，陕北、延安，常常会被单维地解读为中国革命的圣地和中国共产党政治文化的奠基地。这当然不错。但是，如若视野更开阔一些,还可以从更多的文化坐标上发现陕北给予我们的启示。

当不息的黄土地沉默着在天穹下旋转着向我们展开,当不息的黄河咆哮着在大地上奔腾着离我们远去,当中国人耳熟能详的陕北民歌在我们心中点燃起激情,当作家路遥在小说《人生》中描绘的农村青年高加林,以他的执着和坚定,也以他的苦涩,向往现代生活、逼近城市文化……这时候,我们也许能感受到远深于陕北政治文化的东西。这就是生命精神,陕北人那种如黄河浪涛般激荡着的生命精神。它包含着民歌《东方红》中歌吟的对光明的向往,包含着电影《黄土地》中宣泄的对山河大地的崇敬,包含着从李自成到刘志丹再到高加林,在各个不同历史时期表现出来的永远不安于现状、力图变革现状,自己动手改变命运、创造未来的精神。这是驱动着一代代陕北人前赴后继去奋斗、创造的生命力源头。

冼星海、光未然和鲁迅艺术学院的《黄河大合唱》将陕北精神和陕北启示汇流于中华大地那条奔腾的大河,用人与河、生命与浪涛在撕搏中的对话,将其推向极致。

它暗寓着:陕北精神是延安精神,更是黄河精神,黄河精神将延安精神提升到全民众、全人类的生命普适境界。

第四集《绿色长城》导言

几十年前,石光银、牛玉琴、张应龙、边根玲、童军……一个一个,一队一队,一群一群的陕北人,朝着沙漠深处走去,又从绿荫深处走出来。在与地球沙化搏斗的漫长岁月中,沙漠使他们苍老,他们让沙漠变绿。

绿色长城,诚哉斯言!又何止是"长城"?何止是"捍卫"?——他们早已将捍卫转化为进击,把绿色撒播到长城之外无垠的沙海之中了!

他们是一组屹立于塞上的沙雕群像,不,是一组根植于大地的、生命蓬勃的沙柳群像。在一个绿色生存时代,我们常常强调天人合一,强调人类不要逆天而行,而《绿色长城》这一集启示我们,同样不应忽视的是人的智慧和力量。当人的智慧和力量被科学发展观引领着,按照科学的天人关系、用科学的方法来复壮大自然的生机时,就会引发裂变性的成果。

人类造成了某种现状,人类也就完全可以改变某种现状。沙化是人类非科学的生存态度造成的,人类也就完全可以用科学的生存态度来改变它。这种对黄裸现状的改变,光有信念、意志和精神还不够,还需要将我们精神中的红色元素和绿色元素甚至褐色融汇一体,在信念、意志和绿色理念、科学方法以及现代市场的管理营运和资本运作的完美结合中,再造新的陕北,也再造新的陕北人。

石光银、牛玉琴、张应龙、边延玲等,这一群新陕北人的代表,不是已经虎虎有生气地站在我们面前了吗?

第五集《保卫黄河》导言

四十八年前的1964年,笔者作为记者由米脂县城徒步到高西沟,采访时任党支部书记的全国劳动模范高祖玉,这次在屏幕上竟然又见到了他,气势如初,声容依旧,已是八十四岁的老人了。

这位一辈子带领高西沟人用科学思维修山理水的老人,最为特立独行之处在于,在全国一边倒学习大寨经验、修田造地的热潮中,他坚定地走了另一条更科学、更具系统思维的路子,这便是退耕还林、植树造林、涵养水土,并以此为龙头,全面重建陕北农、牧、林业的新思维。高西沟的路子,使这一带几十年来一直保持着山绿水清。

近五十年之后,高祖玉面对镜头说了一句令我震撼的话:"一看黄河,水还没清呀。但我心里有个感觉,黄河里是再没有了高西沟的泥沙!"

何等气魄,何等自信!这是一辈子艰难而又成功的实践带给一个人的胸襟和信心。

高祖玉点明了陕北给予我们的又一个深刻启示:保卫黄河。保卫母亲河的历史责任,对中华民族来说,其实有多重含义。首先是保卫我们的社会家园。黄河是中华民族和国家的象征,保卫黄河就是保卫领土完整和社会安定,正如《黄河大合唱》唱的"保卫黄河,保卫华北,保卫全中国"。

保卫黄河也意味着保卫我们的自然家园。保卫晋陕黄河中游的青山绿水,就保卫了整个华北大地民众的生存家园。黄河流域的每一个人都应该有陕北人的胸怀——我们这里,绝不让一点泥沙流入黄河。人人有这样的意识,河清不是指日可待吗?

保卫黄河还有更深的寓象意味,那就是保卫我们的精神家园。如果我们都能像高西沟人那样,不让泥沙、更不让任何精神的杂质和污浊流入我们民族的大动脉黄河,那是对中华文化和民族精神何等有效的捍卫!

黄河流的不是泥沙,是资源,是财富,是中华民族的血液。保卫黄河,保卫全中国,保卫中华民族的过去、现在和未来!

第六集《多彩陕北》导言

这些拥拥挤挤的丑陋的山头像海神理就的一个世界,人类能在这样恶劣的自然条件下生存简直是一个奇迹。——这是美国记者埃德加·斯诺七十多年前初访陕北时对吴起县的描绘,笔端泛溢着酸楚。

六十年后的1999年,吴起在陕北一次性退耕还林84%的坡地,很快带动了陕西省六十一个县的封山育林高潮。吴起成为卫星上能够观测到的陕甘宁乃至黄河中上游最绿的县份。当时有媒体评论:"退耕还林还草,绿化大地,全国看陕西,陕西看陕北,陕北看吴起。"

陕北曾经被毛泽东称赞为"中央红军长征胜利的落脚点和领导中国革命走向胜利的出发点",现在又一次成为中国干旱半干旱地区绿色发展之路的领跑者。这块浸透了血泪的热土,终于完成了由"红色引领"向"绿色引领"的历史性换位,重新确立了自己在全国发展格局中的位置。

陕北丰厚的能源资源的发现和开发，又使得大量的资金、人才以及现代思维、科学方法，得以助力于社会建设和绿色产业的发展。以褐色文明反哺绿色文明，以地下资源涵养地上生态，以工业、生态等现代产业和现代文明营构新的社会生活和精神文明，培育现代的新陕北人……我们心爱的陕北大地便这样进入了循环经济的快车道，显现出可持续发展的新风景。

古老的黄土地文化，传统的红色革命文化，科学的褐色产业文化和现代的绿色生态文化，由原先这里那里的不协调，转化为多维组合、各业兼赢的和谐和惠境界。陕北的发展，让我们懂得了天与人、神与物之间圆融无碍的大文化意识、辩证的矩阵思维、科学的系统方法等，在当代社会发展中的极端重要性。

舍此而无陕北之今日，有此则有陕北之明天！

2012 年 1 月 31 日，不散居

"三个男人一台戏"

——话剧《明天》专集序

《明天》这部话剧的成功，完全可以作为一个事件，既是艺术创作事件、艺术市场事件，更是社会文化事件。话剧的事件和人物原型发生在二十余年前，话剧创作和最早的演出已经十年，这次重新修改、排练推向市场也有三年多了。它是极其感动人、启发人的生活故事，极其感动人、启发人的艺术创作，也是极其极其感动人、启发人的文化策划和市场推广。它因三位一体的打造和传播而感人肺腑。

作为一个艺术事件，它不可或缺的主角有三个：武汉工人方俊明，陕西剧作家霍秉全，曲江集团文化经纪人刘志勇。不是"三个女人一台戏"，活脱脱是"三个男人一台戏"。

第一主角：工人方俊明，下班回家途经东湖，忽然传来小孩喊"救命"的呼叫，湖水中有人挣扎着。他连衣服都来不及脱就扎进水中。岂料水深其实不到一米，男孩是假装溺水，逗岸上的妹妹玩！方俊明一头撞在水里的石头上，顿时昏厥，颈椎、脊椎严重伤害，造成高位截瘫。他将在病榻上度过余生。由于无法确认方俊明的见义勇为行为，工伤待遇大打折扣。妻子离异而去，患癌症的父亲病情加剧，母亲扛起了照顾丈夫和儿子、抚养孙女的责任，还要打短工维持生计。二十八个春秋，一万个日日夜夜，这个家艰难地往前走。十年后，女儿在作文中第一次披露了父亲的事迹，媒体广为报道，并公开寻找见证者。当年那个小孩已经长大成人，在父亲的陪伴下来到方家，向方俊明深深鞠躬道歉。诸多新闻媒体报道了这一事件，称之为"迟到的忏悔"。

方俊明的精神，不是一般的好人好事，它有三个层次，具有相当的深度。第一个层面，他有见义勇为的诚意和热情，有牺牲自己来扶助别人的热情和诚意。这和所有的见义勇为者一样。第二个层面，他有长期委屈负重的坚毅。十多年中不被理解，仍能坚持操守，不改初衷。让我们想起古典戏曲《赵氏孤儿》里的公孙杵臼，为救皇室孤儿将自己的孩子冒名顶替交给刽子手，在十几年的误解中，他坚守大义的精神追求，忍辱负重抚养皇室孤儿，终于复兴王室。任劳容易任怨难，这只有执守价值信念永不移异的人才能做到。第三个层面，在轰轰烈烈救人、千辛万苦生活之后，却有处之淡然的平静甚至乐观。他没有因此而后悔或怨天尤人，他和家人默默承担了一切。这就更少有了。

方俊明，我们生活中一个普普通通的男人，凝聚了多少阳光！救助别人的时候，那么热情；受到委屈的时候，那么坚毅；当一切没有回报的时候，那么平静。

这三个层面的精神，都有很强的当下意义。我们大部分人都有助人之心，但由于社会诚信度下降，助人者有时反而受到讹诈，以至"扶不扶"成为网络上的热词。不但以助人为乐，还得有长期承受委屈的心理准备。即便永远说不清楚，只要问心无愧也会淡然处之。达到这个境界就很难了。所谓道德滑坡，既指大的道德底线滑坡，其实更多表现在日常生活中道德感的萎缩。多么感动人、启发人的生活事件！

第二主角：剧作家霍秉全。主人公原型方俊明被武汉媒体报道后，霍秉全看了十分激动，给我打了个把小时的电话，说报纸上报道的这个事件，有极大的社会含量和精神含量，他一定要改编成话剧搬上舞台。语气中充盈着他惯有的激情。我当时回答他：这样的好素材，在你手里一定能变成艺术瑰宝，让观众眼前一亮！我这样说，不只因为秉全早已是拥有多部名作的名编剧，更是出于对他整体素养的信任。无论思考社会、开掘题材的水平，对话剧艺术的深刻而又独到的理解，以及剖析人物内心的能力和台词表达能力，他从来都不让人失望。

果然，编、导、演、美整个艺术家群体，为我们创作了一部震撼心灵的艺术精品，现实之光在舞台上转化为艺术之美。剧作家恪守难度最大的结构方法——传统话剧创作的"三一律"，将整个故事、人物集中到一个场景（同一病室）、一个时间（何亮受奖之前的一两天）、一条主线（要不要说出真相），让见义勇为光荣负伤的青年英雄何亮，和因救人瘫痪了十八年的关云年，在最关键的时间和地点发生激烈而深刻的心灵碰撞。

何亮伤愈就要出院，突然察觉到关云年致残竟然是自己儿时的一次恶作剧所致，这令何亮惊愕、纠结、彷徨不安，他艰难地徘徊在良心的十字路口。面对关云年破碎的家庭、不幸的女儿、离异的妻子，面对这座城市给予自己的荣耀和即将得到的提拔，何亮的人格和灵魂受到了深刻而强力的拷问。最后他战胜了世俗的桎梏，勇敢地说出真相，将荣誉还给真正的英雄，自己的心灵也因此熠熠生辉。这个戏我每看一次都非常震撼，这是时下舞台上少有的用戏剧矛盾把人的内心冲突、感情纠葛一下子打开，展现给观众的一部好戏。一开始就以剧烈的灵魂冲突抓住人，然后层层激化、深化，激光似的辐射社会现象和社会思潮，直指当下社会风气和精神构建的软肋。

真正好的作品，不光要把生活中的独特事件用艺术冲突表现出来，更要发掘这个事件的社会背景、心灵背景，发掘人物的内心冲突。它启示我们，艺术来源于生活，不能止于一般地在题材、故事层面，更重要的是把生活的内里打开，把含蕴在生活中的内在意蕴、内在感情打开，这样才可能成为好作品。

第三主角：文化企业家刘志勇。事情还没有完。在当今这个市场经济时代和影响力经济时代，好的生活原型，好的艺术作品，还需要有好的市场营销和宣传策划。于是刘志勇出场了。

刘志勇作为曲江演艺掌门人，面对转型期文化市场或叫好不叫座、叫座不叫好，或只为显示政绩和文绩（评奖）获奖之后便束之高阁，与文化市场脱节，造成文化资源浪费等现象深感焦虑。他下决心要让自己的演出公司出品一部直接与市场接轨的剧目。这个当过多年记者的老总，敏锐地感觉到了《明天》在精神上、艺术上、市场上的意义，拿到了演出权。

他以现代文化市场思维，策划了全国性的市场推介会，请各地演出经理看戏、选择；随后策划了全国巡演和网络互动，叫响各地；在故事发生地武汉和剧目原创地西安，还与多家媒体联手，多次组织了剧组与方俊明的家庭以及社会救助组织的相关活动。推动武汉市召开表彰大会，正式授予方俊明"见义勇为先进分子"荣誉称号，并奖励三万元。中央电视台和全国各大媒体多次评论、报道了方俊明的事迹和话剧演出盛况。有网友给出品人刘志勇发来微博说："谢谢勇哥，谢谢你们推出的《明天》！这个时代的人心都荒漠化了，人人都戴着一副甚至几副面具游荡在这个世界上，看不到内心，看不到善良已经远离人性本真，安宁与纯净像是久远的童话，谢谢《明天》像一股清泉，滋润着人们干涸的心灵，渴望清泉长流！"刘志勇让我们看到了，好作品如何为好市场奠基，好市场又如何使好作品得以弘扬光大。

这本书的出版，是这个事件的一个汇总，是又一次推进。读物以自己较大的覆盖面和可保存性，一定会使关于这个戏的故事在更大范畴内产生影响。

《明天》便这样由舞台走进了社会，由西安走向了全国。

2014年2月17日，西安不散居

创新是艺术家的灵魂

——李小锋印象

我其实挺爱秦腔的，只因是外地人，几十年来徘徊门外，总也入不了行。好像四十年前去西安的老戏园子看戏，只买了张站票，没有对号入座的资格。那么，我怎么又斗胆写起当红秦腔文武小生李小锋来了呢？

那缘故是，在壬午岁末那场漫天大雪的前几天，李小锋登门给我讲了一堂秦腔课。他坐在沙发上，讲自己的秦腔生涯和艺术追求，讲着讲着便站起来，在厅里连说带唱地表演起来。当下惊动了我家几位进城走亲戚的老姐妹，她们是清一色的李小锋戏迷，秦腔信息占有量比我多了许多。小锋一进门她们便听出了他的声音，从此竖起耳朵一路"监听"我们的谈话。及至小锋亮起嗓子耍开场子，她们早憋不住劲儿了，纷纷从房间里走出来，腼腆而又执着地围成一个小小的观众圈。小锋走以后，这几位戏迷久久地兴奋着，一连几个晚上看他留下的VCD：《周仁回府》《白逼宫》《打柴劝弟》《花亭相会》《盘肠战》《寇准升堂》。操作VCD的活儿理所当然由我担任，于是从头陪到底。便这样被点燃，便这样放不下，便这样拿起了笔。

一沾戏，小锋的魂儿便让看不见的精灵掠走了。眼睛失了神微微眯起，瞳仁深处即刻有两束光亮起来，像舞台的天幕亮了，嘴里便不由自主飞出曲牌，身子便不由自主跟着动作。一切都浑然天成，像生命行云流水般流淌。他让你看到了"迷醉"这两个汉字最贴切的神态，但小锋不只有迷醉。你很快就能从他的表演以及关于表演的谈吐中捕捉到另一种东西，这便是活跃的艺术创造力。对艺术家来说，这是比迷醉更深刻也更重要的精神元素。如果说迷醉导引着艺术家生命的深度投入，活跃的创造力则促发着艺术家对既有水平的超越，它将最终决定艺术家在艺术发展链条中的位置。

小锋的创造活力得到了多方面的展示。声腔上，像许多行家指出的，他在继承发扬秦腔唱腔优秀传统的基础上，融汇诸多名家之长，精心提炼成自己的独特风格。他擅长从人物性格和戏剧情境出发，运用虚实喉阻音、音符群、语音滑动、节奏对比等戏曲唱腔韵味元素，声传情情带声，对人物内心的复杂感情做淋漓尽致的表现。听他唱，我有一种被美声全方位弥漫的享受，也有那种被抛掷于激越感情旋流中而不能自已的感觉。

表演上，小锋力图改变秦腔界"一声遮百丑"的现象，要求自己文武兼备，唱做皆精。他文能文到心灵的深处、感情的细处，把周仁回府之前内心的两重矛盾（娘子不答应献身将不得了，答应替嫂嫂献身更不得了）表达得飞旋激越、淋漓尽致；武能武到技艺的极致、生命的极致，把那个盘肠战打得惊心动魄、荡气回肠。而在特技和武打的深处，我们感受到的仍然是人物的性格和感情。

小锋的创造活力还远远走出了表演艺术，进入艺术传播、文化市场领域。他在秦腔界率先推出了八盒个人唱腔录音带和十六张VCD光盘，使得他主演的一些秦腔名戏名段在社会上广泛流传，在音像市场上占有了一定份额。不久，他又在我省戏剧界建立了第一个网站——李小锋艺术网站，使秦腔艺术在新时代实现了由舞台而音像而互联网的三级跳，推动古老的秦之声由传统向现代转型。

小锋是张开三只胳膊、伸开三只手，来获取艺术创造力的源泉的。一只手伸向生命，从生命力中汲取源泉，以他的青春活力，以他对秦腔的迷醉，以他在秦腔艺术中所得到的生命实现和感情满足来促动自己的创新。一只手伸向传统，从老老实实对秦腔和京剧名家（他在1994年拜京剧表演艺术家叶少兰先生为师）的师承中，形成自己的个性，走出自己的新路。一只手伸向美学，认真研读陈幼韩的戏曲表演美学体系，不仅写体会文章，而且特邀幼韩先生给自己导戏，在实践中将其融为自己的营养。秦腔界，尤其是青年一代，如此重视美学理论学习的，恐怕不多。小锋在走向表演艺术家的道路上，表现出一种高远追求和大家气度。

在此我要加意说几句陈幼韩先生。他是我省一位不可多得的戏曲表演美学专家，也是一位远没有受到应有评价的卓有成就者。我和幼韩相识三十余年了，深知他所建构的理论体系所表现出来的独创性、启悟性和实际应用性，都无可置疑地居于全国领先地位。幼韩先生多次在北京、上海、台北讲学，受到海内外华人戏曲界的广泛欢迎，对戏曲艺术和中华美学有着切实的默默无闻的贡献。

话说到这里，我也便希望小锋在今后的舞台实践中，更关注独创性和个人风格，更自觉追求美学意识和高品位的文化。

2002 年 12 月 28，星期六，雪后二日

向表演艺术家冲击的李小锋

最近中央电视台戏曲频道一连六天播出了著名秦腔演员李小锋、张宁夫妇主演的新编秦腔古典神话剧《劈山救母》，其时我人在外地，却一直追踪着看下来。这个戏最亮眼的一道风景，可能是李小锋一个人主演了青年刘锡、中年刘彦昌和沉香三个角色，三个角色戏份都很重，又分属不同的年龄段、不同的性格、不同的行当。小生、须生、武生在唱念做打上迥然相异的程式，人物命运和内心感情在艺术塑造上迥然相异的要求，对演员的文化素养、艺术感觉、表演技巧，不啻是一次全面而又严格的考试。小锋以自己出色的艺术能力给了广大观众一个圆满的答卷。

翻检我和小锋几年来的交往，他给我的印象一直是一位不甘平庸、敢闯新路、有着活跃的创造力的艺术家。有时甚至感到他的这种创造欲望和创造力几乎是与生俱来的，是浸渍他本我的原浆酒，是溶进他气质和性格之中的一种生命元素。我热切地关注着他，还曾经掰着指头给他数了在陕西戏曲界的几个第一。这几个第一不一定是说他做得最好，做到了极致，而是说他做得较早，开了风气之先。

在陕西秦腔演员中，他较早意识到提升文化素养、加强艺术美学理论指导对戏曲演员的极端重要性。他反复阅读并细研过陈幼韩先生的戏曲美学理论，多次给我谈到陈幼韩先生对他的影响，并一直引以为师。这在戏曲演员中确乎少见。戏曲演员因为自小学戏，文化基础较弱，平庸者容易满足程式和唱腔技巧的娴熟掌握，而不自觉地忽视戏剧美学、文化素质的重要性，忽视对内在情境的体味和对人物性格的开掘，忽视把戏曲舞台上的传统程式技巧，升华为有意味的艺术行为。这就很难将适用于许多场合、许多角色的戏曲程式和唱腔，转化为此一剧、此一人、此一地、此一时独有的动作和唱腔。

与此相联系，他第一个跨剧种拜京剧表演艺术家叶少兰为师，不久又第一个考上了中国艺术研究院戏曲研究生班，也开了秦腔演员风气之先。这不是为了挣一份学历镀一次金，因为其时他已经多次获奖，评上了职称，也有了社会影响。他是为了一个更高的目标。就读期间，他如饥似渴地聆听国内外专家的讲课，观摩世界各国的优秀剧目。他不满足于只写毕业论文，而是出版了自己的戏曲理论著作，叫《美学断想》，这是陕西戏曲演员的第一本理论著作。记得我为此用毛书给他写了一封《致李小锋》的信，信曰：

你一直在舞台上创造着美，现在却在案头思考美。你在形象思维和逻辑思维两个平台为美献身。你的思考你的表述让我大为诧异——一位自幼学戏而啃书不多的人，竟有这么深邃的思考，如此学理的表述。谁都能感受到其中沉淀了多少辛苦，都能感受到这个年轻人内心逼人的力量。你的理解你的阐释和理论家不同，能让人处处有所意会，因为融进了生命感情和艺术实践，理论便以具体的表演感受为霓虹，从书中腾跃而出，飞进读者的心灵，唤醒我们生活和艺术中一些沉睡的东西。我自认为感觉到了你埋在心底的秘密：你大概是不当大师死不休的吧。

癸未秋读小锋《美的断想》信笔

他第一个作为个人受国外戏剧界的邀请，漂洋过海去法国、荷兰、比利时、德国访问演出，让秦腔走出了国门，和异域文化牵手。也使古老的秦腔在东西方艺术交流中，吸收新的营养。同时他又一次"出格"，跑到大学校园去做关于秦腔艺术、戏曲文化的讲学，又让秦腔和现代青年、现代世界牵手。

还有，便是文章开始提到的，在《劈山救母》这出戏中，他第一个同时担任小生、须生、武生不同行当的三个角色,还担任剧本改编和舞台导演。这是小锋通过这些年的努力,对他所钟爱的秦腔艺术一次全面的进军,也是他由一位演员向表演艺术家的一次有力出击。《劈山救母》所以被小锋选择为自己向表演艺术家全面出击的首选,有艺术家自身深刻的命运和感情根源。他一直希望母亲能够看到自己在人生舞台和艺术舞台上的精彩,但少年学戏未成,母亲却离他而去。对母爱的渴求,成为他重要的感情渴求,选择《劈山救母》就是为了实现生命深处这一强烈的感情渴求,也是以这个戏向冥冥中的母亲汇报,实现自己艺术生命的全方位的提升。

小锋在戏中同时扮演的三个角色,青年刘锡(小生)的清秀纯真、雅致温润,中年刘彦昌(须生)的老成持重、沉厚凝郁,少年沉香(武生)出于对母爱炽热渴望的疾恶如仇和勇武矫健,不但显示了他对小生、须生、武生行当精到的把握,以不同行当拉开了人物之间的距离,使三个人物各具特色,而且因为能较好地将人物性格心理和戏剧情境融入唱腔和程式,使活生生的"这一个"得到了立体的再现。我们从中可以感觉到梅兰芳再视型表演理念和斯坦尼表现型表演理念,这是东西方两种戏剧观之间的某种融汇,以及演员与艺术家的区别。

以上谈到的重视主体感情对作品的介入,重视对人物性格心理的把握,并且和特定剧种、特定行当丰富的艺术语言、娴熟的表现技巧融为一体,可以说是小锋成功的要诀,也是一位优秀演员向表演艺术家境界提升的重要途径。

由优秀演员向表演艺术家冲刺,不但是一个有作为、有志气的演员应该树立的艺术高标,而且在当前具有普遍的必要性和深远的意义。戏曲艺术发展到当代,与新的时代生活、新的欣赏群体,以及姊妹艺术新的探索创新相适应、相匹配,已是大势所趋。一个剧种有没有自己的表演艺术家群体,是古剧的青春能否焕发、戏种的生命能否更新的根本。从这个意义上来看，李小锋的动向值得整个戏曲界文化界关注。

2009 年 2 月 19 日，西安不散居

大智 大勇 大道

——电视剧《保卫延安》民本史观的艺术再现

根据杜鹏程著名长篇小说改编的电视连续剧《保卫延安》，是一部沉甸甸的作品，一部给我们以巨大心灵震撼的作品。它以油画的凝重感和雕塑的立体感，浓墨重彩地再现了新中国诞生之前生死决战的陕北战场。它在黎明的曙光里拉开了宏阔的历史帷幕，又在宏阔的背景中做了点式的聚焦，在点面结合中展开了保卫延安的烽火长卷。它用血与火、情与爱锻造出彭德怀、周大勇、谢芳苓、李大爷以及中央领导集体的群像，使他们不可撼动地屹立在北中国的大地上。

它有那么多的惨烈之处和那么多的动人之处，时时掀起我们的情感风暴——在蟠龙战役中面对我军的惨重伤亡，彭总以震怒稳住军心，坚持强攻终夺胜券，而在巡视战后战场时，面对惨烈牺牲的战士，他却是那样的痛惜和伤感；重伤的周大勇垂危不醒，大夫救不了他，战友们模拟战场上的冲杀声却奇迹般地唤醒了他——战士的生命永远属于战场；勇敢的谢芳苓，不顾个人安危毅然举起红十字旗冲进弹雨救出保育院的孩子，又能以真诚善良的心灵温暖去化解女战俘苗真的疑虑和隔膜……

如若把《保卫延安》放在当前文艺创作的总格局中来看，我以为这部作品最值得思索之处，是如何用正确的历史观指导我们的创作。

《保卫延安》启示我们，艺术家在创作中要明确而坚定地执守历史前进的方向，站在推动历史前进的社会力量一面来审视历史、表现历史。《保卫延安》表现了革命战争的历史正义性质，表现了正义的革命战争如何点燃了人民群众改变自己的历史命运和生存境况的理想激情，参与历史创造活动的生命激情。电视剧一方面着力去表现毛主席、彭德怀在保卫延安战斗中战略战术上的种种精彩之笔，令人叹为观止，但又没有停留在战略战术的大智层面，而是升华到正义与非正义的大道层面。在日理万机的战斗中，彭德怀却力主部队要集中开展"两忆三查"活动。他说，回忆阶级苦，激发阶级情，这是最重要的战备。在敌人的追击中，毛泽东亲自制定了建立在阶级感情与人道精神基础上的《三大纪律八项注意》和俘虏政策。这都从得道多助、失道寡助的历史唯物主义高度揭示了这场战争的本质，表现了正义战争夺取最后胜利的历史必然性。

　　人民是历史主体，是推动历史发展的动力。人民群众对人民领袖和人民军队的深厚感情，也成为战士浴血奋斗具体的感情动因和力量源泉。用历史唯物主义观点形象地表现出人民与代表他们根本利益的政党和领袖之间的生动关系，成为这部电视剧的一大亮点。在这个意义上，保卫延安已经在一定程度上被象征化。保卫延安既是保卫革命领袖，保卫红色首府，更是在保卫"延安"这两个字所蕴含的意义价值，保卫革命者心中的圣殿，保卫我们的精神家园。

　　历史的真理性往往比阶级性更恒定更宽泛。但在阶级社会和阶级斗争的历史阶段，历史的真理又常常表现为先进阶级的阶级性和价值观，和先进阶级对真理的追求结合在一起。用历史唯物主义的民本史观处理好二者的关系，一直是革命历史题材创作的重要命题。在电视剧《保卫延安》中，我们从彭德怀、王成德、李大爷尤其是谢芳苓身上看到，由于无产阶级代表着历史走向和最大多数人民的利益追求，他们能够以最为广阔的襟怀去包容人道之义和人性之美。谢芳苓、李大爷、小成子对国军女报务员苗真，由关切到理解到真正产生情谊，苗真也由敌对到趋近到理解到逐步爱上这些共产党员，整个转化过程表现得细腻而又自然，克服了过去常见的狭隘的阶级论和短视的历史观，也探索了不同政治信仰的人之间在美、善层面沟通的可能性和合理性，较为成功地体现出共产党人博大的襟怀和宏远的历史视野。马克思曾称自己的哲学为"实践的人道主义"，认为共产主义社会"是通过人并且为了人而对人的本质的真正占有"，我们从彭德怀、谢芳苓等人身上感受到的正是这种共产主义人道主义的夺目光辉。

因而，高扬唯物史观旗帜的电视连续剧《保卫延安》，同时是一部以当代新视角走进战争、走进历史、走进生命的好作品。

2009年5月3日，西安不散居

上下千年气　纵横万里心

看了《大秦帝国·纵横》前四集，一股气自丹田腾起。是秦人的骨气，是国人的豪气。当下便不由得研墨铺纸，狂草一联："养成上下千年气，自有纵横万里心"，连呼痛快。

我和小说作者孙皓辉友朋多年，也参加过《大秦帝国·纵横》的开机仪式，见过总导演甲丁，深知两位赳赳老秦誓要写出骨子里的秦人秦魂、骨子里的国人国魂这一铁血志向。《大秦帝国·纵横》的前几部，刀光剑影的史剧大幕已经徐徐拉开。

继一、二部秦惠文王嬴驷羞辱魏使，将齐、魏两国称王变为秦、齐、魏三国称王，引发了魏的半路劫杀和秦的陈兵河西；三、四两部，魏诈嫁魏纾于秦，却在婚礼上刺杀嬴驷，甘龙世族集团与魏合谋，策动北狄义渠兵围咸阳，图谋另立新君以废止商鞅新法。年轻的嬴驷临危不惧，左右开弓，快刀斩棘，拆解齐魏联盟、消除义渠兵祸，一举击溃了老世族们的复辟阴谋。一路看将下来，好不荡气回肠！

富大龙表演的秦惠文王，给人印象深刻。一言一行中透出来的朝气、锐气，使这位秦王不同于以往屏幕上的任何君王。他青春正盛却具王者之风，张扬却又深藏智慧。彭城相王的大气，招贤犀首的恳切，推行新法的坚执，迎亲遭刺时的镇定大度，四面受敌时的运筹帷幄，把一个英主活脱脱地表现了出来。从他身上，我们看到了大秦光明的未来。

太傅嬴虔不谋私利权位，顾全社稷安危和国家大局，尽心辅佐嬴驷，精神感人。他严拒甘龙立己为君，不仅出于奸忠之辨，更是看出了他们废除新法的图谋。这就将惯常的忠君思想，提升到坚持社稷安危和历史进步的高度，人物一下便有了光彩。

第四集出现了芈八子（宁静饰）与义渠骇纯真的爱情，以及她救助张仪（喻恩泰饰）。张仪书生气地说发迹后要将她嫁入王宫的许诺，不仅引出了纵横的另一个主角苏秦，埋伏了此后千头万绪的情节线索，更给这部铁血历史剧增加了爱情的亮色和青春的新鲜。宁静和喻恩泰的表演举重若轻，稍稍几笔就入木三分地画出了人物鲜明的个性色彩，让我们生出会意的笑。

"赳赳老秦，复我山河，血不流干，死不休战！"这个"战"字，我们应该读作"奋斗"，秦的强盛靠的是一次又一次艰难困苦的奋斗，中国的强盛，也要靠一次又一次艰难困苦的奋斗。这种奋斗是永无止息的。我想起几位学生在看完《大秦帝国》小说后对我说的话："老师，看完这部戏，我们直想唱国歌：'把我们的血肉筑成我们新的长城！'"他们是大二的学生，不到二十岁。好作品就这样让青春燃烧，给人生以力量！

2013年8月8日，西安不散居

《大汉苏武》即席谈

歌剧《大汉苏武》一开始，匈奴的单于就称苏武为"灿烂的恒星"。"恒星"，这是我们剖析苏武也是剖析全剧的一个重要的关键词。恒星不是行星，靠反射别人的光明生存。恒星不是彗星，以沙粒般的个体聚合成光带。恒星更不是流星，耀眼的光芒瞬间即逝。恒星是以庞大而独立的个体，放射出自己的、内在的、恒久的光明，去照耀别的星球、别的生命。歌剧的编导、音乐、演员正是倾其全力将苏武当作一颗恒星来塑造的。

艺术家对经典歌剧的抒情本质有着深刻的理解。他们一步步简化和淡化故事情节，一步步将人物内在精神中那些对人生、对生命具有永恒意义的东西，譬如人要尊严地活着、要忠诚地坚守等，提炼、聚焦、放大和升华开去。苏武十九年的坚守，便超越了传统戏剧故事的情节、题材的层面，也超越了狭隘的民族主义和具体的爱国思乡层面，而进入了人生价值和生命意义层面。它让我们感受到了人格尊严的分量，忠诚守信的分量，执着坚守的分量。这是超越历史和地域、民族、国家的精神力量，是整个人类在自己的精神历程中所景仰和追求的境界。这也许是歌剧音乐咏叹色彩的强化和炫彩，宣叙色彩也糅进更多抒情因素的一个原因吧。

我不由得把这部戏当作人格寓言来读。这是《大汉苏武》给我最深的印象。

若以"大汉三杰"张骞、司马迁、苏武三部戏作为一个三部曲来看，司马迁的人格受到汉武帝施予的常人难以承受的侮辱，却顽强地活下来，坚忍地执千秋之史笔，完成了千古绝唱、无韵离骚（《史记》）。正是在《史记》中，他再次冒着生命危险记录、褒贬了汉武帝的功过与是非，终于以史格拭净了"帝格"的晦暗，从而拯救了自己被侮辱的人格。当汉帝不明真相、不问就里杀了苏武全家,"帝格"又一次晦暗,苏武不因个人的失亲之痛和皇帝的失察而生怨恨,依然信守对国家、民族的承诺,持节不变。他是以人格支撑了国格的。是的,这里似乎不是进击的力量,而是尊严、承诺和等待的力量,却确实比进击更有威严、更打动我们,真正是"内圣外王"呀。

也许对苏武内在的精神力源开掘还不很够,尤其作为主题象征的道具——符节,赋予内在的戏剧动作较少,不能不说是个遗憾。但也看到了孤悬域外的苏武,并不是孤胆英雄。单于的诱逼,汉帝的反激,李陵的前鉴和索仁娜以及老额吉的爱,都从不同向度上充盈了他的内心,从正面、反面、侧面给他以精神力量。

全剧的交响音乐追求西方歌剧风格,却又时不时以民族、地域乐器如二胡弦、埙来呼应,在中西两极的艺术张力中开掘新的表现力,显示出作曲家对歌剧音乐的深度理解与创新活力。唱词拒绝了戏曲强制性的排比和韵辙,也远离了现代一些民族歌剧唱词的华丽和铺张,极尽日常化、口语化,却又在淡如说话的句子中表现出很高的文学素养和散文之美。歌剧唱词具有散文美,那是何等高贵!

大汉三部曲的主角——城固张骞、韩城司马迁、武功苏武,都生长于秦地,表现出秦地文化文格自古以来追求崇高、坚忍不拔的内质,更暗示了秦地人格对大汉人格、中华民族人格积极而有深度的涵养。"大汉三杰"先后被搬上歌剧舞台,是我国歌剧创作罕有的大动作,也改变了陕西文艺创作在古典题材上重秦、唐而轻周、汉的现状。我建议省演艺集团在继续对《大汉苏武》精雕细刻的同时,组织力量对大汉三部曲做整体的艺术提升和品牌性组合,让这个三部曲更深广地进入民众演出市场,进入中国当代歌剧史。

2013 年 6 月 15 日,西安望湖阁

一出好温暖的戏

《天狗》，好美丽、好温暖的一出商洛花鼓山歌剧！在生活日益物质化、电视日益娱乐化的今天，她带给我们那样的清新。那清新来自秦岭深处的商山洛水，更从山乡小民的心田和感情深处汩汩流淌出来。

《天狗》根据贾平凹的同名中篇小说改编。在贾平凹大量中篇小说中，《天狗》比较具有戏剧品质。她有一个"招夫养夫"的传统而异态的故事做骨架，这个故事却又被渗解到山区农村常态得不能再常态的生活场景之中，渗解到乡民百姓含而不露到甚至有点羞涩的爱情方式、爱情语境之中。原著不但提供了那么多微妙的具有心理和性格内涵的生活细节和艺术描绘，而且恰好是用一段段山歌缀连全篇，用歌韵对人物的内心状态做了比兴的、借喻的表达，具有难得的浪漫情调和诗意之美。原著的这些特质和风格，使得戏剧的改编有了一个较高的站位。

山歌剧《天狗》在改编演出中，成功地承袭了贾平凹在原著中的三种美的质地，这便是山乡的传统民风、传统道德之美（堡子虽然不规不则，堡子里的人虽然不伦不类，却生活得那样的真实、自然、善良，像秦岭里的桃花源，有着内心的富有和骄傲）；山民的人性人情之美（天狗、月娥、李正们都那么有信义有担当，有"爱吾爱及人之爱"的互谅互济，他们将像土地一样深厚的爱丰富于内心而吝啬于表达，栖居得不是很有点诗意吗？）；还有民俗风情之美（那生活细节，那音乐唱腔，那如画的风景和如乐的道白，令你心醉）。在人物塑造上，戏剧也发扬了原著的特色，对心理活动和感情世界做了细腻的展示，并且通过表演与唱段，将人物内心的美好与山乡风光的美丽自如地融为一体。人与环境在戏剧情境中和谐地叠加，使艺术感染力得以增强。

　　在承袭原著主要品质的基础上，山歌剧《天狗》又以戏剧的方式，强化、提炼、发展了原著的主旨意蕴，将原著中李正打井个人致富，天狗、月娥养蝎子一家致富，后来给每家送蝎子种促全村致富的情节，改造、发展为天狗组织村里人开矿共同富裕，鲜明而强烈地将小爱升华为大善，将传统的因爱互济升华为现代的以爱共富。养蝎子的情节缺乏舞台演出所要求的大动作和空间可视性，而作为一种农村致富手段，只是改革开放之初起步阶段的小打小闹，在今天的观众看来，也稍显过时。改成开矿，不但多少有了一些现代感，且致富成效显著，社会影响大，又适宜转化为舞台表演，可以看出改编者的苦心，应该说是成功的。不过，开矿、掘进、矿难、舍己救人一类的舞台场面，现在见得很多，容易减弱观众的新异感，若能想出更好的情节，当会更精彩。还有，天狗为救开矿的乡亲而壮烈牺牲是否十分必要？这虽然符合天狗由小爱到大善的性格发展逻辑，但"壮烈"终究不是天狗的质地，也许会让人多少产生一些遗憾。

2011 年 9 月 19 日，赣江之畔，滕王阁下

审读电视片剧本《黄帝》的意见

其一，整体上看，材料切实充盈，下了功夫。在材料基础上运用各种电视手段打开了尘封的历史，是部好作品。

其二，专业性、科普性并重，发挥了专家解读的权威性，注意了电视的观赏性。譬如：设置一些探索的悬疑，引发揭秘的兴趣；注意发掘一些历史细节；能运用电视情景再现手段增加可视性；等等。

其三，是否过分专业化？学术与文献、文物层面铺陈多，对大众观赏兴趣照顾还嫌不够，对学术性、专业性的东西做大众趣味的转化还嫌不够。是否会影响收视率？

其四，对黄帝具体的历史追溯多，这很有必要，但对黄帝作为中华文化的母题与原型，及其在中国和世界文化发展进展中的意义，论述还可以更充分。专家说话不宜太多、太务实，要以启示性的、宏观的、理性的务虚为主。他们访谈中务实的部分，可酌情转化为解说词。

其五，与此相关，黄帝生成、变迁的篇幅很充实，但在东西方文化史的比较中解读黄帝文化不足，关于《黄帝内经》的篇幅似嫌过多。

2011年1月6日，西安

由革命进入生命

——大型红色历史歌舞剧《延安保育院》

在当下的旅游文艺节目演出中,由陕西国旅集团打造的红色历史歌舞剧《延安保育院》,从题材、意蕴到舞台呈示都有独特的追求,给人留下的印象新颖而难忘。

我将目前各地的旅游文艺演出大致分为三大类:一是实景风光类,如张艺谋的《印象·刘三姐》《印象·西湖》,用创意性的光影艺术将实地景观推向美的极致;二是实景风情类,如杨丽萍的《云南映象》、少林寺的《禅宗少林·音乐大典》,用创意性、原生性的光影歌舞将地域风光、风俗、风情,推向美的极致;三是实景故事类,如陕西省旅集团的《长恨歌》,用创意性的光影歌舞,演绎了一段历史上真实的家喻户晓的李(隆基)、杨(贵妃)故事。青史留名的人物,流传千古的爱情,加之在故事发生的原址演出,具有唯一性,使它有了罕见的历史认同场、感情共鸣场和艺术欣赏场。这走的是实景故事之路。

《延安保育院》可以说走的也是实景故事的路子,是在历史事件的原发地演绎了一段真实的故事。它写的是离今天不远的岁月,写的是一个直接衔连着今天的人物群体,便有了将历史与今天熔接起来的生命力量、感情力量和艺术力量。《延安保育院》的独特之处,首先是构思上。它通过写在最危难的时刻,延安保育院的战士如何全力保护前方战友们留在后方的孩子,让他们在骨肉离散后有了温暖的家,在枪林弹雨之中得到坚强的保护。通过回家、成长、转移、东渡几个环节,表现孩子们如何在这个大家庭中快乐地成长起来。编导将全剧的立意放在"保卫孩子就是保卫革命、就是保卫未来"上,这比正面表现延安时代艰苦奋斗岁月那类常见的作品角度更新了。

编导抓住这个独特的视点,由保护革命后代切入生命境界,去表达战友与战友生命的交融,去表达上一代与下一代生命的传承,去表达昨天与今天生息的流贯。抓住了这个交汇点,便容易引发两代人、两个时代的共鸣,引发人们对延安精神与现实生活在精神上尤其是感情上的联想。传统与现实不仅在革命精神上,而且在生命和感情的延续上对接。上一代的记忆转化为我们的记忆,群体的记忆转化为个体的记忆,我们转化为我。从革命层面切入,在生命层面弥散,有了深度,也有了更大的格局。这种探索是非常有意义的。

在舞台呈示上,音乐的现代感和高科技对舞美、灯光、效果的全面提升,是这部情景歌舞剧的两大亮点。音乐大幅度跳出了陕北民歌的老印象,在陕北土风元素的基调上做了较大幅度的现代创新。耳目一新的旋律让我们不由感叹还可以用这样的旋律和风格来表现延安,也不由得将延安的昨天与今天在音乐境界上做种种浪漫的融汇。红色的、古典的歌舞剧不见得非得用简朴的传统的舞台呈示表现,同样可以用甚至更需要用高科技手段来表现。高科技的运用可以强化剧情,呈示出一种出入于历史与现实、出入于传统与审美的自由度,也可以造成浪漫色彩的幻境。时代变了,观众变了,具有新的表现力的音乐和舞台手段,更能让现代观众接受,有利于诱发他们从现代语境出发,去回溯那一段历史。它让表现延安的艺术,有了崭新的面貌,有了生命的张力,这也为延安题材的创作拓展了思路。

最值得注意的是,《延安保育院》对延安时代内在质地的全新把握。现代人对延安的理解多种多样,有的认为那是老传统老一套,甚至产生种种误读,譬如认为那个年代只有艰苦,只有精神闭塞和矩度森严。殊不知那个时代的延安是年轻人的向往,年轻人的天堂。在当时的中国,延安代表着民主、自由和青春。如果一部作品仅仅表现延安的革命信仰和艰苦奋斗,很容易将延安的青春感、生命感遮蔽掉。我曾经想过，这部剧为什么要独辟蹊径去抓延安题材中这么"小"的一个点呢？也许是因为，孩子代表白璧无瑕和纯真生命，从孩子的角度切入，更便于切入延安精神的生命本质——在那个时代，许多人向往延安，既是向往承担社会责任和历史使命，其实更是向往自由与光明，向往这片土地上生命和人性的流彩。我们不能总是驻足于朝拜延安，顶礼圣地，更需要融进这片生命热土，还历史与后人一个真切、鲜活的延安。《延安保育院》带给了我们这种可能性，将理性化延安还原为生命化延安的可能性。

也许应该说出我的一点遗憾，以那个有点内向的孤独的孩子宏远作为全剧主角，因为内心活动多，形体动作少，对没有对话的舞剧来说，表现上有相当难度，观众不容易看明白。第一场后半段，孩子们在星光夜色中的梦境，立意虽好，多少显出一点拖沓，以至让人感到结构上的不匀称。

2012年6月19日，西安不散居，酷夏中吹来凉风

我心目中的紫阳民歌①

民歌是什么？是一个地方老百姓的心跳，老百姓的血脉。

民歌是人民的行歌，绝对跟一个地方的风光、风俗、风骨有关系，是一个地方山川风光、民情风俗和一个地方精神风骨的宣泄再造和艺术表现。比如，陕北民歌的高亢嘹亮与高原有关，内蒙古的长调呼麦与草原有关，陕南大巴山区那种曲折迷离的歌声，不就像紫阳的街道一样曲折迷离吗？民歌又是地方风俗的一种反映。紫阳民歌里边有很多风俗歌，如婚丧嫁娶中的孝歌、哭嫁歌，还有耍社火时的采莲船。这些歌，与当地百姓的日常生活和民俗仪式结合在一起。民歌还可以反映一个地方的精神风骨，像紫阳民歌里边有很多劳动号子，就反映了这里的百姓在大巴山区非常艰苦的条件下，世世代代劳作不息，维系生存、奋斗人生、咏歌生命的一种风骨，也就是一种永不止息的生命奋进精神。

说到这里好有一比，如果说绥德是陕北文化的标志和符号，标准的陕北话在绥德，标准的陕北民歌在绥德。那么，紫阳便是陕南文化的标志。紫阳是整个秦巴山区语言和音乐文化的代表性县份。紫阳民歌和紫阳茶叶一样，不仅是指一个县行政区域的文化形态，也是整个大巴山地域文化的重要构成，而且是标志性构成。这才是紫阳民歌最有意义之所在。有些地方的民歌叫不响，紫阳民歌却成为全国的民歌品牌之一，因为它把秦巴山区整个一个文化区域和流脉的风格都集纳了，而且传播出去了。

---

①田先进先生多年研究紫阳民歌，卓有成绩。嘱笔者为他的新著《紫阳民歌述论——性灵的歌唱》写点文字，遂整理出不久前安康电视台与我关于紫阳民歌的访谈录相赠，以为代序。

紫阳民歌静动有致。它有静态，凝聚了大巴山民歌的一些特点，将其格式化为一种代表性的民歌，形成了一个风格和质量均相对稳定的民歌体系，我们不妨称其为紫阳民歌的静态。它更有动的一面，它是一种开放性的民间声乐，秦、巴、楚、蜀各种文化都丰富了它，如果没有开放性，它闭塞着，怎么能形成一方地域的民歌标志？怎么会走出县域，获得这么大的知名度？正因为它是开放的，巴人、楚人、蜀人、秦人都能够在紫阳民歌中听到自己熟悉的文化回声和音乐旋律，都能够从中感觉到那种存在于心灵中的遥远的地域记忆。

如今，交通方便了，各种地方音乐都很容易被外来的、流行的音乐侵入改造。很大程度上，紫阳民歌的各种藩篱或者说质的规定性，也会在不知不觉中受到外来音乐文化元素的冲击。在这种情况下，我们抢救原生态的紫阳民歌就显得特别重要。要尽力按照非物质文化遗产保护的原则，将紫阳民歌的文化精神和音乐特点以及相关的各种资源，保存下来，整理出来，作为一种流派固定下来。在现代生活的流传演出中，紫阳民歌可以也必然会和现代各种音乐元素互融互通，也可以跟楚民歌、巴民歌融通，但是它的原生态的东西，它的曲目和基本特色，必须由政府出面，作为一种事业来保存。只有这样，紫阳民歌才能传承，要不然极容易支离破碎甚至流失殆尽。

保护和传承要克服两方面的偏见。一方面因为强调保护，讳言甚至阻遏其发展。稍有变化发展，便会遭到"不像紫阳民歌"的诘难。带点摇滚行不行，不行！什么都不能加。另一方面就是，为了要发展，轻视保护。这两种偏差即两种倾向都要防止。怎么处理呢？主要是处理好两个关系。紫阳民歌的发展，它在现代生活中为现代观众演出，跟时代新的观赏需求结合，这是需要文化企业通过市场解决的，谁都挡不住。"背老二"唱紫阳民歌，跟21世纪的"90后""00后"的青年来唱紫阳民歌，那绝对是不一样的。因为时代风貌不一样，内在感情不一样，你不要拦它，拦也拦不住它。作为一种市场化的文化企业行为，可以让它放开发展。哪怕将来变成了只有紫阳民歌元素的一种歌曲也可以，不叫紫阳民歌也行。

但是，政府有保障国家文化安全和保障民族文化传承的责任，民歌的传承、保护与发展不能是一种企业行为，而是一种国家责任和事业行为，应该用纳税人的钱来进行。首先，紫阳民歌的原生态是必须保护的。有大量的工作要做，有一整套程序，记录、访谈、录音、录像、选定传承人等。它要为未来，为后代，为永远立个碑，无形的旋律与节奏的碑，这就是紫阳民歌碑。这个碑要有质的规定性，有了这个碑，你怎么发展都行，最后千流归一，溯源要溯到这儿来。否则，发展就无边无际了，那就叫云、叫风了，而不是土地和根系了。

紫阳县有地域的界定，但是紫阳民歌没有地域。紫阳民歌应当就像《我的太阳》。意大利那不勒斯的歌曲《我的太阳》，可以在全世界流传、唱响，谁都不会问那不勒斯归哪个省哪个县管辖。所以，一定要把紫阳民歌打造成一个超地域的音乐品牌，人人都可以唱都爱唱爱听，像紫阳茶人人都爱喝一样。这是紫阳可以在全国流行的两大品牌。

紫阳不要把自己局限在大巴山北麓，因为文化是跨大巴山的大板块大流脉，所以紫阳人的胸怀也应该跨大巴山。汉江是一个通道，既是航运的通道，又是文化的通道，也是歌声回荡的通道。紫阳人的胸怀应该沿汉江上溯下行，通巴蜀达江汉。当然，大而言之，更要有中国胸怀、人类胸怀。音乐是没有国别的，文化是没有疆域的，要打造一个民歌品牌，的确要有人类胸怀。

我们要相信，人类在感情深处有着很多很多相通的东西。譬如说，紫阳民歌中表达思念之情的曲子，一个人对家乡、父母以及恋人的思念之情是可以引发人类共鸣的。因而紫阳民歌的人类情怀最重要的是表现在内容的发掘上，更多地深入到人性、人情、生命呐喊、生命呼唤、生命宣泄的层面来，民歌就有了更大的共鸣。

祝愿紫阳民歌像大巴山一样，让我们的心头永远储存着青葱葱的绿。像汉江与任河一样，在我们心间永远不止息地流。

高耸的巴山，清澈的汉江，长流的任河——永远的紫阳民歌。

2016 年春，于西安

柏雨果极地光影的人文内涵

在我的朋友中，雨果是地道的"千里眼"，他能以摄影家眼力独异的捕捉和镜头迅捷的留驻，看到一个大家难以看到甚至终生看不到的世界，并且艺术地展示出来。雨果又是《水浒传》里的神行太保戴宗，日行何止八百里，经常出溜一下就不见了踪影，待过了几个月半年，却给我们带回来一身高原风雪、满目赤道阳光，嗓音里也许忽然掺杂一点企鹅的嘎音，步履之间也会有一点北极熊的重量。哈，原来在我们这些凡人循规蹈矩活着的时候，那家伙竟然去了珠穆朗玛，去了中非高原，去了北极原点。最近哪，又去南极大陆逛了一趟！——每次失踪后的重新出现，他带回来的，总是看不完的照片，道不尽的话题。

雨果是个不安分的人，他不满足在社会安排好的惯常轨道上走自己的人生路，天生是那种为运动、为探险、为猎异、为破常规的生活而生的人。一切艺术家尤其是"好色族"摄影家们，其实都是这样的人，只是雨果表现得最为极度，最为极致。

已经说到这个"极"字了，我们便切入正题，谈谈他刚出版的这部关于极地风光的艺术摄影集。他是我知道的少有几个跑遍了地球"三极"（南极、北极和山极珠穆朗玛）的摄影家。他以大量质量精美的作品，向世人展示了难以见到的极地风光，构建了常人难以创造的极地艺术，同时，显示出了摄影家内心那种难以达到的极地精神。

这种极地精神是什么？是一种在艺术上追求极致的精神，是一种为了达到艺术极致而义无反顾去冲决人类生存极限、去亲近人类生存极限之外的极地生命、极地风光的精神。这种精神既是人对严酷大自然的一种超越，也是人对自身的一种超越。他因此而能够用一幅幅那么寒冷的画面,给我们传达一缕缕宇宙的温暖、生命的温情。

他在我们眼前展开了极地之光。

那极地霞光从层层叠叠的云影冰原后喷薄而出,有如交响乐庄严的序曲,在洪荒中显出一种永恒的神圣。那天宇中无尽的蔚蓝,在阳光的伴奏下莫测变幻,恍若无声地蓝调鸣奏。

有时,极地奇异的圆形气流,像是不明飞行物从天外光临,给孤独的地球以亲情的期冀。有时,刀削斧劈出来的极地冰山,在洁白的色块光影的错落中构成一篇篇诗页,让你在无声的朗读中尽享纯净、静穆之美。而太阳精心用侧光塑造出来的雪原,在迷幻中竟然有了一种动感。又有时,在密布的彤云深处,天光像一道激光穿透而出,激活了整个冰雪世界的灵气。有时,平湖般的海光和宁静的山影,如漓江山水拉开了影影绰绰的长卷。

最叫你震撼的是,在大全景的冰原鸟瞰中,一只孤零零的企鹅在执着地孵蛋,它要用母爱的温暖挑战严寒。阳光照耀着这位母亲,向着宁寂的世界宣示生命的神圣……

他在我们眼前展开了极乐之境。

我们看到了南极企鹅群迎着风雪在冰坡仰天长啸的舞蹈,那是无畏者的欢乐,强韧者的凯歌。看到了冰面上一对北极熊母子在对视中的舐犊深情,两头海狮交颈相嬉的热恋,那种眷爱和依偎足以化尽冰雪,让极地阳光灿烂。还有在极地的蓝色之夜中,鸟类给幼雏吐哺喂食的图景,唯有极地之光才可能给生命敷上如此浪漫的色调。

我们还看到了以色彩绚丽的火成岩为背景的画面,在如火如荼、如歌如画的山的图案前,一翅海鸟在矫健地飞旋。你由不得想起俄罗斯作家高尔基激情澎湃的《海燕之歌》。南极是云、海、鸟、冰山、风雪的乐园,摄影家能把这一切拍出喜怒哀乐的性情来,我们便感受到了在这地老天荒的极地,天、地、生物与人，共同组成了何等融洽的大家庭。

他在我们眼前展开了极艺之品。

雨果摄影的艺术水平素为业界所公认。他总能在瞬间的抓拍中，将蓄谋已久的意蕴、构图、色彩、光影处理得那样精到，每每让你觉得暗中定有神助。你看这一幅，雪山的折线和云霓的横线形成自然的呼应和衔接，有如五线谱在南极明净的天空旋律般飞过，三只飞翔的海鸥，一只展翅爬升，一只收翅俯冲，一只侧翼回旋，姿态各异，位置错落，像音符在山与云的五线谱上跳跃，真是天造地设。

有的图幅产生了水墨浸润效果，极似华裔旅法艺术大师赵无极的现代主义绘画；有的图幅，铁锈红的山与白雪组成极为自然的 S 形，在色彩和结构上既有错落之美，又有均衡之美；有的图幅，独舞的企鹅与流水波光组成强烈的现代光影表现主义趣味。还有些千载难逢的瞬间入了镜头，像贼鸥叼走企鹅蛋那百分之一秒的瞬间，竟然也被他捕捉到，其中所下的苦功不是我们在这里所能道尽的。从影集所附摄影家的两篇文字手记中，我们知道了，那真是下了铁杵磨成针的功夫。

他在我们眼前展开了极致之思。

雨果从来是一位有人文思考的摄影家，因而在这次极地题材的创作中，怎样于宇宙、天地、人的"裸处"开掘哲理人文意蕴，便成为他的第一等追求。我想，恐怕也是他在创作中的第一等乐趣。

一方面，他在洁净的阳光、宁寂的宇宙中，全力去表现一种神圣的宗教感。他抓拍了两位匍匐在地抢镜头的摄友，那种专注和虔诚，让我想到了青藏高原上千里迢迢磕长头的信徒，不过他们不是藏传佛教的信徒，而是宇宙拜物教和极地拜物教的信徒而已。这里，他将大自然作为现实社会的彼岸世界，作为人类的精神参照物，大自然便有了生命哲学意味的升华。

另一方面，他将北极极点上白昼的太阳，与破冰船"50 年胜利号"上的人群和谐地组合在一个画面上,有如对人与自然对话的歌吟,对科学与自然融合的歌吟。

但是再进一步,我们却看到了另一类信息。在他的摄影画面中开始以人类大面积的橙色衣服为警号,暗示了人类对南北极这两块未开垦的处女地的入侵,对南北极这两块大自然最后的边疆无情的突破。而飞鸟以血肉之躯撞击入侵的直升机并迫使它在佛罗拉岛降落,又可视为大自然的一种反抗,视为对人类入侵的自杀式反抗。

人与自然又和谐又冲突,未来它们将如何自处,又怎样相处?雨果便这样用镜头将当下世界最深刻也最迫切的问题,如此严峻地提到了我们的面前。

我为此而震撼,掩卷沉思了良久。

2012 年 9 月 17 日,不散居—塔影苑

《丝路影志》序

  这本书的几位作者，周建森、张延、刘梦淳，是和我一道参与"丝路万里行·玄奘之路"征程的战友，他们是江西教育出版社的同道，我的江西老表。2017年夏秋之交，我们随万里行车队由西安起程，横穿大西北，经由陕、甘、青、新到达边城喀什，十多天里览尽西安古风、河西走廊、昆仑雄姿、南疆沙原的万千画图。远在江南秀色中酿就的乡情乡谊，于丝绸之路那苍莽、雄浑、古朴之美中不断发酵，西部宏大旷达的天地，让我们无比贴近。遗憾的是，不得不在中巴经济走廊的起点喀什分手——他们因工作需要得折回江西，而我们继续前行，朝西进入中亚、中东，又朝东南折向印巴。他们的离开让整个团队念叨了许久，我这个移居异乡的江西老表更是怅然若失。——在西部生活了半个世纪，这还是第一次和家乡人在遥远的异乡同行呀。

  好在他们留下了这本书，留下了他们在丝路中国段的足迹、见闻和种种真切、新颖的体验。这些有着丝路气息的亲历性散文，使他们从此不再离开丝路，不再离开我们这些西部人。

  读着书中的篇章，诱发的是和过去阅读不一样的感受。作为由江西移栽到西部的一个生命，五十多年的光阴已经让我在这方水土中深深地扎下了根，但赣江两岸家乡的风情，家乡的人物和故事，一不小心便会从记忆中冒出来，家乡的口音也会在心头响起。随后，又总会被西部的生活现实再度湮没，以致让我好一阵子怅然若失。是的，就是和此书几位作者在喀什海关口岸吐尔尕特告别时的那种怅然若失。

  这本写西行丝路的书，在对十多天行程独具特色的描绘中，似乎浓缩了我在西部五十年里心态的转化：由最初南方人乍然进入大西部的惊异，如书中所说那种"没有预期就变成了惊异",在此后渐次身临其境的行走中,在用脚步对这块土地的丈量中,有了了解、亲近,又有了理解、思考,并且一点点转化为自己的人生经历和体验。最后结晶为文字和照片,结晶为书册,这一段生命也就固化为传播符号,被更多的人享用。在跨时空、跨文化的动态生存中,游历,观察,体验,思考,写作,这不就是我几十年西部人生的浓缩版吗?

读这本书时,你会感觉到字里行间丰富的信息量,这些信息是多层次、多坐标的。古拙而又多彩的丝路景观当然是书写的基点和基线,却远不止于此,还时不时会发掘一点潜藏于其中的人世变幻、生命苍茫和历史哲学。加上作者那略显时尚的探秘心理,挑战极限生存的青春视角和当下表述,苍莽古拙的丝路便多了一点鲜冽,沉稳的西部也便多少显出了跳脱。从他们笔下,我重新感知了我所熟悉的西部,也感知了我已经不很熟悉的南方人的关注点和兴趣点,二者引发了二重唱般的共鸣。

作者们的目光分外关注水,用暖色调描绘了横穿兰州的黄河,流经张掖的黑河。比较水在西部和南方不同的生态意义,反思南方用水之不惜,防患于未然的生态意识还须加强。他们对西部丰饶的水资源、土地资源、矿产资源、风光风情和艺术资源做了极有温度的描述,让你测试到了西部和丝路内在的潜力和生机。还进一步探寻了险恶的环境如何转化为锻打人格的铁砧,如何搭建展示刚毅的舞台。探寻了西部如此这般的大景观是怎样铸造了西部人如此这般的大性格,使他们能自强而又自在地生存在这块广袤的土地上,生生不息地世代繁衍、世代创造。一种温泉般的暖意从这些书写之中蒸腾出来,让早已成为西部人的我心生感动,也让依然还是江西人的我不由得为老表点赞。

一路走下来,一路写下来,一路拍下来,有情有景,有人有事,有感有思,而流淌于文字和图片深处的是个体和大地的感应,小生命对大生命的赞叹。作者和丝路，由未知而有所知，由陌生、讶异、感叹而逐渐适应、深思、融入，终而大小生命合为一体。无论如何，这本书将让读者见到几位江南的作者是怎样无悔地将自己永远留在了丝路上，又怎样欣喜地将丝路留在了自己的心里。

2017 年 3 月 25 日，西安不散居南窗

别样的非洲，别样的滋味

去年有一段时间，在一份发行量领衔于西部的大报上，连续读到署名"徐君峰"的几篇大块文章，全是写陕西历史地理的，纵横捭阖的思路与文笔，表现出一种大气象。正暗自诧异徐某为何方俊杰，不料便有友人送来了此君的新著《别样的非洲》，文气是同样的纵横捭阖，为我打开了遥远而又遥远的非洲大陆文化风景。品读下来，的确别有一番滋味在心头。

作者以"别样的非洲"命名此书，向读者告白了他力图区别于此前别人写非洲文字的一种自觉性。非洲还是那个非洲，描写客体还是那个描写客体，要写出别样，给读者以别样滋味，靠什么呢？靠别样的发现和别样的表现。

君峰能透过非洲别样的风光去透析非洲别样的文化。十年前我去过一趟南非，是随中国对外友协访问团去的，只十来天时间，也只到了南非的三个城市——约翰内斯堡、比勒陀利亚和开普敦，真正是飞鸿一瞥。读君峰的书，首先感到他抓住了许多如我这般浮光掠影的旅者所看不到的别样风光，如亚历山大港街头茶馆中见到了和西安回坊南糖一模一样的核桃糖、花生糖、芝麻糖，迅即以丰厚的历史知识将这两地的文化做了对接："其实两者真的是有渊源的，公元651年即唐永徽二年，阿拉伯哈里发帝国正式遣使访华，之后中东经商者络绎不绝，有的在长安落地生根，繁衍生息，在逐渐融汇的过程中，保留了从故乡带来的南糖制作工艺，流传至今。"接着他又从亚历山大建筑的欧洲风格，谈到地中海文明对埃及北部的多次洗礼，是如何造就了这座伊斯兰城市少有的开放性。作为一名学者，他不仅善观眼前诸物，且能融汇历史诸事，找到眼前风物的文化背景和在历史长河中动态的变迁。能从人人都来过的地方，发现人人发现不了的新景，从而在游走中完成有深度的跨文化衔接。

君峰对非洲的观察和领略角度也是别样的、不同于众的。这种观察，看似属于一位游客或一位摄影家视角上的求异偏好，深究下去，其实还是作者的文化共鸣箱在起作用。你看他对古埃及狮身人面像的观察："从侧面角度拍照，我找到一种感觉，斯芬克斯表面砂岩在外力作用下，产生层体分明的线条，充满着跳跃的动感韵律，像一列疾驰的流线型子弹头列车，承载着厚重的金字塔，显示出来的力量似乎还能跑一万年"，"从正面注视着那张风雨侵蚀的面部，像历尽沧桑的耄耋老者，只能任肆虐的流沙欺凌。他永久性地紧闭着冷峻的双唇，早已没有兴趣让过往的游人猜谜了。当我看到躺在地上被阳光拉得长长的阴影时，我感受到了斯芬克斯无尽的孤独与苍凉"。这些文字让我们看到，固然从不同的角度观察同一古迹，会产生完全不同的感受，但唯有具备相当文化积累的人，才能将别样的观察角度转化为别样的感受和思考。由于文化的介入，这种感受和思考常常具有相当的深度，从而在感性与理性两个层面上打动读者。

说到思考的别样，特别应该多说几句，因为它构成了这本书一个重要的特色。君峰是著名历史地理学家史念海先生的博士，在行走中观察、思考，多年来已经成为他的一种专业习惯。他的这种思考，涉及当下社会、历史文化、宗教、生态、民生各个方面。他看到金字塔被风雨剥蚀和人为摧残的惨象，感慨应该在阿拉伯谚语"人都怕时间，时间怕金字塔"之后再加一句"金字塔怕人"。在飞越中非沙漠、高原和野生动物园的途中，他专门写了一篇《返途的沉思》，集中思考了地球的沙化，森林草原的消失，生态的失衡，思考了全球现代化进程所付出的代价和应该汲取的教训。

在《城市景观中的政治记忆》一文中，作者从南非独立后仍然保留了首都比勒陀利亚的白人先民纪念馆，承认白人先民在南非开疆拓土、建设家园的历史功绩，并将纪念馆的主题定为"和解"这样宽厚、包容的历史记忆出发，融进黑人居民自由、惬意地在纪念馆前的阳光下享受天伦之乐的现实画面，一直讲到世界各国还存在的种族、城乡、阶层隔离的不平等制度，包括印度的种姓制与中国的户籍制，反思了人类如何加速走向平等、和谐境界的全球性问题。

开普敦是一座美丽的海滨城市，好望角是大西洋和印度洋交汇的标志。但君峰却从一个很独特的视角，发掘出了一种可以启示国人的价值观——南非人让巨大的棚户区坐落在迎宾大道两侧，他们不刻意去展示虚假的繁荣和表面的业绩，他们也不掩饰还存在着的贫穷，他们展示的是棚户区的切实改造和贫穷的逐步改观……随着作者的行迹，我们便这样游出了感悟，游出了思考。透过充满诗情画意的文字，我们感受到了一位学人忧愤深广的人文襟怀。读者在书里读非洲，也读这位以别样眼光读非洲的人。

作者以自己的文字和摄影作品交融一体的组合，构成了这本书在表达上的别样。摄影作品无不精致，极有艺术性和文化感。照片的全景性与直观性赋予作者和读者感情驰骋的更大空间，它使文字的线性表达转化为图像的全维表达，极大地增加了阅读时再创造的天地。尤其是在许多图片上叠印了文章相关的格言美句，图文并茂，相得益彰，既使图片融入文字，成为文字的有机内容，又给全书的内容留下了精彩的点睛之笔。

别样是什么？就是个别性、求异性，就是不重样、独一样，也就是创意、创造、求新、求变，这是所有写作者孜孜以求的目标。君峰能将自己的写作直接定位为别样，致力去抓住别样，我想，这是抓住了写作之根本，也是这部作品赢人的根本。

2011 年元月 2 日，西安不散居

安康山水,安康情怀

——邱仕君镜头中的安康之美

这部摄影集收的作品全部是安康山水,在我读来又无一不是安康情怀。

安康真是得天之独厚,得地之独厚,得人之独厚,占有了这个天下第一和天下唯一的称谓:安康。安宁康泰,安和康平,安详康达,安顺康健……这两个字,任你怎么排列,怎么说道,都那么祥瑞又那么淡定,那么人性化和平民化。这两个字,道尽了老百姓世世代代对生命最朴素的期冀和祝福,却又饶有深意,见证着安康整个生态系统和社会系统在现代世界科学的、和谐的发展。

一千八百年前的晋武帝为安置巴山流民将此地命名为"安康",取"万年丰乐,安宁康泰"之意,那只是一种良好的祝福,所以能够一直流传下来为天下所认可,原因肯定在安康自身,肯定是这里的物华天宝、人杰地灵反反复复地印证了这个吉祥的名字,支撑了这个吉祥的地方。

安康本土摄影家邱仕君以二十余年的韶华光阴,跑遍了安康的山山水水,拍了上万张照片,经过多次的筛选、展览、编辑,出版了这部《安康山水》。他做的看似只是一位敬业的摄影家分内的工作,实际上意义远远超出了艺术摄影。仕君其实做了这样一件事:用镜箱把家乡的美留下来,把家乡安宁康泰的和谐留下来,留给后人,留给世界。他的照片除了审美的意义,便还有着记录社会发展的文献意义和引领社会发展的观念意义。

《道德经》第二十五章云:人法地,地法天,天法道,道法自然。大体说的是人生社会应以天地的法则为法则,天地又以道即规律为法则,道则以自身的本性为法则。不以社会的一时需求和人的主观意志强行违拗、破坏天地自然之道，社会就会在一种和谐的关系中发展。仕君要用摄影艺术表现安康，角度很多，从经济社会发展、城乡百姓生活、秦巴民俗民艺各方面都可以入手，而且可能更为直截了当，他为什么独独选择了安康山水？因为一方水土养一方人，美好的人性是在美好的山水中涵养的，和谐的社会也常常离不开和谐山水的陶冶。从中我们似乎能感受到仕君的深意，他其实是从很根本很深的层面上来理解山水的文化功能的，他力图从源头上来解读安康的美丽与和谐。他的每张照片似乎都在说：你看看这里的山川大地，你就会读懂我的家乡。

邱仕君抓住了秦巴山区大自然营造人文安康、社会安康的一个根本性的关键词，这便是和谐之美。和谐之美是贯通全集的气脉和意蕴。他尽全力以自己的文化审美眼光去发现、用艺术镜头去捕捉、用多种技巧去再现安康山水中的和谐元素。

在《井井有条》和《诗意田园》中，他以大鸟瞰视角中自然隆起的山体为舞台，让山乡田畴在其上组成一种静谧的旋律，农人像音符点缀在田畴的线谱上，绿树丛中的山村则像台下的观众，恬然自得地聆听着眼前这天籁的鸣奏。艰辛的劳动和创造，在这里完全升华为有意味的形式。安康山水通过审美，转化为人生境况和人生情怀之美。

在《银装素裹》《玉树晴雪》中，仕君有本领抓住一种主色调漫泛开去，然后用各种色调的微量变化，形成单纯的丰富、清澄的充盈。山的积雪、树的雾凇、云的涌动，三种不同的白色在微量差异中围绕色彩主调复现，便有了和声效果。安康山水于是有了音乐之美。

在《湖波烟云》《霞染金螺》《碧波粼粼》中，他让山、水、云、烟在朝阳的氤氲和微雨的濡染中，成为一幅幅具有古典美的山水画卷。而在《草地甘泉》《大地之母》中，安康则又显示出西方油画般的另一种美来。在内容上，他利用山体曲线造成的女性酮体的感觉；在构图上，他利用山体起伏造成的光影色彩组合，高山草甸像绒绒的地毯覆盖着地母，丰腴、厚重、静穆而有曲线美的大地之母，是这般令人迷醉。安康于是又以一种西式情调显示出一种母性美来。

摄影艺术家是玩光弄影的魔术师，如果说上两幅看出了仕君弄影的水平，那么在《烟岚入画》和《南宫贴金》中，仕君则尽情发挥了光的作用。前幅以一束光将画面的焦点从暮色四合的山野中点亮，在心理视距上推成近影而着意强调出来，逆光中明晦的反差产生一种奇诡之美，而构图上积墨很重的暮色又以这束光为"气眼"，有了灵动之气。后幅在蓝色对金色的映衬烘托中，抓住阳光中南宫山的金碧辉煌，把那种宗教的神圣感、隆重的仪式感渲染到极致，我们又感受到了安康群山的庄严之美、庄重之美、父性之美。

可以再看看安康的丰收之美是如何在仕君的胶片上被再创造出来的。《丰收人家》创造性地发现了安康茶园的美丽。近影逆光之下，茶园像诗行一样整齐分列，诗的韵律美与结构美尽在这色浪光波的长短句中。《山乡油彩》则采用油画的大色块，将油菜田待收时的金黄与绿色、褐色的色块组合，由近及远铺向远方。在杂乱中呈现出韵律，随意中又能感受到造化着意的铺排……

我在这里有点烦冗地点评《安康山水》的诸多画幅，是想让大家对仕君的艺术之美有更多具象的感受，更是让大家对安康的山水之美有更多具象的感受。摄影艺术的高度纪实性和摄影家的水平使我们对安康之美有了无比的信任感，同时会推导出你的另一个追问，在美丽的安康山水背后，谁是真正的主角呢？难道不是隐匿着两个并峙的主角吗？这便是天与人，天之籁与人之心啊。果然，画册最后两页，宏阔美丽的安康新城出现了！你心头会兀地冒出一句话来：生活在青山绿水蓝天中的安康人呀，生活在安宁康泰祥和中的安康人呀，你们好幸福，好令人羡慕。

这幸福其实是天与人共同创造的。天造地设不错，但没有安康人世世代代的珍爱、保护和适度的改造、调整、建设，安康山水又哪里会这么可人、可心？人类要给后代留下什么？最简单的回答，就是留下一个越来越美好的家园，包括经济文化科技家园，更包括生态环境与精神家园。能够一直着意这么做着，还坚持这么做下去的人，是有大眼光、大襟怀、大美的人。在我的心目中，安康人就是这样的人。

感谢仕君和他的相机，他把美丽的安康山水布白于世，也把同样美丽的安康情怀、安康情趣、安康眼光布白于世。

2009 年 7 月 1 日，省人民医院

情到深处尽光影

——邱仕君作品印象

每个人爱自己的家乡都爱得有点偏执,但像仕君爱得这样专一,这样执着,这样有个性特色,恐怕不多。

他自小在岚皋生长,终生对这块绿色的土地不离不弃,一直以一双真挚的眸子注视着他的家园,他的青山绿水,他的南宫山和神田草原。从稚童到成人,山川给他的眸子里不断增添着爱意。成年之后,他似乎只有一项工作,就是将自己生命中这种朴素的爱,灌注到那从不离身的相机里,由眸子与心的爱恋转换为镜头的深情。他几十年来兴致勃勃、孜孜不倦,就干这一件事。几十次跑遍岚皋山山水水,将家乡的自然美转化为艺术美,然后传播到秦巴山外,传播到全省全国全世界。

他似乎除此而不懂得生活,除此而不谙察世事,除此而家中别无长物,嘴里没有闲话。外出只吃农家乐,只喝岚皋茶。请客只到家中,摘自家园子里的蔬果,让自家人烹饪。他说,吃什么空中海上运来的海味山珍哟,守着这么好的家园,不用园子里的珍奇待客,能叫真情实意吗?除了粗茶淡饭,他待客的招牌菜,几乎永恒不变的便是这盘叫作"美学"的菜。面对岚皋如数家珍的自然美和他用镜头转换的艺术美,他可以口若悬河,谈兴不减。说完了这个话题,便缄下了口,干坐在那里,很少言语。再过片刻,便站起身简单地送别。

也许正因为仕君的此等行状,我喜欢上了他和他的艺术,并成为朋友。

这次出版的这本摄影画集,光影之间,主旋律依然是他的岚皋,他的南宫山,他的神田草原。壁立千仞的南宫山,红叶掩面的南宫山,散霞成绮的南宫山，烛山如画的南宫山，一帘幽梦的南宫山，倚天出剑的南宫山，佛掌合十的南宫山，绝顶观音的南宫山。还有高原上，用花海织成五彩地毯的神田草地；造化用秋季的各种色块，在梯田中镶嵌的现代艺术作品；在绿色五线谱般的茶园中，随冉冉炊烟飘散而出的幽幽旋律；以及无比自若荡舟于茫茫云海中的山里人家……

这些摄影艺术作品，加上专为每幅作品创作的古典词曲，画面的视觉之美与文字的符号之美交相辉映，影像的直观效果和文字的联想效果互为补充，仕君便这样将自小生长的这块土地营造为一个整体的艺术境界。我们在这个境界里，会顿悟了他为什么如此痴迷，会明了岚皋、南宫山、神田草原，对于仕君，对于这里的每一个人，为什么都是永恒不变的世界最美的地方。

乡土之美是一种大美，也是一种大爱。它常常融山川之爱、生命之爱、亲族之爱、劳作之爱、艺术之爱和信仰之爱于一炉，它是人心人情中爱与美的源泉和培养基。它会将所有这些爱，浓缩、弥散于我们体内，和我们相伴终生。

单纯从摄影艺术的角度看，许多地方老练到炉火纯青，新颖到出人意料。不愧是老摄影艺术家。若要我这个外行说一点可谏之语，我要说的是：在山水风景摄影中，我个人更倾心的是素淡的水墨情趣与现代的色彩关系处理，更倾心于构图的大处把握，尽可能回避艳丽、零碎，如此则更能怡我情怀。

2012年6月10日，红河谷山庄画苑公园

佛心定格于瞬间

——摄影作品《放生》点评

这是一幅让人拍案而起的作品！

一种纯美的魅力胶住你的目光，诱发种种的揣度和联想，同时，思智空间会在你的心中渐次展开，让你惊悚于它的深沉。镜头表现的是一个瞬间的、细节性的场面，却微言大义，含纳着悲悯的佛心禅意，宏博的生命哲理。

这幅作品可见的主题词有五个：佛珠、僧人的手、小鸟、阳光，还有虚化的背景——绿。它叙述着大千世界中刹那间发生的一个故事：在阳光明媚的林子里，一位僧人以温暖的手托起一只振翅欲飞的小鸟，祝福它重归大自然，去实现自己生命的飞翔。

在可见的主题词后面，却隐藏着、寄寓着三个不可见的主题词，这便是：绿色生存、心灵生存、谐和生存。

照片绿色背景暗示着对绿色生存的向往。在人类创造的各种灰色"文化膜"将自己窒息得透不过气的今天，走向大自然、回归蓝天绿地已是所有人的生命需求。绿色生存其实是一种"外"生存，即冲决文化窒息，在现代"膜生存"之外的大自然中，让生命长长地舒一口气。

佛珠暗寓着对心灵生存的向往。心灵生存是一种"内"生存，是逃遁当下社会的"膜生存"，而进入内心世界，让生命在精神上获得广阔的空间。僧袍下的手，是有精灵魂神悟觉的人的手。佛的慈悲心肠、悲悯情怀，在这双手将小鸟放生的那一瞬间传递出来。小鸟即是人，是一切生命的象征。这一刹那，一切生命都在"心灵生存"中得到了"放生"。

手、鸟、绿、阳光和佛珠,组成人与天(自然)、人与心谐和相处的大境界。人放飞小鸟,小鸟飞向绿林,绿林和阳光反哺人,并通过佛珠反哺心。这是多么谐和的生命链条、多么理想的生存境界!

在几百分之一秒的瞬间,宋艳刚捕捉到了如此丰富的信息,是摄影家的技巧,更是摄影家的福分。我只能说,摄影家的内心和大自然一样,"到处都有明媚的阳光"。

2012年5月19日,长安塔影苑

用实践浇灌理性

——序《马鸿斌文化产业发展论集》

这不是一位专业研究者的著作,而是一位公务员在自己带有专业特色的岗位上做出的研究成果。

这部书稿,洋洋几十万言,是马鸿斌关于西安建设国际化大都市、关于社会主义文化发展繁荣、关于加快发展文化产业等方面长期以来思考的结晶。其中诸如实施"八水润西安"工程的战略意义、如何加强文化与群众的血肉联系、发展西安文化产业需把握的几个关系、西安文化产业竞争力分析报告、西安民营文化产业发展的现状与思考、推动西安文化产业跨越式发展的五大抓手,以及写西安发展创意产业的几篇文章,都显得厚重、鲜活、切实,给人以较深的印象。

由于鸿斌供职于西安市委宣传部,业务的关联让我们相识有年。他从职务对一位主管干部的要求出发,多年坚持在文化战线的第一线调查研究,对各个阶段的目标任务做深度发掘和创造性思考,调研不辍,学习不辍,思考不辍,写作不辍。他的文章不是在办公室想出来、趴书桌熬出来的,而是在西安文化建设尤其是文化产业发展的肥沃土壤中生长出来的。他用社会实践和学习思考的一池活水浇灌自己的精神花朵。因而这些文章既有梳理归纳层面的总结,更有理性规律层面的提升,多的是生活实践的鲜活感、动态感,少的是经院的学究气。这样,理性的实践性与思维的创新性,构成了这本书鲜明的特色。

文化产业在近年蓬勃兴起,很快在实践与理论两个层面引发了探索和研究的热潮,这既是我国宏观经济结构进行科学调整的需求,群众文化生活日益丰富和提升的需求，也是在现代市场经济格局中文化发展繁荣的必由之路。当然，更是西安建设以文化为特色的国际化大都会的一个重要路径。

不同于物质产品的生产，文化产品有自己独有的特点，譬如：

价值的超越性——文化产品的价值往往与它的投入不成正比，成本与效益、价值与价格常常非等值。决定文化产品影响力和销路的，主要不是看你花了多少工夫和投资，而是看产品质量。

受益的普泛性——物质产品的受益者一般是购买者和使用者。文化产品的受益者却往往会超越这个群体而遍及社会历史。周礼和《道德经》，受益者当然远不止于那个时代、那个地域，世世代代的中国人乃至外国人，都深受其益。

消费的非等值性——文化产品的价格往往与其内在的价值含量不等值。物质产品是一分价钱一分货，价值与价格是基本等值的，文化产品不同。二百元一套的《红楼梦》是封建社会的百科全书，阅读它可以从中了解无法以金钱计算的人生悲欢和社会风云。

消耗中的增值性——物质产品在消耗中逐渐减值，文化产品则会在消耗中增值。比如墓葬中的器皿，原来作为日常使用的产品，是在消耗中减值的。一旦殉葬入墓，便转化成了文物，成了文化产品，从此开始增值，年代越久越值钱。

发展文化产业，一定要考虑到这几点文化产品的内在特征。现在是创意经济的时代，文化产业的核心内涵，正是创意。发展文化产业一定要对原有的思维做战略性调整，将创造性思维提升到新境界。如西安最近将"八水绕长安"改为"八水润西安"，"绕"只是一种状态，"润"则将状态转化为动态的惠民功能，也包含着对城市建设、管理的要求，一字之改，却是创新。

文化产业的发展对于一个民族整体创意能力的提升极有好处。一个民族、一个国家如果创造发明形成了风气，在这种环境中成长，当然有利于每个人创造能力的养成。一个社会从来都死气沉沉，国民也容易死气沉沉。

我们要明确创意经济是最大的生产力。它事半功倍，高效益，高利润，对整个社会创造力的涌流起着重要的涵养作用。创意是"优生"，为一个城市一个企业一个项目提供优秀的基因，确保产品的内在价值。对优秀创意的良性发掘、生产、销售，则是"优育"，确保好创意的发育和开花结果。创意对路不对路，创意成功不成功，决定了产品今后的价值。

我们欢迎小创意，更要抓住发现性、颠覆性的大创意。小创意是小聪明，大创意是大智慧。美国经济学家熊·彼得说过，世界上一切大创造都是颠覆性、破坏性的创造。我们要重视破坏性、颠覆性的意见，那有可能是大创造，修正性意见则往往是小创造。一定要尊重求异思维。

要重视个体创意力，更要重视群体创意力。在当代，创意已经不是某些圣人或智者个人能够完成的。现代科技越发达，创造性劳动越复杂，创意越是群体性创造。现代创意的系统性和高科技性，呼唤我们进一步调整政策，改变文化产业链中劳酬错位的现状——技术制作获利最大，小创作次之，大创意却报酬最低——以鼓励创意，尤其是鼓励本土的文化，文化创意团队。

借着给鸿斌的书写序，也顺便拉拉杂杂说了一点自己的感想，算是与作者和读者的一点交流吧。

2013 年 7 月 11 日，西安不散居

荒原上的足迹是创造者的足迹

在大雁塔苗圃研讨《荒原足迹》这部电视剧，实在有一点象征意味。终南山下，那时还叫西安翻译培训学院的校园也是一个大苗圃，主人公丁坦是园丁班的班长。苗圃给人类的生存环境不断植入绿色，无数个西译无数个丁坦给人类的精神肌体不断注入生命汁液。都是绿色事业，都是让世界充满生机的事业。

有的影视片，首先以它的艺术魅力，那种精致或者独到的艺术性来吸引你。也有影视片，最赢人的是精神魅力，是那种通过形象发出的精神力量，假如这种力量又来自我们熟悉的朋友，便会被真实、真情、真切多级放大，以至透过貌不惊人的艺术面容和衣着，给我们以触动。《荒原足迹》属于后者。

丁坦这个人，对科学、文化有热切的追求，对一切求知者有出自内心的理解，心怀对一个民族对进步、振兴不甘落伍的心情。他一旦看准目标便像参加百米跨栏赛那样，排除一道道障碍去达到它，叫我想起也生活在终南山下的另一个人——柳青笑声下的"狠透铁"。这位老农认准了目标，便咬透铁锨去达到，最后竟实现了几乎不可能的达到。古往今来，黄土地上住着一个庞大的"狠透铁"家族。

丁坦想着要为社会结结实实做点什么。他从人的社会作为中去实现个人价值，从对群体的有为的方向去循行个人的作为，这种入世的社会有为主义，可以追溯到最早的教育家孔老先生庞大的弟子族群，他们都是有为族。

丁坦喜欢探索荒原，喜欢踏荒、拓荒，走别人没走过的路，开别人不开的地。他很有一点创造意识和求异思维。踏一条路走向民办私立大学；在原有的大学教学和管理运营方式方法之外，创造新的教育体系。拓荒是对人勇气、智慧、毅力、能力的更大考验。荒原上的足迹是创造者的足迹。

他还有一种和改革开放时代同步的多维融会精神。西安翻译学院即西译的成立和成功，是改革开放融会社会力量办学的产物，它为改革开放培养复合多维型人才，也用改革开放的方法培养人才——对内全封闭教学，对外则有广泛的国际交流。

以人们熟悉的真人为原型的纪实性作品，能让我们跳出个体，引发对民族精神和时代发展的许多共鸣，我想，这便有了超越题材的价值。

2009年1月8日，研讨会发言，选自《丁祖诒文集》

镜头下的现实有了新的可能性

——《影绣长安》的主体观及其对长安精神的诠释

年前,偶然得到一本《影绣长安》的台历,里面的城墙照片既熟悉,又目之难及,总共十三幅照片,是少有的表现建筑的主观作品。按摄影师邱晓宇的说法,台历分为具象、抽象、意象三个系列,我觉得这样的作品是有新意、有想法、有深度的,它激发了一个搞评论的人强烈的言说欲望。

照片是摄影观念的直观体现,《影绣长安》在习惯性对象中找到了艺术亮点,极大地发挥了拍摄者的主体意识,拓展了不同于纪实摄影的新观念。首先,邱晓宇拍摄的西安城墙是不同于"胡武功系列"的城墙,是一种新摄影观念,走出了纪实,到达了现代主义与表现主义的范畴。摄影本应是一种纪实的艺术,"真"是其区别于其他一切艺术的鲜明特征,不管是逼真、写实的再现,还是修饰性的再现,都没脱离客体对象层面的意义挖掘。而邱晓宇的《影绣长安》跨越了这个层面,其在客体对象基础上一反常态地加入主体渗透,主体基础上的客体元素是真实的,但是艺术效果是创造性的。她的探索不满足于反映人人都能看到的世界,而是在别人都能看到的客观景物中找到了契合自己心灵主体的感光元素,进而用新影像视觉和技术手段去呈现新观念,更具个性化。其次,借助于有形之象,表现自我意识,这不仅需要寻找对象,而且需要寻找手段。寻常照片中,摄影师所体现的主观幅度相对较小,通常是在被动中寻找主动的调节光圈、快门速度、画面构图等。但是,《影绣长安》明显是摄影师进入一个主动来适应被动的环境,客观世界只是摄影师镜头里的素材,其主体观念、主观意识更加充分,这是艺术创作的精髓之所在。再次,摄影的瞬间即是永恒,多重曝光在静态中融入了动态,静态的动态化过程将瞬间的概念扩大了,这个瞬间组合了多重瞬间、多维空间、多点瞬间,所生发的视觉效果让人产生了无限的思考。我很少看到用客观存在的物体取景,但是拍出来又非客观化,同时能体现出创作者的理论体系和哲学观的摄影作品。邱晓宇把主体观念发挥得非常强大,作为一次大胆的艺术创新,这组《影绣长安》作品是成功的,值得我们肯定和学习。

摄影既是手段又是目的,作为认识和把握客观世界是手段,作为审美又是目的。《影绣长安》糅合了传统与现代之美、西方与东方观念;借鉴与创新的尝试,显示了一个理性摄影家"拟古似己"的艺术追求范式。其在"传统之美""'表现'之路""维度探索"三个层面涵盖了中国画的立意、取景与构图,将传统的宗教文化与古典哲学的思辨精神精巧地结合在一起;无论是具象的简单再现,还是提取事物共性特征,都富含着文化情感和抽象化理趣;维度探索上借助影调互冲的技法将三维场景平面化,利用重组时空以编制画面情节,预设的视觉误差引导了欣赏主体的互动,形成了完整的影像传播链上的闭环。最重要的是,摄影家明白自己内心的两个流脉:传统与现代的、再现与表现的、主体与客体的美学路子。比如,意在笔先、散点透视、移动取景是传统的,但不为时空所限又是现代的;有些片子是符号化、装饰化的,装饰的感觉更符号化;用哲理的思辨融入形象的再现,既是传统又是现代。这不仅体现了一位摄影师理性思考的能力,也间接体现了这个时代的整体创作趋势。还需注意的是,如果摄影家把一个观念或表现主义推到极致,过分地、绝对化的审美,其生命力易于戛然而止;若能够做到融合传统美学中的现代感觉,西方美学中的东方感觉,那么其受众面更宽广,流传得更久远些。传统不是最好的坐标,中庸才是,这是因为时代是发展的,艺术品也必须承载过去与未来、东方与西方的检阅,以新为主。《影绣长安》的基调该是以西方现代主义、表现主义为主干,吸收传统、创新创意为主干,同时用一些符号、画面唤起东方读者的传统记忆。恒久的城墙影像长卷一样连绵，而不是书页，翻过了这页看不到那页，扎根、长久地拍摄应该有一个这样的规划。

一幅成功的摄影作品的产生依靠两个条件：一是客观对象的个性，一个是摄影家自己的个性。《影绣长安》所表现的城墙是典型的，但不是人人都能发现其中的文化因子。它未背离客体的物质性，同时充满了艺术幻想，将长安精神神化了，这符合摄影艺术的本质属性。通常我们看城墙一直是仰视的，但《影绣长安》里多次曝光的城墙客体和拍摄者主体是平等的，它甚至比拍摄者主体还渺小，这也是一个观念上的改变。城墙代表着历史，代表着灵魂，但我们不一定要仰视它。我们陕西人的文化基因更多的是强调怎么当好子孙，我们要继承周秦汉唐的什么，却很少激烈地、深刻地思考怎么当好祖先，我们要怎么把这片天地耕耘得比上一代更好、更丰腴、更美好，我们要给后代留什么。从这个角度来看，《影绣长安》在摄影艺术上的尝试还是一项新社会观念的尝试，它赋予了城墙新的意义。长安是时代环境中的长安，现代人眼中的长安，摄影家心中的长安，不见得是原来的长安精神，在摄影家的镜头里长安精神应该有更多新的可能性，这样才能更好地体现长安文化的开放、包容和博大精深。换句话说，长安精神不是固化的，它是有生命力的，历史脉络上有一定的延展性，它是一种时代精神，一种世界观。

以上是我对《影绣长安》作品的艺术之美、主体观和长安精神的简单解读。当然，作品中也有一些相对繁琐、浓艳的画面需要去改进，不然会冲击对于主体的表现。所有的真理都是朴素的，简明才是表现的极致，强刺激的、极致性的审美都是简明的。

评论家谈论作品说明他接收到了信息，对于摄影作品最好的解读应该是观众去观看照片，一千个人会有一千种解读，毕竟艺术须有观众才能称其为艺术。所以，更多的想象还是留给观众吧。

2015年2月25日，西安

温热的丝路记忆

——胡斌摄影作品集《壮美丝路》观后

2014年9月，与胡斌先生参与"丝绸之路万里行"活动，从西安到罗马，自驾行两个月，在丝绸之路上走了一万五千公里。一路的记忆在心里还温热着，中国摄影出版社出版的他的摄影作品集《壮美丝路》，已沉沉地放在了我的案头。

作为媒体团副团长和资深摄影记者，胡斌用镜头记录了从西安到罗马沿途八国四十个城市的风景、风光、风情，留下了与古代和当代丝绸之路相关的许多珍贵镜头。在我们一起走过的这条路上，老脚印新脚印在千年的烟尘中杂沓交叠，你从他的作品中能够寻找到张骞和世世代代西行者的脚印。在纪实性、亲历性的画面中，与读者一道阅读和感受丝路，是《壮美丝路》不言而喻的特色。

但纪实性与艺术性在摄影集中如此谐和地熔冶于一炉，却是我始料未及的。胡斌远不满足于自己的记者角色。作为一名摄影艺术家，将纪实性摄影拍成艺术精品才是他所心仪与追求的。你能感觉到，丝绸之路已经由记者报道的客体对象转化为艺术家主体生命的一部分，摄影家在丝路上的许多见闻已经沉淀为极有温度的人生记忆和生命体验。那些只有亲历者才能收获的惊喜、艰险、疲惫，一一在心灵深处酿成了醇酒。令人心醉的记忆转化为摄影家的艺术感觉，也转化为欣赏者的艺术共鸣。

他追求在瞬间的捕捉中将光影、色彩、构图各种元素从容地组合为一个谐美的意境。那幅车队穿越敦煌雅丹地貌的作品被用作封面，绝不偶然。摄影家在瞬间抓住了夜幕初临时光影在变化中丰富的组合：被逆光勾勒出来的车队，穿越雅丹地貌的重重叠影，一路尘烟而来，被水墨般的暮色淡化了的彩旗，像路碑隐隐约约标示出道路的崎岖。没有敏锐的艺术触角和深厚的功力很难做到这一步。

他有时追求色彩的调式。黄土、黄尘、金色的草原和被斜阳镀了金的车队，交响成金黄调子的哈萨克原野组曲。我们本是中午到达赛里木湖的，看到的是阳光下的白云碧水，他却为之敷上一层透明的蓝，创作了一幅有情有调的蓝调山水。

他有时追求极致性地凸显主题意蕴。山丹军马场的马群被剪裁掉一切环境，黑色也被转化为靛蓝，那种无边无际的奔腾感和争先向上的情绪场被强调到触目惊心，异态的画面于是给人以异态的震撼。同样，他将常态的兰州黄河景色置于远远一隅，却在画面的前景和中轴上，以大特写拍出水渍斑斑的羊皮筏，以画面异态的倾斜，极致性地强调出母亲河的沧桑。

在快捷的新闻摄影中，他不但追求对事件和场面的明晰表现，也尽可能捕捉人物的情绪和情调，甚至竭力去传达人物的性格和某种命运感。给哈萨克斯坦东干族白帽白须的老人摄像，他能随机捕捉到炽烈的"中国红"背影。在红白对比中，暗传出这个由中国西迁的民族血脉中那一份不可泯灭的挂念。他以圆润的白调子传达乌兹别克斯坦小姑娘天籁般的清纯和快乐，又以纤毫毕现的细腻和真切刻画古城布哈拉老人脸上的皱纹，在执着而略显忧郁的目光中，诉说历史的苍凉和生命的顽强……

摄影不是绘画，不能虚构，只能发现和捕捉，因而，要将创作主体内心这种有温度的情怀转化为摄影艺术的各种元素，转化为带有主观色彩和艺术构想的画面，难度有多大是毋庸多言的。它要有审美眼光，有艺术素养，有智慧和技巧，更要有宏阔的视野、全维的思路。

当然还要加上勤奋和辛劳。由于媒体团是集体活动，留给个人精心创作的时间几乎没有。就我所知，这个册子里的许多作品大都是胡斌起早贪黑、加班加点跑出来的。我曾在一篇丝路纪行的文章中写到，他是媒体团起得最早、跑路最多、负荷最重的人。车队在伏尔加河并没有留驻,他一大早从宾馆步行去抢拍。第比利斯美丽的夜景,也是大家休息后他独自夜行完成的。我们虽一路同行,他却抓到了许多我见所未见的场面和人物,常让我愧疚自己四体不勤、审美眼光也太迟钝。这次丝路之行,这本丝路的书,让我近距离感受到了胡斌作为一名资深记者和摄影艺术家,所具备的全面素质。这样的朋友真是难得。

2015年2月28日,西安不散居

科技精微，写真精微，艺术精微

——写给超人艺术馆

  高写真主义艺术是科技时代出现的新雕塑艺术，它不像我们通常见到的雕塑作品，主要通过艺术家的审美眼光来提炼对象，通过艺术家的审美表现能力来再造对象，而是追求以高科技达到高写真，以科技的精微达到写真的精微。

  同时用高清高真的瞬间形象，永远挽留并固化了对象的神态、心态、情态、灵态。恍若真人的雕塑于是当下便开始了和你活态的交流。

  记得有一次，邹人倜先生陪我观赏他的作品展，要我握住一位清纯女孩的手合影，那修长、柔嫩的纤纤素手看去若有余温，竟让我萌生了几分羞涩、亵渎之感，于是推却。高写真几有乱真的魅力！

  高写真主义硅像艺术是科技和艺术跨界融合的新探索，它跻身于高科技时代的雕塑艺术之林，为我们提供了一种新的可能性。

  超人艺术于是成为创造超人生命的艺术，追求超人之美的艺术，因了追求生命的执着而永恒。

2015 年 3 月 12 日，西安不散居

孙维：古城的声象和形象

流逝的光阴让一座城市的建筑标志、景观标志、形象标志、色彩标志、声音标志日渐清晰起来。各个类别的标志又日积月累地积淀为城市的整体文化形象。著名电视主持人孙维是西安城著名的美女，如果说美丽的孙维是美丽的西安一个形象标志、声音标志，那真是一点也不过分。

二十多年的电视主持生涯，使她成为屏幕上的标志性形象；广泛而持续地参与秦地和西部的各类社会文化公益活动，担任陕西旅游形象大使、生态文化大使和慈善文化大使，成功主持各类社会的、文化的活动，又使她成为古城的标志性形象。在西安，认识她的人太多了，上街时只好戴上眼镜，特意把自己扮丑一点。孙维与西安便这样粘连不分，终于融为一体。

除了形象，最近孙维又把自己的另一个优势——声音，发挥到极致。她利用微信小众化、分众化传播的优势，开通了微信订阅号"e路诗语"，隔几天发一段自己的配乐朗诵，初衷是想借这个平台传播丝绸之路的声音。记得她还与我商量，要我帮她选一些古代的西部诗、边塞诗。听众的热情使她一发而不可收，我们又商量要尽快走出古典格律诗，这样便由开始的唐诗，而后的词赋，扩展为现代诗、外国诗、散文诗或散文片段。那以后，她对作品的选择日新又新，渐渐呈现出三个特点：一是愈来愈宽阔，尽可能将中外诗歌的美之精华提供给微友、听友欣赏；二是越来越趋近于追求朗诵艺术特有的要求和效果；三是更多地考虑年轻朋友的审美需求。而对传播渠道的选择，也由微信逐步扩大到广播、晚会、文化派对和线上线下的聚会。传统媒体和新媒体、媒体传播和社会传播，为她搭建起一个又一个朗诵的平台。长安自古乃诗城，"诗韵长安"一直是古城的一张名片。而现今的西安，古城墙下，大雁塔旁，曲江池畔，隔三岔五就会有诗韵琴茶相酬唱的雅集，一不小心你就能听到陶醉于诗情中的孙维，正在用诗的美声陶醉着她的听众。

孙维的声音浑厚圆润，处理诗意诗情、节奏韵律不愠不火，少有惊乍，沉着而有君子风，婉约而有淑女情。听着听着，便浸漫到她的声音氛围之中，这时会有一股难以名状的气韵，不妨姑且称之为"雅气"的吧，缓缓渗透到丹田。这雅气较之一般的朗诵激情似乎更有穿透力，又恰适合了古城长安素来就有的大气和文气。

就这样一来二去，孙维不但成了西安城的形象标志，也成了西安城的声音标志。她离不开西安，西安也离不开她了。

2016 年 1 月 14 日，西安不散居

序《秦石》

希腊神话有名谚："大地是我们的母亲，她的骨骼便是石头。"原来人的身体里是有着石的质地、石的精神，石头本是生命之钙呀。

由是人类文明之始，便有了石文化。玉是石之精华，玉文化曾将中国历史由四千年提前到八千年，有了"玉成中国"之说。而石器更促成了从猿到人的进程，石文化当比玉文化还要久远，与平民生活也更为贴近。毛泽东有词云："人猿相揖别。只几个石头磨过，小儿时节。"猿人使用石质工具，人类史方有了序幕。自此，石文化伴随人类历史的始终，储存着人类文明不泯的足迹。盘古开天地，女娲补天，精卫填海，一步步伴着我们走到今天。

石头感悟着自然，记录着大自然的历史；石头象征着人生，暗寓着人生的千情百态。被人类按照审美喜好选择出来的奇石，更是鬼斧神工的雕塑艺术，它用独特的词汇和我们暗通着审美和哲思的种种信息。

石头是一本大书，读石如读史，如读人，如读心，如读美，也如读山川自然、宇宙洪荒。面对这些奇石，我们自感渺若尘埃，只有心生敬畏的份儿，只愿老老实实去做一个拜石之徒。

在灿烂辉煌的中华奇石中，秦石艺术风韵独具。近一个甲子的岁月中，我曾十数次专门或顺便访石于秦巴山区，粗犷大气的秦岭石、细腻润滑的泾河石、花开富贵的丹麻石、币状纹理的金钱石、光彩夺目的宁强化石，以及更多蕴藏于秦巴山区、埋没于黄土高原大小数百条河流的"养在深闺人未识"的瑰宝奇石，曾让我浮想联翩、感慨系之：喜悦或者忧郁，冥想或者深思，惊讶又复归恬淡。秦地石是涵养了我的，我得感谢秦地石，感谢秦地的藏石人。

奇石鉴赏家薛江南先生呕心沥血作此《秦石》，为中华奇石艺术园林再添新枝，遂赠文字以为贺！

2016年8月13日，西安不散居

百 字 评

贠恩凤的歌声

恩凤长我一岁，是近半世纪的好朋友。她以德涵艺，艺乃益精，艺乃长青；她以艺扬德，心中之德乃插上音乐的翅膀飞向每一位听众的心间。她的歌声和她的人，正有如《尚书·舜典》所言"直而温，宽而栗，刚而无虐，简而无傲"，有父老乡亲的温厚正直，有大地的宏阔谦恭，有西部的简朴平易，故而入人也深，化人也速，遂成一代大家。

《 觅 渡 》

有对现代城市急速膨化痛切的拷问，有对自然和天真铭心的眷恋，有生命在山居中无限的自适，更有由此出发，对整个绿色文明乃至整个生存方式在新坐标上的审视和探求。

作者邢小俊对《觅渡》的命名，表明作者在痴情回望自然和家山之中那种全力前瞻和前行的文化姿态。尽管是愚蠢的人类自己将生命的渡口一个个封死，最后也许还得依赖聪明的人类将这一个个渡口重又找到，重又打开。

我们终将驶向彼岸。

《山川记》

长篇小说《山川记》是中国作家协会重点扶持的作品，作者王妹英毕业于西北大学作家班，曾发表过多部中篇小说，获得过全国散文奖。此前出版的长篇小说《福满山》（作家出版社），在中国作家协会召开的研讨会上获得好评。现为陕西省作家协会签约作家。

《山川记》是一部以严谨的现实主义笔法描绘的中国当代农村生活长卷。它逼真而传神地写出了中国农村的历史进程和中国农民的命运变迁，塑造了好几个具有性格特色和心灵厚度的人物，用充满感情的笔触营造出了具有浓郁泥土气息的艺术天地。《山川记》的语言具有艺术语言的质地，在素朴的写实中常常闪现出修辞的光彩，字里行间饱含着对土地和农村风情遏止不住的爱恋。这都表现出作者具有较强的驾驭长篇小说艺术功力。

作者在发表于《人民日报》的一篇文章《现实是一种力量》中写道："现实是一种力量，这种力量往往始于真实"，"我不是因为文学才靠近他们（指底层民众），是因为靠近他们无法表达，才依靠文学"。一个作家，有较强的艺术功力，又有这种对人民、对现实的责任意识，对土地深挚的感情，我对这部作品充满信心。特推荐省上重点出版基金予以资助扶持。

萧焕二十米长卷画《巍巍秦岭是我家》题记

秦岭是中国的中央公园，是华夏的四库——水库、绿库、史库、文库之所在。秦岭是地球的四宝展厅，是世界珍稀野生动物熊猫、朱鹮、羚牛、金丝猴的家园。

萧君焕兄家乡在秦岭脚下，自小伴着秦岭长大，这里的一山一水无不烂熟于胸。用画笔表现他的父亲山一直冲动着他的生命。积一生之感悟，在半年之创作中，一气呵成此二十六米长卷，若有神助也。

长卷黄钟大吕，在北派山水中糅进南派的灵音秀韵，气势宏大，构图繁复而脉象贯通。笔墨老到，用色谐和而有新意，秦岭巍峨、辽阔、活跃之生命，四宝自由、良善、厚朴、灵动之神韵，皆入骨而传神，真乃神品也。

《梦中家园》

这部纪实的长篇散文，逼真到具有灼痛感。徐徐叙说着作者个人的传奇命运，也便徐徐展开了一段中国的现代史和心灵史，那又是我们共同的记忆。

特殊的个体命运辐射了一个畸形时代，所幸这个畸形时代终不能让所有的人畸形，反倒锻打出生命内里的强韧。住在山根水源上的他们，以柔弱之躯、苦难之心从时代的阴霾中冲决出来，显示了中国百姓无敌的生命伟力。

《迷局》

《迷局》是一部还未出版便早已在报纸连载并走红网络的长篇小说。它以网媒和纸媒两相结合、互促互助的现代文化传播方式，激活了文学传播的新潜力。它提前经受了读者和市场的检验，让我们有了信心。

《迷局》，情节迷离，情事纠缠，但在情节和情事的深处，透出的是在急速变动的社会生活中拼搏的知识分子内心的困顿、迷茫和苦闷。正是这些流灌于作品深处的情绪，使小说有了认识社会、感受人生独到的深度。

《秦南心语》

此书有心语，多智言。能以心语示人者必性情，性情才可以真诚感人。能以智言入书者必聪颖，聪颖方能以智慧启人。

题三羊艺术室

三羊艺术室系晓斌、美珍家庭艺术馆。晓斌一家三口均属羊，故以"三羊"名之，暗寓三阳开泰之意。开馆以来聘请各界名家莅临创作，举办多项活动，影响日增。

初识晓斌只知其酷爱书画，后才知他已习画多年，墨彩已有相当功夫。再后更知其一家均痴迷文化艺术，美珍积累资料，经营活动，孩子专攻文史。

如此三羊，同习文事，丽日中天为时不远也。塞上人家皆如三羊，书香榆林指日可待。

《西安 2020》

《西安 2020》是一部让西安人看了自豪、外地人看了惊喜的电视纪录片。它几乎每一集都发端于长安古代的辉煌，而落笔到西安今天的新局和今后的灿烂上来。展望和预测性的片子我们拍得不多，想着那恐怕会很容易空泛吧，但像这样将展望深深根植于历史和现实的土壤，明天不过是昨天和今天合理的延长线，一切便显得可知可感而又可信了。

《西安 2020》将科学反思和激情颂扬结合起来，颇具深度地表现了我们这座城市如何从古代、近代的自然经济和农耕文明，发展到现代的市场经济和科技文明；又如何从粗放的工业文明，逐级提升为当下的绿色生态文明。反思历史局限的严峻和不断朝前迈步的温暖，让这个历史过程充满了阳光。它增强着我们的信心，给今后的实践提供了启示，也增添了养分。

陕西广播电视台台标释义

陕西广播电视台台标由"S""X""B""C"巧妙组成，象征太阳的橘黄色圆形，寓意陕西广播电视台如冉冉升起的太阳，朝气蓬勃，充满活力。

图中的两块白弧形色块相互碰撞，放射出炫目的光彩，既是电波的象征，也暗喻陕西广播电视台由陕西电视台和陕西人民广播电台两台组合而成，暗寓新台传播理念的两大意蕴，即传五千年历史文明和播新时代先进文化。造型字母"SX"环绕于橘黄色圆球之上，寄寓着陕西广播电视台立足陕西、面向全国、放眼全球的魄力和不断突破、不断超越、打造全国一流大台的创新精神。

新台标在总的风格和色调上既与原台标相衔接，又在原有的基础上采用了立体、渐变的手法，富有时代感。整体造型虚实对比，外圆内方，静中有动。设计风格简洁明快，新颖大气，极富现代传媒机构的行业特征。

《我们在延安》阅评意见

这是我看到的反映延安时期的纪实作品中，材料最翔实的一部，在收集现有资料的基础上，作者下了大功夫深入采访，挖掘了许多鲜为人知的史料和素材，并做了深度开掘。

十二集中，每集提炼出一个延安文化符号，如延安宝塔、延安窑洞、延安小米、延安纺车、延安歌声、延安舞步等作为酵母，由此聚集、切入、展开，口子开得小，空间拓展大。每一个文化元素都具有象征性，聚合到一起，则揭示了延安精神的主要内涵。

以延安老乡即草根百姓开篇，从底层展开画面，明显区别于过往延安革命题材作品大多从中央和部队高层下笔，做宏大叙事的老套，不但角度新颖，也体现了人民创造历史的唯物史观。

结构上能做到以文化符号为核心，以人物故事为经纬，以细节和新史料为亮点，经营组织全篇。内在的焦点透视和外在的散点透视相结合，形散神不散，是人文话题性电视片典型的结构方式。

建议进一步考虑更大幅度地跳出人文纪录片访谈加旁白的模式。

为民族着想五百年

教孩子五年，为孩子着想五十年，为民族着想五百年——这是《点化悟空》这本书里的一句话，也是作为人民教师的作者在小学教育岗位上给自己提出的高远的人生目标。

友人嘱我为这本书写序，愧不敢受。因为这是一部通过自己的教育实例来阐释教育思想和教育方法的书，在这方面我连当学生的资格也没有，遑论为这本书做评价了。友人要我先看看再定，看着看着，便沉浸在教师的苦心、慈心和智心之中，沉浸在孩子们的童心、童言和童趣之中。这是一个回响着天籁的世界，它唤醒我生命深处的童真，也让我时时联想起我的儿孙和身边孩子成长的故事。我虽从未曾从事过教育工作，不懂教育，但我受过近二十年教育，我的老伴从教三十余年，我的儿孙也受过和正在受着教育。教育与我、与每个人关系都是那么深切。当在书中读到"教孩子五年，为孩子着想五十年，为民族着想五百年"这句话时，我的心动了，毫不迟疑拿起了笔，想为这本书写点什么。

教育不只是家长、教师与孩子的事，它是培养一个人为社会服务的本领，延续优秀民族文化、提升民族精神品质的大事，是强国之基。教育下一代，全社会每个人都有一份责任。作者范晓兰在书中通过自己教育孩子的故事，由学校扩展到家长、到社会，从许多重要的角度反映了整个社会教育的面貌和教育观念的变化。证明了将学校教育、家庭教育、社会教育结合起来，三位一体、同步进行的有效而综合的作用。

这本书里记叙了许多引导、启迪孩子的智慧和方法，在所有这些方法和智慧的背后，看到的是教师的爱心、慈性和善行。只有慈爱才能激发智慧的井喷，只有慈爱才能启动智慧向方法层面转化，向观念层面提升，也只有慈爱才能促使教育工作者锲而不舍地运用这些智慧和方法，在每个孩子身上产生积极的成果。

以此故，尽管书中通过例证描绘了许多孩子可爱的形象，我却感到只有教师，只有这个"我"，才是本书的第一主角，才是教育实践的第一驱动力。作者没有用多少笔墨专门来写自己，但她却是书里描绘得最细腻、最真切、最成功的形象。这形象那样智慧又那样有原则，那样亲切又那样令人尊敬，那样从细处入手又那样从大处着眼。

书名《点化悟空》，以如来点化悟空的故事来寓意教师与学生的关系，我愿意顺着这个意思在后面加一句：师者是佛。"点化悟空，师者是佛。"

2012年1月7日，西安

就《文化读本》致友人

小郭并转马总：

你们辛苦。我粗粗翻了一下，总体很好，尤其是《讲故事》《学知识》《会思考》《去实践》四个栏目很实用。我只能从自己的角度提几点意见，仅供参考。不妥处，请正之。

第一，这本书的题目是《文化读本》，并不特指陕西文化读本。大纲里的自然、先祖、科技、节日、艺术五章，以及其他相关章节，局限于介绍陕西文化知识。若标明《陕西文化读本》，三、五、六几章也应只谈陕西才是。应如何调整？

第二，诗经和唐诗的部分内容，小学生已经有不少接触，又是文化艺术领域的重中之重，对于长安更是有着特殊的意义，本书却没有提及，能否在书里加上这部分内容？或将第八章题目由"艺术"改为"文艺"，安排一小节为诗歌，介绍有关的诗人及代表作。

第三，从样张来看，语言叙述严谨有余，趣味性、可读性还应加强，现有点过于平淡和理性。应该用儿童易于理解的更活泼有趣的语言叙述，引起孩子们的阅读兴趣。

第四，建议增加"人物"一章。人物是最形象最有故事也最有文化承载力的，前面各章或多或少会涉及人物，但有些举足轻重的人物其他章节不会涉及，需要集中介绍，如与陕西有关的周公、老子、商鞅、项羽、司马迁、张骞、苏武、汉武帝、玄奘、武则天等。

2012年2月19日，西安

李锦航的探索

李锦航的秦腔戏和清唱,这几年在西北和陕西连连获奖,最近又成为首届中国秦腔艺术节清唱大赛一等奖中的佼佼者,广大观众和北京专家颇有好评,一时成为传媒追踪的热点和戏迷拥戴的新星,给西部剧坛增添了一道风景。短短时间里,观众函电不绝,仅陕西报刊就有三四十次报道。《陕西日报》在《北京专家点评李锦航》的专访中云,中国剧协艺委会副主任、艺术节评委霍大寿说,锦航秦腔功底深厚,有艺术天赋,又有新音乐的知识和理论,能很好地理解和吸收当代文化。她的科学的发声方法不仅在西北受欢迎,其他地区的观众同样能接受。艺术节评委、中国戏曲学院教授朱唯英说,锦航最可贵的是能将秦腔的发声方法和科学的发声方法结合起来,演唱流畅圆融,清新脱俗,音区统一,收放吞吐自如,既有梆子声腔的特点,又有歌唱的旋律,具有很强的感染力和震撼力。

两三年前我就看过锦航的演出,她在表演中对人物性格尤其是内心活动和感情世界理解得准确,捕捉得细腻,表达得精致,给我以很深的印象;在唱腔上,她似乎对秦腔旦角传统的唱法有所改造,稍稍显出一点儿现代感。但当时对她在艺术上的探索,并没有深入思考。只是觉得,这两个特点大约是锦航的演唱能够大幅度走出原有秦腔观众群,受到知识群体、青年观众和社会各界欢迎的一个原因吧。

这次在中国秦腔节上听了她在《洪湖赤卫队》中韩英的唱段,另外又有机会看了她《三上轿》里崔秀英、《回荆州》里孙尚香的表演,听了她《梨花梦》《红灯记》的唱段,深深感到锦航不属于那种仅靠自己嗓音独有的底色朴素形成演唱特点的演员,也不属于那种仅靠自己的悟性来感应人物、塑造形象的演员，她对自己的天赋条件和艺术潜能有深入分析和贴切认识，对自己演唱的定位、策划和艺术的追求、探索有非常自觉的意识，并且能够排除种种困难，以多年艰苦的努力执着地实现自己的目标。锦航不满足于当一般的好演员，而是要当艺术家，要当有所创造、有所建树的艺术家。

她悄悄地、一步不让地朝这个目标靠近。在经济十分困难的情况下，借钱去西安音乐学院进修，系统学习现代音乐理论知识，接受声乐专家的指导，寻找民族唱法、美声唱法、通俗唱法与秦腔发声的某些共同点，努力把声乐中可以利用的东西融化到秦腔演唱之中。她从小喜欢文学，为了提高自己的艺术文化素养，提升戏曲表演境界，工作之余又参加了西安市柳青文学进修班。我曾给这个班上过课，记得当时很为班上有一位来学文学的戏曲演员感到诧异，也为她能学得那么认真、那么优秀而喜悦。以后几年她又系统学完了两种电大课程，先后拿到两个大专文凭。她还喜欢书画，有很多书画界的师长和朋友，常在一起切磋。这些都使锦航能够走出技艺的局限，在一个更博大的艺术文化场中来处理戏曲表演的具体问题，为她在演出中细致深刻地理解角色形象，在唱腔中吸收融汇各种演唱方法，提供了较一般戏曲演员更深厚的审美文化基础。

她在《回荆州》里唱孙尚香，在传统旦角演唱中糅进了一点气声共鸣，显示出一种充分理解唱词性格和感情内涵之后的艺术处理能力。在秦腔吐字、喷口、颤音、断音、挫音、顿音、鼻音之中糅进了些许花腔女高音落英缤纷的装饰，又显示出一种在丰富、细腻基础上迸发华彩的艺术能力。一曲下来，把孙尚香在与刘备弄假成真的婚事中，一位少女内心那种向往与克制、喜悦与羞涩的复杂感表现得活灵活现、恰到火候。这种融合多维声乐技法表现人物内心世界的成功尝试，坚定了她的信心，促使她更加有意识地沿自己的路子走下去。

《三上轿》中崔秀英的尖板转慢板"奴的夫遭陷害尸骨未葬"几句唱词，

本系高腔，锦航糅进民族的和美声的唱法，结合胸腹联合式呼吸，靠咽壁的力量，发挥各个共鸣腔体的联合作用，用丹田结合戏曲喷口把字头推出，声音由于得到各共鸣腔的多层润色，显得格外丰满洪亮，有穿透之力，有铿锵之声。崔秀英绝望悲愤、爱极恨极的感情得到了准确、逼真的表现。

处理《梨花梦》的"秋风阵阵天气爽"唱段，她借助此曲明朗欢快的特点，糅进西洋咏叹调高低音的换声技巧，又综合气声和花腔的某些特点，通过浑厚洪亮的中音区共鸣，徐徐将字送出，使声音柔和婉转、绵延起伏。然后翻高八度大幅度转折，产生头腔共鸣效果，再用顿音、跳音、装饰音逐渐下滑到中音区，尾音糅进京剧拖腔。这样处理跳跃而柔滑，很好地表现了天真可爱的梨花陶醉在秋色中喜悦激奋的神情。

这几年来，我以为锦航的艺术探索大致表现在下面几个方面：

一是致力于以秦腔声乐艺术为基础，融汇民族的、美声的、通俗的等各种技巧，创造出有个人特点的唱法，以适应正在变化的现代观众审美趣味，适应正在拓展的秦腔表演环境（比如广场、卡厅的演出），适应正在更新的秦腔传播手段（比如电视广播、盒带光盘和互联网等现代传播手段）。

二是善于运用各种声腔和唱法细腻地刻画人物性格和内心状态。每接受一个角色，她都不满足于重复前人的哪怕是经典的唱法，总是认真分析角色的性格特色和发展脉络，分析人物在具体戏剧情境中特定的心理感情，不但唱出了秦腔的韵味，而且唱出了人物的神情心态。

　三是特别钟情于悲剧角色的创造，在演唱悲剧唱段时，进入角色的迅疾和投入的深度都是罕见的。每每悲从中来，第一自我和第二自我交融一体，出现最佳状态。这可能和她人生经历、气质积淀而形成的审美取向有关吧。

戏剧专家霍大寿在谈到锦航的追求时说："她的唱法在戏曲界是有先例的，京剧表演艺术家刘长瑜演唱的《红灯记》和李维康演唱的一些唱段就这样处理，受到了广泛欢迎和赞誉。我希望她继续努力，加强艺术修养，多演出,多实践,在继承的基础上不断创新,成为秦腔艺术领域里刘长瑜、李维康式的演员。"这真是说出了我们大家对锦航的希望。锦航定然不会辜负这一希望的。

2001年1月29日,星期一,西安谷斋,冬与春在漫天大雪中格斗,终于艳阳明媚

东府明珠余巧云

  一代人有一代人的明星，余巧云便是六七十年代秦腔迷心中的明星。她年长我八九岁，20世纪60年代初我从学校毕业来西安，在陕西日报社当文艺编辑，她已经名声大噪于三秦。记得曾经因为不知道她的大名而遭到秦地同人的哂笑："知不道余巧云，你竟然搞戏剧报道！"一个"竟然"，叫我三个月抬不起头来。

  我第一次看余巧云演出是在黄河滩移民区的露天场地，她那激扬婉转的声腔被黄河的涛音共鸣着、放大着，便有了一个神奇的在人山人海中回肠荡气的音乐场、感情场和心理场。演出中乡里动用了民兵维持秩序，谢幕时乡党上台给她披红。她披着红缎被面一次一次给大家鞠躬，"东府明珠"在那一刻光彩焕发。真是一个纯朴的时代，一位纯朴的艺术家。

  时代，还有人生，总是潜藏在各种芯片中悄无声息地留存下来。在民情风俗中，在民间文艺中，在文风和用语中，在衣食住行中，都会透露出特定时代和特定人生的种种消息。秦腔更是秦人生命的记录，三秦历朝历代心灵史的记录。读这本书，不但余巧云的人生和艺术会在我们的心屏上游飞字幕般地拉过，我相信读者也会以她为聚焦点，去照亮自己走过的那段人生，去辐射社会走过的那段轨迹。你的目光在字里行间游弋，许多余巧云写到的人和写余巧云的人都活起来，许多余巧云回忆的事和回忆余巧云的事都再度重现，大可在其中饶有兴味地咀嚼。

  在给我的一封信中，余巧云这样谈到这本书："你是我几年不见的老朋友。我的这本书不是什么大的写作，只是我干了一辈子文艺工作的学习经过。我已是七十多岁的人了，我给我自己画个句号。"这两句说给老朋友的话让人沉思良久，感慨良多。就书而论，的确编得质朴无华。三部分并列，一是介绍她的各类背景材料，可谓资料篇；一是对她表演艺术的评论，可谓研究篇；一是她从艺以来历年积累的文章，可谓体会篇。一路读下来，我们既约略地看到了人生的、命运的余巧云，艺术的、舞台的余巧云，也约略地了解了别人眼里的余巧云和她自己眼里的余巧云。我们知道了她为人的厚道重朴，从艺的精心巧思；也知道了她为艺术献身的疯劲，为观众献身的牛劲，为农村基层献身的傻劲。是的，这本书也许可以不被称为大作，这个人却是不能不被大写的啊。

至于给自己画个句号，我想那是从告别舞台这样狭义的意思上说的。我们谈到精神往往称流脉，谈到文明往往称传统，谈到艺术往往称长河，都是强调它们绵绵不绝、奔流不息的特质。每个人的艺术，都是艺术长河中承上启下的一个环节。在自己的艺术中能看到前人的光彩，在后人的艺术中也能看到自己的光彩。几十年里，巧云有多少入室或入流的弟子活跃在渭南的舞台上，余派的表演和声腔不是至今仍然活跃在东府千千万万观众心里吗？

艺术哪里有句号，艺术是一种永恒。

余巧云的人生正步入"满目青山夕照明"的境界。

2003年5月5日，星期一，西安不散居

小论曾长安

　　曾长安大戏小戏写了二三十个,而主要的作品是几部大型现代戏,曰《两家亲》,曰《三姑娘》,曰《四季歌》,曰《五味十字》。"二""三""四""五",在二十多年漫长艰辛的创作路上,一步一步留下了他的足印,清晰、执着而深沉。遗憾的是集子里没有"一",先哲古贤有云:"一生二,二生三,三生万物",没有"一","二""三""四""五"何以生出,又何以解释?这个"一"其实不是别的什么,就是剧作家自己,就是曾长安本人。他是生发这道艺术景观的渊薮,关于"二""三""四""五"的一切诠释,都隐藏在他这个"一"中。长安希望我能对他说上几句,作为朋友却之不恭,其实,也可以当仁不让。行吧,就由我来说道说道这个"一"吧。

　　我与长安是老朋友却不算熟悉。十四年前因《三姑娘》半路相识。说"半路",是指他那时已是秦东有影响的剧作者,以《两家亲》一举成名,濒临湮灭的老剧种阿宫腔也因为演出这个戏而获得新的生机。《三姑娘》更着实让我吃了一惊。看完戏回西安,被激活的情绪久久不能平静,几乎是连夜拉出了评论的详细提纲,很快《陕西日报》便在三版头条以大篇幅发表出来。我和长安由是相识。你说这朋友老不老?但相识很少相晤,十几年中只是在公众场合偶尔邂逅几次,至今没有促膝长谈,熟悉是谈不上了。这次让我写点文字,他也没有登门拜访,是在一个会议室门外的回廊上不期而遇,一声"我正要找你呐",便结下了这第二次文缘。我调侃,咱俩真是"鸡犬之声相闻,老时又相往来"呀,他一迭连声道"罪过"。虽然谈不上相知,心向往之则久矣哉,多年来,互相都未断过捕获对方的信息。我和长安实在很有那么一点君子之交淡如水的古风呢。

长安是个爱戏如醉、写戏入迷、想戏成痴的人，是在朝觐现代戏曲的漫漫长路上走得很远、进入很深的人。1986 年，我在《中国戏剧》上写过一篇《陕西戏剧十年印象》的文章，说到在省城几个主流戏剧基地之外，出现了秦东戏曲和秦西话剧两个不可小视的艺术群落。秦东商洛、渭南的戏曲现代戏，以逼真的时代生活、智慧的艺术构思、鲜冽的青春气息和新颖精致的表演，挑战省城舞台，形成"农村包围城市"的逼人形势。而秦西的话剧创作则以浓郁的现代感、青春感令陕人耳目一新。长安便是这个群体中极富活力的一个。他和他的同道相向辉映，互成气候，陈正庆、陈彦、史育民、王真、由二群、霍秉全，个个都是好样儿的，长安跻身其间，可见不凡。秦东、秦西两个戏剧创作群体的破土而出，实际上是陕西戏剧希冀冲出传统思维、开创现代革新的急切呼唤。我想，对长安的剧本创作进行价值判断恐怕不能仅仅从戏（细）处下手，而离开这个宏大背景。

　　长安的几个主要作品，各具特色和风采，也有一个逐步发展的轨迹，总体上却又呈现出许多共同点来。给我印象较为深刻的有三点：

　　第一，以智慧聪颖、多姿多彩的艺术手段，传达青春和生命的新感觉。

　　长安的"二""三""四""五"，可以说是当代农村生活和当代农民感情的风情画卷。这是一组轻喜剧，也是一组小夜曲。它们固然也写了中老年那一代人负重的心灵进程，但镜头主要是对准当代农村的青年一代，写他们对改变现有生存状态、生存方式热切的渴求，写他们新的思维和感情方式从固有文化内部破壳而出，写他们新的婚恋观念、价值观念，写他们的乐观、热情、纯正、活跃，不装腔作势。青年几乎是长安戏剧创作天然的主角。长安的真善美感情，也几乎总是天然地倾注在年轻人身上。几个戏无不是情节、情感交相晕染，无不是歌、舞、话熔冶一炉，再加上幽默的情趣和原生的土风。看戏时，无论是谐调还是不谐调，渐变还是实变，顺进还是倒挫，常常把你引入一个鲜活的生命场，有阵阵青春的风儿扑面而来。你由不得会爱上这些年轻人，也由不得会爱上这个时代，产生对现实生活的乐观和对今天青年的信心。

第二，以新异的艺术思维和表现方法，再现中国农民命运的新变化。

长安的戏总是新意盎然，这新意不但弥散在生活内容之中，弥散在人物形象之中，也弥散在艺术思考和艺术表现上。他的目光始终关注着生活的动态进程，关注着新的经济因素、社会因素、道德因素、文化心理因素所引发的传统农业文明和农村生活新的变化。他既以农民儿子的感情，又以农村变革者的心态来表现当前农村的冷暖炎凉、沉浮起伏，洞察现今农民的喜怒哀乐、愠恼鏖嗔。《两家亲》说的是只有经济的改革才有心灵的解放。《三姑娘》从三个有精神差异的女性的动态关系中，来表现当代农民心灵的变迁。《五味十字》以女主角作为新人形象，更多地写了她改造家乡的业绩。但和前面几出戏一样，她们建设新生活的行动总是和她们的婚姻爱情生活、人生价值追求、文化心理坐标相交缠。也就是说，作者在反映生活时，是经济层面、社会层面和感情心理层面多维并行的。这样就便于从实践行为、习俗风情和感情世界多侧面、多向度来描摹人物，也容易发挥戏剧的表演特质、抒情特质，增强观赏性。不过，这还不是最主要的。最主要的是，他避开了陕西戏剧创作在写所谓大题材时，往往喜欢正面强攻、举重若重的习惯思路，他处理农村改革这样的大题材，却偏偏巧取侧击、举重若轻，将变幻的时代风云溶解在乡土风情和情感波流中，结果出奇制胜。这是另一种艺术思路和格调的胜利。

第三，以高雅的文学品位和人生哲理，将戏曲艺术文化引入新平台。

长安剧作的文学品位给你的直观印象是唱词和道白的文学性，这文学性当然是指文辞之美，其实更是指文辞表现人物性格、心理的张力。如《五味十字》中队长李家昌有问题，德高望重的孙爷正批评他，李妻想把水搅浑。她见反对过队长的向前和孙爷的孙女二妹子挽手走在一起，不顾各方面阻力公开了恋情，便大呼小叫"出丑了，十字街头出丑了"。李家昌以此逼孙爷表态，老人本来不同意孙女的恋爱，有些生气也有些尴尬，但老人很快分清了主次，在原则问题上头脑清晰。这些复杂的心理过程，作者只让人物变换口气反复说一句台词来表达："我说……（半天不语，突然对李家昌）你是啥事？娃这是啥事？（对麦香）年轻人的事，不干咱的事。（对李妻）你爱管闲事，白说不顶事。（突然厉声）都去忙正事，再莫生邪事！"这段台词含纳了老人的性格特色、内心冲突、是非标准，也表现了人物的多重关系、作者的感情倾向。这样的精彩之处很多，每演到这些地方，观众便十分活跃，看来他们是接收到了台词丰富的信息。

剧作文学性最深刻的表现，是透过故事情节、戏剧冲突、生活风情开掘出对人生哲理的思考，生发出命运浮沉和历史沧桑的感慨。由于长安的作品多系青春题材，不能苛求有沉厚的历史感和命运感，但人生哲理的开掘始终是他几部作品的执着追求。此处难以细说，仅从《五味十字》带主题歌性质的四句幕间合唱就会有所感觉："风也会有，雨也会有，人生十字，你走我走。"正是对人生哲理的开掘，使我们在小夜曲的旋律中听出了几分沉厚之音的交响，而于轻喜剧的深幽处又看到了一点隐约的泪光。这恐怕是他剧作既小又大、轻而不浮的重要原因吧。

陕西的现代戏曲剧作，自"五四"以来由生发到发展，大约经历了四次明显的提升（以前我曾概括为三次转折，看来还欠准确）。一次是旧民主主义革命时期的西安易俗社，由于范紫东、孙仁玉等进步文化人的参与，编演现代剧，用秦腔反映现代生活得以开先河；一次是新民主主义革命时期的延安民众剧团，由于马健翎、柯仲平等许多革命文艺工作者的努力，秦地戏曲现代戏得以彪炳史册，具有领袖群伦的全国性影响；一次是社会主义建设时期，以"三大秦班进北京"为标志的五六十年代戏曲现代戏创作高潮，秦地戏曲现代戏创作成为全国有名的几个重镇之一。改革开放时期，文艺创作有了更好的时代环境，我省戏曲现代戏的创作又提升到了一个新的平台，这是第四次提升。这次提升的幅度和质量都超越了过去，主要是新社会观念和新艺术意识的引入，在引入进程中和优秀传统撞击、震荡、渗化，全面育化了编、导、演、音乐、设计和剧本创作中关于意蕴、冲突、细节、心理、感情、民俗、风格等一系列问题的新理解和新把握。应该说，近十多年的戏曲现代戏创作通过现代化改造的进程，已经在许多方面呈现出质的变化，值得我们关注、总结和研究。如此，才能使戏曲现代戏创作这个新平台能够稍具理论形态，进入现代戏曲史。我祈望陈正庆、陈彦、曾长安、史育民等几位朋友在其中占有一点篇幅，这个愿望恐怕是不过分的吧。

2000年4月13日，星期四，西安谷斋，时闻春雨淅沥

《王烈王纾剧作选》序

　　王烈先生是我近四十年的老朋友。20世纪60年代，每逢戏剧界有剧作或演出讨论会，我和他，还有戏剧、新闻界的朋友们便骑着自行车，穿行于大街小巷，赶到东木头市省剧协，认认真真发言，较死理儿争论，不厌其烦地为本子和演出的修改提意见，直至将自己秘不示人的生活积累和人生感悟奉献出来。会后是没有工作餐的，有时三五成群就近打牙祭，吃老樊家腊汁肉夹馍，吃陈子俊的油泼面，吃老孙家羊肉泡，吃老童家腊羊肉。吃完争着付钱，但不论谁请客，粮票却是"AA制"。那时候，你手里可能有三块五块多余的钱，却不会有一斤两斤多余的粮票。这已经够奢侈了。打完牙祭嘴里腻腻的油香，感觉实在好极了，那已不纯是一种味觉，它唤醒大家当时总是沉睡着的生命感，确证自己活着，而且活得小有愉快。这种感觉作为蹉跎岁月中一种独有的况味，已经融为人生记忆的一部分，一直保存到今天。

　　到了90年代，有一天下班回家，老腿沉沉地蹬着破车子，小心翼翼躲着各种时尚人开的时尚车。我在端履门外十字被红灯挡住，这时看见了多年不见的王烈。他正穿过人行横道，已是满头银丝，抬步略显沉重。他从人行道的那头缓缓走向这头，挡在白线外的行人给他行着注目礼，而他也便像在检阅停在红灯外的各类人生。我心头泛起一种沧桑，一声叹息，也伴着一丝喜悦——我愿意把眼前这幅画面作为一种象征：社会终于对坎坷而又苦难的王烈和已经不在他身边却永远在他心里的王纾，报以关注，报以尊重了。

　　摆在我案头的这部书稿，是相伴终生的两个人的艺术脚印。从20世纪60年代在报社编辑他们的文稿开始，夫妇俩用作品一点一点构筑了自己作为剧作家的形象，这便是沉稳、切实、不事张扬、不改初衷。王烈一直是省戏曲研究院扛鼎的剧作家，每隔几年便悄悄捧出一份沉甸甸的精品。王纾曾经在抗美援朝前线创作和演出了很多作品。他们在人生道路上遭受过不公正待遇，度过了一段十分困难的日子，有时不得不为生计奔波而放下创作，但以艺术为人生的第一目标却矢志不渝。困难过去了，又无怨无悔地铺开稿纸，伏案写作。从收在这个集子里的作品中，我们可以看到作者在长期人生和艺术磨砺中的一种成熟感，不论是写现实还是写历史，都大量动用了自己命运的、感情的、心理的库存，许多时候都是在写自己，倾诉自己。

他们的历史剧，都是表现民族气节、弘扬民族正气；现代剧有时虽不可避免要触及翻云覆雨的政治斗争，而透过具体情节、场面，感动你的仍然是民族精神中那些最美好的东西。坚定、坚忍，有志、有为，正义、正直、正大光明，凡此种种，便是他们在剧作中反复要告诉观众的。这是他们对我们民族和时代的理解，也是两位文人唯一能够奉献于民族和时代的珍宝。

他们写历史剧，总是大量占有相关的史料，从中汰选提炼，却并不被史料捆住手脚，而是以此为基础进行艺术构思，结构冲突，加工素材，开掘人物的内心世界，对历史进行审美改造。他们的史剧创作观念很可能略显传统，却总是切实而沉厚，有着一种质感和力度。他们写现代剧，总是花相当多的时间深入相关的生活领域，既走马看花，又下马栽花，尽量把生活故事转化为人生故事，把群众情绪转化为作者感受。这也许是几部现代剧虽然不能不受到时代政治风云变幻的影响，而含纳其中的生活情趣、百姓命运和向善向美的精神总是冲决政治风云的隔层和今天的读者、观众相通的缘故吧。"戏说"二字在他们的创作辞典中是找不到的，无论是戏说历史还是戏说现实，恐怕他们都不会为也不屑为之。

两位作者是爱的伴侣，是苦难的伴侣，也是创作的伴侣。他们用两双脚共走人生之路，用两副肩膀共担人生苦难，又用两颗心、两支笔在艺术创作中化解、升华苦难。比之通常的夫妇，他们的幸福是多重的、充盈的、深刻的。王纾已经离我们而去,然有王烈在世,作品在世,她也就须臾没有离开大家,王烈也就依然拥有昔日的幸福。

2000年9月24日,谷斋,秋雨,第一片黄叶

成功在地平线上等待他

——序《王军武剧作集》

　　我和军武在一个楼里办公,却属于两个单位,他在文化厅抓振兴秦腔,我在文联搞文艺评论,平时常见面,走廊里一点头,笑笑,便擦身而过,各忙各的去了。听过他几次关于创作的发言,看过他几篇关于戏剧的文章,感觉到的是一种切实沉厚之气。文化行政主管部门是很忙的,责任又大,它的成果往往不体现在个人身上,全省近二十年秦腔艺术改革和创作的丰收,秦腔通过现代传播手段在群众中特别是现代观众中的大面积普及,以至形成一浪高过一浪的秦腔热,固然是文艺界、传播界、党政领导和数以千万计秦腔爱好者共同努力的结果,但我总是能感觉到军武和他负责的振兴秦腔办公室在其中默默的却又举足轻重的作用。我常想,秦腔在现代转型中的振兴和繁荣,可以说是军武纪念碑式的功劳。我也常喟叹,军武也许为此而牺牲了自己的创作以及一些其他的个人欲求。这种牺牲有点儿无奈,却实在值,很值。

　　想不到这个仲夏的上午,他来到我办公室,坐下,拿出一个饱满的牛皮纸袋,说:"这是中国文联出版社要给我出的一本书,有剧本、评论和其他关于戏剧的文章,请你看看,一定在前面给我写几句话。平时见你忙忙碌碌,尽量不来打扰,这可是我的第一本书,一定不要推辞。"我哪里顾得上推辞,先是一个意外,接着是欣喜,待这两个反应过去,军武不让我推辞的话已经出口,我只有答应的份儿了。

　　军武这本书,主体是三个大型秦腔新编古典剧,戏剧评论、创作体会为一翼,振兴秦腔的心得经验为另一翼,结构呈现一种腾跃起飞的意象。全书内容的这种构成，让我们看到了作者精神素质上的特点——他有着形象思维和逻辑思维并行，感受再现能力和组织领导能力交融的多轨型优势；也让我们看到了作者事业实践上的特点——他自觉地运用秦腔改革的种种观念和思路来指导自己的创作，又自觉地以自己的创作实践来印证、试验秦腔改革的主张，并且在亲历性的艺术实践中修正、丰富和发展这些主张。军武是一位从理论和实践的结合上致力于秦腔振兴的人，是一位几十年如一日全身心、多维度投入所从事的事业而不改初衷的人。现在大家常说要办成一件事太难了，这当然有道理。其实，人怕事事也怕人，再难的事也怕你真刀真枪、实心实意去干，怕你锲而不舍地去干。我一页一页读着这本书，便读出了活跃在字里行间的这个人，读出了军武的精神世界。

收入书中的三个多幕剧剧本——《荆轲刺秦王》《鸿门宴》《千金买笑》，由于题材内容和人物形象不同，各有各的特色，这里无法赘述。综合起来看，军武的新编古典剧创作给我印象较深的特色有三点。

第一，力图对人所熟知的历史故事重新解释，注入新的精神内容。《鸿门宴》所写刘邦、项羽在灞上的这场富有戏剧性的斗争，早为世人熟知，作者却能舍弃刘邦本有的市井无赖成分，从历史发展的要求出发，强调他性格中政治家权谋韬略、进退大度的一面，同时着力表现项羽性格中刚愎自用、残忍粗暴的一面，在一个老故事中提炼出人格素质对历史发展的影响这样一个饶有深意的主题。领袖人物的人格素质和实践作为，必然要影响民心民意，而民心的向背、民意的选择又最终决定着历史的发展。这样，项羽的悲剧便由性格悲剧升华为历史悲剧，宏阔而有深度。

第二，既尊重历史素材和原作精神，又敢于进行创造性的增删剪裁和移植提炼。这一点，中国社科院专家、陕人何西来在评论《鸿门宴》时已有分析，我很同意。《荆轲刺秦王》亦如此。有人提出，在创作中全力讴歌荆轲会不会否定在历史上起进步作用的千古一帝秦始皇？作者认为，人格精神对观众的感情激励，有时不见得受理智的历史评断束缚，他在尊重历史和原作的基础上，突出对主要人物荆轲的塑造，突出人物身上那种见义勇为、毁身纾难的精神，对观众产生了极大的感情震撼。同时，从探索秦腔行当的改革出发，军武根据人物性格的基本色调，将荆轲设计为花脸，选择讲究唱腔发音的优秀演员，专门设计唱段，改变了以前秦腔花脸"唱戏吵架分不清"的问题，给观众以极大的审美享受。

第三，在塑造形象时注重突出人物的心理活动，尤其是突出人物对自我的战胜。《鸿门宴》在展示唇枪舌剑外部冲突的同时，以项羽、刘邦、范增、张良、项伯的五人背躬唱段展示他们的心理困惑和在特定情境中那种担忧、惊恐、焦灼的复杂心情，表面的谈笑便充满了杀机。这种人物言行和内心的落差，对增强情节的戏剧性，表现人物的立体感和强化观众的欣赏兴趣，都极具审美价值。刘邦在剧情发展中不断克制自己，奴颜婢膝的讨好，言不由衷的恭维，为了心中的政治大计，处处以退为进，这里的"克制"便成为一种自我的"克服"和在克服中向对方的"进攻"，刘邦的性格因此得到了深度完成。

秦腔的振兴和现代转型是一个很长的过程，戏剧创作是一项难度很大的精神劳动，它需要耐力、细心、韧性和才气，但我想，遇上了王军武这样能把一个剧本改上十二稿的殉道者，这一切便都不在话下，成功正在地平线上等待着他。

1999 年 8 月 22 日，星期日，西安谷斋

《郭秀明颂》剧中的虚与实

铜川市文化局和陕西人民艺术剧院创作演出的《郭秀明颂》，有一个定位：报告剧，这是艺术形式上的定位；还有一个定调：颂歌，这是思想感情倾向上的定调。这两点决定了这部作品的基本面貌。

报告剧在新中国成立以来的舞台上断断续续出现过，比如1959年反映"大跃进"、人民公社的一些以真人真事为蓝本的话剧，就以它的即时感和纪实性分外引人注目。但那个时代的虚假浮夸之风，使这些报告在根子上失去了历史真实，它们注定逃不脱昙花一现的命运。这两年，重庆市以报告剧、报告会和展览会配伍，宣传红岩烈士的事迹和精神，在全国引起了轰动，重新发掘和显示了报告剧的生命力，也给戏剧艺术如何拓宽自己为时代、为群众服务的路子提供了新的启示。《郭秀明颂》是这方面又一次可贵的尝试和探索。

这个报告剧最与众不同的地方是，虚写一号人物，空出舞台焦点。从头到尾郭秀明没有出台，而是通过他周围人物的转述和赞扬来塑造他。这很大胆，也很困难。这种设置，使观众对第一主角郭秀明眼见为实的欣赏期待，转化为一种耳听为虚的欣赏状态。它给情节冲突、场景结构、编导表演、舞台空间和欣赏接受带来了许多限制，也必然要引出许多新的思路和艺术手段。从剧中我起码感觉到了这么一些尝试。比如，采用以实衬虚这种国画常用的技法，以众人之实反衬一人之虚，来显示此人的与众不同和举足轻重，并且从众人的言行处处环绕于、胶着于此人中，显示出郭秀明对家乡、对乡亲那种无处不在、深及心灵的巨大影响。以众人映衬一人，以四周之实映衬中心之虚，虽然一定程度抑制了直观的震撼，却能激发观众的欣赏能动性，催动他们对郭秀明形象的联想和再创造，以至于引发一种深沉的感应。

再有，报告即转述的方式，可以免除通常戏剧样式常会遇到的场景、情节变换的种种限制。在人物转述或对话中，情节进展着，时空也常常快捷而自如地转换着。以旁白缀连场次，以转述实现转换，其实是一种现代舞台时空观，给观众提供了很大的驰骋天地。

报告剧有好几个动情点——建小学时他几十天不回家，妻子女儿来到他住的陋屋思念他，最后乡亲们到医院去看望他，等等，好几场戏，都撼动着我的心。但总体显得略为平实，事迹的线性介绍多，蓄势少，铺垫少，勾连交织少，展示人物内心世界的空间也较为逼仄，似可从这些地方下手精益求精，更上一层楼。

2005 年秋

《开坛》的开创意义

陕西电视台倾力打造的人文谈话栏目《开坛》开播之后,引起文化思想界和广大观众的热切关注。

这个栏目的面世,终于使圈定在大众传媒里的中国电视有了一档精英论坛,终于使陕西电视台有了一个跨地域的、覆盖全国的人文对话平台。它以对当下生活的人文观照、对平凡人生的意义开掘,为浮躁的、相当娱乐化和相当物质化的电视节目注入了新的精神内蕴。此前,文化谈话类节目在电视上不是没有,像中央电视台《朋友》《人物》《艺术人生》《实话实说》栏目,但这些栏目或以介绍著名人物尤其是文艺名人为主,或以社会民众话题为主,而且随着时间的推演,都或多或少出现了向趣味层面或社会操作层面转移的趋势,引起了訾议。明确以人文知识分子为"坛主",以人文关怀为话题,体现诸子百家新思想和公众社会相融合的电视栏目,可以说,倒是咱们陕西电视台的《开坛》抢了风气之先呢。

作为一个文化思考话题节目的制作者,他们对收视率可能低迷早有准备,想不到却人气很旺,收视率很快就飙升上游,超过了某些娱乐节目。一个地方台刚刚开办的还没有名气的栏目,可能很难请来国家级大腕,对此他们也有所准备。结果,冯骥才、靳尚谊、蒋子龙、周国平、舒乙、陈平原、魏明伦、张贤亮、雷抒雁、张平、毕淑敏、刘恒、莫言,请一个来一个。余秋雨不但远赴长安,且欣然担任了节目的总顾问。你能够想见《开坛》在广大观众和文化精英中那种受欢迎的程度了。这也测试出社会欣赏心理的变化,人们由稀罕娱乐类节目转而渴望有人文深度的节目,而文化精英们,也开始渴望能够由书斋进入大众传媒,开辟一条和社会民众相互参与的对话渠道。电视传媒于是有了进入精英文化的绿色通道。

《开坛》在策划之初,曾经给自己定过一个思路,即传统话语当下化,人文话语传媒化,精英话语平民化。从已播和待播的十多期节目来看,这个思路落实得是比较好的。前几期充分发扬了"坛主"的新闻价值,开掘了"坛主"人格形象对受众的吸引力。由于大都是以人定题,谈话有明显的个人色彩,进展得开合自如,不拘一格,几期节目组合到一起,显出了思考坐标的多维性和表达方式的多样化。在人物与话题、人生与见解、热点与学理、平民与精英等关系的处理上,时有生花妙笔和华彩段落,处处皆能看到栏目组的智慧和辛劳。主持人郭宇宽以一种青春活力+深沉思考+个性化表述方式的形象,使自己和栏目要求的文化氛围相和相谐,而与其他电视栏目的主持人明显区别开来。作为一个人文话题栏目的形象代表和气质标志,宇宽不负众望。

我不想以《开坛》的开创性意义来掩盖它这样那样的不足,不过需要加以声明的是,这些不足并非不对。原定的主旨是对的,但在一项开创性工作的起始难于实现,需要等待时机,创造条件逐步实现。非不可为或不去为也,乃暂且无法为也,需要假以时日。我主张原定的思路不用大变,只需微调,比如:

——坚守人文立场和文化情怀,防止屈从习惯思维,以致再度流俗。

——尽快走出纯文学、纯艺术的圈子,从当下文化心理、社会时尚、人生价值以及和西部相关的种种文化现象着眼,在一个更广阔、大众更关心的领域里选话题,再从人文层面做出学理的阐释。

——对历史的、时代的乃至世界范围的宏大文化走向发言,以充分发挥电视传媒在文化建构和文化批判中的潜力,而不要陷在一些琐屑的、眼前的话题中。这方面,余秋雨先生作为栏目总顾问,寄来了极为精当的意见。

——增强话题的冲击力和震荡感,选择非论不可、非争不可的问题,叫板国内外学界、文界、艺界。这种叫板不是为了哗众取宠,而是为了建立科学的、生动鲜活的学风,在争论中追求真理、推进社会认识水平的整体提升。从这个意义上说,节目幕前幕后的参与者又都急需力戒浮躁、远离聒噪,以沉厚静穆的理性思考和文化关怀显示自己的人文品位。

2002 年 2 月 16 日,星期六,马年正月初五,西安不散居

地平线上的阳光

——电视剧《郭秀明》观后

地平线上的阳光是最为普通了。几乎每天清晨或傍晚，我们都会像见到日常生活的某一部分那样见到它，便总是不怎么在意。十多年前的一个冬夜，我在陕北扶贫，为村办厂第二天开业忙了一个通宵，天微明时，才和几位村干部一块儿回到住处。只见村道尽头，曙色贴着地皮渐渐亮成了一个硕大的扇面，树枝将漫天的光屏切割成碎玻璃镶嵌的图案，晨雾在其中蒸腾变异。转眼，朝阳在地平线上喷薄而出，光屏于瞬息间幻化出光彩流离的五彩云霞，色彩在万籁无声中奏起了恢宏的交响乐，心间不由得生出一种庄严之感。我感受到了阳光在地平线上独有的瑰丽，那是远胜过丽日中天的灼热和景点日出的作态的。

看了根据新时期优秀的农村支部书记、农民致富的带头人郭秀明事迹创作的电视连续剧《郭秀明》，我再一次想起了陕北地平线上的日出。一样的瑰丽，一样的温暖，一样的亲切，充盈在心头。电视剧《郭秀明》是一部纪实故事剧，它细致地展示了陕西铜川惠家沟村党支部书记郭秀明在实践中追求"三个代表"，舍己为民、舍生取义、全心全意为家乡谋发展、为老百姓谋福利的动人事迹。这部电视剧最重要的意义，是成功地塑造了新时期共产党人郭秀明感人至深的艺术形象，为中国革命文艺画廊增添了新的光彩。

作为主旋律作品，我以为郭秀明形象的塑造有三层意义：一是走出了当前主旋律影视剧多从反腐败斗争入手表现共产党人浩然正气的路子，电视剧表现郭秀明主要不是从他如何涤荡一个旧世界的角度，而是集中全力从建设一个新世界的角度，来表现共产党人崇高的精神境界。二是跳出了当前一些主旋律影视剧热衷于表现大院生活,热衷于描绘领导干部的路子,直接将触角伸到时代生活的最底层,描绘共产党人致力于改变贫困地区面貌和弱势群体命运,从而表现我们党为最广大人民服务的根本宗旨。三是与当前农村题材影视剧争相搞喜剧片的套路拉开距离,走高难度的正剧的路子,真切表现西部农村的面貌,严峻审视当前农村的问题。我们从剧中能够感知到一种忧患目光,一种人文责任感。

郭秀明放着高收入的医生不当,毛遂自荐担任惠家沟党支书,扑着命为老百姓办事,不出几年,村里通了汽车,山上长了绿树,孩子有了新校舍。他本是村里的富户,几年下来大家富了,支书家却变成了穷户。他是一个医生,却无暇维护自己的健康而累死在岗位上。电视剧这样一个真实而又独特的主干情节,以它深刻的精神内涵,决定了全剧的思想艺术分量。其他许多情节也都带有生活的原创性、质朴、鲜冽、无可重复。不少细节更是蕴含着密集的性格信息和感情信息,具有那种来自生活和感情深处的震撼力。郭秀明干工作总是奋力往前扑,岂但是不顾疲惫,简直就是不顾死活;他公私分明,甚至损家奉公,岂但是执着,简直到了执拗的地步。他对家人的要求也严格到了严厉,到了不近情理;而他以农村方式解决农村复杂问题的能力,团结凝聚父老乡亲的魅力,藏蕴其中的道德和智慧,又是那么独特而令人佩服。郭秀明的艺术形象便这样带着一股灼热,烙在了我们心中。

内容厚实,风格切实,表演真实,是《郭秀明》艺术上的重要特点。尽管创作和拍摄过程很急促,编导和主要演员还是多次深入乔山山脉深处的铜川惠家沟,调查采访,体验生活,和山区老百姓相处了一段日子。加之采用了当地的许多背景和服装道具,又吸收了当地群众参与拍摄,便使这部电视剧以与众不同的密度和质感,还有鲜冽的泥土气息,从当前一些华丽而浮泛的作品中跳出来,这是多么难得啊。从中我们感受到了一种和黄土地生存精神一样实在的艺术态度。

但如果实在到密不通风，也容易使人物的心理活动和感情世界缺少展示的空间。现在看，主要人物内心冲突的揭示似乎还可以更充分；情节通体的单维线性发展，也或多或少地显出了结构意识的陈旧，我担心这些会不会在一定程度上影响电视剧的艺术效果。

2002年9月7日，星期六，西安不散居

宏大的历史记忆和诗性的个人叙事

——评电视剧《号角》

不少人看了中央电视台和陕西电视台联合摄制的八集电视剧《号角》之后，都用相同的四个字表述自己的感觉，这便是"耳目一新"。的确，这是一部从题材视角、编导构思到艺术表现、声像制作都称得上风格化的电视剧。题材的与众不同和内蕴的深层认同相表里，鲜冽的生活展示与精细的艺术描摹相结合，宏大的历史记忆与诗意的个人叙事相交融，构成了《号角》的特色和新意。

表现中国共产党第一个广播电台——新华广播电台——的创建过程和历史功绩，塑造第一代革命广播工作者的艺术形象和心路历程，有过回忆录，有过小型的广播剧，电视剧则是第一部。就题材而言，《号角》带有开创性。在广播电视逐渐成为强势传媒、拥有最大接受群体的今天，将它初创期鲜为人知的故事形象地表现出来，对观众是极有吸引力的，可以说，为较高的收视率奠定了基础。但编导并不满足于仅仅以题材的独特性吸引观众，他们更看重开掘《号角》的内在意蕴，这便是中国共产党人的牺牲精神、奉献精神和人生情趣，从这个层次上让剧中人物与时代品格、历史传统相熔接，独特的题材内容便得到了广泛的精神认同和感情共鸣。

在艺术表现和人物塑造方面，《号角》给人印象最深的有两点。一是鲜冽的人生感和蓬勃的生命力常常从人物言行、神情中，也从人物所处的时代、从事的事业中，蒸腾而出。和有些脱离生活的作品失血缺钙的苍白感完全不一样，《号角》整个儿显得明朗洁净。一股生气、正气和青春气息，从延安时期的实际生活浸润到作品中，又从作品浸润到观众心里。正是由于充盈着生活气息和生命活力，一些容易误为说教的延安生活场景和革命思想言行都有了感人的力量，这恐怕是《号角》受到青年人尤其是大学生欢迎的一个原因吧。

二是重视用生活细节和生活情趣刻画人物，这也和作者熟悉生活有关。细节是作者不可移袭的独家财富，情趣则更要在吃透生活吃透人物之后才能产生。时下有些电视剧只追求故事的曲折而不致力于人物个性的刻画，主要原因是作者自身缺乏生活细节的积累。《号角》除了在吕新雨、张曙光、夏中义、曾笑冬、许雁平、许子东几个主要人物的塑造上，采用命运纠葛、情节起伏和细节刻画相结合的方法外，许多人物，如毛泽东、朱德、周恩来、廖承志，以及余钦国、程放父亲，都是用一两个细节活画出来的。张曙光和毛泽东在开荒地头的相遇，廖承志给他婚礼创作的"两头四条腿，中间麻花绞"漫画，程放父亲的死等生活细节和心理细节，都那么有审美内涵，那么有艺术表现力。一个中型电视剧能写活这么多人物，与此有很大关系。

《号角》的题材内容、故事情节，属于宏大叙事，它叙说的是一代人的历史记忆，但编导却采用吕新雨由北京回延安期间个人回忆的角度来展开，她的回忆紧紧围绕着对丈夫张曙光的眷恋，故可称为亲情回忆型叙事方式。这种方式将历史记忆转化为个人记忆，宏大叙事也便转化为个性的表述；加之青年摄影家这个同行者的切入，两代人的对话、两种时空的穿插，更增加了历史和当下的交流，增加了人生的哲理和岁月的沧桑。这都使得当代观众易于接受也乐于接受。

与亲情回忆型叙事相适应，《号角》在精细描摹的同时，强化了全片的诗化风格和抒情色彩。有的片子一味将战争年代写成苦与难、血与火，《号角》则既写出那段岁月实际上的艰苦，又写出那段岁月在感情深处的灿烂。这完全符合吕新雨的心理真实。那个时代遗落着他们的青春、他们的浪漫、他们的爱情。交响音乐恢宏、优美的映衬和弥漫，黄土地、黄军装在逆光勾勒下的辉煌感和旋律感，平静而又深情的旁白和自语，历史和现实哲理性的对话，都营造着诗情画意和浪漫色彩。它让我们感受到的已经不仅是艺术之美，更是一个时代、一种事业、一代人的美丽。

2001年3月25日，星期日，西安谷斋，绿了窗外

壮烈的美丽

——感言《渭华起义》

几十年来，长久震撼着我的英雄群像有三座，一座是南京雨花台的烈士群雕，一座是重庆红岩烈士群雕，一座是画家杨力舟和王迎春合作的美术作品。在力舟和迎春完成的这幅画中，英雄群像已经铸进太行山伟岸、苍莽的石壁，融为屹立于大地的一段历史。这些英雄群像，无论什么时候想起来，都会有沉甸甸的时代走过，心间便由不得潮汐涌动，涌起对生与死、灵与肉、人与道、现实与历史、瞬间与永存的种种感喟，而得到一种灵魂的净化。

现在又有一座英雄群雕——陕西渭华起义的烈士群雕。这座群雕是创作八集电视连续剧《渭华起义》的艺术家们在我们心间矗立的。这是一座动态的英雄群雕，它有言有行，有声有色，有呼有号，有人生在勇毅昂奋中的推进，有心灵在铁血烈火中的闪光，有精神在生死歌哭中的升华。编导满怀激情地去再现一次失败的起义，让观众在浓郁的悲剧美中感受崇高、感受壮烈、感受美丽，去实现自己的审美理想，实在是既有艺术眼力又有艺术勇气的。

看这部电视剧，你便经历了一个具体的历史事件，结交了一个个具体的历史人物。这还在其次，最重要的是，你无可逃逸地要在感情的剧烈震撼中经历灵魂的拷问。渭华起义最终失败了，当时的中共陕西省委书记潘自力这样总结原因："由于地理环境不利于回旋和打游击，特别是我们还不了解游击战争的基本原理和战术运用，运用的是阵地战和硬拼硬打的方法，使形势的发展不利于我们。"但是，电视剧从具体的历史判断和战略战术评价中冲决出来，着力表现的是含纳于其中的英雄主义光彩，争取解放的执着，对党、对信仰的忠诚，与老百姓血脉相连的感情，以及勇毅无畏、前仆后继的精神。

这一切在艺术的表现中，凝聚为人格力量和人生境界，震撼着、感动着我们，并且沉淀为民族的精神营养。这就不但是作品内蕴对情节和题材的超越，更是人格精神对历史局限的超越。现实无论多么严峻，在被时光老人翻过去的那一刻，便转化为历史，同时便转化为文化积淀和审美对象。形而下的真，在这一刻转化为形而上的善和美。

也许正是这种转化，给古往今来的艺术家提出了一个永恒的课题，这便是如何在史（真）中提炼出善和美，最后又如何将其融汇于美的形态。《渭华起义》对历史的描绘，力图透过惊心动魄的起义斗争凸显红军指战员内心的美善之情。全剧大量表现了战争，后几集更是血战场面高密度的集结，将唐树、薛自爽、张绪昌、杨群英等人物整个推到生与死的极致，无论是勇毅、是智慧还是心理感情活动，都极具震撼力。对英雄形象的刻画细腻而有力度，不但致力于表现红军浴血奋战的英雄气概，致力于发掘英雄主义的政治内涵——共产党领导人民翻身求解放的政治理想和道德底蕴——铁肩担道义的奉献精神，而且致力于在密集的、剧烈的大动作中透析人物的感情世界（薛自爽和母亲之间的感情刻画得尤其好）。尤其可贵的是，他们能把血战和牺牲拍出艺术美来，使壮烈的崇高显现出绚丽夺目的美丽，这就构成了自己独有的追求。

我这么想过，假如编导在创作中对悲剧样式和悲剧美的探索较之现在更为自觉和充分，艺术感染力恐怕会更强烈吧。

2003 年夏

《金牌背后》的文化意义和纪实风格

　　中央电视台和西安电视台等单位摄制的八集纪实电视剧《金牌背后》，金牌只是焦点，背后才是景深。著名乒乓球运动员王涛多次多项获得世界冠军，为祖国争得金牌，早已尽人皆知。观众更为关注的，或者说对观众对社会更有意义的，是金牌背后——背后的故事和背后的精神。电视剧正是抓住这个社会关注点和审美关注点，大幅度地展开故事、展开人物关系的。

　　这部电视剧内含的文化意义是，通过一个人、一个家庭对于人生极致目标、生命极致境界那种执着到执拗的追求，通过两代人在二十多年追求、拼搏中表现出来的爆发力和凝聚力，传达一个民族和一个国家的精、气、神。王涛的坚忍不拔，父母的一往无前，教练和队友的无私奉献，使得观众从王涛的球声中，听到了中华民族的心音和脉跳，那是"天行健，君子以自强不息"贯通上下几千年的回响。我们这个争气的民族让这个争气的儿子搅和得心好热，眼好潮，直想拍座而起。

　　这部电视剧外延的文化意义是，通过张扬体育活动的中奥林匹克精神，点燃了生命。它对生命的点燃，是在播映过程中王涛精神对当代文化膜的冲击中实现的，是电视剧固有的精神内涵在欣赏过程中和当代观众的文化困窘交织共鸣中形成的。如果说王涛的故事对民族精神的激励还有相当的传统色彩，对生命意识、生命力的点燃，则进入了现代文化意识。当代人无可逃遁地被人为的、人造的文化包裹着，工业的、市场的色彩、声音、气息、信息以及价值观，无时无刻不在污染着我们的感觉器官和内心世界，弱化着我们自然生命的素质。体育的拼搏虽然包含着文化的底蕴，很大程度上却表现为自然生命的竞赛，它给人类生命本体的复苏和强健提供了广阔的空间。王涛的故事诱发、激励观众去冲决文化膜的窒息，向生命更高、更快、更强的境界突进，便有了强烈的当代性。

整个片子人物集中、线条明晰。许多涉及父子情、母子情、夫妻情、师生情的场面，譬如父亲为送王涛学球而摔伤，为儿子的胜利而昏倒；妻子为丈夫出战而牺牲自己夺金的机会，等等，都很感人。全剧的结构基本没有走出传记的单线推进，稍显平实；具体事件的交代有时挤兑了对人物精神世界的展示，可以说是这部电视剧的不足。但是，却掩盖不了《金牌背后》在纪实电视剧样式探索上的出新。

这部电视剧艺术上最大的特色是通过纪实和表演两个系列的镜头交融一体的组接，造成了十分和谐的艺术效果。将纪实和表演组接为一体的尝试早已有之，《开国大典》就给我们留下了极深的印象。但《金牌背后》和《开国大典》在纪实追求上大有不同。《开国大典》的主人公毛泽东在整个历史事件中留下的资料片较少，彩色资料片几乎没有一寸，主要由演员古月事后扮演，这决定了它纪实感的先天不足。导演不得不用做旧的办法弥补，即将部分现场感强的镜头做成茶色片，和彩色片组接到一起，以假乱真，真假间离，造成纪实效果。

《金牌背后》则走了和真假间离不同的另一条路子，即真假融接。用王涛夫妇演王涛夫妇，真人和演员自始至终同台出演，由于有两位真人演员作为衔接点，纪实与表演两部分无须间离便可得到充分的融接。王涛演得本色、沉稳，较好地表现出他在生活中执着倔强和不事张扬的个性，并能和扮演父母亲以及其他几位人物的演员自如交流，使全片构成了一种真切和谐的美感。同时，人物的表演和王涛比赛的资料片，在声、光、色上做了较好的融接，产生了真假难辨的艺术效果。这在纪实电影、电视故事片的创作中无疑是一个创造，是极为难能可贵的。

2001 年 5 月 12 日，西安谷斋

一部有思辨质地的专题片

——谈《共和国第三代》

这是一部分量很重的电视专题片。它以大时空对共和国第三代人，对共和国五十年的历史，做了真切的反映和严峻的反思。历史回眸、哲理思考、人生感慨和世纪展望糅成一体，深度展开。思路的清晰，观念的现代，纪实手法的真切，还有镜头的考究，在同类题材的片子中皆属上乘。

专题片在记录共和国以及这一代人的脚步时，突破了表层的成绩展示和形式歌颂，着重于切入深层精神和时代历程的曲折坎坷，从苦难中表现奋发，从奋发中凸显一代人和一个时代的精神。在展示这种奋发精神的时候，又着重表现了苦难如何转化为人生财富、如何转化为精神沃土，并且催发出实践的硕果。这便有了一种深刻的历史乐观精神，一种深层的光明色调。

《共和国第三代》通过一代人来展示一个转型的时代。专题片抓住转型时期承先启后最关键的一代人予以切入，这一代人承接着计划经济时代和市场经济时代，承接着传统社会文化心理和现代社会文化心理潜藏在他们身上的历史纵深感和精神辐射力，使影片能承担起表现我们民族发展史上这个重要环节的任务。专题片所选择的二十多位拍摄对象，大都是这一代人在实践和理性两个极点上的出色人物。像一辈子没离开宝鸡农村的葛伟说的，他在当年插队的乡镇坚持三十多年，不是说要当个一般的农民，中国农村不缺农民，缺的是能够用现代眼光、现代思维、现代知识技能来建设现代农村的人，他愿意为此献身。很明显，他已经不是传统的先进人物和劳动模范，而是立志对中国农村做现代化改造的先行者。影片第六集集中拍摄了第三代中的一批著名中年学者对中国的思考，可以说是当代最高水平的思考，它展示了这一代人理性的风姿，也在世纪之交对民族振兴做了极有启动力的回眸和前瞻，使全片因此而显出了沉甸甸的分量。《共和国第三代》成功地对共和国的历史进行了人格升华和理性升华，既使得这一代人的命运具有理性的光彩，又使得时代精神和共和国历史变得亲切可感。

共和国第三代基本上是"老三届"群体。反映"老三届"的作品，二十多年中大致分为三个阶段。第一个阶段是控诉"四人帮"和极左思潮对知青的迫害，是诉说苦难的阶段，如女作家竹林的作品；第二阶段着重发掘那一段苦难生活中的青春生命闪光和理想主义闪光，是重塑青春的阶段，如张承志、梁晓声的作品；第三阶段，则是近几年重新审视自身、消解"老三届"群体的自赏意识和优越感，可以说是复归原位的阶段。三个阶段构成否定之否定的螺旋，第一阶段主要是将"老三届"当作弱势群体；第二阶段主要是将"老三届"当作强者群体；第三阶段的复归，不是回到第一阶段，而是将"老三届"置放在历史发展的一个环节之中，肯定他们的光彩，也审视他们的弱点。这是一种高层次回归。如果说第一、第二两个阶段都带有相当的感情色彩，第三阶段的作品则在总体上超越了感情涡流，进入了理性层面。《共和国第三代》就属于这个阶段，所以显出了新意，显出了分量。

专题片对共和国第三代的评价和反思，几乎全是这一代人的自我评价，社会各界评价少，容易显得逼仄，也可能影响说服力。而在这一代人的自我评价中，平常人、平常心、平常话少了些，大都是这一代人中的佼佼者和高知识层的自审，这也容易有片面性。思考的深刻，又常常要以牺牲可视性为代价。——即便是好作品，也很难十全十美啊。

1999 年 11 月 23 日，西安谷斋

正是回红转绿时

——电视政论片《从"红色革命"到"绿色革命"》观后

在一块十分古老的土地上，捕捉到一道新的风景线；在一方多少有些传统的精神场中，开掘出一个现代题蕴；将曾经反复表现过的地域空间，拍出陌生，拍出新意。——这是我对《从"红色革命"到"绿色革命"》这部四集电视政论片的印象。这个印象写下来不足百字，做起来真是谈何容易啊。

对于延安，对于与延安相关的种种观念、种种记忆，长期处在"圣地意识"笼罩下，反思意识则苏醒很慢。而电视政论片这种样式，又约定俗成地被划入主流媒体的主旋律范畴，大多以所谓正面（有时可能是表层的）歌颂为己任，学理思考精神、科学批判意识多少有点发育不良。《从"红色革命"到"绿色革命"》在延安题材内容和政论片样式两方面，对旧域有所冲决，对新域有所开拓。它选择了一个现代的、全球的视角——生态问题，可持续发展问题，天、地、人在大生命体系中的互动问题——对一段既在历史、一种定式思维、一种固有的生存方式做了较为深入的反思。例如对南泥湾年代和"大跃进"时期给予延安生态造成的破坏及其后遗症，既敢于直陈，又能在特定的历史背景下做辩证分析，从而将题材由政治、经济层面提升到科学文化和生存意识的高度。全片的反思贯穿着实事求是精神，又常常闪现着辩证分析的亮点，这比搞简单二元对立或仅做表层歌颂的政论片高出了一筹。

和反思精神相呼应，这部片子的编导心态是两个字：沉着；艺术格调也是两个字：沉雄。电视政论片的纪实性和哲理性都拒绝花哨。立足于科学的纪实，编导以跨时空的镜头组接和纵深的思路展开，显示出一种深沉雄大；解说词的诗性和哲理熔铸在水波不兴而有内在力度的声音中，以沉着诱发你的沉思；音乐再不是耳熟能详的陕北民歌，略感陌生的旋律正好应和着略感陌生的思考，恢宏的交响乐如哲思漫进心头；构图、光影和色彩也都不惊不乍，着重以纪实的画面叙述事实、呈示思想。电视政论片的诸多元素在编导的协调下，从不同角度实现了对沉雄格调的统一追求，在和谐中透出成熟来。

但沉着的深处却涌动着对这块土地的爱。他们有的自小生长在陕北，有的在那里下乡十多年、当过基层干部，有的有过旱季二十亩地只收回六十多斤粮食的痛切经历。幸运的是，他们都受到现代科学和文化教育的提升，于是得以站在一个新的精神平台来审视自己的家园。这就是他们执着而又精心地描述陕北高原回红转绿的原因，也是他们不能不将自己的爱深藏于沉着的科学理性和沉重的批判反思之中的原因。爱之热切，才有思之痛切，才有理之深切。

十多年前，我在一篇《陕北牧歌》的散文中，谈到这里的文化底色其实有四种，便是黄、红、黑、绿。黄是黄河黄土地，陕北历史文化的底色；红是闹红，陕北革命文化的底色；黑是煤田、油田、气田，陕北工业文化的底色；绿是退耕还林还草，陕北生态文化的底色，这将是陕北明天的主色调。从上述视角来看这部片子，便更能感受到它在文化历史和现实发展中的意义，也能看出它的某些不足——譬如在论述红色革命、绿色革命时，对黄土文化和黑色工业在其间的正面、负面作用，就开掘得不够，须知这对深化全片的主旨是十分重要的。

2001 年 3 月 30 日，星期五，西安谷斋

在渐变中出新

——看 2000 年陕西电视台春节晚会

看了今年陕西电视台的春节晚会《世纪春潮涌三秦》，我感到总体风格正在经历着一种变化——前几年逐步形成的经典黄土地风格，正在渐渐地向现代黄土地风格转移。这种变化大约是从前年开始的，去年尤为鲜明，今年则稍稍显出了一种成熟稳定。故而看完晚会后，总导演刘曦薇问我的感觉，我说不能说很惊人，也不能说没缺陷，但在渐次革新的路子上，的确显得更新鲜了，更现代了，更精到了，更流畅了。

更新鲜。比如晚会会场开始走出演播厅，设了工（秦岭大隧道铁路工地）、农（黄河龙门）、兵（驻陕空军某师）三个分会场。秦岭大隧道是中国第一长隧道，黄河龙门是黄河人迎接龙年最有象征感的场景，驻陕某师在国庆大阅兵中是中国空军机群编队飞过天安门的领头雁。三个分会场，三个历史文化和现代生活的亮点，那种鲜洌的生活气息和新世纪宏大的气势便扑面而来，很好地体现了春潮涌三秦的喜庆、振奋的基调。

更现代。如舞蹈，过去常常缺乏新的构思和语汇，很难跳出以陕北大秧歌为基调的群舞语汇体系，去年的晚会开始有了《秦韵圆舞曲》的新尝试，今年的舞蹈更是大面积地做了现代转化的努力，《节奏》《春歌》《祝福 2000 年》以及最后的《走进新时代》，无论是群舞、独舞或伴舞，都以新颖而现代的舞语，传达着时代的情绪和青春的气息。

更精到。近年开始的一些新尝试，没有因为不成熟便猴子掰苞谷撂了，只要是认准了的好东西，过去不完善，今年依然坚持、发展，往精到里搞，久而久之，总可以成为艺术积累传下去。在几个板块之间插入幽默小隔断，是去年晚会开始尝试的，只是表演痕迹过重，前后风格又不够连贯统一。今年设计了"小龙人"这个可爱的形象，用这个象征龙年的孩子和陕台各个栏目主持人讲幽默段子来做隔断，纵贯全片。每个段子不但能引来笑声，也有积极健康的含义，风格一致，别致而精到，今后很可能成为电视晚会的一种保留手法。

更流畅。我是说这台晚会少有枝蔓和疙瘩，明丽干净一路流泻下来，让人感到清清爽爽。好像没有过度攒劲，其实举重若轻。不玩深沉，不玩色彩，不玩技巧，而将主要的力气花在总体构思和节目的质量上。这可能和导演的女性气质有关，却也是一种艺术追求。

我特别要说的一点是，今年的几个小品所体现出来的新观念和现代感，似乎明确无误地预示着我省小品创作的更新换代已经开始，且有了一个极为乐观的开头。《大阅兵》以说书人的旁白衔接关键场面，缩略不必要的过程，将电视纪实的阅兵镜头穿插于舞台表演中，体现出新的舞台时空观和对电视小品电视优势的拓展。《团年戏》将电视屏幕、传统戏曲和生活故事交融一体，荧屏上下相互呼应，双线并行，也看出了编导对舞台时空新的理解。《军营浪漫曲》在西班牙斗牛士舞乐中推出一盘盘佳肴，还有玉米和蔬菜的群舞，使一个常见的生活故事通过表演有了现代色彩。小品《街头拾景》取自百姓日常生活故事，平易中显出机智，调侃中不无鞭挞，鞭挞中又流淌出一股亲切和温馨之情。《灯》这个小品没有常见的戏剧冲突，也不以悬念和跌宕取人，她像一首沁人心脾的小提琴曲，展示了那位盲姑娘美丽如画的情怀，有雪的洁白纯净和灯的明亮温暖。以散文美和诗美感染观众，这在我省过去的小品构思中很少见，可说是一个新路子。

我们不能要求每年的电视春节晚会都以全新的面貌和观众见面，年年跨新步子、换新样子，倒有可能是创作上的不稳定和浮躁。不断有所创新、有所积累，积小新而成大新，在稳定中求变化，又在变化中求精到，积小变为大变，逐步走向成熟，这恐怕才是符合艺术规律的吧。

2000年2月5日，西安谷斋

大手笔再现大战略

西部大开发号召提出已经三周年了。三年来,西部大开发的战略全面展开,取得了许多辉煌的成果,中国西部崭新的蓝图正在向世人拉开帷幕。中央电视台和陕西电视台近日联合推出的七集电视政论片《大战略——西部大开发中的陕西》,可以说是对党和国家这个大战略三年实施的一次历史的回顾、一次科学的开掘、一次智性的前瞻。

这是一部以大手笔表现大战略的政论片。

从内容的构思看,它在全球政治、经济大背景下,高屋建瓴地论述了西部大开发战略出台的经过,阐释了开发西部与中华民族伟大复兴的深层关系,并在深厚的历史纵深上,从科教、经济、生态、文化各方面,表现了陕西作为西部大开发桥头堡,为"走在西部大开发前列,早日建成西部经济强省"所做的成效卓著的努力。当电视人把西部开发的一些具体画面组接进时代发展、民族精神、全球经济、文化思潮这样一些大的视界中,微观和宏观、形下和形上的画面,便建构起一种新的关系,事物的内在意义和质地在这种新关系中一下被提挈起来、凸显出来,给人以情绪的震撼和思考的启迪。故而对西部大开发实施三年来说,这部政论片是回眸中的再现,是开掘中的强化,是展望中的提升。

从艺术上看,这部政论片的大手笔集中表现在两方面:一是解说词的艺术,二是镜头和组接的艺术。解说词很有文学品位。这不只是指修辞,不只是指文学语言,主要是编导能够将理性和激情转化为和电视画面同在的审美表述。作者对西部开发有着多方面的理性思考,却大都不采用直说,总是和生活画面、人物画面糅在一起,用美文说出来。更难能可贵的是,你能感觉到解说词具有一种内在的激情，这种激情作者并不故作惊诧地、作秀地去表达，而追求像故乡土地上民间的歌，汩汩地流淌着，静静地渗透着，像血脉流到观众心里。作者心中有爱，对西部、对陕西、对这里的父老兄弟有着深爱；作者心中有盼，对这块土地的发展、对乡亲命运的变化有着切盼。爱和盼在片子里转化为激情和动力、憧憬和理想，照亮了素材，像河川一样鲜鲜活活、浩浩荡荡地浮载着西部的发展前行。

镜头的艺术，从五个方面给我以美。一是能够致力于表现中国西部宏阔的大美，给观众以艺术震撼。大美，恢宏博大之美，是西部美不同于其他地区的特色，也是当下被文化弱化了的人类生命渴望的美。表现大美，不仅抓住了生活客体——中国西部的美之特质，也抓住了审美主体——现代观众的生命欲求。

二是能够把为人熟知、熟悉的西部拍得陌生，在陌生中生出感染力。这要靠腿跑，跑别人没有跑过的地方，跑别人没有找到的角度，但首先要靠脑子和眼光去发现，发现别人还没有捕捉到的潜在的美的因素。摄制者是那种在艺术上有想法，又能不避艰险、全力以赴实现自己想法的人。

三是摄像重视捕捉有西部特征的细节，用细节来传递语言难于传递的内涵。像治沙老板石广银正和记者说着话，顺手在沙地刨了个浅坑，折根芦苇就吸水，那种自如，像城里人吃冷饮，不但再现了沙地风情，也暗传了人物对沙地亲人般的相知和"靠沙吃沙"的生存能力。

四是能够以暗示、隐喻镜头造成象征感。像火车站场上合道岔、亮绿灯对启动大开发的暗示，直升机缓缓降落黄土地对现代化和新思潮进入西部的隐喻，都很好地发挥了电视镜头语言的多维意义功能，由大家习见的音、画、义潜层同步，深化为音、画、义在若即若离中的内在呼应。

五是镜头的剪辑、组接采用了大切割、大重组，大幅度打乱原始摄像素材的表层时空秩序，按照摄制者的哲思和艺术追求重新结构新的时空逻辑，加快了节奏，增大了信息的密度和质量，使编导的意图得以有力地体现出来。

这部政论片的不足，我个人以为是在骨干的人物和事件中传达和呈示观点做得还不够，尤其是独家发现的人和事的骨干素材偏少。

2002 年 7 月 14 日，星期天，西安不散居，北方高温 40℃

回眸使人生更加美好

——序《红尘故事》

每天晚上九点钟,打开收音机,把频率调到FM104.3,便可以听到西安经济广播电台的《红尘故事》。一个个似曾相识的或完全陌生的朋友,率意地向你讲述自己的人生经历、人生感悟、人生情怀。生活向你打开一扇扇窗口,透过八面来风的窗口,你看到了人生幽深、多彩的星空,银河宛若生命之河,在无涯的宇宙流淌,由遥远到遥远。

所有的生物都活着。人类不但活着,而且想着——回忆着、想象着、感悟着、思考着,也策划着、设计着生活。所有的生物只活在生命延伸的过程里,人的生命却流淌在生活和对生活的精神这两条并行的河流中。活着,使人生有了一个实践的时空。想着,则使人生增加了一个意义的时空。这正是人为万物之灵的灵之所在。这也正是人们不满足于"我活故我在",而非要加一句"我思故我在"的缘故吧。

今天翻过去就是昨天。人生无数个今天和昨天,缀连成一个人、一群人的历史,历史的风景有时明媚,有时阴霾,有时如竹子开花,有时如江河直下,也不免有明争暗斗,甚至腥风血雨,喜怒哀乐酸甜苦辣烩成一锅。回忆与思考,则将人生的历史都翻过去,翻成人生的感悟。在人生感悟中,那些具体的酸甜苦辣蒸发了、净化了,变成一种不是喜、怒、苦、乐可以表述的情愫和回味,还有经验教训,它如朝露般晶莹,又如晚霞般绚烂,它繁复、充实、厚重,又单纯明净悠远。这是一种境界,人生审美境界。

岁月将今天翻成昨天,回眸将历史转化为美。人生为回眸提供素材,回眸使人生更为美好,更为充实,更为深沉——《红尘故事》帮助我们做了这件事。

《红尘故事》专栏的设置和图书的出版，处在一个公共传媒潜正深刻转换的时代。

过去的公共传媒，不论具体篇目采用怎样的人称在传播，从社会文化学的深层意义上看，都逃不脱复数人称："我们"做了些什么，有什么感受，将要做什么；或者，"你们"应该做些什么，有什么倾向，将会达到什么目标。大都是群体的、共性的状况，或者是对群体的共性引导。近年来，广播电视专业和报刊各类专版、专栏的出现，主持人从播音员中分离出来，个人文章从新闻和社评中探出头来，不但语言和文字中"我"和"你"这样的单数人称和特指个人命运、个人感受的个人口气越来越多；而且，从社会文化的深层次上看，传媒的内在人称也在很多时段和栏目中，由复数向单数转化。在关注社会共同问题、社会群体生态和群体心态的同时，转而重视个人命运、个人情趣和个性发展。人生的个案、精神的个案，即"我"和"你"，越来越成为传媒的热门话题。

当浑然一体的"我们"变成异彩纷呈的"我"的组合，当群体的宏观扫描变成对个性的精微透视，人们透过现代传媒这个"文化膜"所看到的社会，便由过去那种纸面的、冷漠的、概念的图像，一下子变得鲜活、亲切起来，变得富有人情味、平民味和万紫千红的个性色彩。人们会由不得感慨，我们的生活，我们的时代，实在是丰富，实在是美好。活着，真好！

2008 年春

精彩一二三

——谈央视系列节目《精彩中国》

有幸在中央电视台地方新闻部主办的《精彩中国》系列节目《陕西篇》中当嘉宾,学到许多东西,也有一些感想,这里列出一点、二点、三点,以供同好交流。是为《精彩一二三》。

一,策划要处理好一对矛盾。几乎所有的省和它们的电视台,都将这个节目看成展示本省形象和宣传当地成就的一个平台、一次机会。他们希望节目内容越多越好,越实越好,越全面越好。这方面,我想每个省的嘉宾也都肩负重任。这是完全可以理解的,也是中央台办这个节目的初衷之一。但从观众期待和宣传效果出发,对一个地区的宣传和展示,又必须鲜活、生动,有独特性,有观赏性,要不然《精彩中国》就变成了"说不尽的中国"。这就有了矛盾。处理好这个矛盾是保证节目质量的关键。节目的策划和编导现在处理得很好。他们设置了预录短片和现场嘉宾两个相互穿插的板块,短片以较为精确的方式侧重完成总体推介任务,而嘉宾和主持人现场谈话,则以生动的口语使节目活起来,有了现场感。基于这种二元互补、双线交织的结构,策划者要求嘉宾尽量少说全面概况,少说书面材料,少说套话和数字,多说有特点的例证和体会,去掉稿子,多说有个性的话,多交谈聊天,使节目日常化、口语化。我是在到了北京梅地亚宾馆和编导、主持人交流之后,才"临时抱佛脚"按这个要求重新调整谈话内容的。我把群体宣传坐标转到个人感受的坐标上,重思、重选、重组谈话素材,时间虽然仓促,反倒有了信心。这个矛盾其实是宣传目的和宣传艺术的矛盾,做任何节目都会面临,处理不好可能把节目做砸了,处理好了就可能变为提升节目质量的一种动力。

二，指起码要在两个以上的方位上准备素材，起码要准备两倍以上的素材。电视谈话与书面文字的结构不一样，它不追求逻辑的缜密和论说的全面完整，它追求的是发散性的思考亮点、叙事亮点、感情亮点和表述亮点，这些亮点未必组构在一个严密的逻辑链条上，往往以散在的珍珠和满天的星斗构成瑰丽的风景。另外，在对话中，我们常常将主持人误解为自己忠诚的合作方，恰恰相反，其实他们常常是你的对立面；嘉宾和主持人的关系既是聊天的朋友，又是话场上的摔跤手。嘉宾总是希望按自己的思路往下说，说得有逻辑，说得完整，最怕别人随意打断思路。但对不起，主持人并不和你坐在一条板凳上，他们是观众观赏需求的代言者，他们一般是从观众观赏兴奋点出发来引导谈话的，因而总是用你意料之外的提问来轰炸你，拦劫你，绊倒你。这是主持人水平的一个重要指标。这一切，要求嘉宾起码在两个以上的方位上准备自己的话题，好应付来自各方面的"奇袭"。而且这多个方位的准备，从量上说起码应该是说话时间的两倍以上。你要充分估计到直播现场说话的速度、密度比平时快得多，你也要估计到你才说了一点，就被主持人一句话岔开了。万一你被主持人"榨干"了，最笨的办法是搜索枯肠去想你原来准备的内容，重新拣起旧话题；最有效的办法则是捕捉现场的思维闪光和亲历的人生记忆，顺其自然地杂交整合到新的话题中去。

三，想给《精彩中国》系列节目提三点小建议。这三点小建议是在我希望这个节目作为一个品牌继续办下去的前提下提出的。《精彩中国》如果只有目前这一个系列，即各省系列，很明显远没有说尽中国的精彩，可惜了这个题目，可惜了这个题目所蕴藏的资源。我的三点建议用一句话说，就是《精彩中国》今后要办得更中国、更精彩。

先说更中国。解说精彩中国，除了各省独自立篇这种空间分割的方式，还有很多方式，还有更大的天地。事实上，从任何一个逻辑起点切入，都可以再搞一个系列。譬如以行业为逻辑切入点，三百六十行中的佼佼者便可以组成《精彩中国》的一个新系列。以社会新风中精彩的故事为逻辑切入点，又可以组成一组《精彩中国》。以少数民族新气象新发展为逻辑切入点，以由贫困走向富裕为逻辑切入点，以生态为逻辑切入点，以老民歌新故事为逻辑切入点等，都可以拉开《精彩中国》的一道新风景。甚至于可以搞港澳台地区、海外华人和各国朋友眼中的《精彩中国》。不管哪个切入点，都不要离开新闻专题或专栏这种体裁的特有要求。用各方面的系列报道和新闻谈话打造一个品牌，又用一个品牌来带动各方面的报道，形成集群效应。

再说更精彩。可以做得更精细。从一个点，甚至从一个点的细部、细节入手打开掌子面，以小见大，以一当十。可以做得更精深。根据具体内容的需要和可能，有的可以做深度评析甚至尖锐反思，由表入里，既说有什么也说为什么，既说如何精彩也说怎样才能更精彩或更快地精彩起来。想要做得更精致、更精妙，在结构上，在短片上，在主持风格上，在嘉宾选择上都还大有可进步之处。《精彩中国》呼唤精彩表现，我相信能够做到这一点。

2004年11月4日，星期四，夜12时，西安不散居

多么"春天"

——观新世纪第一春陕西电视台春节晚会有感

电视台的春节文艺晚会不能不强调年气,这是不言而喻的事。只是这样,看完一些晚会,别人问你如何,便往往由不得答道:挺好,多么"春节",太"春节"了。

看完新世纪第一春陕西电视台春节晚会《新世纪的祝福》,友人问我印象如何,我却脱口而出:那么"春天",太"春天"了!

那么"春节"和那么"春天"两种感觉,只一字之差,恐怕道出了今年晚会在思路上、内涵上、格调上与以往的不同处。这个不同,总的看,就是努力走出了春节对春节晚会种种约定俗成的局限,而以开阔的、新颖的思路去展示陕西新形象,塑造新世纪陕西人的精神风貌和文化追求。

春节是传统民俗节日,春天则是现代生命的舒张。

这个追求贯穿在今年晚会的方方面面——

现代感。节目内容和生活花絮有了鲜明的现代风格,那是当代陕西生活的新形象。

青春感。演员和节目大多充盈着青春感,而且演员能将节目中涵纳的蓬勃生气、鲜活生命传达出来。那是当代陕西人的新形象。

创新性。节目编排和电视摄制都追求电视晚会独有的问题意识,不少节目的开放结构、现场感觉、纪实特色、镜头在有限的舞台空间极富变化的运动中展示的泛舞台幻觉,还有大胆采用对舞台景观的大特写,凡此种种,又显示了陕西当代电视的新形象。

陕西电视台春节晚会已经办了十二年。这些年的脚印，大致可分为三个段落：文体模糊段，文体探索段，文体变革段。今年的晚会所以有意义，在于它构成了由第二段向第三段转化的一个标志。

最早是前文体即文体模糊阶段。那时，电视春节晚会还没有形成独立的文体意识，往往只是被动地录播和春节气氛有关的文艺节目。当然在录播中也能看出电视人的能动性，有的活儿做得挺精美。但总体上电视人创作的主体意识还未确立，电视晚会艺术主体还未从舞台转换到电视上来。

大约是1992年以后，陕西电视春节晚会面目一新，进入文体探索阶段。最明显地表现在两方面。一是春节晚会开始作为电视人的原创作品出现，它有了自己的总体策划和艺术构思，有了贯穿意蕴，有了表现这个意蕴的结构、节目、情绪连贯的气氛弥漫，当然也会采用一些舞台、电视、演播过的好节目，但当把它们组合到一个独立的、崭新的总体构思中来，其已经成为这个新艺术生命的一部分，有了新的意味。二是这时的春节晚会连续几年锲而不舍地打黄土地品牌。秦声秦韵在各类节目，尤其是地域风情的民间艺术的节目中飞高遏低，花样翻新。这使陕西电视台的春节晚会有了自己独特的个性，而和其他兄弟台的晚会区别开来，全国独秀一枝，分外引人注目。只是持续的秦风秦韵和黄土地色彩，容易给各地观众（这时陕台已经上星）留下一个"白羊肚肚手巾三道道蓝"的固定形象。这种形象其实是黄土地文化、经济的传统符号和陈旧代码，极容易冲淡甚至消解正在大踏步现代化的陕西新形象。不少对陕西不了解的国内、国外观众在这种历史的幻觉和艺术幻觉中或多或少对我们陕西产生了误解。

一种要变革这种电视形象的呼唤，从观众中也从电视人内心发出来。从1998年、1999年开始，已经有了初步的尝试。譬如《第九十九个春天》（1999年）以南门广场的新楼群为背景的琴声华尔兹舞开场，并安排了一些现代感较强的节目。这可说是文体变革阶段的开端。这种变革并不容易，无论是思考还是实践都需要一个过程。一直到今年，黄河、黄土、黄陵和白羊肚手巾的陕西形象，在我们的电视春节晚会上，终于相当程度上旧貌换了新颜。高速路、高新区、高科技，现代歌舞、现代建筑、清纯展示，一个好春天的陕西，一个好阳光的陕西，终于成为春节晚会节目的主体形象。

这是了不起的改变——它在陕西电视春节晚会文体意识的现代变革中，揭开了新的一页。它当然仍有这样那样的缺陷、不足，但它的艺术探索和文体创新，却带有标志性的意义。

上述三个阶段，十二台春节文艺晚会，给陕西的电视人留下了许多艺术文化的积淀。我们积累的财富大致有这么一些条条，不妨作为大家总结的思路——

一，春节晚会要有一个总的理念（不论形诸文字与否）。在总理念指导下，确立主导意蕴和主导风格，并作为晚会内容和形式的主线、主色调贯通全片。

二，板块结构是晚会一种好的结构方式。每个板块以相近的意蕴内容和不同的艺术样式构成小组合，形成艺术冲击和感情亮点。

三，以小品节目为骨干，花絮节目为隔断，歌舞节目为血肉，由主持词、主持人贯穿而下，糅为一体。

四，晚会中电视创作的各种要素，如灯光效果、表演空间、镜头运动、场内参与等，都要在晚会总体要求下统一考虑、充分发挥，形成自觉的创作意识和充沛的创新激情。

五，不断更新主创人员，特别是总策划和总导演。风格即人。晚会的风格和面貌，归根结底是主创人员的风格和面貌。一个新的主创者，总是会将自己独有的文化素养、艺术思维、审美视点带进晚会，使晚会不同于前人，产生陌生化的审美效果。

六，重视前期策划，做足案头工作，集思广益，形成方案，并根据方案对摄制全过程进行客观监控，保证策划的主要精神得到实现。

七，围绕每一期春节电视晚会的独有要求，组织创作力量抓好精品创作；同时广泛发现、培植已有的优秀作品，按晚会要求进行修改、提高，使每年的春节晚会成为我省优秀新作的首演场地和保留节目的传播舞台，实现在电视春节晚会上展示全省文艺精品和文艺风采的目的。

八，通过春节晚会节目，带动各方面艺术人才的发现、培养、组织与提高，逐步形成电视晚会门类齐全的人才群体和梯层结构的人才队伍，实现"晚会培育作者，作者培育作品，作品面向镜头，镜头面向观众"的目标。

九，以晚会为中心组织评论宣传，为艺术产生的全程服务，形成一支理论素质、艺术素质较高的晚会评论队伍。这支队伍在摄制前是策划力量，摄制中是质量检测力量，摄制后又是宣传评论、评奖的力量，对电视晚会艺术生产的产前、产中、产后，全程跟踪服务。

…………

十二年的实践可以梳理、总结的东西当然远不止于这些，电视界、评论界不妨"老王打狗一起上手"，来做好这件事，从实践理性的角度，认真梳理总结，先不忙穿上华丽的理论大氅，急着用概念体系来阐释、发挥，而是以切实、精粹、好记的语言，理出条条，供电视人在艺术实践中使用，并充实、完善、发挥，在这个基础上再理论化、体系化。

今年的晚会好春天，愿明年的晚会更阳光，在春日的阳光中，让海内外观众看看咱们陕西的新形象。

2001 年 3 月 6 日午时

用都市意识整合资源打造品牌

两年前，西安电视一台、西安电视二台和西安有线电视台合并组建成统一的西安电视台。三台合一，资源重组，市场重新配置，使西安的电视制作业、电视传播业、电视文艺、电视科技、相关事业和产业出现了空前的机遇，当然也面临着新的风险。两年来，西安电视台的领导和全体同志不负众望，已经把新的西安电视台打造成为陕西乃至中国西部地区电视传媒的一艘旗舰，当之无愧成为古都西安五彩缤纷的橱窗，成为古都西安一道动感风景线。

资源重组，不仅是原来三个台的设施、设备、技术等硬件的重新组合，更重要的是三个台人才的组合。人才的组合，又不是数量的简单叠加，甚至也不是质量的简单叠加，而是原先三个台人才在观念、思维、素质、特长乃至在管理经验、业务经验上的互争、互补、互激，在这个动态的化合过程中，又会衍生和提炼出许多创造性的新因子。这是比硬件重组更重要也更难得的资源组合。合台两年来，我们已经看到了，原来一台的庄重大方、二台的青春情怀、有线台的灵活亲和等多元色彩已经在各类节目中起着十分活跃的作用。所有这些色彩，又都融化在现代都市风情之中。

当然，从整合资源到形成品牌，乃至于进一步形成风格，需要一个过程。这个过程的长短，关键要看我们创造意识的强弱。创造意识的基础是思想解放和观念更新，而方法则是求异思维。千年古城，现代都会，中心城市——这是西安在城市链中独有的色彩，主流电视传媒在总体上要体现这些色彩，就需要在自己的节目中体现深厚的历史纵深、鲜活的现代前端和对一定地域乃至整个民族的辐射力。

不是说每个栏目、每个节目都要体现上述特色，而是说，第一，要让这些特色流贯在呈现在我们的战略性构思和策划之中；第二，要花大力气创几个能够体现这些特色的品牌栏目。西安的历史文化无与伦比，西安的历史文化电视节目如何做得无与伦比、与众不同？如何将古城那些最古拙淳朴的和最时尚新潮的元素组合到一起，在对比中产生两极震荡效应？如何反映华夏的、全球的西安观和西安人的华夏观和全球观？还有，谈话节目如何更深入百姓生活去找话题，力争成为百姓街谈巷议的一部分。同时，给文化诉求正在日益提高的古城观众，逐步地提供一些更宽阔更深刻的话语资源，也应该有文章可做。

两年是很短暂的一瞬，两年有了这么好的开头，也实在难能可贵了。

2005 年 1 月 5 日，西安不散居

西 安 橱 窗

——寄语西安电视台

西安电视台是西安的橱窗，每日每时多彩多姿地拷贝着西安，展示着西安，流布着西安。西安于是成为艺术，成为一道有意味的风景。

西安电视台去年全面改版，橱窗是更好看了。透出一股子现代气息和青春气息，流贯着一股子城市精神和都会意识。我们听到了西安走向现代的清晰的脚步声，这脚步声激励着西安人在都市化进程中迈出更大更整齐的步子。

《直播西安》在第一时间把刚发生的新闻现场推到观众眼前，使市民逼真地、深度地进入城市生活。再加上《西安零距离》和大众参与的"西安城市精神讨论"，使你有一种与城市共脉搏的感觉。知情权是政治文明、精神文明的重要内容，在了解自己生活空间的同时，城市主人的感觉，城市责任的意识，也便与日俱增了。

因了年纪大和时间少，我不常点击文娱栏目，但常常为年轻人对这些节目的迷醉而迷醉——他们迷醉的是娱乐，我迷醉的是他们在娱乐中喷薄的青春状态。

有时我倒喜欢看看科学、人文乃至《游戏俱乐部》一类的益智节目。它不只增长我新的智慧，焕发我对生活新的兴味，也以视觉画面使我复习早年学到的知识。而间或和孩子们一起参与电脑游戏，更像是在虚拟中和孙子耳鬓厮磨，感觉真是好极了。游戏岂但是孩子学习人生的作业，也是成年人回味生命的童话呢。

新年里，我对西安电视台有四愿：一愿能更深更广更主动地为市民所用；二愿能更迅捷更真切更鲜活地切入城市生活；三愿能有更多的品牌专栏品牌节目闪亮登场；四愿能更实质性地加强与兄弟城市的联动，筹划中国六大古都电视联网、中国特大城市电视联网乃至世界四大古都电视联网。

让我们把橱窗擦得更亮，让橱窗成为世界认证西安的标志，让西安通过西安电视直达亿万观众心里。

2003 年 12 月 21 日

《中国艺术报》：中国文联的名片

　　大家都感到了《中国艺术报》近来的变化，这变化有点儿像初春柳枝上的动静，先是冒出一片两片小绿芽儿——正版之外加出了书法教育版、收藏版，挺不经意似的。到临近岁末年尾，春气动草萌芽，新千年的脚步也响起来了，那天接到报纸，嚯，竟是满眼绿芽在枝头摇曳——书画专版、摄影专版、舞蹈专版，全是春的消息，春一下子就铺天盖地来了，春怎么来得恁快？

　　《中国艺术报》是中国文联的名片，见天成千上万地递送到社会各界朋友的手里，无言地告白中国文联千变万化的活动和恒久不变的活力；《中国艺术报》是中国文学艺术家的流动展馆，见天成千上万的人来这里参观、交流，这种交流是不见面的、无声的，也便有可能是更心灵化的。一份报纸在读者手里留驻的时间越长，精神交流的作用便发挥得越充分。扩版之后的《中国艺术报》正是如此。

　　就我手里这份报来说，一是在我这里留驻时间多了。我读报刊常有三法，即站着读（一两分钟的翻阅），坐着读（七八分钟拣可看的读），躺着读（将披沙拣金之后的好版好文藏于枕下，留待睡前细读）。《中国艺术报》近来有明显的升级趋势，站着读与她无缘了，躺着读的时候愈来愈多，常会伴着会心一笑和深层联想。二是被人议论的次数多了。办公室或家里，往往就听到"《中国艺术报》这篇文章你最好看看"，"我在《中国艺术报》上看到一篇文章说"之类的话。口碑是空间更大的一种留驻。三是画道道和寄赠多了。画道道有时是为了摘录或引起关注，有时则什么也不为，只是对报上某个观点、某个信息甚至只是某句话很赞赏，起个着重号和惊叹号的作用。我在文艺各界都有不少朋友，有时觉得一份报纸编辑、作者费了许多心血，一两个人翻翻便撂在墙旮旯，实在可惜老了，时不时挑些相关的文字转送给文艺界的忘年朋友。书法教育版和刚出的书画版我都积攒着，过几个月便给在珠海电信局工作的表弟寄去，他正热恋着书法。寄了一年吧，他来信告我自己获得了电信系统文艺奖书法类唯一的一等奖，而且在报刊发表了好几幅书作。收藏版我总是送给西安碑林门口一位开古玩店的女士，她读还在其次，柜台上摆几份北京大报的收藏版，着实给小店平添了一点文化气氛和信任感呢。这当然是更永久的一种留驻了。

在版面的变化中，你可以感受到办报人对报纸自身定位的深刻理解。《中国艺术报》是中国文联的报纸，他们把握了报纸和人民团体在社会角色和社会功能上内在的一致：二者都是社会中介，都是党和文艺界的、社会和文艺界的桥梁纽带。"联络、协调、服务"既是文联这样的群众团体的工作方针，又是现代报纸主要的社会功能。报纸近来的变化正是围绕六字方针做出的新文章。譬如：关于中央文艺方针、文联系统工作安排和各类深入生活、大型活动的报道和专稿，对组织联络文艺界贯彻"二为"方向所起的作用；关于文联形象、文联实力的系列报道文章，以及文艺工作者人格修养的专栏随笔，对从内到外协调各团体会员的工作和文艺家的思想所起的作用；关于作家艺术家和他们创作成果的宣传评论，对为文艺家服务、落实文联中心工作"出作品，出人才"所起的作用，都有日日新又日新之感（只是在文艺思潮和创造态势分析上提供的见解还少）。

看来，文联的报纸就是要抓住"文"和"联"两个字做深度开发。文者，文艺活动、文艺创作、文艺评论、文艺人物；联者，以文艺为核心，联络党政，联络地方，联络社会，联络群众。抓住前一个字，报纸便有了自己的特质和价值，得以完成行业报纸的基本任务，可谓一枝独秀；抓住后一个字，报纸又有了多维的传播面和辐射力，由行业报纸成为社会报纸，又可谓仪态万方。

2000 年 1 月 30 日，西安谷斋

全景把握祖国的美丽

——序《中华旅游景观大全》

当这厚厚的一册书放在了你的案前，只需稍稍翻一下，就会掂量出它的分量，它的实用性和文化感，同时就会知道编撰者为它付出的非比寻常的劳动。

旅游热的出现，是社会物质和精神同步提升的标志。民众物质生活水平愈提高，用于衣食住行等基本生活需要的钱愈少，即恩格尔指数愈降低，花在旅游、休闲、文化上的消费就愈多，旅游热因此而有了经济基础。民众的文化生活水平愈提高，冲出固有文化膜对自己的笼罩，读万卷书、行万里路以扩展人生视野、充实生命感受的欲望就愈强烈，这又成为旅游热的心理基础。

外面的世界怎么样？别人活得怎么样？古人又活得怎么样？阳光、空气、水波潋滟多么好，山川、大地、嫩绿初绽多么好，在青春的旋律中欢快行走，用苍莽的情怀拥抱历史，对过去的岁月再做回眸，那更是多么好。可叹人生只有一次，谁也没有办法活上两辈子，然而旅游能使你的生命乘以二、乘以三，能增加你生命的长度和宽度。

旅游会点燃你心中的爱，培育你心中美好的情怀。当你亲身去感受我们居住的这个星球的山河之美、生命之美、历史之美、城乡之美、风情之美和一切人类文明之美，一种博大的爱、博大的情怀便会在胸中涌动。你会更加珍惜这个世界的美好，为保护自然而爱绿色，为亲近人类而爱和平，为提高生命的质量而利用一切可供利用的资源充实自己，升华自己，美丽生命，美丽世界。

从这些意义上来看，旅游是一部书，一部大书，一部百科全书。现在，王保牢和几位热心者将大地上的这部大书浓缩成图文并茂的读物，实在功莫大焉。为了这本书，王保牢卖掉房子购置高档的摄影洗印设备，和他的同伴们跑遍西北各地，徒步探雪峰，涉水过冰河，遭遇过毒蛇和马蜂的袭击，终于弄出了这些有分量的文字和图片。全书共八大卷，覆盖全国各地，这才是第一卷，什么时候能出齐呢？"五年，最多五年。"他说。怕我不相信，又生冷蹭倔地补上一句："除非大地震毁坏了景点，战争摧毁了文物，我的生命有了什么意外，除了这三点，一定能搞完，一定能搞好。"

从王保牢身上能看到"陕西愣娃"不达目标不休止的那种"狠透铁"的劲儿，这恐怕是他成功的一个因素。但除了性格，我想更多的还是精神动力。原来他以前当过空军，第一次从飞机上向下看，大地旋转着在自己面前缓缓展开，一种从未体验过的大地之美、祖国之美，深深地震撼了他。那是对大地的一种全景把握，对祖国的一种整体感受，是在地平线上生活不会有的感觉。从此他爱上了摄影，希望所有的人都能看到他镜头里美丽的祖国，希望所有的人都能整体鸟瞰祖国的美丽。这便是他的起步，而后一直走到了今天。

笃爱这块土地，笃爱在这块土地上生存的各族父老乡亲，希望通过自己的编撰劳动，让天下人更爱我们的国家，更爱我们的生活，这就是《中华旅游景观大全》的立意了。

2004年6月28日，星期一，酷热38℃中的西安不散居

对历史负责

——评《陕西人物志》

在《陕西人物志》中册的一次终审会上,主编牟玲生同志最后讲话,他除了归纳会议各方面的意见,还对志书的修改提出具体要求,专门用了很长一段话谈到一个叫杨伟名的人。

杨伟名是个小人物,四十多年前是户县农村的一个大队会计。但"位卑未敢忘忧国",1962年,他和同伴以"三个共产党员"的名义向党组织写了一封《当前形势感怀》(或叫《一叶知秋》)的信,用当时农村的真切事实和自己的真知实感,深思熟虑地提出要用"当年主动撤离延安的果敢精神"给"捆绑得动弹不得"的国民经济"解带松腰",要求"国家应立即把计划经济的范围收缩到应有限度,同时相应扩大非计划经济的范围"。他们还最早提出了"初期社会主义"的理念,对当时流行的"建立革命政权之后就是社会主义"的观点,明确表示"我的回答是否定的",它只能是"初期的"。处在那个风雨如磐的时代,杨伟名当然在劫难逃,受到领袖的点名批判和接二连三的残酷斗争,直至死于非命。

牟玲生主编已届古稀之年,这位从那个时代走过来的老共产党员,太能体会特殊人物杨伟名在那个特殊时代做出这一科学判断的历史价值和英雄气概了。牟老动情地说:杨伟名四十多年前的这些意见,在今天看来也是新颖的、符合党的改革开放方针的,"历史已经证明,就这场领袖与农民之争来讲,真理是在有实践经验的农民手里!"下面的话更是掷地有声:我赞成有些专家的意见,这封信是"在共和国的历史上,真正称得上光辉的文献之一",

"在当代思想史上,也应占有一个非常重要的位置","作为农民思想家,杨伟名是当之无愧的"。牟玲生力主将这个小人物编进《陕西人物志》,以促进社会重视杨伟名,研究杨伟名,宣传杨伟名。

什么是史家风骨?这就是史家风骨。我们修志编史,最需要的就是这种史家风骨。

《陕西人物志》的审定我参与过几次,编纂者们每次都那么认真,一次次阅读、讨论、修改,总怕由于自己的疏忽而愧对历史。我能想到,每次会议之前、之后,他们做了更多更具体入微的事情,绝不止于我看到的和感觉到的这一点点。在当前文化、出版事业都很浮躁,各种快餐文化盛行,甚至史、论一类严格要求科学性、学术性的著作也被快餐化的情况下,这是一种多么难得的风骨和作风。

这种作风来源于对这块土地的热爱,来源于对千百年来在这块土地上成长的杰出人物的热爱,但最为主要的,我以为还是一种对历史高度负责的精神。

对历史负责的精神,在史志类著作的编辑撰写工作中,在一部像《陕西人物志》这样的"良史"中,主要表现在这几个方面。

一,从历史发展长河的高度,客观、真实、全面地选择入志人物和相关素材。不但选择我们认为的有利于历史发展的进步人物、革命人物,而且适当选择一些小人物,即那些有代表性的平民百姓和普通人,譬如杨伟名这样的人;适当选择一些有争议的人物,甚至史有定评的反动人物、落后人物,以充分体现地域、行业、阶层的广泛性。这就不能只靠史学专家和史志部门,不能只靠典籍文献、碑载文献资料,还要充分发动各级文化部门和各地知情群众,重视民间口传史料,重视活的历史。随着时代的发展,还可以汲取政治历史档案逐年解密的一些新资料。《陕西人物志》的编纂者在这方面做了有益的尝试，为今后拓展史志线索和素材资源开了好头。

历史是人写的，是鲜活的个体和群体生命在社会史和自然史中留下的各种痕迹的组合，是多种社会力量、多种性格矛盾、冲突的结果，如恩格斯说的，是社会生活中"无数力的平行四边形的合力"。只有客观、真实、全面地选择入志人物，才能客观、真实、全面地反映历史面貌，才有可能通过对人物的描述，程度不同地揭示出历史运动中一些深层的东西。

二，以历史唯物主义和辩证唯物主义精神认识、评价历史人物。对历史人物的评价和描述，要有历史进程的大视野，要在历史运动的多重矛盾的关系中、矛盾的不同阶段、矛盾的转化中，以及立传者所处的新时代的认识论和历史观以及各种新的文化科学成果的基础上，来认识、评价传主。冯玉祥的丰功伟绩人所共知，但"宁汉合流"后，他有过一段拥蒋反共的历史。清末的升允在陕西巡抚任上镇压革命，杀人如麻，但他又支持兴办过西北大学前身的陕西大学堂，为秦人争取到了自办延长油矿的权利。这些，志书都能坚持实事求是，如实写出传主的功过，不因人废事，也不因事废人，不因功掩过，也不因过损功，不简单地肯定一切，也不简单地否定一切，更不"攻其一点，不及其余"，坚持是其所是，非其所非，实在难能可贵。

对历史人物功过的评价，当然不能完全排除人物的伦理道德乃至性格因素，因为人的性格面貌和伦理形象常常会对历史人物的社会活动和历史轨迹产生影响，我们不应该忽略传主人物这方面的情况。但作为一部史志，尤其是作为一部以写历史人物为主的志书，主要还是应该对传主进行历史判断。传主或是直接参与、影响了某一阶段的历史进程，或是从某个特定的方面凝聚了历史信息、反映了历史精神或民族精神，这才是我们最应该关注的。史志写作的着眼点和笔墨始终应该集中在历史评价坐标上。

三，以客观、真实、质朴的史家笔法来写历史人物。在中国乃至世界上，将史笔与文采结合得水乳交融堪称楷模的，莫过于司马迁的《史记》了。《史记》的笔法，被后人誉为"龙门笔法"。由于现代史志体例的变异和这部《陕西人物志》入选人数的浩瀚，不可能像《史记》那样对人物展开文学性的描写，而是以客观、真实为前提，采用了一种几近白描的质朴的写法，将人物的历史功过、人生轨迹和大体面貌真实勾勒出来。许多篇什也许并不刻意讲究生动，却十分追求准确和鲜明。这构成了本书表达上的特点。当然，也不是不可以写得更形象生动一些，更有趣味一些。如果能做到史文辉映，在短小的篇幅中多少把人物的个性、特点写出来，就更难得了。

《陕西人物志》中册的照片收录量，较上册有了大幅度提高，达到了百万字千幅图，平均千字一幅照，一人一幅照。这使志书的真实性更具直观感，也顺应了读图时代文化市场的需求。范文澜先生说，"只有纪传，没有志书，不能说是完整的国史"。"古今方志半人物"，也正是说人物志在志书中的重要性。一个国家、一个地区编纂人物志，不但是对本国、本地经济、社会和人文、人才资源的一种发掘、梳理，也是对社会实践、历史经验的一种总结提升。历史是人创造的，民族精神是通过人来体现、传承的。以人为本，以人为镜，就能为后来人积累各种历史经验。从这个意义上看，《陕西人物志》是历史留给后人的一份好教材。

《陕西人物志》上、中、下三册现在收入和将要收入的两三千个人物中，圣、贤、君、臣、贵，儒、道、禅、侠、艺，士、农、工、商、匠，秦地几千年来的人才精华，几乎罗列殆尽，其中相当一部分在中国历史上都是广有影响的人物，从中不仅可以看出编纂者开阔的视野和兼容并蓄的气度，也反映了物华天宝、人杰地灵的三秦大地在中国历史上发展中举足轻重的地位。地处中国地域中心和中国历史中轴线上的三秦大地，的确不愧为中国文化的DNA。

如果说有什么遗憾，那便是科技界和经济界的人物入志少了些，这反映了自古以来陕西作为中国农耕文化社会政治文化中心那种重道轻器、重农抑商的特点。在这样一种历史现实面前，编纂者恐怕也有点无可奈何吧？不过，它倒是给陕西今后社会经济文化的发展提出了重要的历史性的任务。

2005 年 7 月 25 日，星期一，西安不散居

谈庞进的龙凤文化研究

庞进是从龙的土地上走出去,以对龙凤文化的研究而蜚声全国,在海内外产生了影响的学者,是我们这块土地的骄傲,是龙的子孙的骄傲。

庞进的研究具有系统性、全面性、创造性,他整个的思维结构带有开放性,研究带有强烈的资料文献的色彩、民俗文化的色彩和适度的向现代旅游市场倾斜的色彩。这样一些特点,使他的研究不是一种纯学术的研究,多少带有普及性质。既对传统做认真的、力求准确的梳理,又力图面向现代。研究思维既多元合一,基本观点又一元执守。这些,都构成庞进龙凤文化研究的特点。

在他的研究中,流贯着一种自豪,那是作为龙的子孙的自豪、中华民族的自豪;凝聚着一种担当,这个担当就是作为我们民族的一员,有责任要对自己民族最原初的图腾和符号做出解读。这种情绪和担当,是一个学者极为可贵的感情倾向和文化品格。

龙和凤,是中华民族的文化母题、精神图腾、人格模板、心理"觅母"(这个词来自法语,类似于"文化基因"),是中国名片、中国芯片、中国密码、中华文化的符号、中华文化的DNA。中华民族的生成,民族文化人格的生成,都可以追溯到龙和凤两个图腾符号中去。它们是了解我们民族合生成过程,了解我们民族的基本精神状态和人格状态的钥匙。庞进以艰辛的研究,在这个领域提出了带有贡献性的见解,将龙凤图腾推向现代民众。

我认为,龙凤文化贯穿着我们民族最早生成的三个母题。

一是和合精神。龙凤都是和合的产物。以龙而言,它就是远古各个部族、各个部落的图腾在轩辕时代的和谐组合,是牛、鹿、鱼、朱雀等众多的具象合成的一个共象。它从符号的角度反映了我们先民各个部族支系,在交往、交流和交战中逐步形成整体中华民族的过程。正因为有了这个标志，我们中华民族这样一个多民族构成的大家庭，才成为世界上唯一有自己共祖的民族。几十个民族有一个共同的祖先，这是世界上其他国家没有的现象。还有，轩辕时代的和合，除了图腾和合之外，还有分封和合，黄帝的若干个子孙，分封各地，为以后的封建制度提供了最早的雏形和因子。庞进对这样一些文化现象给予了解读。

二是创造精神。龙凤图腾在形成和流布过程中的多维创造，其实是整个中华民族创造精神的表现。龙凤图腾的融合是一种创造，它的流布过程也是一种创造。轩辕之后，每个时代、每个地域关于龙凤的伸延性传说，都给龙凤图腾不断增值。这是一个文化增值、精神增值的过程。各个地域、各个族群，都把自己的文化特色、文化底蕴，糅进龙凤图腾，糅进中华民族大家庭。在这个过程中，出现了许多创造性的成果。我们民族能够在各种具象图腾的基础上，产生一个抽象的符号，本身就是一种创造，一种智慧的、形而上的创造。龙凤是创造精神的标志。

三是有为主义的精神。它反映了我国古代经济文化成果交流共享、有为实践的精神。轩辕时代是一个创造发明非常多的时代，我们现在通常把指南车、农耕、冶炼、纺织、医术、车船、房屋，包括社会最初的礼仪，都说成是在轩辕时代创造合成的，因此黄帝被称为"人文初祖"。当然，其中有的只是传说，甚至可能有附会。但黄帝作为中华民族人文初祖的地位是公认的。人文初祖的逐步形成过程，其实是文化、社会、经济成果交流共享的一个过程。实际上，指南车并不是轩辕发明的；文字也不是轩辕创造的，是仓颉；农耕文化，那是神农部族创造的。我们民族现在归给轩辕的那些历史文化成果，实际上都不是一个部落或一个人创造的，而是各个部落支系发明、创造以后，通过轩辕时代的交流、整合，而转化为整个社会的成果，供全社会共享。轩辕、蚩尤大战，在道德坐标上，我们一直扬轩辕而抑蚩尤，但从生产力的角度看，蚩尤部落的冶炼技术远远超过了轩辕。轩辕打败了蚩尤，并没有灭绝他的文化经济成果，而是把冶炼术拿过来，变成整个民族共有的财富。黄、炎大战，黄帝打败炎帝之后，也是把炎帝的农耕文化成果拿过来，变成整个中华民族共有的成果。正是这种交流和共享的精神，使得中华民族日益壮大。

庞进从图腾入手解读它背后文化的大格局、大天地，这正是图腾形成的逆过程。作者从一个很小的口子进入，执着地深掘，大幅度地打开，用实证的原生文献资料论证了一个模糊集合的文化图腾，值得称道。

对庞进的龙凤研究，很多先生提出了中肯的建设性的意见。比如对龙凤文化、龙凤图腾所附着的诸如皇权思想、迷信色彩以及其他负面的东西，应有深刻的理性的人文反思；比如在个案研究的基础上，如何加强文化理论深度，使之进一步扩展为一种有特色的中国文化研究，又如何进一步在中外图腾文化的比较中扩展研究成果。

我感到，现在的研究向旅游市场倾斜。从向社会民间扩展龙凤文化研究成果的角度看，这无可厚非，但是如何处理学术研究和知识普及的关系，仍然需要进一步探索。是否能够分流？一方面更深刻地进行纯人文的解读，一方面继续扩展普及性的研究成果，分流来做。混淆到一起，普及与提高的关系就很难处理好。还有，我感觉研究的民间资料性、民间文献是很够的，但是理论的深度、理性的升华，还需要进一步加强。民间的、民俗的资料非常丰沛，对历代龙文化学术研究资料的集存和梳理还需进一步下功夫。

今天这个会，是一个学术水平非常高的会，是一个充满了思考的尖锐性和气氛的和谐性的会。大家以文会友，以学术会友，进行了一次高层次学术对话。我觉着这个会开得非常好。

感谢庞进先生的辛劳，感谢《西安晚报》对庞进的培养，感谢今天所有到会的朋友们。

2004 年 10 月，西安

老村老屋里的文化密码

——序《民居瑰宝党家村》

一条黄河，一个司马迁，使陕西韩城地灵人杰。韩城又何止与黄河、司马迁同在，这里有一代史圣，还有两朝状元，三朝宰相，四代世家，父子御史，祖孙巡抚，兄弟侍郎，南北尚书，一母三进士，一举一贡生，许许多多说不尽的亮点，被史家誉为"户尽可封""解状盛区"。黄河碎金般的浪波里，千秋万代流淌着韩城的辉煌。

21世纪第一年10月初，我有一次韩城之旅。先拜谒太史祠，后行东北三十里，隐约感到黄河涛声如大地脉搏起伏，忽然又扯起蒙蒙的雨雾——不知是雨还是黄河水雾，这便到了党家村。好一个名不虚传的党家村呀，依塬傍水，避风向阳，上寨下村如兄如弟相携相依，真是占尽风水。进得村来，一百二十五座明清古院珠联璧合，十四条砖铺巷道网络交织。哨门、水井、涝池、护宅楼周到地解决了社区生存的实际问题，而祠堂、文星阁、节孝碑、泌阳堡又长久地维系着社区发展的精神传承。这里鲜活地展示着中国传统社会的一个细胞。这里就是历史的中国。

六百七十年前，一个叫党恕轩的逃荒者，漂泊到了韩城泌水河谷东阳湾这个地方，掏土窑安身，种庙田糊口。三十多年过去，娶妻生子，扎下根来。八十三年之后，长孙党真中了明朝的举人，遂将此地命名为党家村。后来党、贾两姓联姻，同祖同居，农商并举，逐年旺达起来。到了明末清初，随着社会商品经济的发展，党家村率先实行农商并重的股份合作分红制，促发财富快速增长。百姓大兴土木修缮宅居，乡贤大办私塾以兴教育。党家村大规模建设院宅先后有三次高潮，第一次是明朝正统到景泰年间，完成了十四处四合院；第二次是明朝崇祯十六年至清朝康熙五十五年，建成二十五处；最后一批六十九处建成于清朝乾隆至咸丰年间。这期间还陆续修建了泌阳堡、文星阁、节孝牌、戏楼、祠堂、庙宇乃至排水系统等公共生活设施。到了清咸丰年间，党家村民居建筑已形成完整规模。百姓生活安定富裕，文化教育亦显发达，经济文化的发展都高于当地一般水平。

我原先对党家村的情况也多有耳闻，来实地一看，才知道百闻的确不如一见。徜徉于党家村街巷，不但所有的耳闻一一得到验证，引起声声赞叹，整个村寨古典建筑的科学性、文化感更促发了我探究的种种兴趣。党家村民居建筑群固若金汤的结构，除了安全，和中国传统村社文化的凝聚力、向心力有着怎样的关系？整个村寨的宏观布设，暗藏着怎样的意义底蕴和符号象征，又能够做哪些堪舆学的阐释？此类民居群落，如何以建筑形态促进先民成功创造农商互动、集体致富的业绩，又如何以建筑形态凝聚同祖、同族、同姓亦即同亲基础上形成的同信、同济、同谋和同兴的观念？……所有这些问题，我是那么希望有识者能对这个六百余年一直充满生机的民居社区进行解剖，找出令人感兴趣的答案。

现在，著名摄影家、新华社主任记者范德元用他的笔和镜头出色地完成了这项有益于社会的工作。在我国记者中，他曾经最早在飞机上航拍大江南北，用胶片感光祖国大地日新月异的变化。这次，他又历时三年，先后十三次造访党家村，在积累大量文字图片资料的基础上，潜心研究民居文化。这部书不仅图文并茂地展示了古典民居社区的风貌，而且从较深层面揭示了党家村所以成为中国民居文化典籍的根由和价值，回答了相关的文化、历史、民俗和建筑学方面的问题，我想定然会引起国内外游客和史学、美学、建筑学各方专家的关注。党家村的乡亲和我们这些读者也实在应该好好感谢他。

2002年1月14日，星期天，深冬季节暖如暮春，西安不散居

真善美的火车头

——序《全国铁路系统戏剧小品曲艺大赛得奖作品集》

铁路是国民经济和社会生活的大动脉，也是人类精神感情交流的绿色通道。旅客由人生的一个站点到达人生的另一个站点，他们实现具体的生活目的，也实现对牵挂、对交往、对互助的种种内心愿望，铁路因而是人生路上爱的出发点和实现爱的目的地。铁路职工以自己的工作传播、耕耘人类这种最美好的感情，又以自己的创作将她艺术地表达出来。铁路人真善美的心灵、他们极富魅力的形象便这样通过美的形态传播于社会，植入路内路外民众的心灵。作为在生活和精神两个层面终生享用铁路的人，我是常怀感恩之情的。

这可能也是铁路职工文艺一直十分活跃而且保持高水平的最深层原因吧。最近参与全国铁路系统戏剧小品曲艺大赛的评审，看了全国各路局选送的节目，又重读了收在这部集子里的获奖优秀节目，常常引发我这么去想。

这些节目给我最主要的感觉，是下面几个关键词。

第一个关键词是"质朴"。从剧情内容、人物性格和表演，无不透出一种骨子里的质朴劲儿。它们以一种质朴到近乎原生态的风格，对路局生活做了真切而又亲切的艺术再现。由于反映的是自己的故事，是千千万万个铁路人在生动的生活实践中创造的，不是关在房子里想出来的，所以质朴中又常常会透出一股生活进行时的鲜洌气息，给人一种独特、新颖有时甚至唯一性的感觉。这种感觉真是好极了。这是我们在一些专业创作和演出中很少见到的，对于艺术原创力稍显匮乏的今天，其弥足珍贵自不待言。

第二个关键词是"草根"。这些节目塑造了多姿多彩的人物形象，展现了不同生活侧面和精神侧面的生活图画，却又有一种共有的东西流贯其中，这便是草根精神、平民感情。战斗在第一线的、生活在底层的铁路职工成为所有节目无可置疑的第一主角，他们精神的价值追求和感情的喜怒哀乐也成为所有节目无可置疑的第一坐标。工人阶级难得地成为所有节目共同塑造的形象，鲜活而丰满地站立在我们面前。在集中表现草根人物和底层生活之美时，所有的编、导、演都表现出发自内心的亲切温馨和满腔热忱，他们其实就是在诉说自己父老兄弟的美丽，诉说自己的美丽啊！这也使得某些专业创作和演出相形见绌，对当下文艺思潮中的某些倾向，不能不说是一种匡正和廓清。

第三个关键词是"脉跳"。这些节目含纳着许多社会的、文化心理的新质信息，这些信息以来自生活第一线的新颖、鲜活让人怦然心动，从中我清晰地感觉到了当下时代脉搏的跳动，那种脉跳的感觉，把我带进了铁路职工的生活场、心灵场。除此而外，你还可以接收到铁路战线科学严格、刚毅执着、苦干实干、敢打敢拼的"铁"质精神；铁路员工热爱生活、乐于奉献、情长谊深、风趣幽默的人生情调；铁路战线党政工团各部门关心职工的物质利益和精神成长、以人为本的行业风气等丰富的信息。透过这些信息你又能谛听到整个时代行进的步伐。在文艺大格局中，职工文艺可以说是一个信息的富集区。

第四个关键词是"渐入佳境"。这是指艺术上，业余的编、导、演由于主要精力放在本职工作上，加之艺术实践少，所以在总体上稍显稚嫩。这是难免的，也完全可以理解。但我的确也欣喜地看到，许多人已经比较熟练地掌握了戏剧小品和曲艺的各种艺术手段，有的对小品、曲艺的本质性特点还有较深的创作体会和舞台体现。这是十分难能可贵的。我曾将喜剧小品的艺术特点简明地概括为"喜、剧、小、品"四方面二十二条"军规"，这里无法一一细述。这些作品对"喜"，亦即幽默元素，如误会、错位、夸张、反转；对"剧"，即戏剧元素，如在冲突中写人，在铺垫中导向高潮，在极致中突变；对"小"，即篇幅极大限制中的小处入手，细处传情，以小见大，以一当十；对"品"，即小有可品的格调要求，如追求微量的感情、复杂的心理效果，追求象征暗喻的意义。在这些方面，他们都常常有令人惊异的理解，有的还有较成熟的表现。

在全国各行业的职工文艺中，铁路职工文艺一直十分活跃，长期以来处于领先地位。如果说铁路人的精神是一种"火车头精神"，铁路人的文艺也完全可以被称为"火车头文艺"，它是引领真善美的火车头，也是传播真善美的大动脉。

2008年7月，西安

伴奏贠恩凤

心　　跳

恩凤说她一辈子都是用心在唱着，在这样说的时候，她便把歌曲演唱的技巧性处理，放到了心灵呼号的后面。旋律也好，节奏也好，甚至歌词，都只是歌唱家心灵呼号的载体，是歌唱家与听众互相进入内心的通道。歌唱的各种技巧性处理，不能用程式固定下来，应该是具体的欣赏场中，歌者和听者情绪交流的反映。每次听她唱《南泥湾》，会发现她每次的处理都不一样。她善于从现场出发，以几句鲜活的对话做引信，引爆观众的情绪。或设计一点观众的参与，使自己与现场融为一体，然后适应着不同欣赏场的要求，对老歌做新意的处理。每次，你都能在这些处理中听到歌者心的跃动。

用心在唱着，要求每次都有鲜活的投入，每次都有即时的创造，那是绝对容不得假唱也无法假唱的。要不《礼记》怎么说"唯乐不可以为伪"呢？

用心在唱着，要求于听众的，最重要已经不是耳的接收，而是在歌咏中心的对话和情的交感。欧阳修说这种感觉是无以言说的，只能"得于心而会于意，不可得而言"。有鉴于此，恩凤很难面对一些乐界生了茧子的耳膜和挑剔惯了的嘴巴，但只要一进入生命像海般涌动的老百姓，她的心便和无数颗心在节奏中、在旋律中搏动起伏了。

你道音乐是什么？音乐本来就是心跳啊。人类最早不是从别处，正是从自己的心跳声中，感知了这种天籁似的节律之美，而后才衍生、化育出音乐精灵来的啊。

用心在唱着，说到音乐的根子上去了。

栖 居

恩凤这个人不会开玩笑,别人幽她的默,她只是一笑,这一笑便挂起了免战牌。有次去演出,大家一路讲段子,只有她抿嘴笑着不搭腔。后来大家起哄她,她可能也为自己过于正经八百过意不去吧,腼腼腆腆文绉绉讲了一段,讲完却没一个人笑,和演出时向成千上万观众讲话的机敏、沉着判若两人。我和她同庚,见面总爱逗她说老大哥来了,她每次都会又书又呆地认真辩证:你又忘了,我们同年我还大你几个月。不像时下的女士,都喜欢把自己往小里说。在一切场合,对一切人,恩凤总是恳挚地说话,说恳挚的话。不作态,既不做骄矜之态也不做过谦之态,不狂不躁不咋呼,不学说逗唱。

她的歌正如她的人,她的人也正如她的歌,气正情挚,饮真茹强。人和歌,又都与恩凤及她的同代人所走出来的那个时代——20世纪五六十年代,何其相似。那个时代的激情、理想、质朴、真诚,当然还有些许的拘谨和守成,已经像基因植入了她的心和她的歌。她的歌也便成为一个文化时代的音乐徽号。她的歌常会引发你心头两三重画面的叠印,首先是与歌词内容相关的画面,陕北崖畔上的山丹丹花呀,南泥湾的军民大生产呀。同时,一些虽和歌词无关,却和唱歌人、听歌人有关的画面,譬如对五六十年代我们这一代人生活和命运的忆想,也会浮于脑际。这时候,青春的激情,历史的询问,人生的感慨,生命的沧桑,就在心里打破了五味瓶,由不得长嘘一声:是呀,这样绵长悠远的歌声,那是会复活青春和历史的啊。

她的歌是一代人感情忆念的栖居地。

银 铃

很早我就编过写她的稿子,那是三四十年前的20世纪60年代,我在《陕西日报》的《秦岭》副刊当编辑。那恐怕是评论她的最早几篇文章之一了。

记得文章的题目叫《西北歌坛的银铃》，这题目几十年来成了恩凤在歌坛的品牌代号，直到 90 年代拍她的音乐专题片，题目还用的是《黄土高原上的银铃》。六七年前，在她《山丹丹花开红艳艳》CD 唱片首发式上，我被邀即席讲话，就用四句话表述了对恩凤的印象：这是一个对人民群众有着深厚感情的艺术家，这是一个对浮名俗利非常淡漠的艺术家，这是一个对民族民间唱法精益求精的艺术家，这是一个艺术生命日新又新的艺术家。还写了八个字的中堂送她：德艺双馨，本固花荣。窃以为大致勾画出了她的轮廓。恩凤已经用五十年的艺术生命诠释了这四句话，无须我在这里解释了。

若论艺术生命，恩凤在她那一茬人中恐怕是最长的，在整整半个世纪里，她都是中国民族唱法的一个西部品牌。一个艺术家，在对待人民——对待生活源泉和精神母体，对待名利——对待人生价值和道德精神，对待艺术的民族质地——对待文化流脉和精神传统这几个根本点上，都能站住脚，艺术生命永葆青春也就不奇怪了。不可能要求每个人都将这些问题解决得十全十美，但能够像恩凤这样，用整整五十个春秋来探索和执守，始终初衷不改，那是定然会交出一份令人满意的答卷的。德艺如若双馨，本固定然花荣，事情就是这样。

人常常倾慕海市蜃楼的美丽而忘记了珍惜身边的珍宝，恩凤用自己的光彩提醒我们，关注正在黄土地上开放的万千烂漫山花吧。

2001 年 11 月 10，写于贠恩凤从艺五十年音乐会前，不散居

陈宝生艺术的原创特色

陈宝生的摄影艺术是从陕西榆林起步的,那时他在定边县,开始是照相,而后步入摄影创作,步入艺术境界。榆林在未修铁路之前,号称中国除西藏之外,离铁道线最远的地区,可见其偏远了。

陈宝生后来调进西安,当了省文联副主席、省摄影家协会主席,调进了西安美术学院,当了摄影艺术教授。其实远在还没有离开榆林那个偏远、苦焦的地方先前而又先前的时候,他的艺术已经震动了世界,这有他获得的难以数清的国际大奖和一批一批外国传媒的版面为证。

那时候,陈宝生已经是一位世界级的摄影艺术家了。

一个躲在穷山恶水一隅的艺术家,远离着艺术的中心地带,是靠什么引起世界震动的呢?这是陈宝生给所有艺术家提出的问题。

陈宝生没有直接回答过这个问题,他也不便回答。但他的人生和艺术道路,他的一幅幅作品中所含纳的信息,已经提供了明确无误的答案。

这个答案便是:艺术家只有靠原创力、靠原创性的艺术成果走进世界,走进人类,走进历史。

陈宝生艺术劳动的原创性,最突出的一点是,从"我"出发,从脚下这片土地出发,建立能够表现中华民族精神和东方艺术力度的艺术符号体系。

世界上没有两片完全相同的树叶,也没有两个完全相同的生命、两块完全相同的土地、两个完全相同的民族。生活在不同土地上的每个人,都是造化经历了亿万次组合之后,一次独特而又独特的生命创造。故而在这个世界上，每一个创造主体和每一个被认知、被体验、被表现、被创造的客体，都是独一无二的，每个生命、每块土地，虽然都是传承、繁衍的产物，在这个意义上又都带有原创色彩。

从"我"出发，从"我"的土地、"我"的民族出发，就是从异于旁人的地方出发，从独特性出发，从原创性出发。

陈宝生的许多作品，一展开大家便知道是他的手笔。摄影家主体独特的生命，通过他的艺术体验、艺术手法，像精灵一样活跃在那些瞬间的画面中。艺术审美客体（譬如黄河、黄土地）独特的生命，也通过他独特的审美表现渠道活跃在那些瞬间的画面中。

如果话说到这一步便打住，那么我们依然停留在通常所说的艺术的民族化和个性化的层次，并没有真正说出艺术的原创性来。对于陈宝生，话还要继续往下说。

陈宝生摄影的原创性，更主要的是他发现了表达"我"和"我"的土地、"我"的民族独特的艺术符号，并且在多年的艺术实践中逐步建立起只属于他的一整套艺术符号体系。

这套艺术符号体系便是：黄土地、黄河、塞上马，一共三个主要系列。处在三个系列焦点位置上的，当然是人，塞上人。

他不但在题材层面以自己家乡的三种典型物象为主要拍摄对象，而且在长达几十年的时间里围绕这个意蕴，或者集群组合，或者汇零为整，从各个角度、各个层次塑造了黄土地、黄河、塞上马和塞上人的艺术形象。这些形象作为有关联的整体，在反复而又重复的叠印中，在欣赏者心里沉淀为一种记忆、一种象征。这种记忆是一种能唤起相对固定的心理感受和文化联想的记忆，这种象征是关于民族、土地和生存在这块土地上的人的深层象征。

这样，形象升华为意象，变成一种陈宝生独有的艺术符号，就像中国画里寄寓了各种意蕴的山水结构和手法，就像中国戏曲里的脸谱和程式。在陈宝生的镜头中，黄土地非地也，乃是一种文化、一种品质、一种风格，或这种文化、这种品质、这种风格的千古温床。黄河非河也，是来自高山峻岭的强劲脉冲，催动着、激活着这块稍显沉寂的土地，使她有了精气神，得以在一个形而上层面飞遏腾跃。马亦非马，塞上马是塞上人和塞上魂的代词，奔腾呼啸的马群，叫你不能不想起安塞腰鼓和在黄土尘中的飞扬，它们将稍显木讷的塞上人心中的生命激情发掘出来，并传达给这个世界。它使世界认识到，在古老的中国，在偏远的黄土地上，有着这么一个雄强、悍武的部落。

陈宝生艺术原创性的另一点是，将中国美学中的散点透视用于摄影艺术。

镜头是摄影艺术唯一的视点，而摄影艺术又是通过定点曝光来写真的，这两点使得现代摄影艺术和中国古典美学的散点透视风马牛不相及。大约很少有人去想如何将这形同陌路的两种艺术观和艺术手法交叉、聚合、融汇，创造一种新的手段，更不要说有人锲而不舍地去实践了。

但是陈宝生这样做了。

自萌发这个念头始，他埋下头去探索，一干就是二三十年。由开始的刀痕斧迹，到后来的浑然天成；由开始匠艺平台上的精工细作，到后来的浪漫精神、哲理境界上总体的创造性构思，终于使这种中西合璧的实践成为一项创造性的艺术成果，取得了中外摄影界的认同。他运用这种方法，随意转换视点，将两种或多种视点拍摄的素材组合到一起，形成精彩的空间。

请看《高原上的河》这一幅，将黄土地上老树根似的山脉褶皱和黄河、黄河上的纤夫组合到一起。在这个画面中，人的命运不直接通过人的形象来表现，而通过河尤其是山的形象来表现。山与河成为画面的主体，人几乎被缩小为一种背景性因素。但山与河却在暗喻着人，诉说着人命运的沧桑、精神的韧强、生命的内力。像中国山水画，人虽小，楼台亭阁虽小，却是点景，也是点睛之笔。

就画龙点睛而论，这是黄河、黄土地文化的典型画面；而就意象论，这更是黄河精神或黄土地精神的意象。沧海桑田的历史变迁和生生不息的生命意蕴通过这种散点透视得到了聚焦、强化，给人以心灵的震撼。

在《纤夫》和《母亲的足迹》两幅作品中，将苦难的岁月（《纤夫》）和荒诞的岁月（《母亲的足迹》）与满天云锦组合在一起，不但转换了时空，暗示这是从今天看过去，将实景通过云霓幻化为回忆，而且转换了价值评断，使历史的苦难和荒诞变为一种崇高、一种遥远的精神坐标。

这些强烈的视觉效果和文化冲击力，不通过散点透视来组合，是很难获得的。

我们可以看出，散点透视虽是中国特色，其实和西方文艺中布设典型环境、塑造典型人物的方法很是相通。陈宝生将它引进到纪实为特征的摄影艺术，拓宽了摄影艺术对纪实的理解，扩展了摄影艺术的创作手段。

陈宝生视艺术为生命，为艺术不惜生命。为了拍摄一幅好作品，追索一个好角度，选择一个好景观，有时连续十几次起早摸黑，步行上百里；甚至于惊涛骇浪中将自己吊在黄河木船的桅杆上取景；有一次，蹲在草原的一个小坑里，任由撒野狂奔的马群从自己头上跃过。

陈宝生作品中那种"第一次见"的新颖感和具有震撼力的现场感、动态感，除了艺术追求的罕有标高和艺术构思的独辟蹊径，还与这种将艺术置于个人生命之上的精神，是分不开的，真正是"语不惊人死不休"了。

任何一个人，不论他生活在哪里，生命存在于怎样一个空间，只要从事艺术，便和所有的艺术生命相通，并且在艺术创造的意义上，和所有的同道处在同一坐标之中。一个真正的艺术家，从来不能只以地域的坐标来衡量自己，更不能只听身边的各种声音，随意地校正、调适艺术的自我，那是对自己、对艺术的不负责任，甚至会扼杀了心中的天籁。

真正的艺术家，永远应该在世界艺术体系的格局中来反观自身，以超人的自信力来发现、发育、发展自身的艺术原创力，并且极为细致、极为珍爱地保护这种原创力。

这就是陈宝生先生告诉我们的。

2001 年冬

回 望 母 土

——田钊摄影艺术的乡土情怀

徜徉在田钊的乡土摄影作品之中，我的心常会为藏在镜头背后的那双热切的目光所灼烫。那是怎样的目光啊！是漂泊的儿女回望老母亲的目光，是成熟的庄稼回望土地的目光，是一位正在朝现代生活走去的人频频回望自己的童年记忆、乡村记忆的目光。这目光中有难舍难割的眷恋，有温泉从心头流过的润泽和暖意，有记忆渐行渐远渐逝的无奈和惆怅，有不愿意审视而又无法不审视的关切和慨叹。

就是这样一种灼热而又复杂的目光，流贯、弥漫于她所有的作品之中，在造型、取意、构图、光影中从不出面却又无处不在地显示出自己的存在来。这样一种目光，不，这样一颗心，可以说构成了田钊乡土艺术摄影当仁不让的、永在的主角。

是的，这目光是热切到灼人的。麦收时节，她的父兄正在扬场，金色的麦粒抛向空中，散成一朵朵花儿，开在大地上，开在心田里。老农如父，将沧桑的人生埋在深深的皱纹里，笑出来的全是灿烂。穿上新式皮鞋的农家老太，羡慕地看着年轻人的婚纱照：爱的年龄是过去了，却不能取消我美的权利！三位农妇的背影，挤在条凳上看自乐班演古老的秦腔，其中的一个竟然在熟练地打手机——这就是我那新古交汇的可亲可爱的家乡。……这里，一切都不是俯视和遥观的，而是第一人称的，是"俺们村"的，是"俺爸俺妈、俺哥俺嫂"。对乡土热切的爱，使她的摄影总是以第一人称表述着，自己对家乡是如何因了解而深知，而热切，而陶醉。

这目光又那样充满了生命感。在闻名遐迩的泥塑工艺村六营村，小两口正在给整整一炕的小泥塑猪加工上色，那是他们创造的工艺品，也是他们创造的小生命；还有一个小男孩，则骑在泥塑大猪身上咧开嘴笑；而在窑洞门楣上那美丽的剪纸羊下，两个农家小孩透过简陋的院落，对着近在眼前的生活和远在天边的世界，纯真无邪地笑着……人类对家庭富足和生命繁衍殷切的憧憬，便这样在乡村工艺品的创作中一再得到了模拟的实现。社火、面花、剪纸、泥塑和老版木刻，现在已经成了稀罕景致的剃头担子和庙会舍饭，曾经被张艺谋的电影《活着》作为主要文化符号的蒲城皮影，让你联想起丝绸之路的传统的武功纺织，都多次出现在田钊的镜头中。这时候，透过关中农村浓郁的民间风俗和民间艺术，她的目光显出来的是一种宏阔和博大，大幅度超越了对当下生活或某一地域的关注，升腾到文化的交汇和生命的宇空之中。

更多的时候，田钊的目光充溢着历史的沧桑和情趣。她的家乡就坐落在号称"东方金字塔群"的关中五陵原上，几十座汉唐陵墓，使得历史在这里的百姓生活中一直以鲜活的当下形态传承、留存下来。你看，乡亲们就在唐顺陵的石雕旁割麦、扬场，或者扛着铁锨、木杈从干陵御道上走过，检阅着两边唐代大臣和各国使节的石雕。能够在千年历史老人的注视下生活劳作而那么泰然自若，也只有关中农民这独一份的幸运、独一份的气派了。而那位有着湛蓝色眼睛的关中老太则告诉你，她原本是异族移民的后裔，明确无误地诉说着在很远很远的以前，汉唐盛世那种世界格局的开放融汇。历史与现实就这样在不经意地牵手，而它无疑又是摄影家刻意的艺术捕捉。

千万千万不能忽视的是，田钊的目光又是现代的，或者说她更是现代的。在看取和感受客观世相时，她的心中流动着动态的、多维的现代元素。正是这种现代目光，使她能敏锐地捕捉到历史画面中活着的生命情趣，捕捉到日常生活和民俗风情之中动着的文化底蕴和审美因子。你看，在这块自古以来盛产大男子主义的土地上，妻子正化装准备演出，胡子巴碴的庄稼汉却抱着碎娃乐呵呵地看戏。世事的确变了。孩子打吊针，过去对农家来说是一件隆重的要上医院的事，而今就在医疗站门口的马路边，母亲们抱着孩子，一边打针一边泰然自若地聊天，对现代医疗的信赖使她们有了安全感。另一幅则更有趣，抱着孙子的奶奶虽然目前还只能坐三轮车，但孩子手中的玩具，除了传统的风轮，也有了现代的手机！正在走向现代的中国农村，就这样被作者不经意地用细节强调出来。

艺术表现生活可以有多种视域，有的鸟瞰社会，喜欢宏大叙事；有的在一个点上深掘，如福克纳一生都描绘自己那只有邮票大的家乡。田钊大致选择了后者。有幸的是，她的家乡是一块历史信息量、现代信息量、文化信息量都十分密集的土地，这使她的艺术在时间空间上都得以有宏阔的驰骋天地。艺术家可以选择以不同的色彩调式表现自己的感觉，田钊选择的是单色黑白而非七彩缤纷，这就恰到好处地表达了这块土地的悠久、沉厚和淳朴，增加了艺术冲击力。

艺术构思和表现技巧是至关重要的，但决定构思和技巧的眼界、心境和文化坐标，对艺术家则更为关键。当你的心头常常储存着、涌动着一种感动了自己的东西，你也就拥有了去感动别人的资本。有了这种感动，一切手段和技巧都会转化为进入别人心灵的通道；没有这种感动，一切手段和技巧便仅仅是手段和技巧，甚至是作秀，尽管有时它很精致、讲究。

也许这就是田钊的乡土摄影给予我们的启发。

2007 年 12 月 23 日，冬至，西安不散居

永恒了那瞬间的美丽

——李炳武《诗影情怀》序

记得那天，一丝秋风让酷暑有了凉意，炳武先生将他摄影诗文集的原稿整整一提兜放到我案头，叫人着实吃了一惊。若问为什么，说来就话长了。

我与炳武由相识而相交，有小廿年了，这期间读过他多部著作，也参与过他组织的多次活动。他早年搞共青团工作，写过青年思想教育方面的专著；后来到县上担任领导，又有很切实的关于"三农"问题的调查研究文集出版；在省文物局工作期间，主编了皇皇五六百页的大著《陕西文物精粹大典》，被我在序言中夸为"书架上的博物馆""装订成册的文物风景"。也许正因为在工作中善思爱写，兼具干才文才，炳武不久被安排到陕西省文史研究馆任馆长，担负起三秦文史精英的组织领导工作。他有了更大的驰骋天地，一举打造"长安雅集"品牌，使陕西文史研究馆与国家文史研究馆的工作接轨，在西部构建了一个全国知名文史宿耆定期交流的平台，而且每次雅集都由他亲自编纂了精美的书刊。头两届雅集已经产生了很大的轰动效应。

在多年的交往中，对炳武先生的敬业，对他的活力和创造性，对他的干一行爱一行钻一行成一行，我是早有感受，且感受良深，想不到他又拿出这厚厚的摄影诗文集来。这真是个不愿浪费一点生命的人，真是个执意要让人生的每一步都留下美丽的人！

《诗影情怀》分"风光""风物""风采"三篇，一拍自然，二拍民俗，三拍人物。初读的感觉，三篇给我的印象大致是："风光"篇在自然山川之美中，蒸腾出强劲的生命感；"风物"篇在社会风情之美中，流溢出沉厚的文化感；"风采"篇在人物形神之美中，特别注重心灵风景的凸显。

能够捕捉潜藏在自然风光内部的生命运动，将大自然拍得生机盎然，并通过天人感应、物灵暗喻引发欣赏者对于人类社会、人生世相的种种联想，是"风光"篇中不少作品的特点。《天鹅宫》一幅，天鹅与皇宫一动一静相互映衬，以天鹅喻人，优美而悠闲地在宫中游弋，一种生存方式、一种情调便触动了你。《美国大峡谷》在逆光下强调亿万斯年地层运动留下的印迹，一幅高度静态的风景照，拍出了强烈的动感，大生命大自然的运动不能不给人以震撼。《玉龙雪山》则以正在朝大山弥漫过去的浓雾作为动感元素，和在雪山上运动的人相呼应，静静沉睡于远古的山于是活了起来。

城市、乡村与建筑是人的栖居之地，也是人类物质文明、精神文明成果的荟萃之地，信息的荟萃之地。人的生存观念、价值观念、文化审美观念，人的生存状态与人生追求，莫不融在建筑之中。每一个城市，每一座建筑，都是人类的文化作品，都是美和艺术的纪念碑。看来炳武对此深有意识，在"风物"篇中，他以各国各地的城乡建筑作为载体，传达出不同民族不同地区的文化脉冲，令人印象深刻。

人是万物之灵长，也是万美之最美。人体之美集中了各种线条、光影、色彩在审美意义上的最佳组合，人的容貌写满了生命的信息和岁月的脚步。摄影家和美术家通常是从两者的结合上去表现对象的美，有时也有不同的侧重点，或者更重视人的自然美、形式美，如人体和肖像摄影；或者更重视人的文化美、心灵美，如把人物放在大环境中去表现。这时，人的风采中就有了更多风情、风俗的社会文化元素。在"风采"篇中，炳武走的是后面的路子，他将人物组合在各种关系中以此来显示题旨和意蕴。《亲切交谈》在人与人的关系中表现：年逾九秩的国学大师文怀沙和一位忘年交女士对视时，神态与目光的交流，自如而又投入，已经由眼的流盼进入心的叠印，年龄的悬殊构成他们生命的相互激发与补充。《忠诚卫士》一幅则在人与动物的关系中表现：以狗喻人，在人与狗的映衬中，把忠诚的执着和悲哀做了耐人寻味的表现。

　　作者为许多照片亲自配了诗，对《诗影情怀》做了最好的注释。图的视觉传递和诗的联想传递融为一体，不但多了一条感染欣赏者的艺术渠道，也为展示作者才艺增添了一个平台。

2005 年 8 月 25 日，夏添凉意矣，西安不散居

两个张少生

——序《张少生摄影集》

我瞳孔里感光着两个张少生,两个张少生亦分亦合叠印在我的心扉上。

和少生相识了好几年,我们的交往有两个段落。开始是公务关系,双方显示的都是公职面孔。在绥德县通过省文联组织黄土地艺术团去欧洲参加国际民间艺术节的整个过程中,我们一起跑批件,办护照,搞宣传,组织演出。由于年轻、干练,他的任务完成得很好。张少生便在我的心里有了第一次感光:这实在是个兢兢业业、踏踏实实的好公务员。

出国回来,我们之间公务少了,少生从陕北下西安还常常见个面,便成了朋友,从公共空间进入私人空间。我俩都转换了角色,由公务员变成艺术家,于是我认识了另一个张少生。他谈摄影,谈画画,谈构图,亮出了美术学院学来的全武行,也亮出了艺术家的激扬和灵悟。和公务员角色相比,反差真够大的。有时我想,少生内在的气质,他生命的底色,恐怕是艺术型的,而职务型的种种品质和能力,大致是后天的实践敷上去的色彩。说不定他人生的小径最后会通到艺术园林里来呢。

果然便有了这个摄影艺术集子的出版。

我想对艺术家的张少生多说几句。在这个摄影集中,你可以看出他以摄影主体在方位、角度、距离上的变化,对无法随意调动的客体对象取舍、发现、强化、组构成艺术画面的本领;可以看出他对色彩和色彩关系的感觉,对色彩在特定光区影区变异的把握,对光和影在画面构成中作用的理解。这些都有着自觉的美学意识和文化意识。尤其令我触动的是,他能够超越技巧的追求,目不旁骛盯住摄影艺术的本质——用客观画面抒写主观感受。或者说,将一切表述手段都用于表达自己心中的世界，那是一个爱与理想的世界。

　　他用作品告诉你他心里流淌着炽热的爱。爱自己生长的土地和家园，爱陕北高原的父老乡亲和他们的生存方式；爱祖祖辈辈用血泪铺垫的历史，爱世世代代用憧憬织就的民俗和民间艺术；爱这一切构成的生活流程，爱从这个流程中蒸腾出来的文化氛围，这氛围未必载入历史，却浸洇于每个人心头。他的镜头执拗地向这些风情聚焦，以画面为诗行，无声地歌吟着心中的爱恋。

　　少生又在作品里倾诉对家乡的企盼和期冀，倾诉得那么热切。他首先透过父老乡亲在自然背景、生活背景、民俗民艺背景中所喷发的生命力来展示自己的希望。乡亲们的坚毅、强韧，乡亲们的畅达、欢悦，乡亲们的自尊、自信，都预言着陕北会有一个更加美好的未来。少生在作品中融进了对家乡明天的信心。同时，这种憧憬和理想在"塞外空间"这一辑得到了表现。这里收入了他在国内外相对先进的地区，例如在江苏吴江市和欧洲小城镇拍的作品。这些画面和绥德大异其趣，显得空间更宽阔，色彩更丰富。作者期冀、也相信它们的繁荣兴盛，将会随着现代化脚步降临到可爱的黄土地上。

　　两个张少生，一个以艺术创作感应和咏唱这块土地，一个以行政工作服务和建设这块土地——不为别的，都是为了心中那放不下的爱啊。

2001 年 3 月 25 日，星期日，绿了窗外

曲坛小不点

——王茵印象

如今城市青年挤破头追赶时尚，我身边却出现了异数：有个小姑娘竟对传统的国粹曲艺一往情深，棒打不回头。

到处可以看到艺术青年摇头甩发奢谈前卫，我身边又有一个异数：这个小姑娘钟情于下里巴人的民间艺术，照样棒打不回头。这就是王茵。

王茵在秦地曲坛是小字辈，在我眼里更一直是个小不点儿。在文艺界，我和她老爸老妈那个年龄层的人相交多年；在曲艺界，要论班辈，我则和她师傅的师傅那一茬人熟悉。

前几年，全省曲艺会演的一次演出中，她的父母身着礼服双双光临，很有那么点隆重的味道，老两口眼里分明溢着一种通常被称为比幸福更耐寻味的东西。我问，你们一个搞音乐一个搞舞蹈，为何如此青睐曲艺？这才闹清楚，原来那天有女儿王茵创作的相声《丈夫的心愿》要参赛演出。我吃了一惊，脱口问，小不点儿王茵有多大了？竟然搞开写作了？竟然登上全省大赛舞台了？他们只是笑。听这个节目便多了一份留心，也多了一份感慨。我叫相声逗得一浪一浪地笑着，也一阵一阵地想，这个小不点怎么会知道这么多世事人情呢？这个小女孩怎么这么逗乐，是什么时候学会了这么多逗乐的法子呢？

节目演完，作者从后台来到我面前，我满以为她长得很高了——依然是个半大孩子！

这就是王茵——"生长在一个文艺世家，父母望女成凤，用心良苦。四岁诵古诗，五岁习书法，六岁练武术，七岁培训舞蹈……替我筛选着人生一条又一条成功之路。不争气的我，终于在父亲一句'朽木不可雕'的感叹中逃脱，'艺'无所成。"

这是她的一段自我介绍，这段夫子自道可谓十分里有九分准确，只有一分要推敲，那便是"'艺'无所成"四个字。不错，她也许书法未成，武术未成，舞蹈未成，曲艺之"艺"，却成了。就是这个《丈夫的心愿》，那次获得了陕西省曲艺大赛创作二等奖。打此以后，王茵便陆陆续续把这样那样的奖捧回家，放到老爸老妈面前。虽然女儿没有半点矜骄，两位上一代艺术家却多少感到了一点逼人的盛气。

王茵的成功自然不只是表现在得了几个全国的、地方的、门类的奖上，她今后还可能得到更多，也可能会慢慢得到的少了，这并不重要。重要的是作品本身的真实分量，是作品背后的作者显示出来的某些潜在素质，这些潜质极有可能构成王茵的后发优势，构成王茵的未来。

王茵属于用现代知识营养起来的新一代曲艺作者。她毕业于中国北方曲艺学校曲艺文学专业，具备了比较系统的曲艺创作知识和一定的艺术理性。科班出身的曲艺作者目前虽凤毛麟角，但这是古老的曲艺艺术在现代转型中的新现象，也是这种转型必不可少的基础。有专业学历的新一代曲艺作者，将是一座桥梁，把这种古老的民间艺术由昨天过渡到今天和明天。

那以后，她又就读于西北大学人文传播学院，获得文学学士学位，使自己能够在更宏阔的人文和美学层面，思考和实践曲艺创作，同时为各文艺门类的规律在创作实践中相通相融、互促互动提供了可能性。

这期间，她还到中央文化管理干部学院的文化管理专业进修。现代文化管理知识对一位创作者的意义，在我们艺术家的意识中恐怕才刚刚苏醒。王茵虽小，不，也许正因为小、年轻，反倒比她的同行觉醒得要早。她懂得，学会文化管理在人生道路上便多了一种能力，多了一种选择。

其实意义还更深远，管理意识是现代意识的重要内容，可以帮助艺术家在观念和思维上现代化。管理眼光是一种宏观眼光，可以使艺术家对生活、性格和感情的认识，对人与人、人与社会关系的认识更宽阔、更透辟。管理是一种实践理性，对于长期从事个体精神劳动的作者来说，无论在人格和能力上都是必要的补充和难得的锻造。

在艺术实践上，王茵也走着一条曲艺为主、多艺并举的路子。她写相声写小品，同时有意识地参与各种音乐、歌舞和电视节目的制作，从事跨艺术领域的实践。在这些领域里，她既搞创作也搞策划、制片和其他组织管理活动，使自己在几个专业学到的知识，能够得到初步的应用和进一步的巩固。

我想这一切，都使王茵在一条比较结实的路子上，一步步走向心中的目标。小不点王茵也会在漫长的跋涉中长大、成熟，叫我们越来越认不得她。

2001 年 2 月 21 日，西安谷斋，春阳初盛

雒 敏 的 歌

  人的记忆挺有意思，一件忘却多年、怎么也想不起来的事，却被雒敏声情并茂的歌声点燃，鲜活地复现于心头。

  二十年前，陕西一些作家和评论家坐一辆中巴由西安去太白县开创作会。车进太白山后，在秦岭南山长大的贾平凹便沉浸在家乡般的景色中，一言不发看着窗外，观察，琢磨，冥想。后来在他的《太白山记》中便有了"绿在山沟里涌动，而后在缓坡上漫泛开去。溪水是看不见的，它隐在内里，借着这流动的绿显示自己的灵魂"这样的名句。

  连鬓胡茬像铁刷那么硬的陕北汉子路遥，却对这绿挑剔起来，说，秦岭虽然险峻，却远不如黄土高原雄浑、苍凉，具有历史文化内涵。他好斗地反问："谁说不是哩！"接着便汹涌着野性吼起了陕北民歌《赶牲灵》。一遍下来，得了个满堂彩，更是得意，又拆开来唱。唱一句，描绘一段情境——天黑尽时，一个毛眼眼陕北女子，正思恋赶脚的情人，他咋还没有趸回来，远处便飘来驮队的铃声，慌忙迎出去，只见瓦蓝的夜幕中，三盏灯渐行渐近。女子影影绰绰看见走头头的骡子了，白脖子碎狗咬着冲上去，赶牲灵的人儿过来了。闺女心里踢腾着：死人哟，你若是我那哥哥，还不快招招手，你不是我那哥哥，快走你的路！讲完，路遥被自己感动了，又浅唱低吟来了第三遍。这个自称匈奴后代、耳朵眼长卷卷毛的硬汉，此刻是那么温存而又多情。车内好半晌悄无声息。不久，这首歌连同这个场面，便出现在他的中篇小说《人生》（还有后来的同名电影）德顺爷爷的命运中。

  这一切已经过去二十年。它一直潜藏在我记忆里一个幽深而又静谧的去处，连写路遥回忆文章也没有想到翻动它。当雒敏，这位我并不熟悉的歌手张嘴唱出《赶牲灵》的头一句，"走头头的那个骡子嘞噢……"二十年前的情景、二十年来陕北这块土地在我心中的种种浪花、种种沉淀、种种纠缠，一下子激荡起来。真不可思议，真是一种魔力！是心的感应和鸣，是艺术对生命的点燃！雒敏将生命、感情融进歌声，引发的便不只是审美共鸣，而是对一块土地、一方文化、一种生命景观长久的忆念和思考。

雒敏不像恩凤，恩凤素称"西部百灵"，唱歌时像秦腔的板胡，有直飞云层的高亢；雒敏的女高音在质地里则带一点浑厚。雒敏也不像冯健雪，健雪的甜美怎么听也能品出江南丝竹的声韵；雒敏则完全属于黄土地，悠扬、饱满、明亮、开润，在歌曲的进行中稍稍显出一点从容和沉着，无一不恰到好处地显示着陕北高原的本色。不过这还远不是雒敏。一进入感情浓郁的区间，陕北女子独有的那种缠绵、胶着、炽烈便在旋律中喷薄而出，爱得要死要活、惊心动魄，有时又细若游丝，在好像中断的连绵中让你品味爱在受苦人心中引起的那种美丽的痛苦。雒敏的情歌，让一个个鲜活跳脱的陕北女子进入你的心灵。

在农历庚辰大龙和辛巳小龙交接班的那段日子，我去北京参加中国文联全委会。会议的座席每年都按姓氏笔画排定，这样便总和中国音协党组书记兼常务副主席、著名的男高音歌唱家吴雁泽比邻而坐，一来二去成了老熟人，常聊聊西北和陕西音乐界的近况。今年我向他推介了雒敏，我说这女子能够把不同风格的十七首陕北民歌一气唱下来，汇成一个专辑，还很少见，这表明她嗓音的适应性强，显示了她多方面的艺术处理能力和表现能力。

我说雒敏不只是爱艺术，最重要的是她深深爱着那块土地，爱着家乡的父老乡亲，她是用心灵、用生命在唱。雁泽很关注，问了雒敏的一些情况，沉吟着说："其实，技巧玩得再好，只是匠艺、技艺，能够用生命去唱，唱自己心中的爱，这才是艺术家啊！"话里有赞赏，更多的是希望。我想，以雒敏之敏，一定会心领神会的吧。

2001 年 1 月 25 日，星期四，正月初二，漫天大雪

感 光 国 脉

——序摄影集《祖国在我心中》

　　税收乃国脉所系，纳税乃民心所寄。税务工作者便是将民心和国脉、个人与祖国联结一体，铸造强盛国力和小康民生的人。故而，由税务部门和文学艺术界共同发起并主办的这次中国税务西部大开发"祖国在我心中"全国摄影大赛，从六千多幅参展作品中选出佳作向社会出版发行，实在是抓住了税务工作的精义，抓住了税务工作者和祖国、人民血脉般的联系。陕西国税局和陕西地税局在全国税务部门中第一次承办这样的活动，事前还组织系统内外的摄影工作者到各地采风，既重收获更重耕耘，表现出他们对税务工作和艺术创作的深刻理解，对祖国对纳税人的深度热爱。

　　这个集子里的作品，题材内容和创作手法多姿多彩，却流贯着一个共同的主题，这便是"祖国在我心中"。入选作品透过千姿百态的"美"字，共同表达了一个"爱"字。从拍摄题材上看，集子里的作品大致可以分为三类，一类是再现祖国大好河山的，姑称之为"爱国爱乡之景"；一类是再现西部风光和西部开发的，姑称之为"激扬西部之情"；一类是再现税务战线生活的，姑称之为"心系国脉之魂"。三类作品较好地表达了摄影大赛"中国·西部·税务"这样一个主旨内容。如果说第一、二类侧重表现的是"祖国（西部）在我心中"，第三类则侧重表现的是"我为祖国效力"。摄影集这样的定位，使"爱祖国爱西部"与"为祖国为西部"在感情上和行动上构成了一种良性的循环，也使我们感受到了税务与国家、我与祖国的对应互动关系。这都显示出赛事主办者和影集编辑的精心和匠意。

在"爱国爱乡之景"类的作品中,《向着太阳飞》对朝阳下的青海湖以暖色调所做的强化处理,对百鸟朝阳的动态画面恰到好处的捕捉,对湖水在光与影的旋律中那种浩渺无际感觉的成功表现,使整幅作品的意蕴在象征层面得到了升华。站在作品面前,我们已经不只是在欣赏日出时的青海湖,而是沐浴在祖国的辉煌和壮丽的海洋中。《梯田曲韵》《冬日马场》《流动的旋律》也都运用构图、光影、色彩,对真实做了超越性的处理,极大地强化了艺术表现力。

在"激扬西部之情"类的作品中,《高原雄鹰》《凌空飞燕》以对动态瞬间的出色捕捉,表现了中国西部坚忍、强悍、乐观的精神。画面上充盈着西部人生存的动态感和力量感,传达出西部精神的真谛。《小日子红红火火》则表现了西部农家生活画面。这家人在土地上静态生存着,作者却用长挂下来的长长的火红辣椒串打破了农家的安静,用一家三口情不自禁的笑容宣告着日子的红火。静中有动,这不正是当前农村新生活的基调么?

"心系国脉之魂"类的作品,集中反映了税务战线的生活。其中有四幅作品引发了我浓烈的兴趣。它们是不同作者在不同的时空中拍摄的,无意之中竟组成了一个由实到虚、逐级提升的系列。先看《服务上门》,它是完全纪实的。作者抓住几个人物如沐春风的表情和他们错落的位置所造成的光影变化,真切再现了税务人员为黔贵山区少数民族服务的温馨情景。《税满家园》也是现场纪实之作,但作者智慧地用竖在草坪上的巨型税务宣传广告做背景,和前景一家三口欢悦的奔跑,组构成极富象征意味的画面:绿色草坪暗示着民众的税金是国家财政的沃土;红色广告则是强盛的国力对大地(群众)阳光般的关怀;欢悦的一家更意味着纳税人自身正是税收的受惠者,他们处在缴纳税收和享用税收这种良性循环所营造的幸福感之中。这实在是意在象外、实中出虚了。《情系国脉》则反过来,由虚入实。它的画面是虚拟的舞台表演,构图、灯光和天幕的主题词都是精心布设的,带有一定的虚拟性,但表现的意蕴是实的，是以虚拟的画面逼真、切实地歌颂税务工作。更能引发欣赏联想的是《城市命脉》，这幅作品以不同弧度交错的多层立交桥来象征命脉，由实大幅度提升为虚，实现了意与象、神与形的分离，能够引发多方面的联想。在这次与税务有关的主题展览中，特定的欣赏环境会使大家不由得联想到，它寄寓着税收是国家命脉的深意。这组作品可以说是反映税务生活的艺术四重奏。

希望摄影艺术家走出暗室，进一步贴近时代，贴近群众，贴近生活，用我们的镜箱去感光国民，感光国力，感光国威，感光国脉，感光国魂。

2004年2月22日，星期天，西安不散居

人类对大自然的微笑

——巩德顺镜头中的金丝猴形象

爸爸在前方发现了什么危险，妈妈赶忙背过身子，紧紧把孩子搂住——这是《呵护》。

她从浓荫匝地的林子里款款走出，怡然自得地把自己挂在荡漾的枝条上，惬意地晒着春日的太阳——这是《悠闲》。

而他，竟然将下巴舒服地搁在树杈上，头一歪，双腿悬空睡熟了，梦中也不忘用胳膊抓住枝条，免得摔个仰八叉——这是《小憩》。

那四位更绝了，蓦然在山间的深潭中发现了自己的倩影，于是正襟危坐，静观默想，沉浸在"我是谁？"的哲思之中——这是《窥视》。

以上几例，是我们从巩德顺"陕西瑰宝——秦岭金丝猴摄影展"中看到的画面。金丝猴在艺术家的镜头中被充分人性化、人情化，它们的生命状态和生活情趣，无不引发我们对人类生活和自身感受种种情趣盎然的联想。于是在无声的欣赏中，你便悄悄地接受了一个事实：这些金丝猴，乃至所有的动物，原本是我们的兄弟姊妹，都有着和我们一样的应该被尊重的生命。这不是一种理念，而是一种感受，是艺术家以形象的亲和力和感情共鸣传达给你的一种鲜活感受。

我们不妨说，这是一个动物摄影展、一个艺术摄影展，又不纯然是动物和艺术摄影展。艺术家要告诉大家的何止是动物的话题、艺术的话题呢？他久久骨鲠在喉的、最想要说的，根本上是一个人文话题啊。巩德顺摄影正是以此获得了独到的内涵和深刻度，而与别的唯实的、唯美的摄影明显区别开来。

所有作品的画面中，几乎看不到人，但一切美、一切情趣、一切思考，都在金丝猴与人、动物与人、自然与人的关系中展开。我们在每幅作品中分明能感觉到他目光中的关切和心中无以言表的爱。他在秦岭山中多年来执着而艰难地寻找和拍摄，全是为了在这个杳无人迹的地方使人类的爱心得到诗情画意的展现。

德顺先生通过他的摄影艺术，将一般的生态关爱转化为生命关爱，将一位领导者的职务担当转化为人类担当。生文文化、生态文化与人文文化相熔冶，将大自然的生存和动物的歌哭提升到人文境界。这同时，人文精神话题也便水到渠成地渗透进大自然景观中。作为万物之灵长，人类在世世代代享用造化赐予的生物链最高一级成果的同时，终于负起了自己早应该负起的责任。这是对大自然最高的责任，也是对自身最终的关怀。于是我们能感觉到，所有画面背后都有一个不出场的主角，这便是人。但不再是凶残的人、冷漠的人，而是对动物报以亲切微笑的人，报以关怀和理解的人。

画面上无迹可寻的人，赋予了这些画面无处不在的温馨。人类和大自然，终于由隔膜对立转向了含情脉脉的对视。人宽待动物，动物便亲和人；人苛待自然，太小家子气，自然必定会在这里那里给你制造一点不愉快。世界从来不仅属于人类，世界属于世界这个大家庭中的每一个生命。爱因斯坦说，问题不在哪棵树上掉了一片叶子，问题在每一片叶子掉下来，火星都会感知。宇宙就这样联系着。当人像老大哥那样真正挑起这个世界的担子，人文文化和整个生文文化、地文文化、天文文化系统逐步实现良性循环的日子也就为期不远了。

巩德顺便这样以自己的镜头，艺术地再现了金丝猴自如自适而又快意惬意的生存状态，暗传了人类生态生存意识的建立，暗传了人类社会在这方面有点迟到却终归是可喜的进步。

2003年9月3日，西安不散居，久雨终晴

漫天云锦话秋尧

——张秋尧的寿学研究和寿学书系

秋尧七十四岁的生命依然满天云锦，他是一位生命日照超长的老人。

丁亥夏日我有新疆喀什之行，这里早晨6点多天亮，深夜11点天还没黑尽，二十四小时中日照竟长达十七个钟头。那天我正在达瓦昆沙漠湖畔远眺艳阳下无际的沙浪和水波，突然手机响了，传来四千公里外秋尧熟悉的河南口音，说他此刻正在西安桃园我家楼下，问我读完了他寿学书系第七册的稿子没有，第八册也已成稿，等我的序好开印。我心头马上就闪出这个联想：秋尧的生命和西陲的喀什一样，有着远比常人长得多的日照。他是一位日不落老人，也热切希望普天之下的兄弟姐妹日不落。这种热切那么强烈地体现在他皇皇八大本研究百岁长寿老人的书中，像夏日达瓦昆沙漠的阳光一样灼人。

说来话长，我和秋尧的相识早在四十多年前。著名的全国劳模赵梦桃去世，报社派几个记者去咸阳国棉一厂采访她的事迹，要推出重头的典型报道。采访中，我们深入细纱车间赵梦桃小组跟班劳动了几天，就在那时，我认识了接任赵梦桃的吴桂贤和车间主任张秋尧。这以后，中经"文化大革命"的离乱和中年时代的忙碌，我们相互杳如黄鹤。前几年秋尧突然浮出海面，提着一大兜手稿和一大摞书法作品来看我，还是那样乐观而充满活力。他早已退休，却以退为进，以一支钢笔和一支毛笔耍出了十八般武艺，成为收获颇丰的散文家和书法家，那时就出版了五六本散文集和书法集。

不料他告诉我那些书只是"零敲碎打"，"先弄几个折戏热热场子，本戏还没开锣呢"。原来秋尧曾经身患重疾，为了战胜死神而倾力研究生命，收集、探究健康长寿的秘诀已好几年。他向我预告，自己在这个领域会有大动作。秋尧先从百岁长寿老人开始，为了收集资料以六旬高龄自学电脑。高寿的太爷太姥们有许多好的健康养生经验，对延长人类寿命做出了贡献，是最好的老师。我为他的寿学新书题了词，还将他的一首百岁寿诗书于宣纸上。记得我的题词是"老酒至醇，老汤大补"，而他的百岁寿诗则是一种"柏梁体"，只有七句："李白秋浦开先声，九华可赞事苍松。生性扎根岩石缝，能抗长年四时风。天走黄帝说黄精。百岁无暇谈长生，本节纲目记分明。"

果然，后来便不停地见到传媒报道他寿学研究的进展情况："七旬老人创作2008首长寿诗献给奥运"，"秋尧老人《百岁寿诗三百首》出版"，"秋尧老人《百岁寿星风采集》出版"，"秋尧老人《钱命抉择——教你怎样玩一百岁》出版"，"秋尧老人《百岁寿星千诗诵》出版"，"秋尧老人《百岁俱乐部》出版"，"秋尧老人《百岁太姥歌》出版"……一口气出了六本。第七、八册《百岁养生百讲》和《超级寿星咏叹调》也已经完稿，此刻正摆在我案头，待序出版。八本书近二百万字，码到一起足足一尺厚！眼看着他的长寿书一本一本写出来，也眼看着他的年纪好像一天一天在降下去。这个快活、热闹的老头儿越干越欢，越干越年轻，2008年奥运会前出齐是一点儿没问题了。真叫说到做到！

为了寿学研究和写作，秋尧积累了十四万个世界各地长寿老人的文字和图片资料，从中总结长寿的经验，梳理与长寿相关的社会、自然、道德、习性、心理、机体、饮食、艺术与锻炼各方面带规律性的问题。他的著作在通俗可读之下，又显出一种切实，一种可行性，在具体的操作性中又能提升人对自身健康的信心，激发生命的乐观精神。因而他的寿学著作兼具形下和形上两种功能，可能使你的生命长度增加还在其次，重要的是它会使你活得健康愉快，增加你的生命精度。

人类有一个永恒的悖论，就是当你的智力、能力、知识、经验、感情、理性，在几十年的发展中趋于成熟的时候，也恰恰是你身体各方面的机能开始衰竭、你的生命快要走到尽头的时候。这构成了生命悲剧的一个重要内容，即生命的量和质的矛盾。这个矛盾永远无法解决，却可以缓和。秋尧的寿学研究就是一门力图延缓这个悲剧的学问。通过总结各国百岁老人的长寿经验，通过对这个经验的推广普及，增加人生的长度，提升人生的精度。

这不仅对老人的健康长寿有意义，对过好人生的每个段落又何尝没有意义？老年既有生命最后冲刺的艰难，又有着生命制高点的辉煌，老年人生有着极为丰富的社会人文含量和生命科学含量。解读老年，解剖老年，是解读、解剖人生的一个高视点、高平台，它会让我们加倍感觉到生命的可贵和人世的美好。

实在要结结实实地感谢这个越活越带劲儿的好老头儿。

2007年6月7日，西安不散居，孩子们在酷暑中高考

喜听寿鹤鸣新纪

——序《"鹤寿杯"得奖作品集》

公历千禧年庆典刚过,一步便迈进了农历庚辰龙年。几乎同时,新世纪的脚步也便在耳际响起来,眼见那声音是越来越近了。进入 2000 年前后,真是一段令人难以忘怀的岁月,生命经历着高频的激扬飞动。

就是在这一段日子里,我应邀参加了陕西老龄委和《华商报》《陕西老年报》联合举办的"鹤寿杯"征文评选工作。这次征文共收到来稿六百八十余篇,经过老龄委和两报编辑辛勤的工作,选改出一百零四篇刊于两报副刊。又以这百来篇为基础,反复斟酌比较,从中遴选出一等奖三篇,二等奖五篇,三等奖十篇,佳作奖十篇。现在又集腋成裘,使这次评奖的成果通过出书得以再度展示、流播于社会,实在做了一件功德无量的事。

"鹤寿杯"征文以纪实散文为主,从真切的生活下笔,以真挚的感情浸润,多角度多层面地表现了老有所为、老有所乐、老有所养和尊老、敬老、爱老的社会新风貌。就我读到的一些篇章看,下面这样一些特点是令人难以忘怀的——

征文集中宣扬了我们民族道德中真善美的闪光。《母亲将我放飞》写一辈子躲在父亲阴影下生活的母亲,当女儿不愿屈从父命过早结婚,要走出大山去实现人生理想的关键时刻,偷偷给她三百元钱,勇敢地支持女儿放飞生命。区区几百字,把母爱的力量和母亲的生命渴望写得感人至深。《与老爹同乐》描绘了儿女和老爹合家同唱秦腔的温馨欢快,亲人团聚时的天伦之乐溢于言表。《大扫把、太阳帽、橘色大马甲》和《传达八十》则是写老有所为的。尊老爱幼,崇尚伦理,生命不息奋斗不止,这些民族精神中最美好的东西，构成了许多篇章的主调，这便将整个征文活动纳入了社会主义精神文明建设的大格局。

真切感人是这次征文的又一个特点。由于大都是记实事写真人，又大都是下一代写自己的长辈，那画面、那感情无不取自个人记忆的深处，是在记忆中沉积了多年的那些最有特点、最美好、最闪光的东西。这尤其表现在细节的选用和表达上。很多篇章都有非常精彩的细节，像《老姐给我寄剪报》，家乡的老姐离休后多年默默为省城的兄弟剪辑报刊资料，支持他的工作和学习。这里，寄剪报成为姐弟手足之情的象征。《奶奶脱盲》中的"配图生字卡""实物名称卡"，尤其是用录像将各地儿孙教奶奶记生字的对话录下来播放的"感情记忆法"，新鲜而有特征，十分自然地融入了亲情的温馨和风趣。这些细节一以当十，几笔就写出了性格，写出了感情，写出了人物关系和鲜活的生活氛围。

恐怕也是由于这些文章大都出自生活和感情的最真切之处，下笔的角度和写法各有特色、极少雷同，常常会遇到很新颖的结构方法。其实业余习文的作者们在写作时未必会过多去考虑写法、讲究技巧，只是各自生活本来色泽不同，特点迥异，自然会用不同的角度、结构和写法去表现而已。生活的独特性就这样奠定了内容的独特性，内容的独特性又这样转而启动了形式的独特性——写作最基本的道理原是最朴素的啊。

老人是人间的祥瑞，是人生的精华，是生活的见证者，是生命的沉积岩。老年是一种美丽，是那种岁月在不经意中将整个人生沉淀了进去的大美。老年是一道风景，是穿越了人生所有阶段的风景，是浓缩了人生全部感情的风景，是人生长廊尽头精彩的一笔，是人生舞台上的压轴戏。读者诸君，翻开书，你就会走进这样一个天地。

2000 年 3 月 10 日，西安谷斋，窗外有绿悄然而至

金子般的花朵在你心中开放

以我的年龄和社会角色，算不上是世纪金花的老顾客，却是她的不倦不弃的老游客、老看客。因为这样那样的原因，我几乎每周都会路过钟鼓楼广场，从十年前开始，也就是在有了世纪金花之后，我便习惯性地选择走金花地下商场穿过广场的路线。我不太买东西，却愿意享用她那因熨帖、洁净而显出金子般光泽的设施，更喜欢享用员工们花儿般的微笑。我是她身边一缕关注的目光，一个热切的观察者和品鉴者。隔三岔五地穿堂而入，那是一种推心置腹的交流和比肩摩踵的贴近；更多的时候擦身而过，那也是距离很近的一种牵手。整整十年，我与金花便这样成了朋友。

吴一坚总裁似乎说过这样的意思，一个企业应该给社会提供四种东西，那就是产品、人才、服务和文化。这实在是一种大思考。也就是说，一个企业不但要做强做大，还要铸人铸文；不但要展销商品、沟通物流，还应该流布文化、展示美。现代商城要做强、做大、做美，这就正好应了"金花"二字：追求金的价值，更追求花的美丽。"金"与"花"，构成了世纪金花的双重魅力。

现在大家都在探索如何加强企业文化的建设，我是行外人，本没有什么发言权，只是感到眼界还需要进一步拓宽。企业文化，当然主要是指企业内部的文化，是指企业的观念文化、制度文化、服务文化、行为文化和职工文化生活等。但是，如果走出企业看企业文化，从整个社会的大文化格局中来看企业文化，它的内涵和功能完全可以在更大的时空范围中得到展现和发挥。

譬如，一个企业的经营理念和操作思维、操作方式，对整个地域企业经营思想和文化理念的拓展和引领作用，尤其是一种先进的企业文化理念及其成功实践，对全社会价值观的突围和引领作用，都应该是谈论企业文化的题中应有之义。这方面，在古城西安，世纪金花堪称报春的雨燕。她以超前的、时尚的、高品位的国际化标准为定位，以高端时尚品牌的需求为动力，将民众的消费需求、休闲需求、审美需求熔冶一炉，这不但在古城营造了一个具有浓郁现代生活氛围的场所，更在古城营造了一个具有现代价值坐标的橱窗。

在长安这座四方城的正中心，在丝绸古道和龙脊大道的交叉点上，古老的钟楼和鼓楼，以及将晨钟暮鼓联为一体的世纪金花商城，其实早已成为西安的新地标。这是一个文化意味深长的意象性地标，是一个充满动态感的时光隧道。

世纪金花的意义，固然在于使古城的"金领"和其他高端人士有了一个惬意的消费场所，也化育、催生了一批归属于现代文化谱系的俊男靓女，从而使古城熠熠生辉。其实远不止于此，它在浓郁的历史风情中插进了一道现代风景线，在古典价值原点上隆起了一道现代价值坐标，它将现代人的消费观念和审美观念，将现代人的生活追求和价值追求，穿越唐、元、明历代修葺的厚厚城墙，直接带进了古城的中心，带进了古城人的心里，这才是世纪金花更为重要的意义。

来到这里，你不但享用高端消费，在高端消费中体验人生的成就感，你更享用人对人的周到，心和心的关切，享用以人为本的温暖、与人相谐的熨帖，以及现代社会待人接物的各种智慧。在种种种种的无微不至中，你会发现物品的购买已经悄悄转化为一种情调，而钱物的交易也上升为一种文化的交流和心灵的沟通，上升为一种知人乐人与悦心赏心的过程。

时代发展到今天，那个以生产资料占有的多寡，即以对物的占有来划分阶级的时代已经成为历史，一个通过消费和流通，以合法收入置换文化身份和生活情调的时代，则正在到来。世纪金花敏锐地反映并且适应了时代的这一变化，意义自是非同小可。

在对核心价值理念的不息追求中，全体金花人会将这一切做得日益自如和成熟。我们做到了至真，也就通向了至极。

2008 年 4 月 5 日，西安不散居

三支妙笔写春秋

今天，各界的朋友们聚在这里，为利君集团总公司、西安事变纪念馆和陕西楹联学会共同举办的纪念西安事变六十五周年楹联大赛举行颁奖典礼。读着我们的楹联艺术家为西安事变和利君集团创作的几百条精辟、精湛、精彩的联句，我脑子里冒出了即兴讲话的题目，这就是：三支妙笔写春秋。我是想说，今天这个场合虽然只是一个平常的瞬间，却暗传着三支春秋之笔的功力，有三个历史空间交织于其中。

第一支妙笔，是中国共产党和爱国名将张学良、杨虎城合作书写的西安事变。这次事变促成了第二次国共合作，国共两党和全体民众团结抗日，一致对外，改变了国家和民族的命运，也改变了中国共产党和中国革命的命运。这是一次绝对应该冠以"伟大"这个词的历史转折，其中的境界、眼光和智慧，都为世界政治史和军事史所罕见，堪称书写历史春秋的妙笔。

第二支妙笔，是利君集团在现代市场经济中的崛起。还在社会主义市场经济初步建立的时候，原来的西安制药厂毅然决然从计划经济体制中挣脱出来，发扬延安精神传统，运用现代市场思维，先以品牌引路，几年之内成为中国现代制药业的翘楚，再以集团为动力，全面进军经济社会建设，很快又有了骄人的成绩。一个利君企业的变化，缩印了现代市场经济在古老的中国大地上迈出的历史性步伐，是市场经济的春秋妙笔绘出的瑰丽画卷。

第三支妙笔，是文艺社团转换思维和市场经济结合，为社会、为经济建设服务。文人本是不屑于言利的，我们的文艺社团长期以来靠国家供养。有限的经费不但限住了活动也限住了思想，只好死不了也活不旺地熬着。现在，陕西楹联学会一手挽起实力企业（利君集团），一手挽起知名单位（西安事变纪念馆），让自己的文化活动为社会服务，也让社会给自己以支持。一些伸开的指头于是捏成一个拳头，许多散开的人于是聚成了一支队伍。小个子的楹联协会也就将一件本来要大个子才能承担的事干得有声有色，出光出彩，支持了别人也壮大了自己。楹联学会以妙笔写下了一段新历史，它告诉我们：文化既可以是无价之宝，也可以是有价证券。市场对文化原来不是洪水猛兽，而是远航的海洋啊。

生活提升为文章，文章结晶为诗歌，诗歌精练为楹联。你道楹联是什么？楹联是诗的诗，绝句的绝句啊，是生活和艺术的"舍利子"啊。千万别小看了它。这样说来，今天的活动能够内存如此密集的时代历史信息，不也可以视为三支妙笔写下的一副绝妙好联吗？

在纪念西安事变六十五周年楹联大赛颁奖会上的即席讲话，2002年12月12日，利君集团礼堂

四十年光阴绚丽恒在

——《西安四十年》摄影集序

这部摄影集是历史的底片，文化的芯片，也是改革开放四十年来西安交给世界的名片。它让光阴永驻，绚丽恒在，斯文有传。

对历史来说，四十年不过白驹过隙，却掀起了一个时代激浪奋进的大波涛。短短四十年中，能让一座城市在沧海中粼光闪闪，由冷落变得温馨，由黑白变成多彩，这样的西安，这样的西安人，历史会记住她，民心会镌刻她。艺术家会将那无数真切的瞬间，定格为真实而绚丽的永恒。古城也将会把这城砖一样厚的书，砌进城墙，续写一座城市的辉煌，留给后代，留给未来。

请你打开这部书，用温暖的目光抚摸这座东方古都的现代变迁，抚摸我们已经居住了几千年、还要永远居住下去的家园。

2018 年 11 月 8 日，西安不散居

大 地 脊 梁

——序《"三个代表"在三秦》

横亘于华夏中部的秦岭山脉,是中国的脊梁,也是三秦的脊梁。中华以秦岭为界,地分南北,以秦岭为带,衔接东西。正是这道脊梁,使陕西将华南、华北和华东、华西,衔接、熔铸为一个完整的版图。

秦岭又正在华夏母亲的胸口,华岳和太白两座挺拔的山峰便是她依然青春的乳峰。那苍苍莽莽的褶皱,如乳腺分泌出千丝万缕甘甜的汁液,汇为汉江渭水,滋润着三秦大地,壮大着长江黄河。江文化和河文化、土地文化和草原文化于是在这里又组成了色彩斑斓的精神版图。"以华为中",我们的华岳也便成为中华民族、华夏文化的徽章。

这部书以饱蘸爱意和敬意的笔触,记叙了十四位当下陕西的杰出人物。他们是喝黄河长江水成长起来的,是在黄土和大漠的摔打中成熟起来的。而当中国共产党"三个代表"思想点燃了他们的生命自觉和历史责任,这些人便不只作为单数的"我"而存在,也便不只追求个体生存的质量,更是作为复数的"我们"的代表,竭尽全力去追求群体的、民族的、人民的生存质量了。

他们的一切思虑、策划、行动,或是像李济生、李立科、郭秀明那样致力于先进生产力和先进科学技术的发展,或是像王思明、邓菊梅那样致力于先进文化和教育的建设,或是像杨文洲、牛玉琴那样着眼于社会的可持续发展,都无不以常人罕有的长焦镜头来安排眼下的人生任务,无不以老百姓的根本利益为出发点,无不以老百姓的根本利益为标尺,无不以老百姓的根本利益为归宿。这些杰出者,不但以自己的生命身体力行,而且带领、凝聚大伙儿齐心协力在黄土地上画一幅美景,写一部大书。书中各个篇什的作者,则用感情搅拌着文字，写出了他们的人生业绩和命运轨迹，也活画出他们的内心世界，为我们塑造了一组伟岸而又亲切的群雕。

在这组群雕中，男子个个都是汉子，巾帼更是不让须眉。他们手挽手站在一起，便如巍峨的秦岭，成为民族的脊梁。

"三个代表"是中国共产党高远长久的追求，也是她当下的实践。"党"是一个宏大的生生不息的群体的共名，她的精神渗透在每个成员具体的思想和行为中。人民群众是透过身边每个党员的实际作为来感知党、理解党的。书中所写的十四位人物，都战斗在各个行业的第一线，他们既是一个伟大肌体上的细胞，又是普通老百姓中的一员。他们以自己日积月累的实践，默默为党旗增添光彩。他们告诉我们，"三个代表"不仅是党组织和党员的实践，更是我们国家全民的实践，"三个代表"在高层，也在基层，在老百姓之中，在你、我、他的日常生活中。

党的十六大将学习"三个代表"重要思想的热潮推进到了一个新的平台。陕西人民教育出版社在这时候推出《"三个代表"在三秦》这部书，十分适时。它为深入理解"三个代表"重要思想提供了鲜活可感的参考材料，使理性的学习能够和真切的人格形象、精神世界融为一体，相信会受到读者的欢迎。

2003 年 2 月 4 日夜，西安不散居